Σημειωτιχὴ

Recherches pour une
sémanalyse

Julia Kristeva

Σημειωτικὴ

Recherches pour une
sémanalyse

Éditions du Seuil

EN COUVERTURE
Kadinsky, *Léger* (détail), 1930.
Photo Lauros-Giraudon. © ADAGP.

ISBN 2-02-005009-9

© Éditions du Seuil, 1969.

Feu pour feu

Le livre qui vous arrive maintenant en « poche » porte des préoccupations qui, de marginales ou d'avant-garde qu'elles étaient en leur temps, sont devenues aujourd'hui générales sans pour autant se faire transparentes.

Que l'univers humain soit un univers de signes — le structuralisme l'avait démontré, et la télématique actuelle, trouvant les moyens de les calculer et de les reproduire indéfiniment, conduit la sémiologie à son apogée technique, plein de promesses scientifiques, mais écrasant mécaniquement les initiatives des groupes et des individus. Que la seule liberté donnée à l'être parlant soit le jeu imprévisible, surprenant, singulier, avec et contre les signes — la psychanalyse freudienne l'avait suggéré, et l'art contemporain, défiant la psychose et prenant fait et cause pour la mystique, n'arrête pas de l'affirmer, déjouant plus ou moins bien la puissance institutionnelle des systèmes de pensée. Que la détermination ultime de la conscience soit de l'ordre de la production et de l'échange des marchandises, le marxisme héritier du rationalisme étroit s'effrite à le répéter, laissant de plus en plus place à une autre sociologie anthropologique : celle qui voit le meurtre au fondement du contrat social et du sacré, et s'attache désormais à les analyser conjointement, toujours plus attentive aux massacres en même temps qu'aux religions.

Les fils que je viens de montrer et qui tissent leur toile à perte de vue, ne se perdent pas dans des horizons inabordables et n'aspirent pas non plus à couvrir une totalité fantasmatique.

Je les rappelle à double titre.

D'abord, parce qu'ils constituent les coordonnées méthodologiques dans lesquelles s'est engagée la recherche sémiologique une fois quitté l'aride et rassurant, mais combien borné, rivage du positivisme, et que la question du sujet, dont le système de signes est la vie ou la mort, est apparue.

Ensuite, parce que c'est la littérature qui est le moteur et l'objet privilégié de cette recherche. Pratique entre toutes énigmatique, archaïque face au déluge audio-visuel, et pourtant si puissante si on y lit ce qu'elle est : l'unique, l'impossible nomination qui fait être toute expérience subjective *en son état d'infini. Faite de langage mais irréductible dans son surgissement aux opérations et aux catégories linguistiques ; mettant à découvert l'inconscient mais dérogeant au trajet somme toute moïque du transfert psychanalytique ; radiographie du consensus social mais exilée de sa contrainte ; sublime et vagabonde, irrespectueuse et légiférante, rieuse et grave, le mot d'« écriture » qu'on a cru convenir à son irruption neutralise en fait, galvaude, aplatit sa pointe.*

Il s'agit en réalité d'un discours spécifique à l'Occident, que fondent sans doute les Évangiles et que les auteurs modernes conduisent au microcosme des logiques narratives ou linguistiques, mais qui garde les traits essentiels de sa fondation : une parole ayant les effets d'un acte par le simple contrat de désir que son auteur et ses destinataires maintiennent avec la fonction symbolique en tant que telle. Et si tout signe est la sur-vie de la chose abandonnée, absente, tuée qu'il représente, il s'agit donc, avec la littérature qui en est le désir absolu, d'un discours qui porte la plus formidable affirmation de vie, de relève des angoisses, de traversée des crises.

Que l'inintelligible n'est pas une quelconque donnée ou expérience inarticulée mais l'œuvre d'art la plus débordante de subtiles et imperceptibles constructions — voilà ce que la réflexion découvre, et il n'y a plus désormais de théorie du sens digne de ce nom qui ne se soit affrontée à cet inintelligible-là, source de tout sens.

La rencontre des sciences humaines, de la sémiologie en particulier, avec la littérature signe plutôt la caducité de la toute-puissance de ces sciences, tant elles s'avèrent modestes dans leur dévoilement de la logique littéraire et de son sujet.

Mais cette épreuve des métalangages face à la littérature signifie qu'issus d'une même culture, littérature et métalangage en portent la marque, et qu'à condition qu'on analyse ses fondements, la métalangue peut cesser d'être un inventaire funèbre de signes toujours déjà-là pour se laisser ébranler du même tourment de vie qui anime le texte littéraire.

J'ai la conviction profonde que le temps n'a fait qu'aggraver la portée de ces questions que j'ai soulevées dans la fièvre de l'exil et d'une jeunesse découvrant les aventures de la pensée et d'une promesse politique. Le lecteur de bonne foi y trouvera les annonces et les prémisses de maintes idées-forces (ou tout simplement déjà acquises) d'aujourd'hui, comme, je crois, des suggestions encore latentes que seule l'éventuelle familiarité de notre époque avec l'expérience risquée de l'art moderne pourrait porter à l'évidence. Le temps, celui du cadran, n'affecte pas la vie profonde des logiques de nomination qui habite ce livre.

L'aurais-je écrit aujourd'hui plus ouvertement personnel, plus ambitieusement littéraire ? C'est possible, mais il porterait alors la trace d'une réconciliation désillusionnée, non pas celle (qui l'a produit, en vérité) d'une lutte et d'une résistance. Or — et j'espère que ce sera une des idées existentielles que le lecteur retiendra de ce voyage dans les signes —, celui qui analyse la logique du sens sait immanquablement que la vérité est là où se dresse la résistance. Cette vérité fait son chemin, de temps en temps, pourvu qu'il existe un individu suffisamment brûlant pour en répéter délicatement la parole. « Une honnêteté critique n'a pas de sens ; ce qu'il faut, c'est la passion sans contrainte, feu pour feu » (Henry Miller).

J. K.
juin 1978

1

Le texte et sa science

I.

C'est bien après coup, c'est tout juste mainte-
nant, que les hommes commencent à se rendre
compte de l'énorme erreur qu'ils ont propagée
avec leur croyance au langage.
Nietzsche, *Humain trop humain.*

... de plusieurs vocables refait un mot total,
neuf, étranger à la langue.
Mallarmé, *Avant-dire.*

Faire de la langue un travail — ποιεῖν —, œuvrer dans la *matéria-*
lité de ce qui, pour la société, est un moyen de contact et de compréhension, n'est-ce pas se faire, d'emblée, étranger à la langue ? L'acte
dit littéraire, à force de ne pas admettre de distance *idéale* par rapport à *ce* qui signifie, introduit l'étrangeté radicale par rapport à
ce que la langue est censée être : un porteur de sens. Étrangement
proche, intimement étrangère à la matière de nos discours et de
nos rêves, la " littérature " nous paraît aujourd'hui être l'acte même
qui saisit comment la langue travaille et indique ce qu'elle a le
pouvoir, demain, de transformer.

Sous le nom de *magie, poésie* et, enfin, *littérature,* cette pratique
dans le signifiant se trouve tout au long de l'histoire entourée d'un
halo « mystérieux » qui, soit en la valorisant, soit en lui attribuant une
place ornementale, sinon nulle, lui porte le double coup de la
censure et de la récupération *idéologique. Sacré, beau, irrationnel*/religion
esthétique, psychiatrie : ces catégories et ces discours prétendent à
tour de rôle s'emparer de cet " objet spécifique " qu'on ne saurait
dénommer sans le ranger dans une des idéologies récupératrices
et qui constitue le centre de notre intérêt, opératoirement désigné
comme *texte.*

Quelle est la place de cet objet spécifique dans la multiplicité des pratiques signifiantes ? Quelles sont les lois de son fonctionnement ? Quel est son rôle historique et social ? — Autant de questions qui se posent à la science des significations aujourd'hui, à la SÉMIOTIQUE, questions qui n'ont pas cessé d'attirer la pensée et auxquelles un certain savoir positif accompagné d'un obscurantisme esthétisant refuse d'accorder leur place.

Entre la mystification d'un idéalisme sublimé et sublimant et le refus du scientisme, la *spécificité* du travail dans la langue *persifle*, et même depuis un siècle s'accentue, de façon à creuser de plus en plus fermement son *domaine* propre, toujours plus inaccessible aux tentatives de l'essayisme psychologique, sociologique et esthétique. Le manque d'un ensemble conceptuel se fait sentir, qui accéderait à la particularité du " texte ", dégagerait ses lignes de force et de mutation, son devenir historique et son impact sur l'ensemble des pratiques signifiantes.

A. Travailler la langue implique nécessairement une remontée au germe même où pointent le sens et son sujet. C'est dire que le " producteur " de la langue (Mallarmé) est obligé à une naissance permanente, ou mieux, qu'aux portes de la naissance il *explore* ce qui la précède. Sans être un " enfant " héraclitéen qui s'amuse à son jeu, il est ce vieillard qui revient avant sa naissance pour désigner à ceux qui parlent qu'ils sont parlés. Plongé dans la langue, le " texte " est par conséquent ce que celle-ci a de plus étranger : ce qui la questionne, ce qui la change, ce qui la décolle de son inconscient et de l'automatisme de son déroulement habituel. Ainsi, sans être à l'"origine" du langage [1] et en éliminant la question même d'origine, le " texte " (poétique, littéraire ou autre) creuse dans la sur-

---

1. " A partir de la théologie des poètes qui fut la première métaphysique et en nous appuyant sur la logique poétique qui en est issue, nous allons à présent rechercher les origines des langues et des lettres " (Giambattista Vico (1668-1744), *la Science nouvelle*, Éd. Nagel, 1953, § 428). " Il nous paraît donc évident que c'est en vertu des lois nécessaires de la nature humaine que le langage poétique a précédé l'apparition de la prose... " (*ibid.*, § 460). Herder cherchait dans l'acte poétique le modèle de l'apparition des premiers mots. De même Carlyle (*Histoire inachevée de la littérature allemande*, Éd. Univ. of Kentucky Press, 1951, p. 3) soutient que la sphère littéraire se " trouve dans notre nature la plus intime et embrasse les bases premières où s'origine la pensée et l'action ". On retrouve une idée semblable chez Nietzsche dans sa thèse de l'art nécromant : remontant au passé, il restitue à l'homme son enfance.

face de la parole une verticale où se cherchent les modèles de cette *signifiance* que le langage représentatif et communicatif *ne récite pas*, même s'il les marque. Cette verticale, le texte l'atteint à force de travailler le *signifiant* : l'empreinte sonore que Saussure voit envelopper le sens, un signifiant qu'on doit penser ici dans le sens, aussi, que lui a donné l'analyse lacanienne.

Nous désignerons par *signifiance* ce *travail* de différenciation, stratification et confrontation qui se pratique dans la langue, et dépose sur la ligne du sujet parlant une chaîne signifiante communicative et grammaticalement structurée. La *sémanalyse* qui étudiera dans le *texte* la signifiance et ses types, aura donc à traverser le signifiant avec le sujet et le signe, de même que l'organisation grammaticale du discours, pour atteindre cette zone où s'assemblent les *germes* de ce qui *signifiera* dans la présence de la langue.

B. Ce travail, justement, met en cause les lois des discours établis, et présente un terrain propice où de nouveaux discours peuvent se faire entendre. Toucher aux tabous de la langue en redistribuant ses catégories grammaticales et en remaniant ses lois sémantiques, c'est donc aussi toucher aux tabous sociaux et historiques, mais cette règle contient aussi un impératif : le *sens* dit et communiqué du texte (du phéno-texte structuré) *parle* et *représente* cette action révolutionnaire que la signifiance *opère*, à condition de trouver son équivalent sur la scène de la réalité sociale. Ainsi, par un double jeu : dans la matière de la langue et dans l'histoire sociale, le texte se *pose* dans le réel qui l'engendre : il fait partie du vaste processus du mouvement matériel et historique s'il ne se borne pas — en tant que signifié — à s'auto-décrire ou à s'abîmer dans une fantasmatique subjectiviste.

Autrement dit, le texte n'étant pas ce langage communicatif que la grammaire codifie, il ne se contente pas de *représenter* — de *signifier* le réel. Là où il signifie, dans cet effet décalé ici présent où il représente, il participe à la mouvance, à la transformation du réel qu'il saisit au moment de sa non-clôture. En d'autres termes, sans rassembler — simuler — un réel fixe, il construit le théâtre mobile de son mouvement auquel il contribue et dont il est l'*attribut*. En transformant la matière de la langue (*son organisation logique et grammaticale*), et en y transportant le rapport des forces sociales

de la scène historique (dans ses *signifiés* réglés par le *site du sujet*
de l'énoncé communiqué), le texte se lie — se lit — doublement
par rapport au réel : à la langue (décalée et transformée), à la société
(à la transformation de laquelle il s'*accorde*). S'il dérange et transforme le système sémiotique qui règle l'échange social, et en même
temps dispose dans les instances discursives les instances actives
du processus social, le texte ne saura se construire comme un signe ni
dans le premier ni dans le second temps de son articulation, ni
dans son ensemble. Le texte ne *dénomme* ni ne *détermine* un dehors :
il désigne comme un *attribut* (un *accord*) cette mobilité héracli-
téenne qu'aucune théorie du langage-signe n'a pu admettre, et
qui défie les postulats platoniciens de l'*essence* des choses et de leur
forme [2], en leur substituant un autre langage, une autre connaissance, dont on commence à peine maintenant à saisir la matérialité
dans le texte. Le texte donc est doublement orienté : vers le
système signifiant dans lequel il se produit (la langue et le langage
d'une époque et d'une société précise) et vers le processus social
auquel il participe en tant que discours. Ses deux registres dont le
fonctionnement est autonome, peuvent se disjoindre dans des
pratiques mineures où un remaniement du système signifiant laisse
intacte la représentation idéologique qu'il transporte, ou inversement ; ils se rejoignent dans les textes marquant les blocs historiques.

La signifiance devenant une infinité différenciée dont la combinatoire illimitée ne trouve jamais de borne, la " littérature "/le
texte soustrait le sujet à son identification avec le discours communiqué, et par le même mouvement brise sa disposition de

---

2. On sait que si pour Protagoras " la partie la plus importante de l'éducation
consiste à être un connaisseur en poésie " (338e), Platon ne prend pas au sérieux la
" sagesse " poétique (*Cratyle* 391-397) quand il ne condamne pas son influence trans-
formatrice et libératrice sur les foules (*Loïs*). Il est frappant que la théorie platonicienne
des Formes qui se voit mise en cause par le travail poétique dans la langue (sa mobilité,
son absence de fixité, etc.) trouve en outre et en même temps un adversaire indomp-
table dans la doctrine d'Héraclite. Et c'est tout naturellement que dans sa bataille
pour imposer ses thèses de la langue comme *instrument d'expression* à but *didactique*
(387 a, b), de l'*essence* stable et définie des choses dont les noms sont des images trompeuses (439 b) — il faut donc connaître l'essence des choses sans passer par les noms :
nous voilà au principe de départ de la métaphysique postplatonicienne jusqu'aujourd'hui — Platon, après avoir discrédité les poètes (le texte d'Homère ne lui fournit
pas de preuves pour la stabilité de l'essence), finit par s'attaquer au disciple d'Héraclite et au principe héraclitéen du changement (*Cratyle*).

miroir réfléchissant les " structures " d'un dehors. *Engendré* par
un dehors réel et infini dans son mouvement matériel (et sans en
être l' " effet " causal), et incorporant son " destinataire " dans la
combinatoire de ses traits, le texte se construit une zone de multiplicité de marques et d'intervalles dont l'inscription non centrée
met en pratique une polyvalence sans unité possible. Cet état —
cette pratique — du langage dans le texte le soustrait à toute dépendance d'une extériorité métaphysique, fût-elle intentionnelle,
donc de tout *expressionisme* et de toute *finalité*, ce qui veut dire aussi
de l'évolutionnisme et de la subordination instrumentale à une
histoire sans langue [3], sans pour autant le détacher de ce qui est
son rôle sur la scène historique : marquer en les pratiquant dans
la matière de la langue les transformations du réel historique et
social.

Ce signifiant (qui n'est plus Un, puisqu'il ne dépend plus d'Un
Sens) textuel est un réseau de différences qui marquent et/ou rejoignent les mutations des blocs historiques. Vu depuis la chaîne
communicative et expressive du sujet, le réseau laisse choir :

---

3. La théorie classique considérait la littérature et l'art en général comme une
imitation : " Imiter est naturel aux hommes et se manifeste dès leur enfance... et en
second lieu tous les hommes prennent plaisir aux imitations " (Aristote, *Poétique*)
La *mimesis* aristotélicienne dont la subtilité est loin d'être révélée, fut comprise le long
de l'histoire de la théorie littéraire comme une copie, un reflet, un calque d'un dehors
autonome, pour donner appui aux exigences d'un *réalisme* littéraire. A la littérature
conçue donc comme un art, fut assigné le domaine des *perceptions* opposé à celui des
connaissances. Cette distinction qu'on trouve chez Plotin (*Ennéades*, IV, 87 : Διττῆς
δὲ φύσεως ταύτης οὔσης, τῆς μὲν νοητῆς, τῆς δὲ αἰσθητῆς / Ainsi la nature a deux
aspects, l'un intelligible, l'autre sensible.) fut reprise par Baumgarten qui fonda,
avec le mot, le discours *esthétique* : " Les philosophes grecs et les pères de l'église ont
toujours soigneusement distingué entre *choses perçues* (αἰσθητά) et *choses connues*
(νοητά). Il est tout à fait évident qu'ils n'égalisaient pas les choses intelligibles avec
les choses sensibles lorsqu'ils honoraient de ce mot des choses aussi éloignées du sens
(donc des images). Par conséquent, les choses intellectuelles doivent être connues par
une faculté supérieure comme objets de la logique; les choses perçues doivent être
étudiées par une faculté inférieure comme objets de la science des perceptions ou
esthétique (Al. G. Baumgarten, *Réflexions sur la poésie*, § 116 — Ed. Univ. of California
Press, 1954). Et plus loin : " la *rhétorique générale* peut être définie comme des représentations des sens, la *poétique générale* comme la science qui traite généralement de
la présentation parfaite des représentations sensitives "(*ibid.*, § 117).
Si pour l'esthétique idéaliste de Kant l' " esthétique " est un *jugement universel* mais
subjectif car opposé au *conceptuel*, chez Hegel l'art du verbe dit " poésie " devient
l'expression suprême de l'Idée dans son mouvement de particularisation : " elle
(la poésie) embrasse la totalité de l'esprit humain, ce qui comporte sa particularisation
dans les directions les plus variées " (Hegel, *Esthétique*, " La poésie 1 ", Éd. Aubier,

— un *sacré* : lorsque le sujet pense Un centre régent-intentionnel du réseau ;

— une *magie* : lorsque le sujet se préserve de l'instance dominante du dehors que le réseau, par un geste inversé, aurait pour destination de dominer, de changer, d'orienter ;

— un *effet* (littéraire, " beau ") : lorsque le sujet s'identifie à son autre — au destinataire — pour lui offrir (pour s'offrir) le réseau sous une forme fantasmatique, ersatz du plaisir.

Dégager le réseau de ce triple nœud : de l'Un, du Dehors et de l'Autre, nœuds où s'entrave, pour s'y dresser, le Sujet, — serait peut-être l'aborder dans ce qu'il a de spécifiquement propre, à savoir : la transformation qu'il fait subir à ses catégories, et construire son domaine en dehors d'elles. C'est, par le même geste, se donner dans le *texte* un champ conceptuel nouveau qu'aucun *discours* ne peut proposer.

C. Aire spécifique de la réalité sociale — de l'histoire —, le *texte* empêche l'identification du langage comme système de commu-

---

p. 37). Mise ainsi en parallèle avec la philosophie spéculative, la poésie en est en même temps différenciée à cause du rapport qu'elle établit entre le *tout* et la *partie* : " Certes, ses œuvres doivent posséder une unité concordante, et ce qui anime le tout doit être également présent dans le particulier, mais cette présence, au lieu d'être marquée et relevée par l'art, doit rester un en-soi intérieur, semblable à l'âme qui est présente dans tous les membres, sans leur donner l'apparence d'une existence indépendante " (*ibid.*, p. 49). Ainsi, étant une *expression* — une extériorisation particularisante — de l'Idée, et parce qu'elle est de la *langue*, la poésie est une représentation intériorisante qui met l'Idée au plus près du Sujet : " La force de la création poétique consiste donc en ce que la poésie modèle un contenu intérieurement, sans recours à des figures extérieures ou à des successions de mélodies : ce faisant, elle transforme l'objectivité extérieure en une objectivité intérieure que l'esprit extériorise pour la représentation, sous la forme même sous laquelle cette objectivité se trouve et doit se trouver dans l'esprit " (*ibid.*, p. 74). Évoqué pour justifier la subjectivisation du mouvement poétique, le fait que la poésie est *verbale* est vite écarté : Hegel refuse de penser la matérialité de la langue : " Ce côté verbal de la poésie pourrait donner lieu à des considérations infinies et infiniment compliquées dont je crois cependant devoir m'abstenir pour m'occuper des sujets plus importants qui m'attendent " (*ibid.*, p. 83).

Ces reproductions de certains moments idéologiques de la conception du texte — qui coupent la page en deux et tendent à l'envahir — ne sont pas uniquement destinées à désigner que ce qui est écrit au-dessus, tel un iceberg, va être lu sur le fond d'une tradition pesante. Elles indiquent aussi le lourd fond idéaliste duquel une théorie du texte doit pouvoir émerger : celui du Sujet et de l'Expression, ce fond qui se trouve parfois repris sans critique par des discours à prétention matérialistes, cherchant dans la littérature une expression du sujet collectif de l'histoire.

nication de sens, avec l'histoire comme un tout linéaire. C'est dire qu'il empêche la constitution d'un continuum symbolique qui tient lieu de linéarité historique et qui ne paiera jamais — quelles que soient les justifications sociologiques et psychologiques qu'on puisse lui donner — sa *dette* à la raison grammaticale et sémantique de la surface linguistique de communication. Faisant éclater la surface de la langue, le texte est l' " objet " qui permettra de briser la mécanique conceptuelle qui met en place une linéarité historique, et de lire une *histoire stratifiée* : à temporalité coupée, récursive, dialectique, irréductible à un sens unique mais faite de types de *pratiques signifiantes* dont la série plurielle reste sans origine ni fin. Une autre histoire se profilera ainsi, qui sous-tend l'histoire linéaire : l'histoire récursivement stratifiée des *signifiances* dont le langage communicatif et son idéologie sous-jacente (sociologique, historiciste, ou subjectiviste) ne représentent que la facette superficielle. Ce rôle, le texte le joue dans toute société actuelle : il lui est demandé inconsciemment, il lui est interdit ou rendu difficile *pratiquement*.

D. Si le texte permet cette transformation en volume de la ligne historique, il n'en maintient pas moins des rapports précis avec les divers types de pratiques signifiantes dans l'histoire courante : dans le bloc social évolutif.

A une époque préhistorique/préscientifique, le travail dans la langue s'opposait à l'activité mythique [4], et sans tomber dans la psychose surmontée de la magie [5], mais en la frôlant — on pourrait

---

[4]. " On pourrait définir le mythe comme ce mode de discours où la valeur de la formule *traduttore, traditore* tend pratiquement à zéro. A cet égard, la place du mythe, sur l'échelle des modes d'expression linguistique, est à l'opposé de la poésie, quoi qu'on ait pu dire pour les rapprocher. La poésie est une forme de langage extrêmement difficile à traduire dans une langue étrangère, et toute traduction entraîne de multiples déformations. Au contraire, la valeur du mythe comme mythe persiste, en dépit de la pire traduction. Quelle que soit notre ignorance de la langue et de la culture de la population où on l'a recueilli, un mythe est perçu comme mythe par tout lecteur, dans le monde entier. La substance du mythe ne se trouve ni dans le style, ni dans le mode de narration, ni dans la syntaxe, mais dans l'histoire qui y est racontée. Le mythe est langage; mais un langage qui travaille à un niveau très élevé, et où le sens parvient, si l'on peut dire, à *décoller* du fondement linguistique sur lequel il a commencé par rouler " (Claude Lévi-Strauss, *Anthropologie structurale*, Ed. Plon, 1958, p. 232).

[5]. Analysant la magie dans les sociétés dites primitives, Geza Roheim l'identifie avec le processus de sublimation et affirme : " la magie dans sa forme première et

dire en la connaissant —, il s'offrait comme l'*intervalle* entre deux
absolus : le Sens sans langue au-dessus du référent (si telle est la
loi du mythe) et le Corps de la langue englobant le réel (si telle est
la loi du rite magique). Un intervalle mis en position d'ornement,
c'est-à-dire écrasé, mais qui permet le fonctionnement des termes
du système. Intervalle qui, au cours des âges, s'éloignera de sa
proximité avec le rite pour se rapprocher du mythe : rapprochement exigé paradoxalement par un besoin social de réalisme, celui-
ci compris comme un abandon du corps de la langue.

Dans la modernité, d'habitude opposé à la connaissance scientifique formelle [6], le texte " étranger à la langue " nous paraît
actuellement être l'opération même qui introduit à *travers la langue*
ce travail qui incombe *manifestement* à la science et que voile la
charge représentative et communicative de la parole, à savoir :

---

originale est l'élément fondamental de la pensée, la phase initiale de toute activité...
La tendance orientée vers l'objet (libido ou destrudo) est détournée et fixée sur le
Moi (narcissisme secondaire) pour constituer des objets intermédiaires (culture) et ce
faisant maîtriser la réalité, du seul fait de notre propre magie " (*Magie et schizophrénie*,
Ed. Anthropos, 1969, p. 101-102; cf. aussi pour cette thèse de Roheim, *The Origin
and Function of Culture*, New York, Nervous and Mental Desease Monographs, 1943).
    6. Comme le remarque Croce (la *Poésie*, P.U.F., 1951, p. 9), " c'est en rapport avec
la poésie que fut abandonné pour la première fois le concept du connaître réceptif
et posé celui du connaître comme faire ". Pensée par rapport à l'activité scientifique,
la littérature succombe à deux attitudes également censurantes. Elle peut être bannie
de l'ordre de la connaissance et déclarée de l'ordre de l'impression, de l'excitation, de
la nature (en raison, par exemple de son obéissance au principe de " l'économie de
l'énergie mentale du receveur ", cf. Herbert Spencer, *Philosophie of Style, An Essay*,
New York, 1880); de l'appréciation (le discours poétique, pour Charles Morris " signifie par des signes dont le mode est appréciatif, et son but principal est de provoquer
l'accord de l'interprète que ce qui est signifié doit avoir une place préférentielle dans
son comportement appréciatif ", cf. *Signs, Language and Behavior*, New York, 1946);
de l'émotion opposée aux discours référentiels (pour Ogden et Richards, *The Meaning of " Meaning "*, London, 1923, le discours référentiel est opposé au type émotif de
discours). D'après la vieille formule " Sorbonae nullum jus in Parnasso ", toute approche scientifique est déclarée inadéquate et impuissante face au " discours émotionnel ".
    Le scientisme positiviste partage la même définition de l'art même s'il reconnaît
que la science peut et doit étudier son domaine. " L'art est une expression émotive...
Les objets esthétiques servent de symboles exprimant les états émotionnels. L'artiste,
comme celui qui le regarde ou l'écoute, l'œuvre d'art introduit des significations émo-
tives (emotive meanings) dans l'objet physique qui consiste en une peinture étalée
sur le canevas, ou en des sons produits par des instruments musicaux. L'expression
symbolique de la signification émotive est un but naturel, c'est-à-dire elle représente
une valeur dont nous aspirons à jouir. L'évaluation est une caractéristique générale
des activités orientées de l'homme (human goal activities), et il est opportun d'étudier
leur nature logique dans sa généralité, sans la restreindre à l'analyse de l'art " (H. Rei-

la pluralisation des systèmes ouverts de notations, non soumis
au centre régulateur d'un sens. Sans s'opposer à l'acte scientifique (la bataille du " concept et de l'image " n'a pas cours aujour-
d'hui), mais loin de s'égaler à lui et sans prétendre s'y substituer,
le texte inscrit son domaine en dehors de la science et à travers
l'idéologie, comme une mise-en-langue de la notation scientifique.
Le texte transpose dans le langage, donc pour l'histoire sociale,
les remaniements historiques de la signifiance rappelant ceux qu'on
trouve marqués dans son domaine propre par la découverte scientifique. Cette transposition ne saurait s'opérer — ou resterait
caduque, enfermée dans son ailleurs mental et subjectiviste, — si
la formulation textuelle ne s'appuyait sur la pratique sociale et
politique, donc sur l'idéologie de la classe progressiste de l'époque.
Ainsi, *trans-posant* une opération de l'inscription scientifique et
parlant une attitude de classe, c'est-à-dire la *représentant* dans le signifié de ce qui est entendu comme *Un* sens (une structure), la pratique
textuelle décentre le sujet d'un discours (d'un sens, d'une structure)
et se construit comme l'opération de sa pulvérisation dans une
infinité différenciée. En même temps, le texte évite de censurer

chenbach, *The Rise of Scientific Philosophies*, Univ. of California Press, 1956, p. 313).
    Une autre sorte de positivisme qui n'est pas loin de se confondre avec un maté-
rialisme mécaniste, assigne à l'" art " comme fonction prédominante la fonction *cogni-
tive*, et va jusqu'à l'identifier avec la science : " ... comme la science, il est une activité
mentale puisque nous portons certains contenus du monde dans le royaume de la
connaissance objectivement valable;... le rôle particulier de l'art est de faire de la sorte
avec le contenu émotionnel du monde. D'après ce point de vue, par conséquent, la
fonction de l'art n'est de donner au percevant aucune sorte de plaisir, quelque noble
qu'il soit, mais de lui faire connaître quelque chose qu'il ne savait pas avant " (Otto
Baensch, " Kunst und Geful " in *Logos*, 1923, trad. en anglais in *Reflections on Art*,
ed. by S. K. Langer, Baltimore, The Johns Hopkins Press and London, Oxf. Univ.
Press, 1959, p. 10-36). Si un texte en effet, met à l'œuvre une notation rythmique du
signifiant et du signifié obéissant aux lois qu'il s'est données, et ainsi s'apparente à la
démarche scientifique, il est impossible d'identifier les deux types de pratiques signifiantes (comme le fait H. Read, *The Forms of Things unknown*, London, Faber & Faber
ltd., 1960, p. 21 : " Le but fondamental de l'artiste est le même que celui du savant :
énoncer un fait... Je ne peux penser à aucun critère de vérité en science qui ne s'applique avec la même force à l'art "). Même si l'on n'accepte pas la façon dont Read définit
l'" art " et la " science " en les subordonnant à l'énonciation d'un fait, et si l'on définit
ses pratiques par les lois de leur logique interne, il n'en reste pas moins que la formulation d'un texte insère ou n'insère pas dans le *discours idéologique* l'opération formulaire de la science contemporaine, et comme telle se soustrait à toute neutralité
scientifique, à tout système de vérité extra-subjectif donc extra-idéologique, pour
s'accentuer comme une *pratique* incluse dans le processus social en cours.

l'exploration " scientifique " de l'infinité signifiante, censure portée simultanément par une attitude esthétique et par un réalisme naïf.

Aussi voit-on de nos jours le texte devenir le terrain où se *joue* : se *pratique* et se *présente*, le remaniement épistémologique, social et politique. Le texte littéraire actuellement traverse la face de la science, de l'idéologie et de la politique comme discours, et s'offre pour les confronter, les déplier, les refondre. Pluriel, plurilinguistique parfois, et polyphonique souvent (de par la multiplicité de types d'énoncés qu'il articule), il présentifie le graphique de ce cristal qu'est le travail de la signifiance prise à un point précis de son infinité : un point présent de *l'histoire* où cette infinité *insiste*.

La particularité du *texte* ainsi désigné le sépare radicalement de la notion d' " œuvre littéraire " mise en place par une interprétation expressionniste et phénoménologique, facilement populiste, sourde et aveugle au registre des strates différenciées et confrontées dans le signifiant feuilleté — multiplié — de la langue : différenciation et confrontation dont le rapport spécifique à la jouissance pulvérisant le sujet est nettement vu par la théorie freudienne, et que la pratique textuelle dite d'avant-garde, contemporaine et postérieure à la coupure épistémologique opérée par le marxisme, accentue de façon historiquement marquante.

Mais si le concept de *texte* posé ici échappe à l'emprise de l'objet littéraire sollicité conjointement par le sociologisme vulgaire et l'esthétisme, on ne saurait le confondre avec cet objet plat que la linguistique pose comme *texte* en s'efforçant de préciser les " règles vérifiables " de ses articulations et transformations. Une description positiviste de la grammaticalité (syntaxique ou sémantique), ou de l'agrammaticalité, ne suffira pas à définir la spécificité du texte tel qu'il est lu ici. Son étude relèvera d'une analyse de l'acte signifiant — d'une mise en question des catégories mêmes de la grammaticalité —, et ne saura prétendre fournir un système de règles formelles qui finiraient par couvrir sans reste le travail de la signifiance. Ce travail est toujours un *surplus* excédant les règles du discours communicatif, et comme tel *insistant* dans la présence de la formule textuelle. Le texte n'est pas un ensemble d'énoncés grammaticaux ou agrammaticaux ; il est *ce* qui se laisse lire à travers la particularité de cette mise ensemble de différentes strates de la signifiance ici présente dans la langue dont il éveille la mémoire : l'histoire. C'est dire qu'il est une pratique complexe dont les graphes sont à saisir par une *théorie* de l'acte signifiant spécifique qui s'y joue à *travers* la langue, et c'est uniquement dans cette mesure que la science du texte aura quelque chose à voir avec la description linguistique.

II.
> *Le mouvement de la connaissance scientifique,*
> *voilà l'essentiel.*
>   Lénine, *Cahiers philosophiques.*

Le problème se pose, dès lors, d'affirmer le droit à l'existence d'un *discours* qui rendrait compte du fonctionnement textuel, et d'esquisser les premières tentatives de construction de ce discours. La sémiotique nous paraît aujourd'hui offrir un terrain non encore cerné pour l'élaboration de ce discours. Il est important de rappeler que les premières réflexions systématisées sur le *signe* — σημεῖον — furent celles des stoïciens et coïncidèrent avec l'origine de l'épistémologie antique. S'attaquant à ce qu'on croit être le noyau de la signification, la sémiotique reprend ce σημεῖον sur le fond du long développement des sciences du discours (linguistique, logique) et de leur surdéterminant — les mathématiques, et s'écrit comme un *calcul logique*, tel le vaste projet leibnizien, des différents modes de *signifier*. C'est dire que la démarche sémiotique rejoint en quelque sorte la démarche axiomatique fondée par Boole, de Morgan, Peirce, Peano, Zermelo, Frege, Russel, Hilbert, etc. En effet, c'est à un des premiers axiomaticiens Charles Sanders Peirce qu'on doit l'emploi moderne du terme *sémiotique* [7]. Mais si la voie axiomatique

7. " La logique, dans son sens général est, je crois l'avoir montré, seulement un autre mot pour *sémiotique* (σημειωτική), une doctrine quasi-nécessaire ou formelle, des signes. En décrivant la doctrine comme " quasi-nécessaire " ou formelle, j'ai en vue que nous observons les caractères de tels signes comme nous le pouvons, et à partir de telles observations, par un processus que je ne refuse pas d'appeler Abstraction, nous sommes amenés à des jugements éminemment faillibles, et par conséquent dans un sens absolument nécessaires, relatifs à ce que *doivent être* les caractères des signes utilisés par l'intelligence " scientifique "... " (*Philosophical Writings of Peirce*, ed. by J. Buchler, 1955, p. 98).

exportée en dehors du domaine mathématique aboutit à l'impasse subjectiviste positiviste (consacré par la *Construction logique du monde* de R. Carnap), le projet sémiotique ne reste pas moins ouvert et plein de promesses. La raison en est, peut-être, à chercher dans l'acception de la sémiotique qu'on peut déceler dans les brèves indications de Ferdinand de Saussure [8]. Notons l'importance qui se dégage pour nous de la *sémiologie* saussurienne :

A. La sémiotique se construira comme une *science* des discours. Pour accéder au statut scientifique, elle aura besoin, dans un premier temps, de se fonder sur une entité formelle, c'est-à-dire de dégager, dans le discours réflexif d'un " réel ", une entité sans dehors. Tel est pour Saussure le signe linguistique. Son exclusion du référent et son caractère arbitraire [9] apparaissent aujourd'hui comme des postulats théoriques permettant ou justifiant la possibilité d'une axiomatisation des discours.

B. "... en ce sens, la linguistique peut devenir le patron général de toute sémiologie [10], bien que la langue ne soit qu'un système particulier [11]. " La possibilité est ainsi énoncée pour la sémiotique de pouvoir échapper aux lois de la signification des discours comme systèmes de communication, et de penser d'autres domaines de la *signifiance*. Une première mise en garde contre la matrice du signe est donc prononcée — pour être mise à l'œuvre dans le travail même de Saussure consacré à des *textes*, les *Anagrammes*, qui tra-

---

8. " On peut concevoir une science qui étudie la vie des signes au sein de la vie sociale; elle formerait une partie de la psychologie sociale, et par conséquent de la psychologie générale; nous la nommerons *sémiologie* (du grec *semeion*, " signe "). Elle nous apprendrait en quoi consistent les signes, quelles lois les régissent. Puisqu'elle n'existe pas encore, on ne peut dire ce qu'elle sera; mais elle a droit à l'existence, sa place est déterminée d'avance. La linguistique n'est qu'une partie de cette science générale, les lois que découvrira la sémiologie seront applicables à la linguistique, et celle-ci se trouvera ainsi rattachée à un domaine bien défini dans l'ensemble des faits humains. C'est au psychologue à déterminer la place exacte de la sémiologie " (*Cours de linguistique générale*, p. 33).

9. Pour la critique de la notion de l'arbitraire du signe, cf. E. Benveniste, " Nature du signe linguistique ", in *Problèmes de linguistique générale*, Gallimard, 1966.

10. Sur les rapports sémiologie-linguistique, cf. R. Barthes, " Éléments de sémiologie ", in *Communication*, nº 4; J. Derrida, *De la grammatologie*, Ed. de Minuit, et " Grammatologie et sémiologie " in *Information sur les sciences sociales*, nº 4, 1968.

11. F. de Saussure, *Cours...*, p. 101.

cent une logique textuelle distincte de celle régie par le signe. Le problème de l'examen critique de la notion de *signe* se pose donc à toute démarche sémiotique : sa définition, son développement historique, sa validité dans, et ses rapports avec, les différents types de pratiques signifiantes. La sémiotique ne saurait se faire qu'en obéissant jusqu'au bout à la loi qui la fonde, à savoir à la désintrication des démarches signifiantes, et ceci implique qu'elle se retourne incessamment sur ses propres fondements, les pense et les transforme. Plus que " sémiologie ", ou " sémiotique " cette science se construit comme une critique du sens, de ses éléments et ses lois — comme une *sémanalyse*.

C. " C'est au psychologue à déterminer la place exacte de la sémiologie ", écrit Saussure, et il pose ainsi le problème essentiel : celui de la place de la sémanalyse dans le système des sciences. Aujourd'hui, il est évident que le psychologue et même le psychanalyste seul préciserait difficilement le lieu de la sémanalyse : cette spécification serait peut-être due à une théorie générale du fonctionnement symbolique, pour la constitution de laquelle l'apport de la sémiotique est indispensable. On devrait pourtant entendre la proposition saussurienne comme un avertissement que la sémiotique ne pourra pas être une neutralité formelle semblable à celle de l'axiomatique pure, ni même à celle de la logique et de la linguistique. Explorant les *discours*, la sémiotique participe à cet " échange d'applications " parmi les sciences que le matérialisme rationnel de Bachelard a été un des premiers à penser, et se situe au croisement de plusieurs sciences, produites elles-mêmes par le processus d'interpénétration des sciences.

Or, si l'on essaie d'éviter de la concevoir comme une démarche capitalisant le sens et créant ainsi le champ unifié et totalisant d'une nouvelle somme théologique, et pour commencer à cerner le *lieu sémiotique*, il est important de préciser ses rapports avec les autres sciences [12].

12. Après Auguste Comte, la philosophie idéaliste moderne, qu'elle soit subjectiviste (celle du cercle positiviste de Vienne par exemple) ou objectiviste (tel le néothomisme), essaie d'assigner à la science une place dans le système des activités humaines et de poser des relations parmi les différentes sciences. De nombreux ouvrages abordent ces problèmes (citons-en quelques-uns marquant les années avant le renouveau psychanalytique et l'avènement de la sémiotique pendant les années soixante : NÉO-

C'est une relation semblable à celle qui unit la mathématique aux métamathématiques, mais exposée à une échelle générale, embrassant toute construction signifiante, qui attribue sa place à la sémiotique. Relation de retrait par rapport aux systèmes signifiants, donc par rapport aux différentes pratiques signifiantes qui *posent* la " nature ", produisent des " textes ", présentent des " sciences ".

La sémiotique, en même temps, fait partie du corps des sciences parce qu'ayant un objet spécifique : les modes et les lois de la signification (la société, la pensée), et parce que s'élaborant au croisement d'autres sciences, mais aussi se réserve *une distance théorique* qui lui permet de penser les discours scientifiques dont elle fait partie, et pour en extraire du même coup le fondement scientifique du *matérialisme dialectique*.

Dans sa classification des sciences, Peirce réserve une place particulière aux *theorics* qu'il situe entre la *philosophie* et l'*idioscopie* [13] (à laquelle appartiennent les sciences physiques et les sciences humaines). La *théorique* est une sous-classe des sciences philoso-

---

THOMISTES — J. Maritain, *De Bergson à Thomas d'Aquin*, New York, 1944 ; M. de Wulf, *Initiation à la philosophie thomiste*, 1949 ; Nicolai Hartmann, *Philosophie der Natur*, Berlin, 1950 ; Günter Jacoby, *Allgemeine Ontologie der Wircklichkeit*, B., II, 1955 ; pour la critique de ces philosophes théologiques cf. G. Klauss, *Jesuiten, Gott, Materie*, Berlin, 1957 ; NÉO-POSITIVISTES : Philipp Frank, *Philosophie of Science. The Link between Science and Philosophie*, New York, 1957 ; Gustav Bergmann, *Philosophie of Science*, Madison, 1957) et tentent une classification des sciences. D'autres, suivant le scepticisme de J. Venn, *Principles of Empirical and Inductive Logik*, 1889, refusent de penser l'unité diversifiée des sciences et rejoignent ainsi un relativisme subjectif non loin de l'idéalisme objectif. Il est frappant pourtant de voir que ces philosophies, même dans des ouvrages plus récents et y compris les successeurs de l'épistémologie magistrale de Husserl, en écartant la révolution freudienne, évitent de poser le problème de l'acte signifiant tel que la percée freudienne permet de le mettre en question, dans son origine et sa transformation, et de concevoir la possibilité d'une *science* qui l'aurait pour " objet ".

La philosophie marxiste dans ses tentatives épistémologiques souvent entachées d'un naturalisme qui oublie (donc n'analyse pas) la part du procès signifiant (du sens et du sujet) produisant les concepts, et en proie à un évolutionnisme inconsciemment hégélien (Strumiline, *la Science et le développement des forces productives*, Moscou, 1954), a présenté une classification des sciences du point de vue du matérialisme dialectique dans laquelle plus que dans les classifications positivistes, la sémiotique trouvera son lieu. (Cf. B. A. Kedrov, *Classification des sciences*, t. II, Moscou, 1965, p. 469.)

13. Le terme " idioscopie " est emprunté à Bentham et désigne " des sciences spéciales, écrit Peirce, dépendant d'une observation spéciale et traversant ou bien d'autres explorations, ou bien certaines présences aux sens... " (" Philosophie and the Science : A classification " in *Philosophical Writings*... p. 66).

phiques (logique, esthétique, éthique, etc.) à côté de ce que Peirce appelle " necessary philosophy " et qui d'après lui peut être nommé " *epistemy* parce que celle-ci, seule parmi les sciences, réalise la conception platonicienne et généralement hellénique de επιστημη ". " Cette sous-classe n'a que deux divisions qu'on peut à peine classer comme des ordres ou plutôt comme des familles : la *chronothéorie* et la *topothéorie*. Ce type d'étude en est à son enfance. Peu de gens reconnaissent qu'il y a autre chose qu'une spéculation idéale. Il se peut que dans l'avenir la sous-classe soit complétée par d'autres ordres. " La sémiotique nous paraît pouvoir se construire aujourd'hui comme une telle *théorique* : science du temps (chronothéorie) et topographie de l'acte signifiant (topothéorie).

Instance qui pense les lois de la signifiance sans se laisser bloquer par la logique du langage communicatif dans laquelle manque le lieu du sujet, mais en incluant dans le tracé de sa théorisation ses topologies, et par là en se retournant sur soi-même comme sur un de ses objets, la sémiotique/la sémanalyse se construira en effet comme une *logique*. Mais plutôt qu'une logique formelle, elle sera peut-être ce qu'on a pu appeler " *logique dialectique* " — terme dont les deux composantes neutralisent réciproquement la téléologie de la dialectique idéaliste et la censure portée sur le sujet dans la logique formelle.

Opérant un " échange d'applications " entre la sociologie, les mathématiques, la psychanalyse, la linguistique et la logique, la sémiotique devient le levier qui guide les sciences vers l'élaboration d'une gnoséologie matérialiste. Par l'intervention sémiotique, le système des sciences se voit décentré et obligé de se tourner vers le matérialisme dialectique, pour lui permettre à son tour de voir l'élaboration de la signification, c'est-à-dire de produire une gnoséologie. Le système scientifique est extrait de sa platitude et une profondeur lui est ajoutée qui pense les opérations *le constituant* — un fond qui pense la démarche signifiante.

Ainsi la sémiotique en tant que sémanalyse et/ou *critique* de sa propre méthode (son objet, ses modèles, son discours posés par le *signe*), participe d'une démarche *philosophique* (au sens kantien du terme). Or, c'est le lieu sémiotique justement qui remanie la distinction philosophie/science : en ce lieu et à partir de lui, la

philosophie ne peut pas ignorer les discours — les systèmes signifiants — des sciences, et les sciences ne peuvent pas oublier qu'elles
sont des discours — des systèmes signifiants. Lieu de pénétration de
la science dans la philosophie et d'analyse critique de la démarche
scientifique, la *sémanalyse* se dessine comme l'*articulation* permettant
la constitution brisée, stratifiée, différenciée d'une *gnoséologie matérialiste*, c'est-à-dire d'une théorie scientifique des systèmes signifiants dans l'histoire et de l'histoire comme système signifiant.
Aussi disons-nous que la sémanalyse extrait l'ensemble des systèmes
signifiants des sciences de leur univocité non-critique (orientée
vers leur objet et ignorant leur sujet), ordonne critiquement
les systèmes signifiants, et contribue ainsi au fondement non pas
d'un Système du Savoir, mais d'une suite discrète de propositions
sur les pratiques signifiantes.

La sémanalyse dont le projet est donc avant tout critique, ne se
construira pas comme un édifice terminé, " encyclopédie générale
des structures sémiotiques ", et encore moins comme le sommet
dernier, le *métalangage* " final " et " saturé " d'une imbrication
de langages dont chacun prend l'autre pour " plan de contenu ".
Si telle est l'intention de la *métasémiologie* de Hjelmslev [14], la

14. La théorie sémiotique de Hjelmslev (*Prolégomènes à une théorie du langage*, trad. fr.,
Ed. de Minuit, 1968), par sa précision et son ampleur, et malgré son extrême abstraction
(l'anti-humanisme devenant un logicisme aprioriste), est sans doute la mieux définie
de celles qui proposent une procédure de formalisation des systèmes signifiants.
Exemple frappant des contradictions internes des sciences dites humaines, la conception hjelmslevienne de la sémiotique part de prémisses chargées d'idéologie (telle
la distinction substance/forme, contenu/expression, immanence/transparence, etc.),
et, à travers une série de décrochages logiquement définis, aboutit à la *métasémiologie*
qui " dans la pratique est identique à la description de la substance ". " La distinction
de Saussure (substance/forme) et la formulation qu'il en a donnée ne doivent donc
pas nous conduire à croire que les fonctifs découverts grâce à l'analyse du schéma
linguistique ne peuvent pas être considérés avec quelque raison comme étant de
nature physique ". Or, ce retournement du formalisme vers une matérialité objective,
s'il semble frôler une position matérialiste, ne resta pas moins dans le parti opposé
de la philosophie. Car Hjelmslev recule au bord du problème : " Dans quelle mesure
est-il possible, en fin de compte, de considérer les grandeurs d'un langage tant dans
son contenu que dans son expression, comme des grandeurs physiques ? ", se de-
mande-t-il pour refuser de traiter ce problème " qui ne concerne que l'épistémologie ",
et pour préconiser une pureté anépistémologique du domaine où règne la " théorie
du schéma linguistique ". La théorie hjelmslevienne est finaliste et systématisante,
elle retrouve dans la " transcendance " ce qu'elle s'est donnée comme " immanence ",
et dessine ainsi les confins d'une totalité close, cernée par une description aprioriste du
langage, en coupant la voie à la connaissance objective des systèmes signifiants irré-

sémanalyse, au contraire, déchire la neutralité secrète du méta-langage supra-concret et superlogique, et désigne *aux langages* leurs opérations définitives pour leur assigner le sujet et l'histoire. Car loin de partager l'enthousiasme de la *glossématique* qui a marqué la " belle époque " de la Raison Systématisante persuadée de l'universalité de ses opérations transcendentales, la sémanalyse se ressent de l'ébranlement freudien et, sur un autre plan, marxiste, du sujet et de son discours, et, sans proposer de système universel et clos, formalise pour déconstruire. Elle évite ainsi l'enroulement agnostique du langage sur lui-même, et lui désigne un *dehors* — un " objet " (système signifiant) résistant, que la sémiotique analyse pour en situer le formalisme dans une conception maté-rialiste historique qui prend cette formalisation en écharpe.

A l'étape actuelle, hésitante, divisée entre le scientisme et l'idéo-logie, la sémiotique pénètre tous les " objets " du domaine de la " société " et de la " pensée ", ce qui veut dire qu'elle pénètre les sciences sociales et cherche sa parenté avec le discours épistémo-logique.

D. Si la sémiotique ne fait que ses premiers pas en se cherchant comme science, ses problèmes sont encore moins élucidés lorsqu'elle aborde cet objet spécifique, le *texte* que nous avons désigné plus haut. Il est rare, sinon exclu, que les différents théoriciens et classi-ficateurs des sciences envisagent sérieusement dans leurs schémas la possibilité d'une science du *texte*. Cette zone de l'activité sociale semble être reléguée à l'idéologie, voire à la religion [15].

---

ductibles au langage comme " système biplan ". On peut douter que le concept de connotation puisse provoquer l'ouverture du système ainsi fermé. Les recherches postérieures à Hjelmslev sur le signe littéraire (connotatif) aboutissent à des constructions mécaniques complexes qui ne brisent pas l'enclos du signe-borne de la déno-tation. Plus profondément, les concepts de base " contenu " et " expression "décrivent le signe pour le fixer, et sont coextensifs à son domaine, mais n'en percent pas l'opa-cité; quant au concept de " texte " comme " procès ", il est pratiquement écarté par celui de " langue " comme " système " qui le prend en charge.

15. Le formalisme russe fut sans doute le premier à ouvrir la voie à une sémio-tique des textes littéraires. A son positivisme phénoménologique s'est jointe la ten-tative timide du Cercle linguistique de Prague d'esquisser une sémiotique de la lit-térature et des arts marquée par les travaux de Jan Mukařovsky, *Estleticka funkce, norma a hodnota jako sociálnífakty* (Fonction, norme et valeur esthétique comme faits

En effet, le texte est précisément ce qui *ne peut pas* être pensé par tout un système conceptuel qui fonde l'intelligence actuelle, car c'est justement le texte qui en dessine les limites. Interroger *ce qui cerne* le champ d'une certaine logique connaissante à force d'en être *exclu*, et qui permet par son exclusion même qu'une interrogation se poursuive, à lui aveugle et par lui appuyé : c'est sans doute le pas décisif que doit essayer une science *des* systèmes signifiants qui les étudieraient sans admettre l'exclusion de ce qui la rend possible et sans se l'approprier en le mesurant aux concepts de son intérieur (tel "structure", ou plus spécifiquement "névrose", "perversion", etc.), mais en marquant pour commencer cette *altérité*, ce *dehors*. Et c'est ainsi, en ce sens, que cette science sera *matérialiste*.

Il est évident, donc, que désigner le *texte* comme faisant partie des objets de connaissance d'une sémiotique, est un geste dont nous n'ignorons ni l'outrance ni la difficulté. Il nous paraît pourtant indispensable de poursuivre cette recherche qui, à nos yeux, *contribue* à la construction d'une sémiotique non bloquée par les présupposés des théories de la signification ignorant le *texte* comme pratique spécifique, et par là devient capable de refaire la théorie de la signifiance qui deviendra ainsi une gnoséologie matérialiste. Cette contribution sera due au fait que par rapport au *texte*, et en raison des particularités de cet objet, la sémiotique est plus que dans d'autres domaines obligée de s'inventer, de revoir ses matrices et ses modèles, de les refaire et de leur donner la dimension historique et sociale qui les construit en silence.

Le texte confronte la sémiotique à un fonctionnement qui se place en dehors de la logique aristotélicienne, en exigeant la construction d'une autre logique et en poussant ainsi à bout — à l'*excès* — le discours du savoir obligé par conséquent à *céder* ou à se réinventer.

C'est dire que le texte propose à la sémiotique une problématique qui traverse l'opacité d'un objet signifiant *produit*, et *condense* dans le produit (dans le corpus linguistique présent) un double proces-

---

sociaux), Praha, 1939; *L'Art comme fait sémiologique* (lieu de publication inconnu), etc. Une école polonaise de théorie littéraire, influencée à la fois par le formalisme russe et les travaux des logiciens polonais, a repris après la guerre cette tradition sémiotique dans l'étude littéraire.

sus de *production* et de *transformation* de sens. C'est en ce lieu de la théorisation sémiotique que la science psychanalytique intervient pour donner une conceptualisation capable de saisir la *figurabilité* dans la langue à travers le figuré [16].

Questionnant la psychanalyse, la sémanalyse peut " désobjectiviser " son objet : essayer de penser, dans la conceptualisation qu'elle propose de cet objet spécifique, une coupe *verticale* et non limitée d'origine ni de fin, remontant la production de la signifiance pour autant que cette production n'est pas la cause du produit, sans se contenter d'une mise en ordre superficielle d'une totalité objectale.

Les sciences mathématiques, logiques et linguistiques offrent à cette démarche des modèles formels et des concepts opératoires; les sciences sociales et philosophiques précisent les coordonnées de ses objets et situent le lieu d'où parle sa recherche. Proposant ainsi une formalisation sans se réduire à elle, mais en mimant toujours son théâtre, c'est-à-dire en inscrivant les lois d'un type de *signifiance*, la science du texte est une *condensation*, au sens analytique du terme, de la pratique historique — la science de la figurabilité de l'histoire : "réflexion du processus historique dans une forme abstraite et théorique conséquente, réflexion corrigée, mais d'après les lois que nous propose le processus historique réel lui-même, de sorte que chaque moment peut être envisagé du point de vue de sa production, là où le processus atteint sa pleine maturité et sa forme classique [17] ".

Les études qui suivent, élaborées au cours de deux ans, et dont l'inégalité ou les contradictions se rapportent aux étapes successives d'un travail ni définitif ni fini, témoignent d'une tentative première

---

16. La théorie freudienne de la logique du rêve, en se *déplaçant* entre le conscient et l'inconscient par l'analyse de la série d'opération de production et de transformation qui rendent le rêve irréductible au discours communiqué, indique cette direction que la sémiotique du texte pourrait élaborer. Ainsi : " Le travail psychique dans la formation du rêve se divise en deux opérations : la production des pensées du rêve, leur transformation en contenu du rêve... ce travail qui est vraiment celui du rêve, diffère beaucoup plus de la pensée éveillée que ne l'ont cru même les théoriciens les plus acharnés à réduire la part de l'activité psychique dans l'élaboration du rêve. La différence entre ces deux formes de pensée est une différence de nature, c'est pourquoi on ne peut les comparer... " (*l'Interprétation des rêves*, P.U.F., 1926 [1967], p. 432.)

17. Marx, Engels, *Œuvres choisies*, t. I, Gosposlitisdat, Moscou, 1955, p. 332.

d'élaboration théorique qui serait contemporaine de la pratique textuelle actuelle et de la science des significations de nos jours. Elles essaient de saisir à travers la langue ce qui est étranger à ses habitudes et dérange son conformisme : le texte et sa science, pour les intégrer à la construction d'une gnoséologie matérialiste.

2

Le geste
pratique ou communication?

Si, fermé à notre langage, tu n'entends pas nos raisons, à défaut de la voix, parle-nous en gestes barbares.

Eschyle, *Agamemnon.*

Par le geste il reste à l'intérieur des limites de l'espèce, donc du monde phénoménal, mais par le son il résout le monde phénoménal en son unité première...
... en général tout geste a un son qui lui est parallèle ;
l'alliance la plus intime et la plus fréquente d'une sorte de mimique symbolique et de son constitue le langage.

Nietzsche, *La Conception dionysiaque du monde.* (été 1870).

Car à côté de la culture par mots il y a la culture par gestes. Il y a d'autres langages au monde que notre langage occidental qui a opté pour le dépouillement, pour le dessèchement des idées et où les idées nous sont présentées à l'état inerte sans ébranler au passage tout un système d'analogies naturelles comme dans les langues orientales.

Artaud, *Lettres sur le langage, I.* (15 septembre 1931).

I. DU SIGNE A L'ANAPHORE.

Si nous choisissons ces réflexions comme exergues, ce n'est pas uniquement pour indiquer l'intérêt que la pensée " antinormative " a toujours eu pour la gestualité, et plus que jamais après la coupure épistémologique des XIXᵉ-XXᵉ siècles, lorsqu'à travers Marx, Nietzsche, Freud et certains textes dits poétiques (Lautréamont, Mallarmé,

Roussel) elle tend à s'évader des grilles de la rationalité " logo-centrique " ("sujet ", discours, communication). C'est plutôt pour accentuer une (leur) *contradiction*, ou mieux, cette (leur) *complémentarité* que la linguistique actuellement affronte avant de se renouveler.

En effet, au moment où notre culture se saisit dans ce qui la constitue — le mot, le concept, la parole —, elle essaie *aussi* de dépasser ces fondements pour adopter un point de vue *autre*, situé en dehors de son système propre. Dans ce mouvement de la pensée moderne concernant les systèmes sémiotiques, deux tendances semblent se dessiner. D'un côté, parties des principes de la pensée grecque valorisant le *son* comme complice de l'*idée* et par conséquent comme moyen majeur d'intellection, la littérature, la philosophie et la science (y compris dans leurs manifestations les moins platoniciennes, comme le prouvent les citations d'Eschyle et de Nietzsche) optent pour le primat du discours verbal considéré comme une *voix*-instrument d'expression d'un " monde phénoménal ", d'une " volonté " ou d'une " idée " (un sens). Dans le champ ainsi découpé de la *signification* et de la communication, la notion de *pratique* sémiotique est exclue, et par là-même, toute *gestualité* est présentée comme mécanique, redondante par rapport à la voix, illustration-redoublement de la parole, donc visibilité plutôt qu'action, " représentation accessoire " (Nietzsche) plutôt que processus. La pensée de Marx échappe à ce présupposé occidental qui consiste à réduire toute praxis (gestualité) à une représentation (vision, audition) : elle étudie comme *productivité* (travail + permutation de produits) un processus qui se donne pour de la communication (le système de l'échange). Et ceci par l'analyse du système capitaliste comme une " machine " à travers le concept de *darstellung*, c'est-à-dire, d'une mise en scène autorégulatrice, non pas spectacle, mais gestualité impersonnelle et permutante qui, n'ayant pas d'auteur (de sujet), n'a pas de spectateur (de destinataire) ni d'acteurs, car chacun est son propre " actant " qui se détruit comme tel, étant à la fois sa propre scène et son propre geste [1]. Nous trouvons ainsi, à un moment crucial de la pensée occidentale

1. Cf. l'interprétation de ce concept par L. Althusser dans *Lire Le Capital*, t. II, p. 170-171.

qui s'affirme en se contestant, une tentative de *sortie* de la signification (du sujet, de la représentation, du discours, du sens) pour
lui substituer son *autre* : la production comme geste, donc non té-
léologique puisque destructrice du " verbalisme " (nous désignons
par ce terme la fixation d'un sens et / ou d'une structure comme
enclos culturel de notre civilisation). Mais la sémiotique n'a pas encore tiré de la démarche marxiste les conclusions qui la refon-
draient.

D'autre part, une tendance s'affirme de plus en plus nettement
d'aborder des pratiques sémiotiques *autres* que celles des langues
verbales, tendance qui va de pair avec l'intérêt pour des civilisations extra-européennes irréductibles aux schémas de notre culture [2], pour les pratiques sémiotiques des animaux (" le plus souvent analogiques ", alors que dans le langage humain une partie
de la communication est codée digitalement [3]) ou pour des pratiques sémiotiques non phonétiques (l'écriture, le graphisme, le
comportement, l'étiquette). Plusieurs chercheurs qui travaillent
sur différents aspects de la gestualité ont constaté et essayé de formaliser l'irréductibilité du geste au langage verbal. " Le langage
mimique n'est pas seulement langage, mais encore action et participation à l'action et même aux choses ", écrit le grand spécialiste
de la gestualité Pierre Oléron, après avoir démontré que les catégories grammaticales, syntaxiques ou logiques sont inapplicables
à la gestualité parce qu'opérant avec des divisions tranchées [4].
Tout en reconnaissant la nécessité du modèle linguistique pour
une approche initiale de ces pratiques, les études récentes tentent
de se libérer des schémas de base de la linguistique, d'élaborer de
nouveaux modèles sur de nouveaux corpus, et d'élargir, *a posteriori*, la puissance de la procédure linguistique elle-même (donc de

2. Cf. les travaux des sémiologues soviétiques, *Trudy po znakovyn sistemam*, Tartu,
1965.

3. Nous renvoyons ici aux travaux importants de Th. A. Sebeok, et particulièrement à " Coding in the evolution of signaling behaviour ", in *Behaviorial science* 7 (4),
1962, p. 430-442.

4. Pierre Oléron, " Études sur le langage mimique des sourds-muets ", in *Année
psychologique*, 1952, t. 52, p. 47-81. Contre la réductibilité de la gestualité à la parole :
R. Kleinpaul, *Sprache ohne Worte. Idee einer allgemeinen Wissenschaft der Sprache*, Verlag
von Wilhelm Friedrich, Leipzig, 1884, 456 p. A. Leroi-Gourhan, *le Geste et la Parole*,
Albin Michel, Paris.

réviser la notion même de langage, compris non plus comme communication, mais comme production).

C'est à ce point précisément que se situe, à notre avis, l'intérêt d'une étude de la gestualité. Intérêt philosophique et méthodologique de première importance pour la constitution d'une sémiotique générale, parce qu'une telle étude permet de dépasser en deux points fondamentaux les grilles élaborées sur un corpus verbal que la linguistique impose à la sémiotique aujourd'hui et qu'on signale souvent parmi les défauts inévitables du structuralisme [5].

1. La gestualité, plus que le discours (phonétique) ou l'image (visuelle) est susceptible d'être étudiée comme une activité dans le sens d'une *dépense*, d'une productivité antérieure au produit, donc antérieure à la *représentation* comme phénomène de signification dans le circuit communicatif; il est donc possible de ne pas étudier la gestualité comme une représentation qui est " un motif d'action, mais ne touche en rien la nature de l'action " (Nietzsche), mais comme une activité antérieure au message représenté et représentable. Évidemment, le geste transmet un message dans le cadre d'un groupe et n'est " langage " que dans ce sens; mais plus que ce message déjà là, il est (et il peut rendre concevable) l'*élaboration* du message, le *travail* qui précède la constitution du signe (du sens) dans la communication. A partir de là, c'est-à-dire en raison du caractère *pratique* de la gestualité, une sémiotique du geste devrait avoir pour raison d'être de traverser les structures code-message-communication, et d'introduire à un mode de pensée dont il est difficile de prévoir les conséquences.

2. Réduite à une pauvreté extrême dans le champ de notre civilisation verbale, la gestualité s'épanouit dans des cultures extérieures à la clôture gréco-judéo-chrétienne [6]. L'étude de cette gestualité, à l'aide de modèles pris aux civilisations mêmes où il se mani-

---

5. Jean Dubois a démontré comment, bloquée par les schémas de la communication, la linguistique structurale ne peut envisager le problème de la *production du langage* qu'en réintroduisant — geste régressif dans le courant de la pensée moderne — l'intuition du sujet parlant (cf. " Structuralisme et linguistique ", in *la Pensée*, oct. 1967, p. 19-28).

6. Cf. M. Granet, *la Pensée chinoise*, ch. II et III, Paris, 1934; " La droite et la gauche en Chine ", in *Études sociologiques sur la Chine*, P.U.F., 1953; les textes d'Artaud sur les Tarahumaras (*la Danse du peyotl*) ou ses commentaires du théâtre balinais; Zéami, *la Tradition secrète du Nô*, trad. et commentaires de René Sieffert, Gall., 1967; la tradition indienne du théâtre Kathakali (*Cahiers Renaud-Barrault*, mai-juin, 1967), etc.

feſte, nous donnera en revanche de nouveaux moyens de penser notre propre culture. De là, la nécessité d'une étroite collaboration d'anthropologues, hiſtoriens de la culture, philosophes, écrivains, et sémioticiens pour cette " sortie de la parole ".

Dans une telle perspeċtive nous nous arrêterons ici à deux renversements que l'acception de la geſtualité comme *pratique* introduit dans la réflexion sur les syſtèmes sémiotiques : 1. la définition de la *fonċtion* de base (nous ne disons pas " unité " de base) du geſte, 2. la différenciation pratique-produċtivité/communication-signification.

Nous prendrons quelques exemples à l'anthropologie non à titre de pièces à conviċtion mais de matière de raisonnement. Les études anthropologiques concernant les syſtèmes sémiotiques des tribus dites " primitives " partent, à notre connaissance, toujours du principe philosophique courant (platonicien) que ces pratiques sémiotiques sont l'expression d'une idée ou d'un concept antérieurs à leur manifeſtation signifiante. La linguiſtique moderne modelée sur le même principe (nous pensons à la dichotomie du signe linguiſtique en signifiant-signifié) récupère immédiatement une telle conception dans le circuit de la théorie de l'information. Or, une autre leċture nous semble possible des données (des explications " primitives " concernant le fonċtionnement des syſtèmes sémiotiques) citées par les anthropologues. Nous nous contenterons ici de quelques exemples. Ainsi : " Les choses ont été *désignées* et nommées *silencieusement* avant d'avoir exiſté et ont été appelées à être par leur nom et leur signe " (nous soulignons). " Quand (les choses) eurent été situées et *désignées* en puissance, un autre élément se détacha de glã et se posa sur elles pour les *connaître* : c'était le pied de l'homme (ou " grain de pied "), symbole de la conscience humaine [7]. " Ou bien : " Selon la théorie, de la parole des Dogons, le fait de dire le nom précis d'un être ou d'un objet équivaut à le *montrer* symboliquement [8]... " (nous soulignons). Le même auteur, évoquant le symbolisme de l'épingle à cheveu comme " le témoignage de la création du monde par Amma ", chez les Dogons, rappelle l' " association par la forme

---

7. G. Dieterlen, " Signe d'écriture bambara ", cité par Geneviève Calame-Griaule, *Ethnologie et langage : la Parole chez les Dogons*, Gallimard, 1965, p. 514, 516.

8. G. Calame-Griaule, *op. cit.*, p. 363.

de l'objet, avec un doigt allongé ", et l'interprète comme " un *index* allongé pour *montrer* quelque chose ", d'où, " le doigt d'Amma créant le monde en le *montrant* [9] " (nous soulignons). D'autre part, certaines études des systèmes sémiotiques non phonétiques, scripturaux, n'ont pas manqué d'insister sur la complémentarité de deux principes de sémiotisation : d'une part, la *représentation*, de l'autre, l'*indication*. Ainsi on connaît les six principes de l'écriture Lieou-chou (403-247 av. J.-C.) : 1. *représentation* figurative des *objets*, 2. *indication d'action*, 3. combinaison d'idées, 4. composition d'éléments figuratifs et phonétiques, 5. déplacement de sens, 6. emprunt ; de même que la division des caractères chinois en *wen* (figures à tendances *descriptives*) et *tsen* (caractères composés à tendance *indicative* [10]).

Si toutes ces réflexions supposent l'antériorité synchronique du système sémiotique par rapport au " réel découpé ", il est frappant que cette antériorité, contrairement aux explications des ethnologues, ne soit pas celle d'un concept par rapport à une voix (signifié-signifiant), mais d'un geste de *démonstration*, de *désignation*, d'*indication d'action* par rapport à la " conscience ", à l'idée. Avant (cette antériorité est spatiale et non temporelle) le signe et toute problématique de *signification* [11] (et donc de structure signifiante), on a pu penser une pratique de *désignation*, un *geste* qui montre non pas pour signifier, mais pour *englober* dans un même espace (sans dichotomie idée-mot, signifié-signifiant), disons dans un même *texte sémiotique*, le " sujet ", l' " objet " et la pratique. Cette procédure rend impossible ces notions de " sujet ", " objet " et pratique en tant qu'entités en soi, mais les inclut dans une *relation vide* (le geste = montrer) de type *indicatif* mais non signifiant, et qui

---

9. *Ibid.*, p. 506.

10. Tchang Tcheng-Ming, *l'Écriture chinoise et le Geste humain*, doctorat ès lettres, Paris, 1937.

11. R. Jakobson a raison d'objecter que " montrer du doigt " ne dénote aucune " signification " *précise*, mais cette objection est loin d'éliminer l'intérêt du concept d'*indication*, d'*orientation* (nous dirons plus loin d'*anaphore*) pour une révision des théories sémantiques comme cela semble être le propos de la communication de Harris et Vœgelin à la Conférence des Anthropologues et des Linguistes tenue à l'Université d'Indiana en 1952 (cf. " Results of the Conference of Anthropologists and Linguistics " in *Supplement to International Journal of American Linguistics*, vol. 19, n° 2, avril 1953, mêm. 8, 1953.)

ne signifie que dans un " après " — celui du mot (phonétique) et de ses structures.

On sait que la linguistique moderne s'est constituée comme science à partir de la phonologie et de la sémantique; mais il est temps peut-être, en partant de ces modèles phonologiques et sémantiques, c'est-à-dire en partant de la *structure*, d'essayer de toucher à ce qui ne l'est pas, n'y est pas réductible ou lui échappe complètement. Évidemment, l'approche de cet *autre* de la structure phonético-sémantique n'est possible qu'à travers cette structure même. Aussi donnerons-nous à cette *fonction de base* — indicative, relationnelle, vide — du texte sémiotique général le nom d'*anaphore*, en rappelant à la fois la signification de ce terme dans la syntaxe structurale [12] et son étymologie. La fonction *anaphorique*, donc relationnelle, transgressive par rapport à la structure verbale à travers laquelle nous l'étudions nécessairement, connote une *ouverture*, une *extension* (du système de signe qui lui est " postérieur " mais à travers lequel elle est nécessairement pensée, *après coup*) que les données des ethnologues ne font que confirmer (pour les Dogons, Amma qui crée le monde en le montrant, signifie " ouverture ", " extension ", " éclatement d'un fruit ").

D'autre part, la fonction *anaphorique* (nous pourrons désormais employer ce terme comme synonyme de " gestuelle ") du texte sémiotique général constitue le fond (ou le relais ?) sur lequel se déroule un processus : la production sémiotique qui n'est saisissable, en tant que signification figée et représentée, qu'en deux points, la parole et l'écriture. Avant et derrière la *voix* et la *graphie* il y a l'*anaphore* : le geste qui *indique*, instaure des *relations* et élimine les entités. On a pu démontrer les rapports de l'écriture hiéroglyphique avec la gestualité [13]. Le système sémiotique des Dogons qui finalement semble être plutôt un système sémantique scriptural que verbal, repose aussi sur l'*indication* : apprendre à parler pour eux c'est apprendre à indiquer en traçant. A quel point le rôle de l'*indication* est primordial dans la sémiotique de ce peuple, est prouvé par le fait que chaque " parole " est redoublée par quelque chose d'autre qui la désigne mais ne la représente pas.

---

12. Cf. Tesnière L., *Esquisse d'une syntaxe structurale*, P. Klincksieck, 1953. Cf. plus haut, " Le sens et la Mode ", p. 80.
13. Tchang Tcheng-ming, *op. cit.*

Cet *anaphorique* est soit un support graphique, soit un objet naturel ou fabriqué, soit une gestualité qui indique les quatre stades de l'élaboration du système sémiotique (telle par ex. " la parole des hommes en règles [14] ").

L'acceptation de la gestualité comme pratique *anaphorique* met entre parenthèses l'étude du geste à l'aide du modèle du signe (donc à l'aide des catégories grammaticales, syntaxiques, logiques) et nous suggère la possibilité de l'aborder à travers des catégories mathématiques de l'ordre des *fonctions*.

Ces considérations sur l'*anaphore* rappellent la réflexion husserlienne sur la nature du signe. En effet, lorsqu'il définit le " double sens du terme signe ", Husserl distingue les signes-*expressions*, ceux qui *veulent dire*, des *indices* (Anzeichen) qui n' " expriment rien ", et donc sont privés de " vouloir-dire ". Cette distinction que Derrida a analysée (cf. *la Voix et le Phénomène*), semble marquer dans le système husserlien une ouverture, d'ailleurs vite refermée, où *signifier* en tant que " vouloir-dire " n'a plus cours : la marge de *l'indication*. " La motivation établit entre les actes du jugement dans lesquels se constituent pour l'être pensant les états de choses ayant la propriété d'indiquer, et ceux qui sont indiqués une *unité descriptive* qui ne doit pas être conçue comme une " qualité structurale " (Gestaltqualität), fondée dans les actes de jugement; c'est en elle que réside l'essence de l'indication " (*Recherches logiques*, t. II, p. 31). Outre cette *non-structuralité*, Husserl souligne la *non évidence* de l'indice. Pourtant, il pose la relation indicative comme étant une *motivation* dont le corrélat objectif serait un " parce que ", qui n'est rien d'autre que la perception de *causalité*.

Ainsi, la brèche dans le *signifié expressif* se voit vite soudée par la *causalité* qui sous-tend l'indice husserlien et l'investit de " vouloir-dire ".

Husserl accentue pourtant la différence des deux modes de signifier, et voit l'*indication* se réaliser, même s'" originer ", dans l' " association des idées " (où " une relation de coexistence forme une relation d'appartenance ").

Quant à la catégorie des *expressions*, elle doit englober " tout discours et toute partie de discours ".

---

14. G. Calame-Griaule, *op. cit.*, p. 237.

Or, des indices aussi bien que des expressions " nous excluons le jeu des physionomies, et les gestes ". Car " des " expressions " de ce genre n'ont, à *proprement parler, pas de signification* ", et si une deuxième personne leur attribue une signification, ce n'est que dans la mesure où elle les *interprète*; mais même dans ce cas " elles n'ont pas de signification au sens prégnant de signe linguistique, mais seulement au sens d'indices ".

Ainsi, la distinction husserlienne indice-expression laisse intact l'espace où se produit le geste, même si l'*interprétation* gestuelle tient de l'indice. Sans *vouloir dire* et sans *motiver une cause*, ni expression ni indice, le geste cerne l'espace vacant où s'opère ce qui peut être pensé comme indice et/ou expression. Là, dans cet ailleurs, l'indice aussi bien que l'expression sont des limites externes qui, finalement, ne font qu'une : celle où point le signe. Que ce que le geste nous laisse entrevoir, soit donc non moins exclu de l'expression que de l'indication (car sa production se retire de la surface où se systématisent les signes) c'est ce que nous voulons suggérer.

Ici une mise en garde s'impose : nous sommes loin de défendre la thèse courante dans certaines études sur la gestualité qui voudraient voir en celle-ci l'origine de la langue. Si nous insistons sur l'*anaphoricité* comme fonction de base du texte sémiotique, nous ne la posons pas comme *originaire*, et ne considérons pas le geste comme diachroniquement antérieur à la phoné ou à la graphie. Il s'agit simplement de définir, à partir du geste *irréductible à la voix* (donc à la signification, à la communication), une *particularité générale du texte sémiotique* en tant que praxis corrélationnelle, permutationnelle, et annihilante, particularité que les théories communicatives de la langue laissent dans l'ombre. Il s'agit, par là, de suggérer la nécessité d'une collaboration étroite entre la sémiotique générale d'une part, la théorie de la production et certains postulats de l'étude de l'inconscient (la dislocation du sujet), de l'autre. Il n'est pas impossible que l'étude de la gestualité soit le terrain d'une telle collaboration.

Antérieure à la signification, la fonction anaphorique du texte sémiotique amène nécessairement dans le champ de réflexion qu'elle trace quelques concepts que nous voyons surgir dans toutes les civilisations qui ont atteint une haute sémiotisation de la gestualité. C'est d'abord le concept d'*intervalle* : de vide, de saut,

qui ne s'oppose pas à la " matière ", c'est-à-dire, à la représentation acoustique ou visuelle, mais lui est identique. L'intervalle
est une articulation non interprétable, nécessaire à la permutation du texte sémiotique général et abordable à travers une
notation de type algébrique, mais extérieure à l'espace de l'information. De même, le concept de *négativité* [15], d'annihilation des
différents termes de la pratique sémiotique (considérée dans
la lumière de son anaphoricité), qui est un processus de production incessante mais se détruit elle-même et ne peut être arrêtée
(immobilisée) qu'*a posteriori*, par une superposition de mots Le
geste est l'exemple même d'une production incessante de mort.
Dans son champ, l'individu ne peut pas se constituer — le geste est
un mode *impersonnel* puisqu'un mode de productivité sans production. Il est *spatial* — il sort du " circuit " et de la " surface "
(parce que telle est la zone topologique de la communication) et
demande une formalisation nouvelle de type spatial. Anaphorique, le texte sémiotique n'exige pas forcément une connexion
structurale (logique) avec un exemple-type : il est une possibilité constante d'aberration, d'incohérence, d'arrachement,
donc de création d'autres textes sémiotiques. De là qu'une
étude de la gestualité comme production soit une préparation
possible pour l'étude de toutes les pratiques subversives et " dévia-
toires " dans une société donnée.

En d'autres termes, le problème de la signification est secondaire dans une étude de la gestualité comme pratique. Ce qui
revient à dire qu'une science du geste visant une sémiotique
générale ne doit pas forcément se conformer aux modèles linguistiques, mais les traverser, les élargir, en commençant par
considérer le " sens " comme *indication*, le " signe " comme " anaphore ".

Toutes ces considérations sur le caractère de la fonction gestuelle
ne visent qu'à suggérer une approche possible de la gestualité
en tant qu'irréductible à la communication signifiante. Il est évident
qu'elles mettent en cause les bases philosophiques de la linguistique
contemporaine et ne peuvent trouver leurs moyens que dans une
méthodologie axiomatisée. Notre but a été seulement de rappeler

---

15. L. Mäll parle de *zérologie* : réduction à zéro des dénotata et même des signes
qui les représentent dans un système sémiotique donné. Cf. *Tel Quel*, 32.

que si la linguistique, comme le remarquait Jakobson, a longuement lutté pour " annexer les *sons* (nous soulignons) de la parole... et incorporer les *significations* (nous soulignons) linguistiques [16] ", le temps est venu peut-être d'annexer les *gestes* et d'incorporer la *productivité* à la science sémiotique.

L'état actuel de la science de la gestualité telle qu'elle se présente sous sa forme la plus élaborée dans la kinésique américaine est loin d'une telle acception. Elle nous intéressera pourtant dans la mesure où elle tend à être indépendante des schémas de la linguistique verbale, sans être pour autant une démarche décisive pour la construction d'une sémiotique générale.

II. LA KINÉSIQUE AMÉRICAINE.

" La kinésique en tant que méthodologie traite des aspects communicatifs du comportement appris et structuré du corps en mouvement [17] ", écrit le kinésiste américain Ray Birdwhistell aux travaux duquel nous nous référons dans ce qui suit. Sa définition donne les caractéristiques — et les limites — de cette science récente, en la situant dans la marge de la théorie de la communication et du behaviorisme. Nous reviendrons plus loin sur les impacts idéologiques qu'une telle dépendance impose à la kinésique. Au préalable, nous évoquerons son histoire de même que l'aspect général de son appareil et de ses procédés.

La naissance de la kinésique.

C'est Darwin que les kinésistes désignent comme étant à l'origine de l'étude " communicative " des mouvements corporels. *Expression of the Emotions in Man and the Animals* (1873) est cité

---

16. R. Jakobson, *Essais de linguistique générale*, Ed. de Minuit, Paris, 1963, p. 42.
17. " Paralanguage : 25 Years after Sapir ", in *Lectures in Experimental Psychiatry*, ed. by Henry W. Brosin, Pittsburg, P. Univ. of Pittsburg Press.

souvent comme le livre de départ de la kinésique actuelle, quoi-
qu'une réserve soit faite en ce qui concerne le manque de point
de vue " communicatif " (sociologique) dans l'étude darwinienne
de la gestualité. Les travaux de Franz Boas jalonnent ensuite la
naissance de la kinésique américaine : on connaît l'intérêt de
l'ethnologue pour le comportement corporel des tribus de North-
west Coast, comme le fait qu'il encourageait les recherches d'Effron
sur les contrastes du comportement gestuel des Juifs italiens et
est-européens [18]. Mais c'est surtout la démarche anthropologico-
linguistique d'Édouard Sapir et en particulier sa thèse que la
gestualité corporelle est un code qui doit être appris en vue d'une
communication réussie [19], qui suggèrent les tendances de la kinésique actuelle. Les recherches des psychiatres et des psychanalystes
américains ont, par la suite, mis l'accent sur la relativité du comportement gestuel : Weston La Barre [20] illustre le concept de Mali-
nowski de la communication " phatique " et fournit des documents sur les " pseudo-langages " qui précèdent le discours verbal.

Il semble de même que l' " analyse micro-culturelle " telle
qu'elle se révèle surtout dans les écrits de Margaret Mead [21]
avec ses utilisations de caméras et l'accentuation des déterminations culturelles du comportement, ont été particulièrement
stimulants pour le développement de la kinésique.

Ainsi, vers les années 50, les efforts conjoints des anthropologues, des psychanalystes et des psychologues américains avaient
déjà esquissé une nouvelle sphère de recherche : le comportement
corporel comme un code particulier. La nécessité se posa alors
d'une science spécialisée qui puisse interpréter et comprendre ce
nouveau code vu comme un nouveau secteur de la communication. C'est dans la linguistique américaine de Bloomfield [22],

18. David Efron, *Gesture and Environment, a tentative study*, etc., Kings Crown Press,
New York, 1941.
19. E. Sapir, *The Selected Writings of Edward Sapir*, Univ. of Californis Press, Barke-
ley and Los Angeles, 1949.
20. W. La Barre, " The Cultural basis of Emotions and Gestures ", in *The Journal
of Personality*, 16, 49-68, 1947; *The Human Animal*, Univ. of Chicago Press, Chicago,
1954.
21. M. Mead, *On the Implications for Anthropology of the Geselling approach to Matu-
ration*, Personal Character and the Cultural Milieu, éd. D. Harring, Syracuse Univ.
Press, 1956. Aussi Mead and Bateson, " Balinese Character "; Mead M. and Cooke
Fr. Macgregor, *Growth and Culture*, G. P. Putnams Sons, New York, 1952.
22. L. Bloomfield, *Language*, Hilt., New York, 1933.

mais plus encore de Sapir [23], Trager et Smith [24] que la nouvelle
science de la gestualité alla chercher ses modèles pour se constituer
comme une science *structurale*. Ainsi, par la voie que nous venons
de décrire, apparaît en 1952 *Introduction to Kinesiecs* de Ray Birdwhistell qui marque le commencement d'une étude *structurale*
du comportement corporel. On connaît l'acception psychologique
et empiriquement sociologique du langage dans les théories
de Sapir : sa distinction entre une " personnalité " en soi et une
" culture " environnante qui l'influence, entraîne une différenciation mécaniste et vague entre un " point de vue social " et
un " point de vue individuel " dans l'approche du " fait linguistique " avec préférence donnée au point de vue " personnel [25] ".
Cette thèse difficilement soutenable aujourd'hui (après la pulvérisation freudienne, et en général psychanalytique, de la " personne " en tant que sujet = entité " interactionnelle "), détermine
la démarche kinésique. Et surtout, le postulat de Sapir que le
discours doit être étudié comme une série de " niveaux " analy-
sables séparément pour permettre " de mettre le doigt à l'endroit
précis du complexe discursif qui nous mène à faire tel ou tel
jugement personnel [26] ". C'est Sapir encore qui reconnaît l'importance du comportement corporel dans la communication et remarque
sa *relation* étroite avec certains niveaux du discours : cette thèse,
nous le verrons, fournira une des préoccupations majeures de
la kinésique.

Dans le même courant "personnaliste " de la linguistique américaine traitant des problèmes de *vocabulaire* (Sapir : " La personnalité est largement reflétée dans le choix des mots ") et de *style*
(Sapir : " Il y a toujours une méthode individuelle quoique pau-
vrement développée d'arranger des mots dans des groupes et
de remanier ceux-là en des unités plus larges "), Zellig Harris
a étudié la structure du discours comme un terrain de comportement intersubjectif [27], mais ses modèles *distributionistes* ont

23. E. Sapir, *Language. An Introduction to the Study of Speech*, Harcourt Brace and Co.,
Inq., 1921.
24. George L. Trager and Hary Lee Smith, *An Outline of English Structure*, Oklo-
hama.
25. E. Sapir, *Selected writings*, p. 533-543 et 544-559.
26. *Ibid.*, p. 534, cité par R. Birdwhistell in *Paralanguage...*
27. Zellig Harris, *Methods in Structural Linguistics*, Iniv. of Chicago Press, Chicago,
1951.

l'avantage d'avoir permis aux kinésistes de dépasser les unités et les agencements sacralisés et la linguistique traditionnelle.

A ces origines linguistiques de la kinésique s'ajoutent les recherches psycho-linguistiques de B. Whorf [28] et de Ch. Osgood [29] qui, en analysant le rôle du langage comme modèle de pensée et de pratique, orientent les études kinésiques vers le problème " de la relation entre la communication et les autres systèmes culturels en tant que porteurs du caractère culturel et de la personnalité ".

On peut s'apercevoir donc que, née au croisement de plusieurs disciplines et dominée par les schémas behavioristes et communicatifs, la kinésique cerne difficilement son objet et sa méthode et dérape facilement vers des disciplines collatérales dans lesquelles la rigueur de la documentation va de pair avec un technicisme encombrant et une naïveté philosophique de l'interprétation. Élargissant la sphère de ses investigations, la kinésique américaine se heurte au problème du *sens* du comportement gestuel, et essaie de trouver des solutions en s'appuyant sur l'ethnologie de la gestualité [30] et les recherches sur les gestes spécialisés des différents groupes [31] qui se joignent indirectement à la kinésique en lui offrant un corpus pour ses recherches spécialisées. Tel est aussi le rapport à la kinésique d'une autre branche behavioriste appelée " analyse contextuelle " et qui propose de riches données sociologiques, anthropologiques et psychanalytiques pour une " description systématique ultérieure de la logique structurale de l'activité interpersonnelle dans un milieu social précis " [32]. Remarquons, lors des dernières années, une nouvelle extension de l'étude behavioriste de la gestualité : la *proxémique* qui s'occupe de la manière dont le sujet gesticulant organise *son espace* comme

28. Benjamin Lee Whorf, *Language Thought and Reality*, Technology Press and John Wiley and Sons, New York, 1956.

29. Ch. E. Osgood, " Psycholinguistics, A Survey of Theory and Research Problems ", *Supplement to the International Journal of American Linguistics*, vol. 20, n° 4, oct. 1954, mém. 10, Waverly Press, Baltimore, 1954.

30. Gordon Hewes, " Word Distribution of Certain Postural Habits ", in *American Anthropologist, vol.* 57, 2, 1955, dresse une liste détaillée des positions corporelles dans les différentes cultures.

31. Robert L. Saitz and Edward J. Cervenka, *Colombian and North American Gestures, a contrastive Inventory*, Centro Colombo Americane, Correro 7, Bogota, 1962, p. 23-49.

32. *Ibid.*

un système codé dans le processus de la communication [33]. Toutes ces variantes plus ou moins tâtonnantes ou importantes que prend l'étude du comportement corporel en tant que message (communication), s'inscrivent dans le stock des données de base que la kinésique, spécialisée comme une anthropologie linguistique, structure et interprète comme un *code* spécifique.

Deux problèmes principaux se posent devant la kinésique qui est en train de se constituer comme science : 1. l'utilisation qu'elle fera des modèles linguistiques. 2. la définition de ses propres unités de base et de leur articulation.

Kinésique et linguistique.

Rappelons que les premières études du langage gestuel étaient loin de le subordonner à la communication et encore moins au langage verbal. Ainsi on a pu défendre le principe que toutes les variétés de langage non verbal (signes prémonitoires, divination, symbolismes divers, mimique et gesticulation, etc.) sont plus universelles que le langage verbal stratifié en une diversité de langues. Une répartition a été proposée des signes appartenant au langage gestuel, en trois catégories : 1. " communication sans intention de communiquer et sans échange d'idées ", 2. " communication avec intention de communiquer mais sans échange d'idées ", 3. " communication avec intention de communiquer et échange d'idées [34] ". Cette sémiologie gestuelle, quelque naïve qu'elle soit, pointe sur la perspective désormais oubliée d'étudier le comportement corporel en tant que pratique sans essayer forcément de lui imposer les structures de la communication. Certaines analyses des rapports langage verbal/langage gestuel défendent l'autonomie de ce dernier par rapport à la parole et démontrent que le langage gestuel traduit assez bien les *modalités* du discours (ordre, doute, prière) mais, par contre, de façon imparfaite les catégories grammaticales (substantifs, verbes, adjectifs); que le signe gestuel est imprécis et poly-

33. Edw. T. Hall, " A system for Notation of Proxemic Behaviour ", in *American Anthropologist*, vol. 65, 5, 1963.
34. R. Kleinpaul, *op. cit.*

sémique; que l'ordre syntaxique " normal " sujet-objet-prédicat
peut varier sans que le sens échappe aux sujets; que le langage
gestuel s'apparente au langage enfantin (accentuation du concret et
du présent; antithèse; position finale de la négation et de l'interrogation) et aux langues " primitives [35] ". Le langage gestuel a été de
même considéré comme le " véritable " moyen d'expression susceptible de fournir des lois d'une linguistique générale dans laquelle
le langage verbal n'est qu'une manifestation tardive et limitée à
l'intérieur du gestuel; phylogénétiquement, le " mimage " se serait
transformé lentement en langage verbal, en même temps que le
mimographisme en phonographisme; le langage repose sur le
mimisme (répercussion dans le montage des gestes d'un individu
des " mimèmes " oculaires) qui revêt deux formes : phonomimisme
et cinémimisme; la gestualité enfantine tient du cinémimisme avec
prépondérance du mimisme manuel (" manuelage ") qui s'organise ensuite (stade du jeu) quand l'enfant devient " mimodrama-
turge " pour aboutir enfin au " geste propositionnel " de l'adulte
conscient [36].

Or, tout autre est la visée kinésique. Partie d'un psychologisme
empirique, la *communication* à laquelle obéit le code gestuel dans la kinésique américaine est considérée comme une " *multichanel structure* ".
" La communication est un système de codes interdépendants trans-
missibles à travers des canaux influençables à base sensorielle [37]. "
Dans une telle structure le langage parlé n'est pas *le* système communicatif, mais uniquement *un* des niveaux *infra-communicatifs*. Le
point de départ pour l'étude du code gestuel est donc la reconnaissance de l'*autonomie* du comportement corporel à l'intérieur du
système communicatif, et de la *possibilité* de le décrire *sans* employer
les grilles du comportement phonétique. C'est après ce postulat
de base qu'intervient la coopération entre la linguistique et les
données kinésiques, dans la mesure où la linguistique est plus
avancée quant à la structuration de son corpus. Il est clair dès main-

35. O. Witte, " Untersuchungen über die Gebardensprache. Beiträge zur Psychologie der Sprache ", *Zeitschrift für Psychologie*, 116, 1930, p. 225-309.
36. M. Jousse, " Le mimisme humain et l'anthropologie du langage ", in *Revue
anthropologique*, juill.-sept. 1936, p. 101-225.
37. R. Birdwhistell, *Conceptual Bases and Applications of the Communicational Sciences*.
The Univ. of California, april 1965.

tenant, et nous le verrons encore mieux dans ce qui suit, que le rapport linguistique / kinésique ainsi conçu, s'il réserve une certaine indépendance de la kinésique à l'égard de la linguistique *phonétique*, l'oblige, par contre, à obéir aux présupposés fondamentaux qui fondent la linguistique : ceux de la communication qui valorise l'individu tout en le mettant dans un circuit d'échange (allant même jusqu'à envisager une dichotomie du comportement en " émotif " et " cognitif "). Ainsi, loin d'apporter une rupture dans les modèles phonétiques, la kinésique n'en fournit que des variations qui confirment la règle.

La kinésique se donne donc pour tâche, de même que la linguistique anthropologique, de rechercher les " éléments répétitifs " dans le courant de la communication, de les abstraire et de tester leur signification structurale. Il s'agit d'abord d'isoler l'élément signifiant *minimal* de la position ou du mouvement, d'établir à l'aide d'une analyse *oppositionnelle* ses rapports avec les éléments d'une structure plus large, et, en répétant ce procédé, de construire un code à segments hiérarchisés. A ce niveau de recherche, le *sens* est défini comme la " signification structurale d'un élément dans un contexte structural [38] ". L'hypothèse est même avancée que les éléments structuraux du code gestuel ont en général la même variabilité de fonction sémantique que les mots [39].

Le code gestuel.

L'analogie entre la parole et le geste, comme base de la kinésique, impose d'abord la nécessité d'isoler différents *niveaux* du code gestuel : soit des niveaux correspondants aux niveaux admis par la linguistique des langues; soit des niveaux qui permettent l'étude des interdépendances langage / gestualité.

Dans la première direction, Vœgelin a pu trouver dans le langage gestuel, à l'aide d'un système de notation s'inspirant de celui de la chorégraphie, un nombre de signes distinctifs approximativement égal à celui des phonèmes d'une langue, et conclure de ce fait que le langage par geste peut être analysé selon deux niveaux

38. *Ibid.*, p. 15.
39. R. Birdwhistell, " Body Behavior and Communication ", in *International Encyclopedia of the Social Sc.*, déc. 1964.

analogues aux niveaux phonématique et morphématique des langues [40]. Une autre taxinomie gestuelle est proposée par Stokœ [41]: il appelle les éléments gestuels de base " chérèmes "; chaque morphème gestuel (= plus petite unité porteuse de sens) est composé de trois chérèmes : points structuraux de position, configuration et mouvement, appelés respectivement tabula (tab), designatum (dez), signation (sig). L'étude de la gestualité chez cet auteur suppose trois niveaux : " chérology " (analyse des chérèmes), " morphocheremics " (analyse des combinaisons entre les chérèmes) et " morphemics " (morphologie et syntaxe). Pour d'autres chercheurs, par contre, le langage gestuel ne comporte aucune unité correspondant au phonème : l'analyse doit s'arrêter au niveau des unités correspondant au morphème [42].

Dans la deuxième direction, il est nécessaire de nous arrêter aux thèses de Ray Birdwhistell dont la théorie est la plus élaborée de la kinésique américaine. Pour lui, si la gestualité est une redondance, donc une doublure du message verbal, elle n'est pas que cela : elle a ses particularités qui donnent à la communication son aspect polyvalent. De là, les analogies et les différences entre les deux niveaux langage/gestualité. Birdwhistell marque sa réticence à un parallèle trop poussé entre la gestualité et le langage phonétique. " Il est fort possible que nous forcions les données du mouvement corporel dans une trame pseudo-linguistique [43]. " S'il l'accepte pourtant, c'est plutôt pour des raisons d'utilité (idéologiques) que par conviction de la validité finale d'un tel parallélisme.

Dans sa terminologie, l'*unité minimale* du code gestuel, qui correspondrait au niveau phoné/phonème du langage verbal, porte le nom de *kiné* et de *kinème* [44]. Le *kiné* est le plus petit élément

40. C. F. Vœgelin, " Sign language analysis : one level or two ? ", in *International Journal of American Linguistics*, 24, 1958, p. 71-76.
41. W. C. Stokoe, " Sign language structure : an outline of the visual communication system of the American deaf ", *Studies in Linguistics : occasional papers*, n° 8. Department of Anthropology and Linguistics, Univ. of Buffalo, 1960, p. 78. Compte rendu par Herbert Landar in *Language*, 37, 1961, p. 269-271.
42. A. L. Krœber, " Sign Language Inquiry ", in *International Journal of American Linguistics* 24, 1958 p. 1-19 (études des gestes indiens).
43. R. Birdwhistell, *Conceptual Basis...*
44. R. Birdwhistell, *op. cit.*, 1952, et " Some Body motion elements accompanying spoken american English ", in *Communication : Concepts and Perspectives*, Lee Trager (éd.), Washington D. C., Spartan Books, 1967.

perceptible des mouvements corporels, tel par exemple la hausse et la baisse des sourcils (bb ∧ v) ; ce même mouvement répété dans un seul signal avant de s'arrêter à la position o (initiale), forme un *kinème*. Les kinèmes se combinent entre eux, tout en se joignant à d'autres formes kinésiques qui fonctionnent comme des préfixes, suffixes, infixes et transfixes, et forment ainsi des unités d'un ordre supérieur : *kinémorphes* et *kinémorphèmes*. Le *kiné* " mouvement de sourcil " (bb ∧) peut être *allokinique* avec des kinés " hochement de tête " (h ∧) " mouvement de main " (/ ∧) ou avec des *accents*, etc., en formant ainsi des kinémorphes. A leur tour les kinémorphèmes se combinent dans des *constructions kinémorphiques complexes*. De sorte que la structure du code gestuel est comparable à la structure du discours en " son ", " mots ", " propositions ", " phrases " et même " paragraphes [45] " (les mouvements de sourcils peuvent dénoter le doute, la question, la demande, etc.).

Où commence la différenciation langage verbal/gestualité ?

Deux classes de phénomènes semblaient apparaître d'abord pour Birdwhistell dans le circuit kinésique.

Les premiers se manifestent dans la communication *avec* ou *sans* parole et sont appelés des données *macro-kinésiques*. La macro-kinésique traite donc des éléments structuraux des constructions kinémorphiques *complexes*, c'est-à-dire de ces formes du code gestuel qui sont comparables aux mots, aux propositions, aux phrases et aux paragraphes.

Les seconds sont exclusivement liés au courant de la parole et sont appelés des kinémorphèmes *supra-segmentaux*. Les mouvements légers de tête, le clignotement des yeux, les froncements des lèvres, les frissons du menton, des épaules, des mains, etc., sont censés faire partie d'un système kinésique d'*accentuation* quadripartite (" quadripartite kinesic stress system "). Les kinémorphèmes supra-segmentaux de ce système d'accent ont une fonction de type *syntaxique* : ils marquent les combinaisons spéciales d'adjectifs et de noms, d'adverbes et de mots d'action, et même participent à l'organisation des propositions ou bien relient des propositions à l'intérieur des phrases syntaxiquement compliquées. Les quatre accents

---

45. *Ibid.*

que les kinémorphèmes supra-segmentaux connotent sont : accent
principal, accent secondaire, non-accentuation, désaccentuation [46].
     Un troisième type de phénomènes a été remarqué au cours des
analyses ultérieures, qui ne possèdent pas les propriétés structurales des éléments macro-kinésiques ou supra-segmentaux et qui,
en outre, sont liés à des classes *particulières* d'*items lexicaux* parti-
culiers. Les éléments de ce troisième niveau du code gestuel qui
sont appelés *kinesic markers* sont à distinguer de ce qu'on appelle
de façon générale " un geste ". Birdwhistell précise que le " geste "
est un " morphe lié " (*bound morph*), ce qui voudrait dire que les
gestes sont des formes incapables d'autonomie, qu'ils exigent un
comportement kinésique infixal, suffixal, préfixal ou transfixal
pour obtenir une identité. Les gestes seraient une sorte de " trans-
fixe " puisque inséparable de la communication verbale [47]. De
même, les *marques kinésiques* n'obtiennent de signification que reliés
à certains *items syntaxiques audibles*, à cette différence près que,
contrairement aux gestes, les marques kinésiques sont, pour ainsi
dire, asservies à un contexte phonétique *particulier*. Ainsi, Birdwhistell le note à juste titre, l'introduction de la notion " marque
kinésique " dans le code gestuel est un compromis entre une position qui aurait défini un tel comportement comme macro-kinésique, et une autre qui lui attribuerait un statut supra-linguistique
ou supra-kinésique dans le système sémiotique. La classification
des marques kinésiques est faite d'après les classes d'unités lexicales auxquelles elles sont associées, ce qui donne une fois de plus
la priorité aux structures linguistiques dans la construction du code
gestuel. Les marques kinésiques ont quatre particularités générales :
1. leurs propriétés articulatoires peuvent être présentées dans des
classes *oppositionnelles*, 2. les marques kinésiques se manifestent
dans un environnement syntaxique *distinct* (les lexèmes auxquels
elles sont associées appartiennent à des classes syntaxiques distinctes), 3. il y a des oppositions articulatoires situationnelles (qui

46. R. Birdwhistell, *Communication without words*, 1964. A ce niveau de l'analyse,
on parle aussi de deux *joncteurs* kinésiques *intérieurs* : le joncteur kinésique " plus "
(+) qui apparaît pour changer la position de l'accent kinésique principal, et le joncteur
d'adhérence (" hold juncture " (∩)) qui lie ensemble deux ou plusieurs accents principaux, ou bien un principal et un secondaire.
     47. *Ibid.*

permettent de réduire la confusion des signaux), 4. si la distinction des unités est impossible dans leur articulation, elle dépend des oppositions syntaxiques environnantes. Ainsi la marque kinésique peut être définie comme une série *oppositionnelle* de comportements dans un environnement particulier [48]. Plusieurs variétés de marques kinésiques sont analysées. Telles, les marques kinésiques *pronominales* (*k^p*) associées à (substituts de) pronoms, structurées d'après l'opposition distance/proximité : *he, she, it, those, they, that, then, there, any, some/I, me, us, we, this, here, now*. Le même geste, élargi, pluralise la marque kinésique pronominale : on obtient ainsi les *marques de pluralisation* (*k^pp*) qui désignent : *we, we's, we'uns, they, these, those, them, our, you* (pl.), *you all, you'uns, youse, their*. On distingue de même des marques *verboïdes* associées avec les *k^p* sans interruption du mouvement, parmi lesquelles les marques de *temps* (*k^t*) jouent un rôle important. Notons aussi les marques d'*aire* (*k^a*) dénotant : *on, over, under, by, through, behind, in front of*, et qui accompagnent des verbes d'action; les marques de *manière* (*k^m*) associées avec des phrases comme " *a short time* ", " *a long time* ", ou " *slowly* ", " *swiftly* ". Une catégorie discutable représente les marques de *démonstration* (*k^d*).

Il est nécessaire d'insister sur l'importance de ce niveau de l'analyse kinésique. Si les marques kinésiques semblent être, dans le code gestuel, analogues aux adjectifs et aux adverbes, aux pronoms et aux verbes, elles ne sont pas considérées comme *dérivées* du langage parlé. Elles constituent une première tentative d'étudier le code gestuel comme un système autonome de la parole, quoique abordable à travers elle. Il est significatif que cet essai d'échapper au phonétisme entraîne nécessairement une terminologie non plus " vocalique " mais " scripturale " : Birdwhistell parle de *marque* comme on a pu parler de " trace " et de " gramme " Le geste vu comme marque, ou peut-être la marque vue comme geste : voilà des prémisses philosophiques qui restent à développer pour relancer la kinésique en tant que science sémiotique non exclusivement linguistique, et pour mettre à jour le fait que la méthodologie linguistique élaborée sur les systèmes de communication verbale n'est qu'*une* approche *possible*, mais non exhaus-

---

48. R. Birdwhistell, " Some body... "

tive et même non essentielle, de ce *texte général* qui englobe, outre la voix, les différents types de *productions* tels le *geste*, *l'écriture*, *l'économie*. Les kinésistes américains semblent être conscients de cette ouverture que promet l'étude de la gestualité non subordonnée aux schémas linguistiques : " les marques kinésiques et linguistiques peuvent être alloformes, c'est-à-dire des variantes structurales l'une par rapport à l'autre, à un autre niveau de l'analyse [49] ". Mais cette orientation, si elle tend à assouplir la notion de communication (Birdwhistell considère que " la réévaluation de la théorie de la communication a l'importance qu'a obtenue la reconnaissance du fait que les processus neutres, circulaires, ou même métaboliques, sont des systèmes intra-psychologiques [50] ") ne sort pas pour autant de ses cadres.

A cette stratification de la kinésique il faudrait ajouter une excroissance : l'étude du comportement *parakinésique* associé généralement au niveau macro-kinésique de l'analyse. La parakinésique serait le parallèle gestuel de la paralinguistique préconisée par Sapir, qui étudie les phénomènes accessoires de la vocalisation et en général de l'articulation du discours [51]. Les effets parakinésiques particularisent le comportement individuel dans ce processus social qu'est la communication gestuelle pour la kinésique, et inversement rendent possibles la description des éléments socialement déterminés d'un système d'expression individuel. Ils n'apparaissent qu'une fois les éléments macro-kinésiques isolés, et mettent ainsi à nu ce qui traverse, modifie et donne un coloris social au circuit kinésique. Ce " matériel parakinésique " comprend : des *qualificateurs de mouvement* qui modifient de petites séquences de phénomènes kiniques ou kinémorphiques; des *modificateurs d'activité* qui décrivent le mouvement entier du corps ou la structure du mouvement des participants dans une interaction; et, enfin, *set-quality activity* [52], une gestualité pluridimensionnelle dont l'étude reste à faire et qui analyserait le comportement dans les jeux, les charades, les danses, les représentations théâtrales, etc.

49. *Ibid.*, p. 38.
50. *Ibid.*
51. George L. Trager, " Paralanguage : a first approximation ", in *Studies in Linguistics* vol. 13, nᵒˢ 1-2, Univ. of Buffalo, 1958, p. 1-13.
52. R. Birdwhistell, " Paralanguage... ".

Pourtant Birdwhistell, de même que d'autres auteurs [53], partage l'opinion qu'une analogie ou même une substitution est possible entre les phénomènes kinésiques et paralinguistiques : chaque individu choisirait, selon ses déterminations idiosyncrétiques (qu'il incombe au psychologue d'étudier), des manifestations vocales ou kinésiques pour accompagner son discours.

Ainsi, tout en restant bloquée méthodologiquement par la psychologie, la sociologie empiriste et son complice la théorie de la communication, en même temps que par les modèles linguistiques, la kinésique tend à assouplir le structuralisme phonétique.

Subordonnée aux préjugés d'un sociologisme positiviste, la kinésique opère à travers des constats que le développement même de la linguistique (de la psychanalyse, ou de la sémiotique des " systèmes modelant secondaires ") est en train de balayer : le " sujet ", la " perception ", l'égalité ou la différence " sensorielles ", " l'être humain ", la " vérité " d'un message, la société comme intersubjectivité, etc. Relevant de la société de l'échange et de sa structure " communicative ", une telle idéologie impose *une* interprétation possible des pratiques sémiotiques (" les pratiques sémiotiques sont des communications "), et occulte le processus même de l'élaboration de ces pratiques. Saisir cette élaboration équivaut à sortir de l'idéologie de *l'échange*, donc de la philosophie de la communication, pour chercher à axiomatiser la gestualité en tant que texte sémiotique en cours de production, donc non bloqué par les structures closes du langage. Cette trans-linguistique à la formation de laquelle la kinésique pourrait contribuer, exige, avant de construire son appareil, une révision des modèles de base de la linguistique phonétique. Sans un tel travail — et la kinésique américaine, malgré son effort pour se libérer de la linguistique, prouve que ce travail n'est même pas commencé —, il est impossible de rompre " l'assujettissement intellectuel au langage, en donnant le sens d'une intellectualité nouvelle et plus profonde, qui se cache sous les gestes " (Artaud) et sous toute pratique sémiotique.

1968.

53. F. Mahl, G. Schuze, " Psychological research in the extralinguistic area ", p. 51-124, *in* T. A. Sebeok, A. J. Hayes, H. C. Bateson (éd.), *Approaches to Semiotics : Cultural Anthropology, Education, Linguistics, Psychiatry, Psychology. Transactions of the Indiana Univ. Conf. on Paralinguistics and Kinesics*, Mouton & Co., The Hague, 1964.

3

Le texte clos

1. Plus qu'*un discours*, la sémiotique se donne actuellement pour objet *plusieurs pratiques sémiotiques* qu'elle considère comme *trans-linguistiques*, c'est-à-dire faites à travers la langue et irréductibles aux catégories qui lui sont, de nos jours, assignées.

Dans cette perspective, nous définissons *le texte* comme un appareil translinguistique qui redistribue l'ordre de la langue, en mettant en relation une parole communicative visant l'information directe, avec différents types d'énoncés antérieurs ou synchroniques. Le texte est donc une *productivité*, ce qui veut dire : 1. son rapport à la langue dans laquelle il se situe est redistributif (destructivo-constructif), par conséquent il est abordable à travers des catégories logiques plutôt que purement linguistiques; 2. il est une permutation de textes, une intertextualité : dans l'espace d'un texte plusieurs énoncés, pris à d'autres textes, se croisent et se neutralisent.

2. Un des problèmes de la sémiotique serait de remplacer l'ancienne division rhétorique des genres par une *typologie des textes*, autrement dit de définir la spécificité des différentes organisations textuelles en les situant dans le texte général (la culture) dont elles font partie et qui fait partie d'elles [1]. Le recoupement d'une orga-

1. Considérant les pratiques sémiotiques dans leur rapport au signe, nous pourrons en dégager trois types : 1. une pratique sémiotique *systématique* fondée sur le signe, donc sur le sens; elle est conservative, limitée, ses éléments sont orientés vers les denotata, elle est logique, explicative, inchangeable et ne vise pas à modifier l'autre (le destinataire). 2. une pratique sémiotique *transformative* : " les signes " se dégagent

nisation textuelle (d'une pratique sémiotique) donnée avec les énoncés (séquences) qu'elle assimile dans son espace ou auxquels elle renvoie dans l'espace des textes (pratiques sémiotiques) extérieurs, sera appelé un *idéologème*. L'idéologème est cette fonction intertextuelle que l'on peut lire " matérialisée " aux différents niveaux de la structure de chaque texte, et qui s'étend tout au long de son trajet en lui donnant ses coordonnées historiques et sociales. Il ne s'agit pas ici d'une démarche interprétative, postérieure à l'analyse, qui " expliquerait " comme étant " idéologique " ce qui a été " connu " d'abord comme étant " linguistique ". L'acception d'un texte comme un idéologème détermine la démarche même d'une sémiotique qui, en étudiant le texte comme une intertextualité, le pense ainsi dans (le texte de) la société et l'histoire. L'idéologème d'un texte est le foyer dans lequel la rationalité connaissante saisit la transformation *des énoncés* (auxquels le texte est irréductible) en un tout (le texte), de même que les insertions de cette totalité dans le texte historique et social [2].

3. Vu comme texte, le *roman* est une pratique sémiotique dans laquelle on pourrait lire, synthétisés, les tracés de plusieurs énoncés.

Pour nous, l'*énoncé* romanesque n'est pas une séquence minimale (une entité définitivement délimitée). Il est une *opération*, un mouvement qui lie, mais plus encore *constitue* ce qu'on pourrait appeler les *arguments* de l'opération, qui, dans une étude de texte écrit, sont soit des mots, soit des suites de mots (phrases, paragraphes) en tant que sémèmes [3]. Sans analyser des entités (les sémèmes

---

de leurs denotata et s'orientent vers l'autre qu'ils modifient. 3. une pratique sémiotique *paragrammatique* : le signe est éliminé par la séquence paragrammatique corrélative qu'on pourrait représenter comme un tétralemme : chaque signe a un denotatum; chaque signe n'a pas de denotatum; chaque signe a et n'a pas de denotatum; il n'est pas vrai que chaque signe a et n'a pas de denotatum. Cf. notre *Pour une sémiologie des paragrammes*, p. 196.

2. " La théorie de la littérature est une des branches de la vaste science des idéologies qui englobe... tous les domaines de l'activité idéologique de l'homme. " — P. N. Medvedev, *Formalnyi metod v literaturovedenii. Krititcheskoïe vvedeniie v sotsiologitcheskuiu poetiku. (La Méthode formelle dans la théorie littéraire. Introduction critique à la sociologie de la poétique)*, Leningrad, 1928. Nous prenons ici le terme d'idéologème.

3. Nous employons le terme de sémème tel qu'il apparaît dans la terminologie d'A.-J. Greimas qui le définit comme une combinaison du noyau sémique et des sèmes contextuels, et le voit relever du niveau de la manifestation, opposé à celui de l'immanence duquel relève le sème. Cf. A.-J. Greimas, *Sémantique structurale*, Larousse, 1966, p. 42.

en eux-mêmes), nous étudierons la *fonction* qui les englobe dans le texte. Il s'agit bien d'une fonction, c'est-à-dire variable dépendante, déterminée chaque fois que les variables indépendantes qu'elle lie le sont; ou, plus clairement, d'une correspondance univoque entre les mots ou entre les suites de mots. Il est évident donc que l'analyse que nous nous proposons, tout en opérant avec des unités linguistiques (les mots, les phrases, les paragraphes), est d'un ordre translinguistique. Métaphoriquement parlant, les unités linguistiques (et plus spécialement sémantiques) ne nous serviront que de tremplins pour établir les *types des énoncés romanesques* comme autant de *fonctions*. En mettant les séquences sémantiques entre parenthèses, nous dégageons l'*application logique* qui les organise, et nous plaçons ainsi à un niveau *suprasegmental*.

Relevant de ce niveau suprasegmental, les énoncés romanesques s'enchaînent dans la totalité de la production romanesque. En les étudiant ainsi, nous constituerons une typologie des énoncés romanesques pour rechercher, dans un deuxième temps, leur provenance extra-romanesque. Alors seulement nous pourrons définir le roman dans son unité et/ou comme idéologème. Autrement dit, les fonctions définies sur l'ensemble textuel extra-romanesque T_e prennent une valeur dans l'ensemble textuel du roman T_r. L'idéologème du roman est justement cette fonction *intertextuelle* définie sur T_e et à valeur dans T_r.

Ainsi, deux types d'analyse, qu'il serait parfois difficile de distinguer l'un de l'autre, nous serviront à dégager l'*idéologème du signe* dans le roman :

— l'analyse suprasegmentale des énoncés dans les cadres du roman nous révélera le roman comme un texte clos : sa programmation initiale, l'arbitraire de sa fin, sa figuration dyadique, les écarts et leurs enchaînements;

— l'analyse *intertextuelle* des énoncés nous révélera le rapport de l'écriture et de la parole dans le texte romanesque. Nous démontrerons que l'ordre textuel du roman relève plutôt de la parole que de l'écriture, et pourrons procéder à l'analyse de la topologie de cet " ordre phonétique " (la disposition des instances de discours l'une par rapport à l'autre).

Le roman étant un texte qui relève de l'idéologème du signe, il est nécessaire de décrire brièvement les particularités du signe comme idéologème.

II. DU SYMBOLE AU SIGNE.

1. La deuxième moitié du Moyen Age (xiiie-xve siècle) est une période de transition pour la culture européenne : la pensée du signe remplace celle du symbole.

La sémiotique du symbole caractérise la société européenne jusqu'aux environs du xiiie siècle et se manifeste nettement dans sa littérature et sa peinture. C'est une pratique sémiotique cosmogonique : ces éléments (les symboles) renvoient à une (des) transcendance(s) universelle(s) irreprésentable(s) et méconnaissable(s); des connexions univoques relient ces transcendances aux unités qui les évoquent; le symbole ne " ressemble " pas à l'objet qu'il symbolise; les deux espaces (symbolisé-symbolisant) sont séparés et incommunicables.

Le symbole assume le symbolisé (les universaux) comme irréductible au symbolisant (les marques). La pensée mythique qui tourne dans l'orbite du symbole et qui se manifeste dans l'épopée, les contes populaires, les chansons de geste, etc., opère avec des unités symboliques qui sont des *unités de restriction* par rapport aux universaux symbolisés (" l'héroïsme ", " le courage ", " la noblesse ", " la vertu ", " la peur ", " la trahison ", etc.). La fonction du symbole est donc, dans sa dimension verticale (universaux-marques) une fonction de *restriction*. La fonction du symbole dans sa dimension horizontale (l'articulation des unités signifiantes entre elles-mêmes) est une fonction d'échappement au paradoxe; on peut dire que le symbole est horizontalement *anti-paradoxal* : dans sa " logique " deux unités oppositionnelles sont exclusives [4]. Le

4. Dans l'histoire de la pensée occidentale scientifique, trois courants fondamentaux se dégagent successivement de la domination du symbole pour passer à travers le signe à la variable : ce sont le platonisme, le conceptualisme et le nominalisme. Cf. V. W. Quine, " Reification of universals ", in *From a logical point of view*, Harvard University Press, 1953. Nous empruntons à cette étude la différenciation de deux acceptions de l'unité signifiante : l'une dans l'espace du symbole, l'autre dans l'espace du signe.

mal et le bien sont incompatibles, de même que le cru et le cuit,
le miel et les cendres, etc. — une fois apparue, la contradiction
exige immédiatement une solution, elle est ainsi occultée, " résolue ",
donc mise de côté.

La clé de la pratique sémiotique symbolique est donnée dès le
début du discours symbolique : le trajet du développement sémiotique est une boucle dont la fin est programmée, donnée en germe,
dans le début (dont la fin *est* le début), puisque la fonction du
symbole (son idéologème) préexiste à l'énoncé symbolique lui-
même. Ceci implique les particularités générales de la pratique
sémiotique symbolique : la *limitation quantitative* des symboles,
la *répétition* et la *limitation* des symboles, leur caractère *général*.

2. La période du xIIIᵉ au xvᵉ siècle conteste le symbole et l'atté-
nue sans le faire disparaître complètement, mais plutôt en assurant
son passage (son assimilation) dans le signe. L'unité transcendantale qui supporte le symbole — sa paroi d'outre-tombe, son foyer
émetteur — est mise en question. Ainsi, jusqu'à la fin du xvᵉ siècle
la représentation scénique de la vie de Jésus-Christ s'inspirait des
Évangiles, canoniques ou apocryphes, ou de la Légende dorée
(cf. les Mystères publiés par Jubinal d'après le manuscrit de la
Bibl. Sainte-Geneviève, d'environ 1400). A partir du xvᵉ siècle,
le théâtre est envahi par des scènes consacrées à la vie publique de
Jésus-Christ, et il en est de même pour l'art (cf. la cathédrale
d'Évreux). Le fond transcendantal que le symbole évoquait semble
chavirer. Une nouvelle relation signifiante s'annonce, entre deux
éléments placés tous les deux de ce côté-ci, " réels " et " concrets ".
Ainsi, dans l'art du xIIIᵉ siècle, les prophètes étaient opposés aux
apôtres; or, au xvᵉ siècle, les quatre grands évangélistes sont mis
en parallèle non plus avec les quatre grands prophètes, mais avec
les quatre pères de l'Eglise latine (saint Augustin, saint Jérôme,
saint Ambroise, Grégoire le Grand, cf. l'autel de Notre-Dame
d'Avioth). Les grands ensembles architecturaux et littéraires ne
sont plus possibles : la miniature remplace la cathédrale et le xvᵉ siècle sera celui des miniaturistes. La sérénité du symbole est relayée
par l'ambivalence tendue de la connexion du *signe* qui prétend à
une ressemblance et à une identification des éléments qu'elle relie,
malgré leur différence radicale qu'elle postule d'abord. De là,

l'insistance obsédante du thème du *dialogue* entre deux éléments *irréductibles* mais *pareils* (dialogue-générateur de pathétique et de psychologie), dans cette période transitoire. Ainsi, le XIVe et le XVe siècle abondent en dialogues de Dieu et de l'âme humaine : Dialogue du crucifix et du pèlerin, Dialogue de l'âme pécheresse et de Jésus, etc. Dans ce mouvement, la Bible se moralise (cf. la célèbre Bible moralisée de la Bibl. du duc de Bourgogne), et même des pastiches lui sont substitués qui mettent entre parenthèses et vont jusqu'à effacer le fond transcendantal du symbole (la Bible des pauvres et le Speculum humanae salvationis) [5].

3. Le signe qui se profile dans ces mutations, garde la caracté ristique fondamentale du symbole : l'irréductibilité des termes, c'est-à-dire, dans le cas du signe, du référent au signifié et du signi-fié au signifiant, et à partir de là, de toutes les " unités " de la structure signifiante elle-même. Ainsi, l'idéologème du signe, dans ses lignes générales, est pareil à l'idéologème du symbole : le signe est dualiste, hiérarchique et hiérarchisant. Pourtant, la différence entre le signe et le symbole se manifeste aussi bien verti-calement qu'horizontalement. Dans sa fonction verticale le signe renvoie à des entités moins vastes, plus *concrétisées* que le symbole — ce sont des universaux *réifiés*, devenus *objets* au sens fort du mot; relationnée dans une structure de signe, l'entité envisagée (le phénomène) est, du coup, transcendantalisée, élevée au rang d'une unité théologique. La pratique sémiotique du signe assimile ainsi la démarche métaphysique du symbole et la projette sur l'" immédiatement perceptible "; ainsi valorisé, l'" immédiatement perceptible " se transforme en *objectivité* qui sera la loi maîtresse du discours de la civilisation du signe.

Dans leur fonction horizontale, les unités de la pratique sémio-tique du signe s'articulent comme un *enchaînement métonymique d'écarts* qui signifie une *création progressive de métaphores*. Les termes oppositionnels, étant toujours exclusifs, sont pris dans un engre-nage d'écarts multiples et toujours possibles (les surprises dans les structures narratives), qui donne l'illusion d'une structure *ouverte*, impossible à terminer, à fin *arbitraire*. Ainsi, dans le discours

5. E. Mâle, *l'Art religieux de la fin du Moyen Age en France*, Paris 1949.

littéraire, la pratique sémiotique du signe se manifeste, pendant
la Renaissance européenne, pour la première fois de façon marquée
dans le roman d'aventure qui se structure sur l'imprévisible et la
surprise comme réification, au niveau de la structure narrative, de
l'écart propre à toute pratique du signe. Le trajet de cet enchaînement d'écart est pratiquement infini — de là, l'impression d'une
finition *arbitraire* de l'œuvre. Impression *illusoire* qui définit toute
" littérature " (tout " art "), puisque ce trajet est programmé par
l'idéologème constitutif du signe, à savoir, par la démarche dyadique close (finie) qui : 1. instaure une hiérarchie référent-signifié-
signifiant; 2. intériorise ces dyades oppositionnelles jusqu'au
niveau de l'articulation des termes et se construit, de même que
le symbole, comme une *solution de contradictions*. Si, dans une pratique
sémiotique relevant du symbole, la contradiction était résolue
par une connexion du type de *la disjonction exclusive* (la non-
équivalence) —— ╪ —— ou de la *non-conjonction* —— | ——,
dans une pratique sémiotique relevant du signe, la contradiction
est résolue par une connexion du type de la *non-disjonction*
—— V̄ —— (nous y reviendrons).

III. L'IDÉOLOGÈME DU ROMAN : L'ÉNONCIATION ROMANESQUE.

Ainsi, toute œuvre littéraire qui tient de la pratique sémiotique
du signe (toute la " littérature " jusqu'à la coupure épistémologique
du XIXe-XXe siècle) est, comme idéologème, terminée dans son
début, fermée. Elle rejoint la pensée conceptualiste (anti-expéri-
mentale) de même que le symbolique rejoint le platonisme. Le
roman est une des manifestations caractéristiques de cet idéologème ambivalent (clôture, non-disjonction, enchaînement d'écarts)
qu'est le signe et que nous allons analyser à travers *Jehan de Saintré*
d'Antoine de La Sale.
Antoine de La Sale écrit *Jehan de Saintré* en 1456, après une longue carrière de page, de guerrier et de percepteur, pour les buts
de l'éducation et comme complainte pour un abandon (il quitte
énigmatiquement les rois d'Anjou pour s'installer comme gouver-
neur des trois fils du comte de Saint-Pol en 1448, après quarante-

huits ans de service angevin). *Jehan de Saintré* est le seul roman parmi les écrits de La Sale qu'il présente comme des compilations de récits édifiants (*La Salle*, 1448-1451) ou comme des traités " scientifiques " ou de voyages (*Lettres à Jacque de Luxembourg sur les tournois*, 1459; *Réconfort à Madame de Fresne*, 1457), et qui se construisent comme un discours historique ou comme une mosaïque hétérogène de textes. Les historiens de la littérature française attirent fort peu l'attention sur cet ouvrage — peut-être le premier écrit en prose qui puisse porter le nom de roman si nous considérons comme roman ce qui relève de l'idéologème ambigu du signe. Le nombre restreint d'études consacrées à ce roman [6] porte sur ses références aux mœurs de l'époque, cherche à trouver la " clé " des personnages en les identifiant avec les personnalités que de La Sale aurait pu connaître, accuse l'auteur de sous-estimer les événements historiques de son époque (la guerre de Cent ans, etc.) et d'appartenir — vrai réactionnaire — à un monde du passé, etc. Plongée dans une opacité référentielle, l'histoire littéraire n'a pas pu mettre à jour la *structure transitoire* de ce texte, qui le situe au seuil de deux époques, et, à travers la poétique naïve d'Antoine de La Sale, montre l'articulation de cet idéologème du signe qui domine jusqu'aujourd'hui notre horizon intellectuel [7]. Plus encore, le récit d'Antoine de La Sale recoupe le récit de sa propre écriture : de La Sale parle, mais aussi *se* parle écrivant. L'histoire de Jehan

---

6. Citons parmi les plus importantes : F. Desonay, " Le Petit Jehan de Saintré ", *Revue du seizième siècle*, XIV, 1927, 1-48, 213-280; " Comment un écrivain se corrigeait au XVe siècle ", *Revue belge de philologie et d'histoire*, VI, 1927, 81-121. Y. Otaka, " Établissement du texte définitif du Petit Jehan de Saintré ", *Études de langue et littérature françaises*, Tokyo, VI, 1965, 15-28. W. S. Shepard, " The Syntax of Antoine de La Sale ", *Publ. of the Modern Lang. Assn. of Amer.*, XX, 1905, 435-501. W.P. Söderhjelm, *la Nouvelle française au XVe siècle*, Paris, 1910; *Notes sur Antoine de La Sale et ses œuvres*, Helsingfors, 1904. L'édition à laquelle nous nous référons est celle de Jean Misrahi (Fordham University) et de Charles A. Knudson (University of Illinois) Genève, Droz, 1965.

7. Tout roman d'aujourd'hui qui se débat dans les problèmes du " réalisme " et de l' " écriture " s'apparente à l'ambivalence structurale de " Jehan de Saintré " : située à l'autre bout de l'histoire du roman (au point où il se réinvente pour passer à une productivité scripturale qui côtoie la narration sans en être subjuguée), la littérature réaliste d'aujourd'hui rappelle le travail d'organisation d'énoncés disparates auquel s'était livré Antoine de La Sale à l'aube de l'aventure romanesque. Cette parenté est flagrante, et comme l'avoue l'auteur, *voulue*, dans *la Mise à mort* d'Aragon, où l'Auteur (Antoine) se différencie de l'Acteur (Alfred) en allant jusqu'à prendre le nom d'Antoine de La Sale.

de Saintré rejoint l'histoire du livre et en devient en quelque sorte
la représentation rhétorique, l'autre, la doublure.

1. Le texte s'ouvre par une introduction qui forme (expose)
tout le trajet du roman : Antoine de La Sale *sait* ce que son texte
est (" trois histoires ") et *pour quoi* il est (un message destiné à
Jehan d'Anjou). Ayant ainsi énoncé son propos et le destinataire
de ce propos, il accomplit en vingt lignes la *première boucle* [8] qui
englobe l'ensemble textuel et le programme comme intermédiaire
d'un échange, donc comme signe : c'est la boucle *énoncé* (objet
d'échange)/*destinataire* (le duc, ou le lecteur tout court). Il reste à
raconter, c'est-à-dire à remplir, à détailler ce qui est déjà conceptua-
lisé, su, avant le contact de la plume et du papier — " l'histoire
ainsi que de mot en mot s'ensuit ".

2. Ici, le *titre* peut être annoncé : " Et premièrement l'histoire
de madicte dame des Belles Cousines et de Saintré ", qui exige la
seconde boucle, celle-ci située au niveau thématique du message.
Antoine de La Sale raconte en raccourci la vie de Jehan de Saintré
jusqu'à sa fin (" son trespassement de ce monde ", p. 2). Ainsi, nous
savons *déjà* comment l'histoire se terminera : la fin du récit est dit
avant que le récit même soit commencé. Tout intérêt anecdotique est
ainsi éliminé : le roman se jouera dans le recouvrement de la distance
vie-mort, et ne sera qu'une inscription d'*écarts* (de surprises) qui
ne détruisent pas la certitude de la boucle thématique vie-mort
qui serre l'ensemble. Le texte est thématiquement axé : il s'agira
d'un jeu entre deux oppositions exclusives dont la nomination
changera (vice-vertu, amour-haine, louange-critique : ainsi, par
exemple, l'apologie de la dame-veuve dans les textes romains est
directement suivie par les propos misogynes de saint Jérôme),
mais qui auront toujours le même axe sémique (positif-négatif).
Elles vont alterner dans un parcours que rien ne limite sauf la
présupposition initiale du *tiers exclu*, c'est-à-dire de l'inévitable
choix de l'un *ou* de l'autre (" ou " exclusif) des termes.

8. Le terme est employé par V. Chklovski dans son étude sur " La construction de
la nouvelle et du roman " in *Théorie de la littérature*, coll. " Tel Quel ", Ed. du
Seuil, 1965, p. 170.

Dans l'idéologème romanesque (comme dans l'idéologème du signe), l'irréductibilité des termes opposés n'est admise que dans la mesure où l'espace vide de la rupture qui les sépare est garni par des combinaisons sémiques ambiguës. L'opposition initialement reconnue, et qui provoque le trajet romanesque, se voit immédiatement refoulée dans un *avant* pour céder, dans un *maintenant*, à un réseau de remplissages, à un enchaînement de déviations qui survolent les deux pôles opposés et, dans un effort de synthèse, se résolvent dans la figure de la *feinte* ou du *masque*. La négation est ainsi reprise par l'affirmation d'une duplicité; l'exclusivité des deux termes posés par la boucle thématique du roman, est remplacée par une *positivité douteuse*, de sorte que la *disjonction* qui ouvre le roman et le clôture, cède la place à un *oui-non* (à la non-disjonction). C'est sur le modèle de cette fonction qui n'entraine donc pas un silence parathétique, mais combine le jeu du carnaval avec sa logique non discursive, que s'organisent toutes les figures à double lecture que le roman, héritier du carnaval, contient : les ruses, les trahisons, les étrangers, les androgynes, les énoncés à double interprétation ou à double destination (au niveau du signifié romanesque), les blasons, les " cris " (au niveau du signifiant romanesque). Le trajet romanesque serait impossible sans cette fonction de non-disjonction (nous y reviendrons) qu'est le *double* et qui programme le roman dès son début. Antoine de La Sale l'introduit avec l'énoncé de la Dame, doublement orienté : en tant que message destiné aux compagnonnes de la Dame et à la cour, cet énoncé connote une agressivité à l'égard de Saintré; en tant que message destiné à Saintré lui-même, cet énoncé connote un amour " tendre " et " éprouvant ". Il est intéressant de suivre les étapes successives dans la révélation de cette fonction non-disjonctive de l'énoncé de la Dame. Dans un premier mouvement, la duplicité de ce message n'est connue que par le locuteur lui-même (la Dame), l'auteur (sujet de l'énoncé romanesque) et le lecteur (destinataire de l'énoncé romanesque) : la cour (instance neutre = opinion objective) aussi bien que Saintré (objet passif du message) sont dupes de l'agressivité univoque de la Dame à l'égard du page. Le second mouvement déplace la duplicité : Saintré y est introduit et l'accepte; par le même geste, il cesse d'être l'objet d'un message pour devenir le sujet d'énoncés dont il assume l'autorité. Dans un troisième temps, Saintré oublie la non-disjonction; il transforme en entièrement positif ce qu'il savait être _aussi_ négatif; il perd de vue la feinte et se fait prendre au jeu d'une interprétation univoque (donc erronée) d'un message toujours double. L'échec de Saintré — et la fin du récit — sont dus à cette erreur de substituer, à la fonction non-disjonctive d'un énoncé, l'acception de cet énoncé comme disjonctif et univoque.

La négation romanesque jouit ainsi d'une double modalité : _aléthique_ (l'opposition des contraires est nécessaire, possible, contingente ou impossible) et _déontique_ (la réunion des contraires est obligatoire, permise, indifférente ou défendue). Le roman est possible lorsque l'_aléthique_ de l'opposition rejoint le _déontique_ de la réunion [9]. Le roman suit le trajet de la synthèse déontique pour la condamner, et pour affirmer sous le mode aléthique l'opposition des contraires. Le double (la feinte, le masque) qui était la figure fondamentale du carnaval [10] devient ainsi le pivot-relance des écarts qui comblent le silence imposé par la fonction disjonctive de la boucle thématique-programmatrice du roman. Ainsi le roman absorbe la duplicité (le dialogisme) de la scène carnavalesque, mais il la soumet à l'univocité (au monologisme) de la disjonction symbolique que garantit une instance transcendantale — l'auteur, subsumant la totalité de l'énoncé romanesque.

3. C'est en effet à cet endroit précis du trajet textuel, c'est-à-dire après l'énonciation de la clôture (de la boucle) toponimique (message-destinataire) et thématique (vie-mort) du texte, que le mot l' " _acteur_ " s'inscrit. Il réapparaîtra à plusieurs reprises pour introduire la _parole_ de celui qui écrit le récit comme étant l'_énoncé_ d'un personnage de ce _drame_ dont il est aussi l'_auteur_. Jouant sur l'homophonie (lat. _actor-auctor_; fr. acteur-auteur), Antoine de La Sale touche au basculement même de l'_acte_ de la parole (le travail)

---

9. Cf. Georg Henrik von Wright, _An Essay on Modal Logic_, Amsterdam, North-Holland Publ. Co., 1951.

10. Nous sommes redevables à la conception du double et de l'ambiguïté comme figure fondamentale du _roman_ le reliant à la tradition orale du carnaval, au mécanisme du rire et du masque et à la structure de la ménippée, à M. Bakhtin, _Problemi poetiki Dostoïevskovo_ (_Problèmes de la poétique de Dostoïevski_), Moscou, 1963, et _Tvortchestvo François Rabelais_ (_L'œuvre de François Rabelais_), Moscou, 1965. Cf. " Bakhtine, le mot, le dialogue et le roman ", p. 143.

en *effet* discursif (en produit), et par là, à la constitution même de
l'objet " littéraire ". Pour Antoine de La Sale, l'écrivain est à la
fois acteur et auteur, ce qui veut dire qu'il conçoit le texte romanesque en même temps comme pratique (acteur) et produit (auteur),
processus (acteur) et effet (auteur), jeu (acteur) et valeur (auteur),
sans que les notions d'œuvre (message) et de propriétaire (auteur)
déjà imposées aient réussi à vouer à l'oubli le jeu qui les précède [11].
L'instance de la parole romanesque (nous étudions ailleurs la topologie des instances du discours dans le texte du roman) [12] s'insère
ainsi dans l'énoncé romanesque et s'explicite comme étant une
de ses parties. Elle dévoile l'écrivain comme acteur principal du
jeu discursif qui s'ensuivra, et par la même occasion boucle les
deux modes de l'énoncé romanesque, la *narration* et la *citation*,
dans une unique parole de celui qui est à la fois *sujet* du livre
(l'auteur) et objet du spectacle (l'acteur), puisque dans la non-
disjonction romanesque le message est à la fois discours et représentation. L'énoncé de l'auteur-acteur se déplie, se dédouble et
s'oriente vers deux versants : 1. un énoncé référentiel, la *narration* — une parole assumée par celui qui s'écrit comme acteur-
auteur ; 2. des prémisses textuelles, la *citation* — une parole attri-
buée à un autre et dont celui qui s'écrit comme acteur-auteur subit
l'autorité. Ces deux versants s'enchevêtrent de façon à se confondre :
Antoine de La Sale passe aisément de l'histoire " vécue " de la
Dame des Belles Cousines dont il est le " témoin " (de la narration),
à l'histoire lue (citée) d'Énée et Didon, etc.

---

11. La notion d' " auteur " apparaît dans la poésie romane au début du XIIe siècle :
le poète publie ses vers et les confie à la mémoire des jongleurs dont il exige une
exactitude — le moindre changement de texte est relevé et jugé : " Jograr bradador "
(cf. R. Menendez Pidal, *Poesia juglaresca y juglar*, Madrid, 1957, p. 14, note 1). " Erron
o juglar ! " exclamaba condenatorio el trovador gallego y con eso y con el cese del
canto para la poesia docta, el juglar queda excluído de la vida literaria ; queda como
simple musico, y aun en este oficio acaba siendo sustituído por el ministril, tipo del
musico ejecutante venido del extranjero y que en el paso del siglo XIV al XV, convive
con el juglar " (*ibid.*, p. 380). Ainsi s'effectue le passage du jongleur en tant qu'Acteur
(personnage d'un drame, accusateur ; cf. lat. jur. *actor*, accusateur, régulateur du
récit) en Auteur (fondateur, constructeur d'un produit, celui qui fait, dispose, ordonne, génère, crée un objet dont il n'est plus le producteur, mais le vendeur ; cf. lat.
jur. *auctor*, vendeur).

12. Voir notre livre *le Texte du roman*, Approche sémiotique d'une structure discursive transformationnelle. Ed. Mouton, La Haye.

4. Disons pour conclure que le mode de l'énonciation romanesque est un mode *inférentiel* : c'est un processus dans lequel le
sujet de l'énoncé romanesque affirme une séquence qui est la
conclusion de l'inférence, à partir d'autres séquences (référentielles
donc narratives, ou textuelles donc citationnelles) qui sont *les
prémisses de l'inférence* et, en tant que telles, considérées comme
vraies. L'inférence romanesque s'épuise dans le processus de la
nomination des deux prémisses, et surtout dans leur enchaînement,
sans aboutir à la conclusion syllogistique propre à l'inférence
logique. La fonction de l'énonciation de l'auteur-acteur consiste
donc à agglutiner son discours à ses lectures, l'instance de sa parole
à celle des autres.

Il est curieux de relever les mots-agents de cette inférence : " *il
me semble* de prime face que ensuis vouloit les anciennes vesves... ",
" si *comme* dit Viergilles... ", " *et dit sur ce* saint Jherom ", etc. Ce
sont des mots vides qui fonctionnent à la fois comme *jonctifs* et
translatifs. En tant que jonctifs, ils nouent (totalisent) deux énoncés
minimaux (narratif et citationnel) dans l'énoncé romanesque
global — ils sont donc internucléaires. En tant que translatifs,
ils transfèrent un énoncé d'un espace textuel (le discours vocal)
dans un autre (le livre) en le faisant changer d'idéologème — ils
sont donc intranucléaires [13] (ainsi, la transposition des cris et des
blasons dans un texte écrit).

Les agents inférentiels impliquent la juxtaposition d'un *discours*
investi dans un sujet, et d'un *énoncé* autre, différent de celui de l'auteur. Ils rendent possible l'écart de l'énoncé romanesque de son
sujet et de sa présence à soi, son déplacement d'un niveau discursif
(informationnel, communicatif) à un niveau textuel (de productivité). Par le geste inférentiel, l'auteur refuse d'être " témoin "
objectif, possesseur d'une vérité qu'il symbolise par le Verbe,
pour s'écrire comme lecteur ou auditeur qui structure son texte
à travers une permutation d'énoncés *autres*. Il *parle* moins qu'il ne
déchiffre. Les agents inférentiels lui servent à ramener un énoncé
référentiel (la narration) à des prémisses textuelles (les citations)
et vice versa; ils établissent une similitude, une ressemblance, une

---

13. Pour ces termes de la syntaxe structurale, cf. L. Tesnière, *Esquisse d'une syntaxe
structurale*, P. Klincksieck, 1953.

égalisation de deux discours différents. L'idéologème du signe se profile une fois de plus ici, au niveau du mode inférentiel de l'énonciation romanesque : il n'admet l'existence d'un *autre* (discours) que dans la mesure où il le fait *sien*. L'épique ne connaissait pas ce dédoublement du mode de l'énonciation : l'énoncé du locuteur des chansons de geste est univoque, il nomme un référent (objet " réel " ou discours), il est un signifiant symbolisant des objets transcendantaux (des universaux). La littérature médiévale dominée par le symbole est ainsi une littérature " signifiante ", " phonétique ", soutenue par la présence monolithique de la transcendance signifiée. La scène du carnaval introduit la double instance du discours : l'*acteur* et la *foule* étant chacun à son tour et simultanément sujet et destinataire du discours; le carnaval est aussi ce pont qui joint les deux instances ainsi dédoublées, et dans lequel chacun des termes se reconnaît : l'auteur (acteur + spectateur). C'est cette troisième instance que l'inférence romanesque adopte et réalise dans l'énoncé de l'auteur. Irréductible à aucune des prémisses qui constituent l'inférence, le mode d'énonciation romanesque est le foyer invisible dans lequel se croisent le phonétique (l'énoncé référentiel, la narration) et l'écrit (les prémisses textuelles, la citation); il est l'espace creux, irreprésentable, qui se signale par un " comme ", " il me semble ", " et dit sur ce ", ou d'autres agents inférentiels qui ramènent, enroulent, clôturent. Nous dégageons ainsi une troisième programmation du texte romanesque qui le termine avant le commencement de l'histoire proprement dite : l'énonciation romanesque se révèle être une inférence non-syllogistique, un compromis du témoignage et de la citation, de la voix et du livre. Le roman se jouera sur ce lieu vide, sur ce trajet irreprésentable qui rejoint deux types d'énoncés à " sujets " *différents* et *irréductibles*.

IV. LA FONCTION NON DISJONCTIVE DU ROMAN.

1. L'énoncé romanesque conçoit l'opposition des termes comme une opposition absolue, non-alternante, entre deux groupements rivaux mais jamais solidaires, jamais complémentaires, jamais

conciliables dans un rythme indissoluble. Pour que cette disjonction non-alternante puisse donner lieu au trajet discursif du roman,
une fonction négative doit l'englober : la non-disjonction. Elle
intervient à un degré second, et au lieu d'une notion *d'infinité
complémentaire à la bipartition* (notion qui aurait pu se former dans
un autre type de conception de la négation qu'on pourrait appeler
la négation radicale et qui suppose que l'opposition des termes
est pensée en *même temps* comme une communion ou une réunion
symétrique), la non-disjonction introduit la figure de la feinte,
de l'ambivalence, du *double*. L'opposition non-alternante initiale
se révèle donc être une pseudo-opposition; elle l'est dans son
germe, puisqu'elle n'intègre pas sa propre opposition, à savoir
la solidarité des rivaux. La vie s'oppose absolument à la mort
(l'amour à la haine, la vertu au vice, le bien au mal, l'être au néant)
sans la négation complémentaire à cette opposition qui transfor-
merait la bipartition en totalité rythmique. Sans ce double mouvement négatif qui réduit la *différence* des termes à une *disjonction*
radicale avec permutation des deux termes, c'est-à-dire, à un espace
vide autour duquel ils tournent en s'effaçant comme entités et en
se transformant en un rythme alternant, la négation reste incom-
plète et inaccomplie. En se donnant deux termes en opposition,
sans affirmer, par le même geste et simultanément, l'identité des
opposés, elle dédouble le mouvement de la *négation radicale* en
deux moments : 1. disjonction, 2. non-disjonction.

2. Ce dédoublement introduit tout d'abord *le temps* : la temporalité (l'histoire) serait l'*espacement* de la négation coupante, ce
qui s'introduit entre deux scansions (opposition-conciliation)
isolées, non-alternantes. Dans d'autres cultures on a pu penser
une négation irrévocable qui boucle les deux scansions dans une
égalisation, en évitant ainsi l'espacement de la démarche négative
(la durée) et en lui substituant le vide (l'espace) qui produit la
permutation des contraires.

   L' " ambiguïtisation " de la négation entraîne de même une
finalité, un principe théologique (Dieu, le " sens "). Ceci dans
la mesure où la disjonction étant admise comme phase initiale,
une synthèse de deux en *un* s'impose au second temps, en se
présentant comme une unification qui " oublie " l'opposition de

même que l'opposition ne " supposait " pas l'unification. Si Dieu apparaît au deuxième temps pour marquer la clôture d'une pratique sémiotique organisée sur la négation non-alternante, il est évident que cette clôture est présente déjà au premier temps de la simple opposition absolue (la disjonction non-alternante).

C'est dans cette négation dédoublée que prend naissance toute *mimesis*. La négation non-alternante est la loi du récit : toute narration est faite, se nourrit de temps et de finalité, d'histoire et de Dieu. L'épopée et la prose narrative occupent cet espacement et visent cette théologie que la négation non-alternante sécrète. Il nous faudrait chercher dans d'autres civilisations pour trouver un discours non-mimétique, scientifique ou sacré, moral ou rituel qui se construit en s'effaçant par des séquences rythmiques, renfermant dans une action concertante des couples sémiques antithétiques [14]. Le roman ne fait pas exception à cette loi de la narration. Ce qui le particularise dans la pluralité des récits, c'est que la fonction non-disjonctive se concrétise à tous les niveaux (thématique, syntagmatique, actants, etc.) de l'énoncé romanesque global. D'autre part, c'est justement le deuxième stade de la négation non-alternante, à savoir la non-disjonction, qui ordonne l'idéologème du roman.

3. En effet, la disjonction (la boucle thématique vie-mort, amour-haine, fidélité-trahison) encadre le roman, et nous l'avons retrouvée dans les structures closes qui programment le début romanesque. Mais le roman n'est possible que lorsque la disjonction des deux termes peut être niée tout en étant là, confirmée et approuvée. Elle se présente, du coup, comme un *double* plutôt que comme *deux irréductibles*. La figure du traître, du souverain bafoué, du guerrier vaincu, de la femme infidèle relève de cette fonction non-disjonctive qu'on retrouve à l'origine du roman.

L'épopée s'organisait plutôt sur la fonction symbolique de la disjonction exclusive ou de la non-conjonction. Dans *la Chanson de Roland* et tous les Cycles de la Table Ronde, le héros et le traître, le bon et le méchant, le devoir guerrier et l'amour du cœur, se poursuivent dans une hostilité inconciliable du début à la fin, sans

14. M. Granet, " le Style ", *la Pensée chinoise*, p. 50.

qu'aucun compromis soit possible entre eux. Ainsi, l'épopée
" classique " obéissant à la loi de la non-conjonction (symbolique)
ne peut pas engendrer des caractères et des psychologies [15]. La
psychologie apparaîtra avec la fonction non-disjonctive du signe,
et trouvera dans son ambiguïté un terrain propice à ses méandres.
On pourrait suivre, pourtant, à travers l'évolution de l'épopée,
l'apparition de la figure du *double* comme précurseur à la création
du *caractère*. Ainsi, vers la fin du XIIe siècle, et surtout au XIIIe et
au XIVe, un épique ambigu se propage, dans lequel l'empereur se
voit ridiculisé, la religion et les barons deviennent grotesques, les
héros lâches et suspects (" Pèlerinage de Charlemagne "); le roi
est nul, la vertu n'est plus récompensée (cycle Garin de Monglan),
et le traître s'installe comme actant principal (cycle Doon de
Mayence, poème " Raoul de Cambrai "). Ni satirique, ni laudatif,
ni stigmatisant, ni approuvant, cette épopée témoigne d'une pratique sémiotique double, fondée sur la ressemblance des contraires,
se nourrissant de mélange et d'ambiguïté.

4. Dans cette transition du symbole au signe, la littérature courtoise du Midi présente un intérêt particulier. Des recherches récentes [16] ont prouvé les analogies entre le culte de la Dame dans

15. Dans l'épopée, l'individualité de l'homme est limitée par un renvoi linéaire
à une des deux catégories : les bons ou les méchants, les positifs ou les négatifs. Les
états psychologiques semblent être " libérés de caractères. Ils peuvent par conséquent
changer avec une rapidité extraordinaire et atteindre des dimensions incroyables.
L'homme peut se transformer de bon en méchant, le changement des états d'âme se
faisant en éclair ". D. S. Lixachov, *Chelovek v literature drevnej Rusi* (l'Homme dans la
littérature de la vieille Russie), Moscou-Leningrad, 1958, p. 81.
16. Cf. Alois Richard Nykl, *Hispano-arabic poetry on its relations with the old pro-
vencal troubadours*, Baltimore, 1946. L'étude démontre comment, sans " influencer "
mécaniquement la poésie provençale, la poésie arabe a *contribué*, par son contact avec
le discours provençal, à la formation et au développement du lyrisme courtois aussi
bien en ce qui concerne son contenu et ses genres qu'en ce qui concerne le rythme, le
système des rimes, des strophes, etc. Or, comme le prouve l'académicien soviétique
N. I. Konrad, le monde arabe pour sa part était en contact, par l'autre bout de l'Empire
arabe, avec l'Orient et la Chine (en 751, au bord de la rivière Talas, se sont rencontrées
les armées du Halifat de Bagdad et de l'Empire de Tan). Deux recueils chinois " Yué-
fou " et " Yui tai sin yun " datés du IIIe-IVe siècle rappellent les thèmes et l'organisation de la poésie courtoise provençale du XIIe-XVe siècle, mais les chants chinois
constituent une série distincte et relèvent d'un autre mode de pensée. Il n'en reste pas
moins que les contacts et les pénétrations sont un fait pour les deux cultures — la
culture arabe et la culture chinoise (islamisation de la Chine + infiltration de la structure signifiante/art, littérature/chinoise dans la rhétorique arabe, et de là, dans la

la littérature méridionale et l'ancienne poésie chinoise. On pourrait conclure à une influence, sur une pratique sémiotique à opposition non disjonctive (le christianisme, Europe), d'une pratique sémiotique hiéroglyphique basée sur la " disjonction conjonctive " (la négation dialectique) qui est aussi et avant tout une disjonction conjonctive des deux sexes irréductiblement différenciés et en même temps pareils. Ce serait l'explication du fait que, pendant une longue période, une importante pratique sémiotique de la société occidentale (la poésie courtoise) attribue à l'*Autre* (la Femme) un rôle structural de *premier* plan. Or, dans notre civilisation, prise dans le passage du symbole au signe, l'hymne à la disjonction conjonctive se transforme en une apologie d'*un* seul des termes oppositionnels : l'Autre (la Femme), dans lequel se projette et avec lequel fusionne *après* le Même (l'Auteur, l'Homme). Du coup, il se produit une exclusion de l'Autre qui se présente inévitablement comme une exclusion de la femme, comme une non-reconnaissance de l'opposition sexuelle (et sociale). L'ordre rythmique des textes orientaux qui organisent les sexes (les différences) dans une disjonction conjonctive (l'hiérogamie) se voit remplacé par un système centré (l'Autre, la Femme) et dont le centre n'est là que pour permettre aux mêmes de s'identifier avec lui. Il est donc un pseudo-centre, un centre mystificateur, un point aveugle dont la valeur est investie dans ce Même qui se donne l'Autre (le centre) pour se vivre comme un, seul et unique. De là, la positivité exclusive de ce centre aveugle (la Femme) qui va jusqu'à l'infini (de la " noblesse " et des " qualités du cœur "), efface la disjonction (la différence sexuelle) et se dissout dans une série d'*images* (de l'ange à la Vierge). Ainsi, le geste négatif inachevé, arrêté avant d'avoir désigné l'Autre (la Femme) comme opposé(e) et égal(e) *en même temps* au Même (l'Homme, l'Auteur), et avant d'être nié lui-même par une mise en corrélation des contraires (l'identité de l'Homme et de la Femme *simultanée* à leur disjonction), est *déjà* un geste théologique. Il rejoint, au moment venu, le geste de la religion et offre son inachèvement au platonisme.

---

culture méditerranéenne). Cf. N. I. Konrad, " Problèmes de la littérature comparée actuelle ", in *Izvestija Akademii nauk U.R.S.S.*, série " Littérature et Langage ", 1959, t. 18, fasc. 4, p. 335.

On a voulu voir dans la théologisation de la littérature courtoise une tentative de sauver la poésie d'amour des persécutions de l'inquisition [17] ou, au contraire, une pénétration de l'activité des tribunaux de l'Inquisition ou des ordres dominicains et franciscains après la débâcle des albigeois dans la société du Midi [18]. Quels que soient les faits empiriques, la spiritualisation de la littérature courtoise était déjà donnée dans la structure de cette pratique sémiotique qui se caractérise par une pseudo-négation et ne reconnaît pas la disjonction conjonctive des termes sémiques. Dans un tel idéologème, l'idéalisation de la femme (de l'Autre) signifie le refus d'une société de se construire en reconnaissant le *statut différentiel* mais *non-hiérarchisant* des groupes opposés, de même que le besoin structural de cette société de se donner un centre permutatif, une entité *autre*, et qui n'a de valeur qu'en tant qu'*objet d'échange* parmi les *mêmes*. La sociologie a décrit comment la femme est arrivée à occuper cette place de centre permutatif (d'objet d'échange [19]). Cette valorisation dévalorisante prépare le terrain et ne se distingue pas fondamentalement de la dévalorisation explicite dont la femme sera l'objet à partir du XIVᵉ siècle dans la littérature bourgeoise (les fabliaux, les soties, les farces).

5. Le roman d'Antoine de La Sale étant à mi-chemin entre les deux types d'énoncés, contient les deux démarches : la Dame est une figure double dans la structure romanesque. Elle n'est plus uniquement la maîtresse divinisée, comme l'exigeait le code de la poésie courtoise, c'est-à-dire le terme valorisé d'une connexion non disjonctive. Elle est aussi l'infidèle, l'ingrate, l'infâme. Les deux termes attributifs, sémiquement opposés dans une non-conjonction, comme l'exigerait une pratique sémiotique relevant du symbole (l'énoncé courtois), ne le sont plus dans *Jehan de Saintré* ; ici ils sont non-disjoints dans une seule unité ambivalente qui connote l'idéologème du signe. Ni divinisée, ni bafouée, ni mère

17. J. Coulet, *le Troubadour Guilhem Montahagal*, Toulouse, Bibl. méridionale, 1928, 12ᵉ série, IV.

18. J. Anglade, *le Troubadour Guiraut Riquier. Étude sur la décadence de l'ancienne poésie provençale*, 1905.

19. Campaux, " La question des femmes au XVᵉ siècle ", in *Revue des cours littéraires de la France et de l'étranger*, I. P., 1864, p. 458 et suiv. P. Gide, *Étude sur la condition privée de la femme dans le droit ancien et moderne*, P. 1885, p. 381.

ni maîtresse, ni éprise de Saintré ni fidèle à l'abbé, la Dame est la figure non disjonctive par excellence sur laquelle est axé le roman.

Saintré fait partie aussi de cette fonction non disjonctive : enfant et guerrier, page et héros, trompé par la Dame et vainqueur de soldats, soigné et trahi, amant de la Dame et aimé par le roi ou par un frère d'armes Boucicault (p. 141). Jamais masculin, enfant-amant pour la Dame ou camarade-ami qui partage le lit du roi ou de Boucicault, Saintré est l'androgyne accompli, la sublimation du sexe (sans la sexualisation du sublime), et son homosexualité n'est que la mise en récit de la fonction non disjonctive de cette pratique sémiotique dont il fait partie. Il est le miroir-pivot dans lequel les autres arguments de la fonction romanesque se projettent pour fusionner avec eux-mêmes : c'est l'Autre qui est le Même pour la Dame (l'homme qui est l'enfant, donc la femme elle-même qui y retrouve son identité à soi non-disjointe de l'autre, mais reste opaque à la *différence* irréductible des deux). Il est le *même* qui est aussi l'*autre* pour le roi, les guerriers ou Boucicault (étant l'homme qui est aussi la femme qui le possède). La fonction non-disjonctive de la Dame à laquelle Saintré est assimilé, lui assure le rôle d'un objet d'échange dans la société des hommes; la fonction non dis-jonctive de Saintré lui-même, lui assure le rôle d'un objet d'échange entre le masculin et le féminin de la société ; toutes les deux en-semble, elles bouclent les éléments d'un texte culturel dans un système stable dominé par la non-disjonction (le signe).

V. L'ACCORD DES ÉCARTS.

1. La fonction non-disjonctive du roman se manifeste, au niveau de l'enchaînement des énoncés constitutifs, comme un *accord d'écarts* : les deux arguments originalement opposés (et qui forment la boucle thématique vie-mort, bien-mal, début-fin, etc.), sont reliés, médiatisés par une série d'énoncés dont le rapport à l'oppo-sition originellement posée n'est ni manifeste ni logiquement nécessaire, et qui s'enchaînent sans qu'un impératif majeur mette un terme à leur juxtaposition. Ces énoncés d'écart par rapport à la

boucle oppositionnelle qui encadre l'énoncé romanesque, sont des *descriptions laudatives* d'objets (de vêtements, de cadeaux, d'armes) ou d'événements (les départs des troupes, les festins, les combats). Telles par exemple les descriptions de commerce, d'achats et d'habillement (p. 51, 63, 71-72, 79), des armes (p. 50), etc. Les énoncés de, ce type reviennent avec une monotonie obligatoire et font du texte un ensemble de retours, une succession d'énoncés clos, cycliques, complets en eux-mêmes, centrés chacun autour d'un certain *point* qui peut connoter l'espace (la boutique du commerçant, la chambre de la Dame), le temps (le départ des troupes, le retour de Saintré), le sujet de l'énonciation, ou les trois à la fois. Ces énoncés descriptifs sont minutieusement détaillés et reviennent périodiquement dans un rythme *répétitif* qui offre sa grille à la temporalité romanesque. En effet, Antoine de La Sale ne décrit aucun événement qui évolue dans la durée. Lorsqu'un énoncé assumé par l'Acteur (l'auteur) intervient pour servir d'enchaînement temporaire, il est extrêmement laconique et ne fait que relier les *descriptions* qui situent le lecteur devant une armée prête à partir, chez une marchande, face à un habit ou un bijou, et qui font l'éloge de ces objets qu'aucune causalité n'a mis ensemble. L'imbrication de ces écarts est ouverte à la dérive — les répétitions d'éloges pourraient s'ajouter sans fin; elles sont pourtant *terminées* (closes et déterminées) par la fonction fondamentale de l'énoncé romanesque : la non-disjonction. Happées dans la totalité romanesque, c'est-à-dire, vues à rebours, à partir de la fin où l'exaltation s'est transformée en son contraire, la désolation, avant d'aboutir à la mort, ces descriptions laudatives se relativisent, deviennent ambiguës, trompeuses, doubles : leur univocité se change en duplicité.

2. Outre les descriptions laudatives, un autre type d'écarts accordés dans la non-disjonction apparaît dans le trajet romanesque : les *citations* latines et les préceptes moraux. Antoine de La Sale cite Tules de Milesie, Socrate, Trimides, Pitacus de Misselene, l'Évangile, Caton, Sénèque, saint Augustin, Épicure, saint Bernard, saint Grégoire, saint Paul, Avicenne, etc., et l'on a pu relever, en plus des emprunts avoués, un nombre considérable de plagiats.

Il est aisé de découvrir la provenance extra-romanesque de ces

deux types d'écarts : la description laudative et la citation.
Le premier vient de la foire, du marché ou de la place publique.
C'est l'énoncé du marchand qui vante son produit ou du hérault qui
annonce le combat. La parole phonétique, l'énoncé oral, le son
lui-même, deviennent livre : moins qu'une écriture, le roman est
ainsi la transcription d'une communication vocale. Est transcrit sur
le papier un *signifiant* arbitraire (une parole = phoné) qui se veut
adéquat à son signifié et à son référent; qui représente un " réel "
déjà là, pré-existant à ce signifiant, et le double pour l'intégrer dans
un circuit d'échange, donc le réduit à un *representamen* (signe) ma-
niable et circulable en tant qu'élément destiné à assurer la cohésion
d'une structure communicative (commerciale) à *sens* (à valeur).

Ces énoncés laudatifs abondent en France aux xive-xve siècles et
sont connus sous le nom de *blasons*. Ils viennent d'un discours
communicatif qui, prononcé à haute voix sur la place publique,
vise l'information directe de la foule concernant la guerre (le nombre des soldats, leur provenance, l'armement) ou le marché
(la marchandise, ses qualités, ses prix) [20]. Ces énumérations solen-
nelles tumultueuses, monumentales, appartiennent à une culture
qu'on pourrait appeler phonétique : cette culture de l'échange
que la Renaissance européenne imposera définitivement, se fait
dans la *voix* et pratique les structures du circuit discursif (verbal,
phonétique) — renvoie inévitablement à un réel auquel elle
s'identifie en le redoublant (en le " signifiant "). La littérature
" phonétique " se caractérise par de tels types d'énoncés-énuméra-
tion laudative et répétitive [21].

A une époque plus tardive, les blasons perdent leur univocité
et deviennent ambigus, louange et blâme à la fois. Au xve siècle, le
blason est déjà une figure par excellence non disjonctive [22].
Le texte d'Antoine de La Sale saisit le blason juste avant son

---

20. Tels sont par exemple les fameux " cris de Paris " — énoncés répétitifs, énumérations laudatives qui jouaient le rôle de la publicité moderne pour la société de
l'époque. Cf. Alfred Franklin, *Vie privée d'autrefois, I. L'Annonce et la réclame*, P. 1881.
J.-G. Kastner, *les Voix de Paris, essai d'une histoire littéraire et musicale des cris populaires*,
P. 1857.
21. Cf. *le Mystère du Vieux Testament* (xve s.) : les officiers de Nabuchodonosor
désignent 43 espèces d'armes; *le Martyr de saint Canten* (fin xve s.), le chef des troupes
romaines désigne 45 armes, etc.
22. Ainsi on trouve chez Grimmelshausen, *Der Satyrische Pylgrad* (1666), vingt
énoncés d'abord sémantiquement positifs, plus loin repris comme sémantiquement

dédoublement en louange et/ou blâme. Les blasons sont enregistrés
dans le livre comme univoquement laudatifs. Mais ils deviennent
ambigus dès qu'on les lit à partir de la fonction générale du texte
romanesque : la trahison de la Dame fausse le ton laudatif, montre
son ambiguïté. Le blason se transforme en blâme et s'insère ainsi
dans la fonction non-disjonctive du roman, comme nous l'avons
remarqué plus haut; la fonction établie sur l'ensemble extra-textuel
(Te) change dans l'ensemble textuel du roman (Tr) et par là même
le définit comme idéologème.

Ce dédoublement de l'univocité d'un énoncé est un phénomène
typiquement oral que nous découvrons dans tout l'espace discursif
(phonétique) du Moyen Age, et surtout sur la scène du carnaval.
Le dédoublement qui constitue la nature-même du signe (objet-
son, référent-signifié-signifiant) et la topologie du circuit communicatif (sujet-destinataire, Même-pseudo-Autre) atteint le niveau
logique de l'énoncé (phonétique) et se présente comme une non-
disjonction.

3. Le deuxième type d'écarts — la citation — vient d'un texte
écrit. La langue latine et les *autres* livres (lus) pénètrent dans le
texte du roman directement recopiés (citations) ou en tant que
traces mnésiques (souvenirs). Ils sont transportés intacts de leur
propre espace dans l'espace du roman qui s'écrit, recopiés entre
guillemets ou plagiés [23].

Tout en mettant en valeur le phonétique et en introduisant dans
le texte culturel l'espace (bourgeois) de la foire, du marché, de la
rue, la fin du Moyen Age se caractérise également par une pénétration massive du texte écrit : le livre cesse d'être un privilège de
nobles et d'érudits et se démocratise [24]. De sorte que la culture

péjoratifs et enfin présentés comme doubles (ni positifs, ni péjoratifs). Le blason abonde
dans les mystères et les soties. Cf. Montaiglon, *Recueil de Poésies françoises des XV et
XVIe s.*, Paris, P. Jannet-P. Daffis, 1865-1878, t. I, p. 11-16; t. III, p. 15-18, de même
que *Dits des pays*, t. V, p. 110-116. Sur le blason, cf. H. Gaidez et P. Sébillot, *Blason
populaire en France*, Paris 1884; G. D'Harcourt et G. Durivault, *le Blason*, Paris 1960.
23. A propos des emprunts et des plagiats d'A. de La Sale, cf. M. Lecourt, " A. de
La Sale et Simon de Hesdin, in *Mélanges offerts à M. Émile Châtelain*, Paris 1910,
p. 341-350, et " Une source d'A. de La Sale : Simon de Hesdin ", in *Romania*, LXXVI,
1955, p. 39-83, 183-211.
24. On sait qu'après une période de sacralisation du livre (livre sacré = livre latin)
le Haut Moyen Age connaît une période de dévalorisation du livre qui s'accom-

phonétique prétend être une culture scripturale. Or, dans la mesure où tout livre dans notre civilisation est une transcription d'une parole orale [25], la citation ou le plagiat sont donc aussi phonétiques que le blason, même si leur provenance extra-scripturale (verbale) renvoie à quelques livres avant le livre d'Antoine de La Sale.

4. Il n'en reste pas moins que la référence à un texte écrit perturbe les lois que la transcription orale impose au texte : énumération, répétition, donc temporalité (cf. *supra*). L'instance de l'écriture s'introduit avec deux conséquences majeures.

_____

pagne par un remplacement des textes par des images. " A partir du milieu du XIIe siècle le rôle et la destinée du livre changent. Lieu de production et d'échange, la ville subit le livre et le provoque. L'acte et la parole s'y répercutent, s'y multiplient dans une dialectique bondissante. Le livre, produit de première nécessité, entre dans le circuit de la production médiévale : il devient produit monnayable, mais aussi produit protégé " (Albert Flocon, *l'Univers des livres*, Hermann, 1961, p. 1). Des livres *profanes* apparaissent : les cycles de Roland; le roman courtois : Roman d'Alexandre le Grand, de Thèbes; les romans bretons : Roi Arthur, Graal, le Roman de la Rose; les textes des troubadours et des trouvères, la poésie de Rutebeuf, les fabliaux, le Roman de Renart, les miracles, le théâtre liturgique, etc. Un véritable *commerce* de livres manuscrits s'organise qui prend une grande extension au XVe siècle : à Paris, Bruges, Gand, Anvers, Augsburg, Cologne, Strasbourg, Vienne, sur les marchés et dans les foires, auprès des églises les copistes à gages étalent leurs boutiques et offrent leurs marchandises (cf. Svend Dahl, *Histoire du livre de l'antiquité à nos jours*, P.-Ed. Poinat, 1960). Le culte du livre règne dans la cour des rois d'Anjou (étroitement liée à la Renaissance italienne) où travaille Antoine de La Sale : René d'Anjou (1480) possède 24 manuscrits turcs et arabes et dans sa chambre était accroché " un grand tableau auquel sont escriptz les ABC par lesquels on peut escrire par tous les pays de chrestianité et sarrasinaïsme ".

25. Il semble naturel à la pensée occidentale de considérer toute écriture comme *secondaire*, postérieure à la vocalisation. Cette dévalorisation de l'écriture remonte, comme plusieurs de nos présupposés philosophiques, à Platon : " ... il n'existe d'écrit qui soit de moi, et il n'en existera jamais plus : effectivement, ce n'est pas un savoir qui, à l'exemple des autres, puisse aucunement se formuler en proposition; mais, résultat de l'établissement d'un commerce répété avec ce qui est la matière même de ce savoir, résultat d'une existence qu'on partage avec elle, soudainement, comme s'allume une lumière lorsque bondit la flamme, ce savoir se produit dans l'âme et, désormais, il s'y nourrit tout seul lui-même ". Sauf si l'écriture est assimilée à une autorité, à une vérité immuable : " de rendre par écrit un grand service aux hommes et d'amener pour tous à la lumière ce qui est la réalité de la Nature ". Mais le raisonnement idéaliste découvre avec scepticisme " l'instrument impuissant qu'est le langage ". Voilà le motif pour lequel quiconque n'aura jamais la hardiesse de dépasser dans le langage les pensées qu'il a eues, de le faire dans une chose immuable, telle qu'est précisément celle qui est constituée par les caractères écrits " (Platon, Lettre VII). Les historiens de l'écriture partagent généralement cette idée (cf. James G. Février, *Histoire de l'écriture*, Paris, Payot, 1948). Par contre, Tchang Tcheng-ming, *l'Écriture chinoise et le Geste humain*, Paris, 1937, et P. Van Ginneken, *la Reconstitution typologique des langues archaïques de l'humanité*, 1939, affirment l'antériorité de l'écriture par rapport au langage vocal.

La première : La temporalité du texte d'Antoine de La Sale est moins une temporalité discursive (les séquences narratives ne s'enchaînent pas d'après les lois de la temporalité du syntagme verbal) qu'une temporalité qu'on pourrait appeler *scripturale* (les séquences narratives sont orientées vers, et relancées par, l'activité même d'écrire). La succession des " événements " (des énoncés descriptifs ou des citations) obéit au mouvement de la main qui travaille sur la page vide, à l'économie même de l'inscription. Antoine de La Sale interrompt souvent le *cours* du temps discursif pour introduire le *présent* de son travail sur le texte. " Retournant à mon propos ", " pour abregier ", " que vous diroie ", " et cy me tairay aucun peu de Madame et de ses femmes, pour revenir a petit Saintré ", etc. — de tels jonctifs signalent une temporalité *autre* que celle de la suite discursive (linéaire) : le *présent massif* de l'énonciation inférentielle (du travail scriptural).

La seconde : L'énoncé (phonétique) étant transcrit sur le papier, et le texte étranger (la citation) étant recopié, tous les deux forment un texte écrit dans lequel l'acte même de l'écriture passe au second plan et se présente dans *sa totalité* comme *secondaire* : comme une transcription-copie, comme un signe, comme une " lettre " au sens non plus d'inscription, mais d'objet d'échange : " que en façon d'une lettre je vous envoie ".

Le roman se structure ainsi comme un espace double : à la fois énoncé phonétique et niveau scriptural, avec domination écrasante de l'ordre discursif (phonétique).

VI. ACHÈVEMENT ARBITRAIRE ET FINITION STRUCTURALE.

1. Toute activité idéologique se présente sous la forme d'énoncés compositionnellement *achevés*. Cet achèvement est à distinguer de la *finition structurale* à laquelle ne prétendent que quelques systèmes philosophiques (Hegel) aussi bien que les religions. Or, la finition structurale caractérise comme trait fondamental cet objet que notre culture consomme en tant que produit fini (effet, impression) en refusant de lire le processus de sa productivité : la " litté-

rature ", dans laquelle le roman occupe une place privilégiée. La notion de littérature coïncide avec la notion de roman tant dans ses origines chronologiques que dans le fait de leur clôture structurale [26]. L'achèvement explicite peut souvent manquer au texte romanesque, ou être ambigu, ou sous-entendu. Cet inachèvement ne souligne pas moins la finition structurale du texte. Chaque genre ayant sa finition structurale particulière, nous essayerons de dégager la finition structurale de " Jehan de Saintré ".

2. La programmation initiale du livre est déjà sa finition structurale. Dans les figures que nous avons décrites plus haut, les trajets se referment, reviennent à leur point de départ ou se recoupent par une censure, de manière à dessiner les limites d'un discours clôturé. Il n'en reste pas moins que l'achèvement compositionnel du livre reprend la finition structurale. Le roman se termine par l'énoncé de l'acteur qui, après avoir amené l'histoire de son personnage Saintré jusqu'à la punition de la Dame, interrompt le récit et annonce la fin : " Et cy commenceray la fin de ce compte... " (p. 307.)

L'histoire peut être considérée comme terminée une fois accomplie une des boucles (résolue une des dyades oppositionnelles) dont la série a été ouverte par la programmation initiale. Cette boucle, c'est la condamnation de la Dame qui signifie une condamnation de l'ambiguïté. Le *récit* s'arrête là. Nous appellerons cet achèvement du récit par une boucle concrète une *reprise* de la finition structurale.

Mais la finition structurale manifestée une fois de plus par une concrétisation de la figure fondamentale du texte (la dyade oppositionnelle et son rapport avec la non-disjonction) ne suffit pas pour que le discours de l'auteur soit clos. Rien dans la parole ne peut mettre fin — sauf de façon arbitraire — à l'enchaînement infini des boucles. Le véritable coup d'arrêt est donné par l'arrivée, dans l'énoncé romanesque, du travail même qui le produit, maintenant, sur cette page. La parole cesse lorsque meurt son sujet, et c'est l'instance de l'écriture (du travail) qui produit ce meurtre.

Une nouvelle rubrique, l' " *acteur* ", signale la deuxième — la véritable — reprise de la fin : " Et cy donray fin au livre de ce très

26. Cf. P. N. Medvedev, *op. cit.*

vaillant chevalier qui... " (p. 308.) Un bref récit du récit s'ensuit
pour terminer le roman en ramenant l'énoncé à l'acte de l'écriture
(" Ores, treshault, excellent puissant prince et mon tresredoubté
seigneur, se aucunement pour trop ou peu *escripre* je avoie failly...
... j'ay fait ce livre, dit Saintré, que en façon d'une *lettre* je vous
envoye... " (p. 309)), et en substituant au passé de la parole le
présent du graphisme (" Et sur ce, pour *le présent*, mon très-
redoubté seigneur, autre ne vous escripts... ")

Dans la double face du texte (histoire de Saintré — histoire du
processus de l'écriture), la productivité scripturale étant mise en
récit et le récit étant souvent interrompu pour faire apparaître l'acte
producteur, la mort (de Saintré) comme image rhétorique coïncide
avec l'arrêt du discours (l'effacement de l'acteur). Mais — autre
recul du lieu de la *parole* —, reprise par le texte au moment où il se
tait, cette mort ne peut pas être parlée, elle est assertée par une
écriture (tombale) que l'écriture (le texte du roman) place entre
guillemets. En plus, — encore un recul, cette fois du lieu de *la
langue* — cette citation de l'inscription tombale se produit dans une
langue morte (le latin) : en retrait par rapport au français, elle
atteint ainsi le point mort où s'achève non plus le récit (terminé au
paragraphe précédent : " Et cy commenceray la fin de ce
compte...), mais le *discours* et son produit — la " littérature "/la
" lettre " (" Et cy donneray fin au livre... ").

3. Le récit pourrait reprendre les aventures de Saintré ou nous
en épargner plusieurs. Il n'en reste pas moins qu'il est clôturé,
né-mort : ce qui le termine structuralement, ce sont les fonctions
closes de l'idéologème du signe que nous avons relevées plus haut
et que le récit ne fait que répéter en les variant. Ce qui le clôture
compositionnellement et en tant que fait culturel, c'est l'explicita-
tion du récit comme texte écrit.

Ainsi, à la sortie du Moyen Age, donc avant la consolidation
de l'idéologie " littéraire " et de la société dont elle est la supers-
tructure, Antoine de La Sale termine doublement son roman :
comme récit (structuralement) et comme discours (compositionnellement), et cette clôture compositionnelle, du lieu même de sa
naïveté, met en évidence un fait majeur que la littérature bourgeoise va occulter plus tard. Ce fait, le voici :

Le roman a un double statut sémiotique : il est un *phénomène* linguistique (récit), de même qu'un *circuit* discursif (lettre, littérature);
le fait qu'il est un *récit* n'est qu'un aspect — antérieur — de cette
particularité fondamentale qu'il *est* de la " *littérature* ". Nous voilà
devant cette différence qui caractérise le roman par rapport au récit :
le roman est déjà " littérature ", c'est-à-dire un produit de la parole,
un objet (discursif) d'échange avec un propriétaire (auteur), une
valeur et un consommateur (public, destinataire). La conclusion du
récit coïncidait avec l'accomplissement du trajet d'une boucle [27].
La finition du roman, par contre, ne s'arrête pas à cette conclusion.
L'instance de la parole, souvent sous la forme d'un épilogue, sur-
vient à la fin, pour ralentir la narration et pour démontrer qu'il
s'agit bien d'une construction verbale maîtrisée par le sujet qui
parle [28]. Le récit se présente comme une histoire, le roman comme
un discours (indépendamment du fait que l'auteur — plus ou
moins conscient — le reconnaisse comme tel). En cela, il constitue
une étape décisive dans le développement de la conscience critique
du sujet parlant par rapport à sa parole.

Terminer le roman en tant que *récit* est un problème rhétorique
qui consiste à reprendre l'idéologème clos du signe qui l'a ouvert.
Achever le roman en tant que fait littéraire (le comprendre en tant
que discours ou signe) est un problème de pratique sociale, de
texte culturel, et consiste à confronter la parole (le produit, l'œuvre) avec sa mort — l'écriture (la productivité textuelle). C'est ici
qu'intervient une troisième conception du livre comme *travail*, et
non plus comme phénomène (récit) ou littérature (discours).
Antoine de La Sale reste bien entendu en deçà d'une telle acception.
Le texte social qui lui succédera écarte de sa scène toute production

---

27. " *Short story* est le terme qui sous-entend toujours une histoire et qui doit
répondre à deux conditions : les dimensions réduites et l'accent mis sur la conclusion. "
B. Eikhenbaum, " Sur la théorie de la prose ", in *Théorie de la littérature, op. cit.*, p. 203.

28. La poésie des troubadours, de même que les contes populaires et les récits
de voyages, etc., introduit souvent, pour finir, l'instance du locuteur comme témoin
ou participant au " fait " raconté. Or, dans le cas de la conclusion du roman, l'auteur
prend la parole non pour témoigner d'un " événement " (comme il en est dans le conte
populaire) ni pour confesser ses " sentiments " ou son " art " (comme il en est dans la
poésie des troubadours) mais pour s'attribuer la propriété du discours qu'il avait
fait semblant de céder à un autre (au personnage). Il se vit comme l'acteur d'une *parole*
(non d'une suite d'événements) et poursuit l'extinction de cette parole (sa mort) après
la clôture de tout intérêt événementiel (la mort du personnage principal, par exemple).

pour lui substituer le produit (l'effet, la valeur) : le règne de la *littérature* est le règne de la *valeur marchande,* et elle occulte même ce qu'Antoine de La Sale avait confusément pratiqué : les origines discursives du fait littéraire. Il faudra attendre la mise en cause du texte social bourgeois pour qu'une mise en cause de la " littérature " (du discours) se fasse à travers l'avènement du travail scriptural dans le texte [29].

4. Entre-temps, cette fonction de l'écriture comme travail détruisant la représentation (le fait littéraire) reste latente, non-comprise et non-dite, quoique souvent à l'œuvre dans le texte et évidente au déchiffrement. Pour Antoine de La Sale, de même que pour tout écrivain dit " réaliste ", l'écriture *c'est* la parole en tant que loi (sans transgression possible).

L'écriture se révèle être, pour celui qui se pense comme " auteur ", une fonction qui ossifie, pétrifie, arrête. Pour la conscience *phonétique* de la Renaissance jusqu'à aujourd'hui [30] l'écriture est une limite artificielle, une loi arbitraire, une finition subjective. L'intervention de l'instance de l'écriture dans le texte est souvent l'excuse que l'auteur se donne pour justifier la fin arbitraire de son récit. Ainsi, Antoine de La Sale s'écrit écrivant pour justifier l'arrêt de son écriture : son récit est une lettre dont la mort coïncide avec l'arrêt du tracé. Inversement, la mort de Saintré n'est pas la narration d'une aventure : Antoine de La Sale, souvent prolixe et répétitif, se borne, pour annoncer ce fait majeur, à transcrire une plaque tombale, et ceci en deux langues — latin et français...

Nous sommes ici en face d'un phénomène paradoxal qui domine sous différentes formes toute l'histoire du roman : la dévalorisation de l'écriture, sa catégorisation comme péjorative, paralysante, mortuaire. Ce phénomène va avec son autre : la valorisation de l'œuvre, de l'auteur, du fait littéraire (du discours). L'écriture n'apparaît que pour clore le livre, c'est-à-dire le discours. Ce qui l'ouvre, c'est la parole : " dont ce premier parlera de une Dame des Belles

29. Tel est, par exemple, le livre de Philippe Sollers, *le Parc* (1961), écrivant la *production* de l'écriture avant l'*effet* vraisemblable d'une " œuvre " comme *phénomène* de discours (représentatif).

30. A propos des incidences du phonétisme sur la culture occidentale, cf. J. Derrida, *op. cit.*

Cousines " (p. 1). L'acte de l'écriture qui est l'acte différentiel par excellence, réservant au texte le statut d'un *autre* irréductible à son différent ; qui est aussi l'acte corrélationnel par excellence, évitant toute clôture des séquences dans un idéologème fini et les ouvrant à un agencement infini, cet acte sera supprimé et on ne l'évoquera que pour opposer à la " réalité objective " (l'énoncé, le discours phonétique) un " artificiel subjectif " (la pratique scripturale). Cette opposition phonétique/scriptural, énoncé/texte, à l'œuvre dans le roman bourgeois avec dévalorisation du second terme (du scriptural, du texte), a égaré les formalistes russes en leur permettant d'interpréter l'intervention de l'instance de l'écriture dans le récit comme une preuve de l' " arbitraire " du texte ou de la soi-disant " littéralité " de l'œuvre. Il est évident que les concepts d' " *arbitraire* " et de " *littéralité* " ne peuvent être pensés que dans une idéologie de valorisation de l'œuvre (phonétique, discursive) au détriment de l'écriture (de la productivité textuelle), autrement dit, dans un texte (culturel) clos.

1966-1967.

4

Le mot, le dialogue et le roman [1]

Si l'efficacité de la démarche scientifique dans le domaine des sciences " humaines " a toujours été contestée, il est frappant que pour la première fois cette contestation ait lieu au niveau même des structures étudiées qui relèveraient d'une logique *autre* que la logique scientifique. Il s'agirait de cette logique du langage (et *a fortiori* du langage poétique) que " l'écriture " (j'ai en vue cette littérature qui rend palpable l'élaboration du sens poétique comme *gramme dynamique*) a le mérite d'avoir mise en évidence. Deux possibilités s'offrent alors à la sémiotique littéraire : le silence et l'abstention, ou la poursuite de l'effort pour élaborer un modèle isomorphe à cette logique autre, c'est-à-dire à la construction du sens poétique qui se place aujourd'hui au centre de l'intérêt de la sémiotique.

Le formalisme russe dont se réclame aujourd'hui l'analyse structurale se trouvait devant une alternative identique lorsque des raisons extra-littéraires et extra-scientifiques mirent fin à ses études. Les recherches ont été cependant poursuivies pour voir le jour tout récemment dans les analyses de *Mikhail Bakhtine*, qui représentent un des événements les plus marquants et l'une des tentatives de dépassement les plus puissantes de cette école. Loin de la

1. Ce texte est écrit à partir des livres de Mikhail Bakhtine, *Problemi poetiki Dostoïevskovo* (*Problèmes de la poétique de Dostoïevski*), (Moscou, 1963); *Tvorchestvo François Rabelais* (*l'Œuvre de François Rabelais*), (Moscou, 1965). Ses travaux ont visiblement influencé les écrits de certains théoriciens soviétiques de la langue et de la littérature pendant les années 30 (Voloshinov, Medvedev). Il travaille actuellement à un nouveau livre traitant des genres du discours.

rigueur technique des linguistes, maniant une écriture impulsive, voire par moments prophétique, Bakhtine aborde des problèmes fondamentaux qu'affronte aujourd'hui l'étude structurale du récit, et qui rendent actuelle la lecture de textes qu'il a ébauchés il y a environ quarante ans. Écrivain autant que " savant ", Bakhtine est l'un des premiers à remplacer le découpage statique des textes par un modèle où la structure littéraire n'*est* pas, mais où elle *s'élabore* par rapport à une *autre* structure. Cette dynamisation du structuralisme n'est possible qu'à partir d'une conception selon laquelle le " mot littéraire " n'est pas un *point* (un sens fixe), mais un *croisement de surfaces* textuelles, un dialogue de plusieurs écritures : de l'écrivain, du destinataire (ou du personnage), du contexte culturel actuel ou antérieur.

En introduisant la notion de *statut du mot* comme unité minimale de la structure, Bakhtine situe le texte dans l'histoire et dans la société, envisagées elles-mêmes comme textes que l'écrivain lit et dans lesquels il s'insère en les récrivant. La diachronie se transforme en synchronie, et dans la lumière de cette transformation l'histoire *linéaire* apparaît comme une *abstraction*; la seule manière qu'a l'écrivain de participer à l'histoire devient alors la transgression de cette abstraction par une écriture-lecture, c'est-à-dire par une pratique d'une structure signifiante en fonction de ou en opposition avec une autre structure. L'histoire et la morale s'écrivent et se lisent dans l'infrastructure des textes. Ainsi, polyvalent et pluridéterminé, le mot poétique suit une logique qui dépasse la logique du discours codifié, et qui ne se réalise pleinement qu'en marge de la culture officielle. C'est, par conséquent, dans le *carnaval* que Bakhtine ira chercher les racines de cette logique dont il est ainsi le premier à aborder l'étude. Le discours carnavalesque brise les lois du langage censuré par la grammaire et la sémantique, et par ce même mouvement il est une contestation sociale et politique : il ne s'agit pas d'équivalence, mais d'identité entre la contestation du code linguistique officiel et la contestation de la loi officielle.

L'établissement du statut spécifique du mot dans les différents genres (ou textes) comme signifiant des différents modes d'intellection (littéraire) place l'analyse poétique au point névralgique des sciences " humaines " aujourd'hui : au croisement du *langage* (pratique réelle de la pensée [2]) et de l'*espace* (volume dans lequel la signification s'articule par une jonction de différences). Étudier le statut du mot, cela signifie étudier les articulations de ce mot (comme complexe sémique) avec les autres mots de la phrase, et retrouver les mêmes fonctions (relations) au niveau des articulations de séquences plus grandes. Face à cette conception spatiale du fonctionnement poétique du langage, il est nécessaire de définir d'abord les trois dimensions de l'espace textuel dans lequel vont se réaliser les différentes opérations des ensembles sémiques et des séquences poétiques. Ces trois dimensions sont : le sujet de l'écriture, le destinataire et les textes extérieurs (trois éléments en dialogue). Le statut du mot [3] se définit alors *a) horizontalement* : le mot dans le texte appartient à la fois au sujet de l'écriture et au destinataire, et *b) verticalement* : le mot dans le texte est orienté vers le corpus littéraire antérieur ou synchronique.

Mais dans l'univers discursif du livre, le destinataire est inclus uniquement en tant que discours lui-même. Il fusionne donc avec cet autre discours (cet autre livre) par rapport auquel l'écrivain écrit son propre texte; de sorte que l'axe horizontal (sujet-destinataire) et l'axe vertical (texte-contexte) coïncident pour dévoiler un fait majeur : le mot (le texte) est un croisement de mots (de textes) où on lit au moins un autre mot (texte). Chez Bakhtine

---

2. " ... le langage *est* la conscience réelle, pratique, existant aussi pour l'autre, existant donc également pour moi-même pour la première fois... ", — (" L'idéologie allemande ", dans K. Marx-F. Engels, *Études philosophiques*, Ed. sociales, 1961, p. 79.)

3. Bakhtine prépare un livre sur les " genres du discours ", définis d'après le statut du mot (cf. *Voprosy Literatury*, 8/1965). Nous ne pourrons commenter ici que quelques-unes de ses idées dans la mesure où elles rejoignent les conceptions de F. de Saussure (" Anagrammes ", in *Mercure de France*, fév. 1964) et inaugurent une nouvelle approche des textes littéraires.

d'ailleurs, ces deux axes, qu'il appelle respectivement *dialogue* et *ambivalence*, ne sont pas clairement distingués. Mais ce manque de rigueur est plutôt une découverte que Bakhtine est le premier à introduire dans la théorie littéraire : tout texte se construit comme mosaïque de citations, tout texte est absorption et transformation d'un autre texte. A la place de la notion d'intersubjectivité s'installe celle d'*intertextualité*, et le langage poétique se lit, au moins, comme *double*.

Ainsi le statut du mot comme unité minimale du texte s'avère être le *médiateur* qui relie le modèle structural à l'environnement culturel (historique), de même que le *régulateur* de la mutation de la diachronie en synchronie (en structure littéraire). Par la notion même de statut, le mot est mis en espace : il fonctionne dans trois dimensions (sujet-destinataire-contexte) comme un ensemble d'éléments sémiques *en dialogue* ou comme un ensemble d'éléments *ambivalents*. Partant, la tâche de la sémiotique littéraire sera de trouver les formalismes correspondant aux différents modes de jonction des mots (des séquences) dans l'espace dialogique des textes.

La description du fonctionnement spécifique des mots dans les différents genres (ou textes) littéraires exige donc une démarche *translinguistique* : 1º conception du genre littéraire comme système sémiologique impur qui " signifie sous le langage mais jamais sans lui "; 2º opération menée avec de grandes unités de discours-phrases, répliques, dialogues, etc., — sans suivre forcément le modèle linguistique — qui est justifiée par le principe de l'expansion sémantique. On pourrait ainsi poser et démontrer l'hypothèse que *toute évolution des genres littéraires est une extériorisation inconsciente de structures linguistiques à leurs différents niveaux.* Le roman, en particulier, extériorise le dialogue linguistique [4].

---

4. En effet, la sémantique structurale, désignant le fondement linguistique du discours, signale qu'une " séquence en expansion est reconnue comme équivalente d'une unité de communication syntaxiquement plus simple qu'elle " et définit *l'expansion* comme " un des aspects les plus importants du fonctionnement des langues naturelles " (A. J. Greimas, *Sémantique structurale*, p. 72). C'est donc dans l'expansion que nous voyons le principe théorique nous autorisant à étudier dans la structure des genres une extériorisation (une expansion) des structures inhérentes au langage.

L'idée de " dialogue linguistique " préoccupait les formalistes russes. Ils insistaient sur le caractère dialogique de la communication linguistique [5] et considéraient que le monologue, comme " forme embryonnaire " de la langue *commune* [6], était postérieur au dialogue. Certains d'entre eux faisaient la distinction entre le discours monologique comme " équivalent à un état psychique [7] " et le récit comme " imitation artistique du discours monologique [8]". La célèbre étude d'Eikhenbaum sur *le Manteau* de Gogol part de pareilles conceptions. Eikhenbaum constate que le texte de Gogol se réfère à une forme orale de la narration et à ses caractéristiques linguistiques (intonation, construction syntaxique du discours oral, lexique respectif, etc.). Instituant ainsi deux modes de narration dans le récit, l'*indirect* et le *direct*, et étudiant leurs rapports, Eikhenbaum ne tient pas compte de ce que dans la plupart des cas l'auteur du récit, avant de se référer à un discours *oral*, se réfère au discours de *l'autre* dont le discours oral n'est qu'une conséquence secondaire (l'autre étant le porteur du discours oral [9]).

Pour Bakhtine, le découpage dialogue-monologue a une signification qui dépasse largement le sens concret dans lequel les formalistes l'employaient. Il ne correspond pas à la distinction *direct-indirect* (monologue-dialogue) dans un récit ou une pièce. Chez

5. E. F. Boudé, *K istorii velikoruskix govorov* (Pour une histoire des parlers de la Grande Russie), Kazan, 1869.

6. L. V. Czerba, *Vostotchno lujickoïe narechie* (Le dialecte des Loujiks de l'Est). Petrograd, 1915.

7. V. V. Vinogradov, " *O dialoguicheskoï recthi* " (Du discours dialogique) in *Russkaja retch* I, p. 144.

8. V. V. Vinogradov, *Poetika*, 1926, p. 33.

9. Il semble que ce qu'on s'obstine à appeler " monologue intérieur " soit la façon la plus irréductible dont toute une civilisation se vit comme identité, chaos organisé et, finalement, transcendance. Or, ce " monologue " n'est sans doute trouvable nulle part ailleurs que dans les textes qui feignent de restituer la soi-disant réalité psychique du " flux verbal ". " L'intériorité " de l'homme occidental est donc un effet littéraire limité (confession, parole psychologique continue, écriture automatique). On peut dire que, d'une certaine manière, la révolution " copernicienne " de Freud (la découverte de la division du sujet) met fin à cette fiction d'une *voix* interne, en posant les fondements d'une extériorité radicale du sujet par rapport au langage et en lui.

Bakhtine, le dialogue peut être monologique, et ce qu'on appelle monologue est souvent dialogique. Pour lui, les termes renvoient à une infrastructure linguistique dont l'étude incombe à une *sémiotique* des textes littéraires qui ne devrait se contenter ni des méthodes linguistiques, ni des données logiques, mais se construire à partir des deux. " La linguistique étudie la langue pour elle-même, sa logique spécifique et ses entités qui rendent possible la communication dialogique, mais elle fait abstraction des rapports dialogiques eux-mêmes... Les rapports dialogiques ne se réduisent pas non plus à des rapports de logique et de signification qui, par eux-mêmes, sont privés de moment dialogique. Ils doivent être habillés de mots, devenir des énonciations, des expressions par des mots, des positions de divers sujets, pour que des rapports dialogiques apparaissent entre eux... Les rapports dialogiques sont absolument impossibles sans des rapports de logique et de signification, mais ne se réduisent pas à eux, ayant leur propre spécificité. " (*Problemi poetiki Dostoïevskovo.*)

Tout en insistant sur la différence entre les rapports dialogiques et les rapports proprement linguistiques, Bakhtine souligne que les rapports sur lesquels se structure le récit (auteur-personnage ; nous pourrons ajouter sujet de l'énonciation-sujet de l'énoncé) sont possibles parce que le dialogisme est inhérent au langage même. Sans expliquer en quoi consiste ce double aspect de la langue, Bakhtine souligne pourtant que " le dialogue est la seule sphère possible de la vie du langage ". Aujourd'hui nous pouvons retrouver les rapports dialogiques à plusieurs niveaux du langage : dans la dyade *combinatoire* langue/parole ; dans les systèmes de langue (contrat collectif, monologique, de même que système de valeurs corrélatives qui s'actualisent dans le dialogue avec l'autre) et de parole (essentiellement " combinatoire ", qui n'est pas création pure mais formation individuelle sur la base d'échange de signes). A un autre niveau (qui pourrait être comparé à celui de l'espace ambivalent au roman), on a démontré même " le double caractère du langage " : syntagmatique (se réalisant dans l'étendue, la présence et par la métonymie) et systématique (se réalisant dans l'association, l'absence et par la métaphore). Il serait important d'analyser linguistiquement les échanges dialogiques entre ces deux axes du langage comme base de l'ambivalence romanesque. Signalons aussi les structures doubles et leurs chevauchements dans les rapports code/message (R. Jakobson, *Essais de linguistique générale*, chap. 9) qui aident aussi à préciser l'idée bakhtinienne du dialogisme inhérent au langage.

Le discours bakhtinien désigne ce que Benveniste a en vue lorsqu'il parle de *discours*, c'est-à-dire " le langage assumé comme exercice par l'individu ", ou, pour employer les termes de Bakhtine lui-même, disons que : " Pour que les rapports de signification et de logique deviennent dialogiques ils doivent s'incarner, c'est-à-dire entrer dans une autre sphère d'existence : devenir discours, c'est-à-dire énoncé, et obtenir un auteur, c'est-à-dire un sujet de l'énoncé " (*Problemi poetiki Dostoïevskovo*). Mais pour Bakhtine, issu d'une Russie révolutionnaire préoccupée de problèmes sociaux, le dialogue n'est pas seulement le langage assumé par le sujet, c'est une *écriture* où on lit *l'autre* (sans aucune allusion à Freud). Ainsi le dialogisme bakhtinien désigne l'écriture à la fois comme subjectivité et comme communicativité ou, pour mieux dire, comme *intertextualité*; face à ce dialogisme, la notion de " personne-sujet de l'écriture " commence à s'estomper pour céder la place à une autre, celle de " l'ambivalence de l'écriture ".

L'AMBIVALENCE.

Le terme d' " ambivalence " implique l'insertion de l'histoire (de la société) dans le texte, et du texte dans l'histoire; pour l'écrivain ils sont une seule et même chose. Parlant de " deux voies qui se joignent dans le récit ", Bakhtine a en vue l'écriture comme lecture du corpus littéraire antérieur, le texte comme absorption de et réplique à un autre texte (le roman polyphonique est étudié comme absorption du carnaval, le roman monologique comme étouffement de cette structure littéraire qu'en raison de son dialogisme Bakhtine appelle la " ménippée "). Ainsi vu, le texte ne peut pas être saisi par la linguistique seule. Bakhtine postule la nécessité d'une science qu'il appelle *translinguistique* et qui, partant du dialogisme du langage, saurait comprendre les relations intertextuelles, des *relations* que le discours du xixe siècle nomme " valeur sociale " ou " message " moral de la littérature. Lautréamont voulait écrire pour soumettre à une *haute moralité*. Dans sa pratique, cette moralité se réalise comme une ambivalence de textes : les *Chants de Maldoror* et les *Poésies* sont un dialogue constant avec le corpus littéraire précédent, une contestation perpétuelle de l'écriture précédente. Le dialogue et l'ambivalence s'avèrent ainsi être la seule démarche permettant à l'écrivain d'entrer dans l'histoire en professant une morale ambivalente, celle de la négation comme affirmation.

Le dialogue et l'ambivalence mènent à une conclusion importante. Le langage poétique dans l'espace intérieur du texte aussi bien que dans l'espace des *textes* est un " double ". Le *paragramme* poétique dont parle Saussure (" Anagrammes ") s'étend de *zéro* à *deux* : dans son champ le " un " (la définition, " la vérité ") n'existe pas. Cela veut dire que : la définition, la détermination, le signe " = " et le concept même de signe qui suppose un découpage vertical (hiérarchique) signifiant-signifié, ne peuvent être appliqués au langage poétique qui est une infinité de couplages et de combinaisons.

La notion de *signe* (Sa-Sé), résultant d'une abstraction scientifique (identité - substance - cause - but, structure de la phrase indoeuropéenne), désigne un découpage linéaire vertical et hiérarchisant. La notion de *double*, résultant d'une réflexion sur le langage poétique (non scientifique), désigne une " spatialisation " et une mise en corrélation de la séquence littéraire (linguistique). Il implique que l'unité minimale du langage poétique est au moins *double* (non au sens de la dyade signifiant-signifié, mais au sens de *une et autre*), et fait penser au fonctionnement du langage poétique comme un *modèle tabulaire* dans lequel chaque " unité " (désormais ce mot ne peut s'employer qu'entre guillemets, toute unité étant double) agit comme un *sommet* multidéterminé. Le *double* serait la séquence minimale de cette sémiotique paragrammatique qui s'élaborerait à partir de Saussure (" Anagrammes ") et de Bakhtine.

Sans aller ici jusqu'au bout de cette réflexion, nous insisterons dans ce qui va suivre sur une de ses conséquences : l'inaptitude d'un système logique à base zéro-un (faux-vrai, néant-notation) à rendre compte du fonctionnement du langage poétique.

En effet, la démarche scientifique est une démarche logique fondée sur la phrase grecque (indo-européenne) qui se construit comme sujet-prédicat et qui procède par identification, détermination, causalité. La logique moderne de Frege et Peano, jusqu'à Lukasiewicz, Ackermann ou Church, qui évolue dans les dimensions 0-1, et même celle de Boole qui, partie de la théorie des ensembles, donne des formalisations plus isomorphes au fonctionnement du langage, sont inopérantes dans la sphère du langage poétique où le 1 n'est pas une limite.

On ne saurait donc formaliser le langage poétique avec les procédés logiques (scientifiques) existants sans le dénaturer. Une sémiotique littéraire est à faire à partir d'une *logique poétique*, dans laquelle le concept de *puissance du continu* engloberait l'intervalle de 0 à 2, un continu où le 0 dénote et le 1 est implicitement transgressé.

Dans cette " puissance du continu " du zéro au double spécifiquement poétique, on s'aperçoit que " l'interdit " (linguistique, psychique, social), c'est le 1 (Dieu, la loi, la définition), et que la seule pratique linguistique qui " échappe " à cet interdit, c'est le discours poétique. Ce n'est pas par hasard que les insuffisances de la logique aristotélicienne dans son application au langage ont été signalées : d'une part par le philosophe chinois Chang Tung-sun qui venait d'un autre horizon linguistique (celui des idéogrammes) où à la place de Dieu on voit se déployer le " dialogue " Yin-Yang, d'autre part par Bakhtine qui tentait de dépasser les formalistes par une théorisation dynamique faite dans une société révolutionnaire. Pour lui, le discours narratif, qu'il assimile au discours épique, est un interdit, un " *monologisme* ", une subordination du code au 1, à Dieu. Par conséquent, l'épique est religieux, théologique, et tout récit " réaliste " obéissant à la logique 0-1, est dogmatique. Le roman réaliste que Bakhtine appelle monologique (Tolstoï) tend à évoluer dans cet espace. La description réaliste, la définition d'un " caractère ", la création d'un " personnage ", le développement d'un " sujet " : tous ces éléments du récit narratif descriptifs appartiennent à l'intervalle 0-1, donc sont *monologiques*. Le seul discours dans lequel la logique poétique 0-2 se réalise intégralement serait celui du carnaval : il transgresse les règles du code linguistique, de même que celle de la morale sociale, en adoptant une logique de rêve.

En fait, cette " transgression " du code linguistique (logique, social) dans le carnaval n'est possible et efficace que parce qu'elle se donne *une loi autre*. Le dialogisme n'est pas " la liberté de tout dire " : il est une " *raillerie* " (Lautréamont) mais qui est *dramatique*, un impératif *autre* que celui du o. Il faudrait insister sur cette particularité du dialogue comme *transgression se donnant une loi*, pour le distinguer d'une façon radicale et catégorique de la pseudo-transgression dont témoigne une certaine littérature moderne " érotique " et parodique. Celle-ci, se voulant " libertine " et " relativisante ", s'inscrit dans le champ d'action de la *loi prévoyant sa transgression* ; elle est ainsi une compensation du monologisme, ne déplace pas l'intervalle o-1 et n'a rien à voir avec l'architectonique du dialogisme qui implique une déchirure formelle par rapport à la norme et une relation de termes oppositionnels non exclusifs.

Le roman qui englobe la structure carnavalesque est appelé roman *polyphonique*. Parmi les exemples que Bakhtine donne, on peut citer Rabelais, Swift, Dostoïevski. Nous pourrions ajouter le roman " moderne " du xxe siècle — Joyce, Proust, Kafka — en précisant que le roman polyphonique moderne, tout en ayant par rapport au monologisme un statut analogue au statut du roman dialogique des époques précédentes, se distingue nettement de ce dernier. Une coupure s'est opérée à la fin du xixe siècle, de sorte que le dialogue chez Rabelais, Swift ou Dostoïevski reste au niveau représentatif, fictif, tandis que le roman polyphonique de notre siècle se fait " illisible " (Joyce) et intérieur au langage (Proust, Kafka). C'est à partir de ce moment-là (de cette rupture qui n'est pas uniquement littéraire, mais aussi sociale, politique et philosophique) que le problème de l'intertextualité (du dialogue intertextuel) est posé comme tel. La théorie même de Bakhtine (aussi bien que celle des " Anagrammes " saussuriens) est dérivée historiquement de cette coupure : Bakhtine a pu découvrir le dialogisme textuel dans l'écriture de Maïakovski, Khlebnikov, Bjelyï (pour ne citer que quelques-uns des écrivains de la révolution qui inscrivent les traces marquantes de cette coupure scripturale), avant de l'étendre à l'histoire littéraire comme principe de tout renversement et de toute productivité contestative.

Ainsi le terme bakhtinien de *dialogisme* comme complexe sémique français impliquerait : le double, le langage et une autre logique.

Une nouvelle approche des textes poétiques se dessine à partir de ce terme que la sémiotique littéraire peut adopter. La logique que " le dialogisme " implique est à la fois : 1) Une logique de *distance* et de *relation* entre les différents termes de la phrase ou de la structure narrative, indiquant un *devenir* — en opposition au niveau de continuité et de substance qui obéissent à la logique de l'être et qui seront désignées comme monologiques. 2) Une logique *d'analogie* et *d'opposition non exclusive,* en opposition au niveau de causalité et de détermination identifiante qui sera désigné comme monologique. 3) Une logique du " *transfini* ", concept que nous empruntons à Cantor, et qui introduit à partir de la " puissance du continu " du langage poétique (o-2) un second principe de formation, à savoir : une séquence poétique est " immédiatement supérieure " (non déduite causalement) à toutes les séquences précédentes de la suite aristotélicienne (scientifique, monologique, narrative). Alors, l'espace ambivalent du roman se présente comme ordonné par deux principes de formation : le monologique (chaque séquence suivante est déterminée par la précédente) et le dialogique (séquences transfinies immédiatement supérieures à la suite causale précédente) [10].

Le *dialogue* est le mieux illustré dans la structure du langage carnavalesque, où les relations symboliques et l'analogie ont le pas sur les rapports substance-causalité. Le terme *ambivalence* sera appliqué à la permutation de deux espaces que l'on observe dans la structure romanesque : 1) l'espace dialogique, 2) l'espace monologique.

La conception du langage poétique comme dialogue et ambivalence amène alors Bakhtine à une réévaluation de la structure romanesque qui prend la forme d'une classification des mots du récit liée à une typologie du discours.

---

10. Soulignons que l'introduction de notions de la théorie des ensembles dans une réflexion sur le langage poétique n'est que métaphorique : elle est possible parce qu'une analogie peut être établie entre les rapports logique aristotélicienne/logique poétique d'une part, et dénombrable/infini, de l'autre.

On peut distinguer d'après Bakhtine trois catégories de mots dans le récit :

a. Le mot *direct*, renvoyant à son objet, exprime la dernière instance significative du sujet du discours dans les cadres d'un contexte ; c'est le mot de l'auteur, le mot annonçant, exprimant, le mot *dénotatif* qui doit lui procurer la compréhension objective directe. Il ne connaît que lui-même et son objet, auquel il s'efforce d'être adéquat (il n'est pas " conscient " des influences des mots étrangers).

b. Le mot *objectal* est le discours direct des " personnages ". Il a une signification objective directe, mais ne se situe pas au même niveau que le discours de l'auteur, se trouvant à distance de lui. Il est à la fois orienté vers son objet, et lui-même objet de l'orientation de l'auteur. Il est un mot étranger, subordonné au mot narratif comme objet de la compréhension de l'auteur. Mais l'orientation de l'auteur vers le mot objectal ne pénètre pas en lui ; elle le prend comme un tout sans changer ni son sens, ni sa tonalité ; elle le subordonne à ses propres tâches sans y introduire une autre signification. De cette façon le mot (objectal), devenu objet d'un autre mot (dénotatif), n'en est pas " conscient ". Le mot objectal est donc univoque comme le mot dénotatif.

c. Mais l'auteur peut se servir du mot d'autrui pour y mettre un sens nouveau, tout en conservant le sens que le mot avait déjà. Il en résulte que le mot acquiert deux significations, qu'il devient *ambivalent*. Ce mot ambivalent est donc le résultat de la jonction de deux systèmes de signes. Dans l'évolution des genres, il apparaît avec la ménippée et le carnaval (nous y reviendrons). La jonction de deux systèmes de signes relativise le texte. C'est l'effet de la stylisation qui établit une distance à l'égard du mot d'autrui, contrairement à l'*imitation* (Bakhtine a en vue plutôt la *répétition*) qui prend l'imité (le répété) au sérieux, le rend sien, se l'approprie sans le relativiser. Cette catégorie de mots ambivalents se caractérise par le fait que l'auteur exploite la parole d'autrui, sans en heurter la

pensée, pour ses propres buts; il suit sa direction tout en la rendant
relative. Rien de tel dans la deuxième catégorie de mots ambivalents dont la *parodie* est un spécimen. Ici l'auteur introduit une
signification opposée à la signification du mot d'autrui. Quant à la
troisième catégorie du mot ambivalent, dont *la polémique intérieure
cachée* est un spécimen, elle se caractérise par l'influence active
(c'est-à-dire modifiante) du mot d'autrui sur le mot de l'auteur.
C'est l'écrivain qui " parle ", mais un discours étranger est constamment présent dans cette parole qu'il déforme. Dans ce type *actif*
de mot ambivalent, le mot d'autrui est représenté par le mot du
narrateur. L'autobiographie et les confessions polémiques, les
répliques au dialogue, le dialogue camouflé en sont des exemples.
Le roman est le seul genre qui possède des mots ambivalents; c'est
la caractéristique spécifique de sa structure.

LE DIALOGISME IMMANENT DU MOT DÉNOTATIF OU HISTORIQUE.

La notion de l'univocité ou de l'objectivité du monologue et de
l'épique auquel il est assimilé, ou bien du mot dénotatif et objectal,
ne résiste pas à l'analyse psychanalytique et sémantique du langage.
Le dialogisme est coextensif à des structures profondes du discours.
Malgré Bakhtine et malgré Benveniste, nous le retrouvons au
niveau du mot dénotatif bakhtinien comme principe de toute
énonciation, aussi bien qu'au niveau de " *l'histoire* " chez Benveniste, histoire qui, de même que le niveau du " discours " benve-
nistien, suppose une intervention du locuteur dans le récit et une
orientation vers l'autre. Pour décrire le dialogisme immanent du
mot dénotatif ou historique, il nous faudrait recourir au psychisme
de l'écriture comme trace d'un dialogue avec soi-même (avec
l'autre), comme distance de l'auteur à l'égard de lui-même, comme
dédoublement de l'écrivain en sujet de l'énonciation et sujet de
l'énoncé.

Le sujet de la narration, par l'acte même de la narration, s'adresse
à un autre, et c'est par rapport à cet autre que la narration se struc-

ture. (Au nom de cette communication, Ponge oppose au " Je pense, donc je suis ", un " Je parle et tu m'entends, donc nous sommes ", postulant ainsi le passage du subjectivisme à l'ambivalence.) Nous pouvons donc étudier la narration, au-delà des rapports signifiant-signifié, comme un dialogue entre le *sujet* de la narration (S) et le *destinataire* (D), l'autre. Ce destinataire n'étant rien d'autre que le sujet de la lecture, représente une entité à double orientation : signifiant dans son rapport au texte et signifié dans le rapport du sujet de la narration à lui. Il est donc une dyade (D_1, D_2), dont les deux termes étant en communication entre eux, constituent un système de code. Le sujet de la narration (S) y est entraîné, se réduisant ainsi lui-même à un code, à une non-personne, à un *anonymat* (l'auteur, le sujet de l'énonciation) qui se médiatise par un *il* (le personnage, sujet de l'énoncé). L'auteur est donc le sujet de la narration métamorphosé par le fait qu'il s'est inclus dans le système de la narration; il n'est rien ni personne, mais la possibilité de permutation de S à D, de l'histoire au discours et du discours à l'histoire. Il devient un anonymat, une absence, un blanc, pour permettre à la structure d'exister comme telle. A l'origine même de la narration, au moment même où l'auteur apparaît, nous rencontrons l'expérience du vide. Aussi verrons-nous apparaître les problèmes de la mort, de la naissance et du sexe, lorsque la littérature touche au point névralgique qu'est l'écriture extériorisant les systèmes linguistiques par la structure de la narration (les genres). A partir de cet anonymat, de ce zéro, où se situe l'auteur, le *il* du personnage va naître. A un stade plus tardif, il deviendra le *nom propre* (N). Donc, dans le texte littéraire, il o n'existe pas, le vide est subitement remplacé par " un " (*il, nom propre*) qui est deux (sujet et destinataire). C'est le destinataire, l'autre, l'extériorité (dont le sujet de la narration est objet, et qui est à la fois représenté et représentant) qui transforme le sujet en *auteur*, c'est-à-dire qui fait passer le S par ce stade de zéro, de négation, d'exclusion que constitue l'auteur. Aussi, dans le va-et-vient entre le sujet et l'autre, entre l'écrivain et le lecteur, l'auteur se structure comme signifiant, et le texte comme dialogue de deux discours.

La constitution du personnage (du " caractère ") de son côté permet la disjonction de S en S_a (sujet de l'énonciation) et S_e (sujet de l'énoncé).

Le schéma de cette mutation sera

$$\frac{S}{D} \longrightarrow A \text{ (zéro)} \longrightarrow il \longrightarrow N = S \begin{cases} S_a \\ S_e \end{cases}$$

$$\underset{D_1 \quad D_2}{\wedge}$$

SCHÉMA I

Ce schéma englobe la structure du système pronominal [11] que les psychanalystes retrouvent dans le discours de l'objet de la psychanalyse :

$$\frac{je}{\frac{il_1}{\frac{il_0}{on}}} \qquad\qquad \frac{S}{\frac{N}{\frac{S_a}{S_e}}}$$

SCHÉMA II

Nous retrouvons au niveau du texte (du signifiant), dans le rapport S_a-S_e, ce dialogue du sujet avec le destinataire autour duquel se structure toute narration. Le sujet de l'énoncé joue par rapport au sujet de l'énonciation le rôle du destinataire par rapport au sujet ; il l'insère dans le système de l'écriture en le faisant passer par le vide. Mallarmé appelait ce fonctionnement " disparition élocutoire ".

Le sujet de l'énoncé est, à la fois, représentant du sujet de l'énonciation et représenté comme objet du sujet de l'énonciation. Il est donc commutable avec l'anonymat de l'auteur et c'est cet engendrement du double à partir de zéro qui est le *personnage* (le caractère). Il est " dialogique ", S et D se masquent en lui.

Cette démarche, face à la narration et au roman, que nous venons de décrire, abolit du coup les distinctions signifiant-signifié et rend ces concepts inopérants dans la pratique litté-

11. Cf. Luce Irigaray, " Communication linguistique et communication spéculaire ", in *Cahiers pour l'analyse*, n° 3.

raire qui ne se fait que dans le(s) *signifiant(s) dialogique(s)*. " Le
signifiant représente le sujet pour un autre signifiant " (Lacan).

De tout temps, donc, la narration est constituée comme matrice
dialogique par le destinataire auquel cette narration renvoie.
Toute narration, y compris celle de l'histoire et de la science,
contient cette dyade dialogique que le narrateur forme avec
l'autre, et qui se traduit dans le rapport dialogique S_a/S_e, S_a et
S_e étant l'un pour l'autre, tour à tour, signifiant et signifié, mais
ne constituant qu'un jeu de permutation de deux signifiants.

Or c'est seulement à travers certaines structures narratives
que ce dialogue, cette possession du signe comme double, cette
mabivalence de l'écriture, s'extériorisent dans l'organisation
même du discours (poétique), au niveau de la manifestation du
texte (littéraire).

VERS UNE TYPOLOGIE DES DISCOURS.

L'analyse dynamique des textes conduit à une redistribution
des genres : le radicalisme avec lequel Bakhtine l'a entreprise
nous invite à en faire de même pour la constitution d'une typologie des discours.

Le terme de *récit* dont se servaient les formalistes est trop
ambigu pour les genres qu'il prétend désigner. On pourrait en
distinguer, au moins deux variétés.

D'une part, un *discours monologique* qui comprend 1) le mode
représentatif de la description et de la narration (épique); 2) le
discours historique; 3) le discours scientifique. Dans tous les
trois, le sujet assume le rôle de 1 (Dieu) auquel, par la même
démarche il se soumet; le dialogue immanent à tout discours
est étouffé par un *interdit*, par une censure, de sorte que ce discours
refuse de se retourner sur lui-même (de " dialoguer "). Donner
les modèles de cette censure, ce serait décrire la nature des différences entre deux discours : celui de l'épique (de l'histoire, de
la science) et celui de la ménippée (du carnaval, du roman) qui
transgresse l'interdit. Le discours monologique correspond à

l'axe systématique du langage dont parle Jakobson; on a suggéré
aussi son analogie avec l'affirmation et la négation grammaticales.

D'autre part, un *discours dialogique* qui est celui : 1) du carnaval
2) de la ménippée, 3) du roman (polyphonique). Dans ses structures, l'écriture lit une autre écriture, se lit elle-même et se construit
dans une genèse destructrice.

LE MONOLOGISME ÉPIQUE.

L'épique qui se structure à la fin du syncrétisme met en évidence la double valeur du mot dans sa période post-syncrétique :
parole d'un sujet (" je ") traversé inévitablement par le langage,
porteur de concret et d'universel, d'individuel et de collectif.
Mais, au stade épique, le locuteur (le sujet de l'épopée) ne dispose
pas de la parole d'autrui. Le jeu dialogique du langage comme
corrélation de signes, la permutation dialogique de deux signifiants
pour un signifié, se fait sur le plan de la *narration* (dans le mot
dénotatif, ou encore dans l'immanence du texte), cela sans s'exté-
rioser sur le plan de la *manifestation* textuelle, comme c'est le cas
pour la structure romanesque. C'est ce shéma qui joue dans l'épique,
et non pas encore la problématique du mot ambivalent de Bakhtine.
Le principe d'organisation de la structure épique reste donc
monologique. Le dialogue du langage ne s'y manifeste que dans
l'infrastructure de la narration. Au niveau de l'organisation
apparente du texte (énonciation historique/énonciation discursive)
le dialogue ne se fait pas; les deux aspects de l'énonciation restent
bornés par le point de vue absolu du narrateur qui coïncide avec
le tout d'un dieu ou d'une communauté. Nous trouvons dans
le monologisme épique ce " signifié transcendantal " et cette
" présence à soi " cernés par J. Derrida.

C'est le mode systématique (la similarité d'après Jakobson)
du langage qui prévaut dans l'espace épique. La structure de
contiguïté métonymique, propre à l'axe syntagmatique du langage y est rare. Les associations et les métonymies comme figures
rhétoriques y existent bien, sans pour autant se poser en

principe d'organisation structurale. La logique épique cherche le général à partir du particulier; elle suppose donc une hiérarchie dans la structure de la substance; elle est, par conséquent, causale, c'est-à-dire théologique : une *croyance* au sens propre du mot.

LE CARNAVAL OU L'HOMOLOGIE CORPS-RÊVE-STRUCTURE LINGUISTIQUE-STRUCTURE DU DÉSIR.

La structure *carnavalesque* est comme la trace d'une cosmogonie qui ne connaît pas la substance, la cause, l'identité en dehors du rapport avec le tout *qui n'existe que dans et par la relation*. La survivance de la cosmogonie carnavalesque est antithéologique (ce qui ne veut pas dire antimystique) et profondément populaire. Elle demeure comme substrat souvent méconnu ou persécuté de la culture occidentale officielle tout au long de son histoire et se manifeste le mieux dans les jeux populaires, le théâtre médiéval et la prose médiévale (les anecdotes, les fabliaux, le roman de Renart). Le carnaval est essentiellement dialogique (fait de distances, relations, analogies, oppositions non-exclusives). Ce spectacle ne connaît pas de rampe; ce jeu est une activité; ce signifiant est un signifié. C'est dire que deux textes s'y rejoignent, s'y contredisent et s'y relativisent. Celui qui participe au carnaval est à la fois acteur et spectateur ; il perd sa conscience de personne pour passer par le zéro de l'activité carnavalesque et se dédoubler en sujet du spectacle et objet du jeu. Dans le carnaval le sujet est anéanti : là s'accomplit la structure de *l'auteur* comme anonymat qui crée et se voit créer, comme moi et comme autre, comme homme et comme masque. Le dionysisme nietzschéen serait à comparer au cynisme de cette scène carnavalesque qui détruit un dieu pour imposer ses lois dialogiques. Ayant extériorisé la structure de la productivité littéraire réfléchie, le carnaval inévitablement met à jour l'inconscient qui sous-tend cette structure : le sexe, la mort. Un dialogue entre eux s'organise, d'où proviennent les dyades structurales du carnaval : le haut et le bas, la naissance et l'agonie, la nourriture et l'excrément, la louange et le juron, le rire et les larmes.

Les répétitions, les propos dits " sans suite " (et qui sont " logiques " dans un espace infini), les oppositions non-exclusives qui
fonctionnent comme des ensembles vides ou des sommes disjonctives — pour ne citer que quelques figures propres au langage carnavalesque — traduisent un dialogisme qu'aucun autre discours
ne connaît d'une manière aussi flagrante. Contestant les lois du
langage qui évolue dans l'intervalle o-1, le carnaval conteste
Dieu, autorité et loi sociale; il est rebelle dans la mesure où il
est dialogique : il n'est pas étonnant qu'à cause de ce discours
subversif, le terme de " carnaval " ait pris dans notre société une
signification fortement péjorative et uniquement caricaturale.

Ainsi la scène du carnaval, où la rampe et la " salle " n'existent
pas, est scène et vie, jeu et rêve, discours et spectacle; est, du
même coup, la proposition du seul espace dans lequel le langage
échappe à la linéarité (à la loi) pour se vivre en trois dimensions
comme drame; ce qui plus profondément signifie aussi le contraire,
à savoir que le drame s'installe dans le langage. Ceci extériorise
un principe majeur : tout discours poétique est une dramatisation,
une permutation (au sens mathématique du terme) dramatique
de mots. Dans le discours du carnaval s'annonce le fait qu' " il
en est de la mentale situation comme des méandres d'un drame "
(Mallarmé). La scène dont il est le symptôme serait la seule dimension où " le théâtre serait la lecture d'un livre, son écriture opérante ". Autrement dit, cette scène serait le seul endroit où s'ac-
complirait " l'infinité potentielle " (pour reprendre le terme de
Hilbert) du discours, où se manifesteraient à la fois les interdits
(la représentation, le " monologique ") et leur transgression (le
rêve, le corps, le "dialogique "). Cette tradition carnavalesque
est absorbée par la ménippée et pratiquée par le roman polyphonique.

Sur la scène généralisée du carnaval le langage se parodie et
se relativise, répudiant son rôle de représentation (ce qui provoque
le rire), sans arriver pourtant à s'en dégager. L'axe syntagmatique
du langage s'extériorise dans cet espace et, dans un dialogue
avec l'axe systématique, constitue la structure ambivalente que
le carnaval va léguer au roman. Vicieuse (j'entends ambivalente),
à la fois représentative et antireprésentative, la structure carnavalesque est antichrétienne et antirationaliste. Tous les grands

romans polyphoniques héritent de cette structure carnavalesque ménippéenne (Rabelais, Cervantès, Swift, Sade, Balzac, Lautréamont, Dostoïevski, Joyce, Kafka). L'histoire du roman ménippéen est aussi l'histoire de la lutte contre le christianisme et sa représentation, c'est-à-dire une exploration du langage (du sexe, de la mort), une consécration de l'ambivalence, du " vice ".

Il faudrait mettre en garde contre une ambiguïté à laquelle se prête l'emploi du mot " carnavalesque ". Dans la société moderne il connote en général une parodie, donc une consolidation de la loi; on a tendance à occulter l'aspect *dramatique* (meurtrier, cynique, révolutionnaire au sens d'une *transformation dialectique*) du carnaval sur lequel justement Bakhtine met l'accent et qu'il retrouve dans la ménippée ou chez Dostoïevski. Le rire du carnaval n'est pas simplement parodique; il n'est pas plus comique que tragique; il est les deux à la fois, il est si l'on veut *sérieux* et ce n'est qu'ainsi que sa scène n'est ni celle de la loi, ni celle de sa parodie, mais son *autre*. L'écriture moderne offre plusieurs exemples flagrants de cette scène généralisée qui est *loi* et *autre*, et sur laquelle le *rire* se tait car il n'est pas parodie, mais *meurtre et révolution* (Antonin Artaud).

L'épique et le carnavalesque seront les deux courants qui vont former le récit européen, en prenant le dessus l'un sur l'autre selon les époques et les auteurs. La tradition carnavalesque populaire se manifesta encore dans la littérature personnelle de l'antiquité tardive et reste jusqu'à nos jours la source vivante qui ranime la pensée littéraire l'orientant vers de nouvelles perspectives.

L'humanisme antique a aidé à la dissolution du monologisme épique, si bien soudé par la parole et exprimé par les orateurs, rhéteurs et politiciens d'une part, et par la tragédie et l'épopée de l'autre. Avant qu'un autre monologisme s'installe (avec le triomphe de la logique formelle, le christianisme et l'humanisme [12]

---

12. Nous voudrions insister sur le rôle ambigu de l'individualisme occidental : d'une part, impliquant le concept d'identité, il est attaché à la pensée substantielle, causale et atomiste de la Grèce aristotélicienne et consolide, à travers les siècles, cet aspect activiste, scientiste ou théologien de la culture occidentale. D'autre part, fondé sur le principe de la différence entre le " moi " et le " monde ", il pousse à une recherche de médiations entre les deux termes, ou de stratifications dans chacun d'eux, de sorte qu'une logique corrélationnelle soit possible à partir du matériel même de la logique formelle.

de la Renaissance), l'antiquité tardive donne naissance à deux
genres qui mettent à nu le dialogisme du langage et, se situant
dans la lignée carnavalesque, vont constituer le ferment du roman
européen. Ce sont les *dialogues socratiques* et la *ménippée*.

LE DIALOGUE SOCRATIQUE OU LE DIALOGISME COMME ANNIHILATION DE LA PERSONNE.

Le dialogue socratique est très répandu dans l'antiquité : Platon,
Xénophon, Antisphène, Eschine, Phédon, Euclide, etc., y excel-
laient (les dialogues de Platon et de Xénophon nous sont seuls
parvenus). Il est moins un genre rhétorique que populaire et
carnavalesque. Étant à l'origine une sorte de mémoire (souvenir des
entretiens de Socrate avec ses élèves), il s'est libéré des contraintes
de l'histoire pour ne garder que la manière socratique de révélation dialogique de la vérité, aussi bien que la structure d'un dialogue
enregistré, encadré par un récit. Nietzsche reprochait à Platon
d'avoir méconnu la tragédie dionysiaque, mais le dialogue socratique avait assumé la structure dialogique et contestative de la
scène carnavalesque. D'après Bakhtine, les dialogues socratiques
se caractérisent par une opposition au monologisme officiel
prétendant posséder la vérité toute faite. La vérité (le " sens ")
socratique résulte des rapports dialogiques des locuteurs; elle
est corrélationnelle et son relativisme se manifeste par l'autonomie
des points de vue des observateurs. Son art est l'art de l'*articulation* du fantasme, de la *corrélation* des signes. Deux procédés
typiques déclenchent ce réseau linguistique : la syncrise (confrontation de différents discours sur un même sujet) et l'anacruse
(provocation d'un mot par un autre mot). Les sujets de discours
sont des non-personnes, des anonymats, cachés par le discours
qui les constitue. Bakhtine rappelle que " l'événement " du dialogue socratique est un événement discursif : mise en question
et épreuve, par la parole, d'une définition. La parole est donc
organiquement liée à l'homme qui la crée (Socrate et ses élèves)
ou, pour mieux dire, l'homme et son activité, c'*est* la parole. Nous

pouvons parler ici d'une parole-pratique de caractère syncrétique : le processus de séparation entre le *mot* comme acte, pratique apodictique, articulation d'une différence, et de l'*image* comme représentation, connaissance, idée, n'est pas encore achevé à l'époque de la formation du dialogue socratique. " Détail " important : le sujet du discours est dans une situation exclusive qui provoque le dialogue. Chez Platon (" Apologie ") ce sont le procès et l'attente de la sentence qui déterminent le discours de Socrate comme une confession d'un homme " au seuil ". La situation exclusive libère le mot de toute objectivité univoque et de toute fonction représentative et lui découvre les sphères du symbolique. La parole affronte la mort en se mesurant avec un autre discours, et ce dialogue met la *personne* hors circuit.

La ressemblance du dialogue socratique et du mot romanesque ambivalent est évidente.

Le dialogue socratique n'a pas existé longtemps; il a donné naissance à plusieurs genres dialogiques y compris la *ménippée* dont les origines se retrouvent aussi dans le folklore carnavalesque.

LA MÉNIPPÉE : LE TEXTE COMME ACTIVITÉ SOCIALE.

1. La ménippée tient son nom du philosophe du IIIe siècle avant notre ère, Ménippe de Gadare (ses satires ne nous sont pas parvenues, nous connaissons leur existence par les témoignages de Diogène Laërce). Le terme fut employé par les Romains pour désigner un genre formé au Ier siècle avant n. è. (Varron : *Saturae menippeae*). Le genre apparaît pourtant beaucoup plus tôt : son premier représentant est peut-être Antisphène, élève de Socrate et l'un des auteurs du dialogue socratique. Héraclite a aussi écrit des ménippées (d'après Cicéron, il a créé un genre analogue dit *logistoricus*). Varron lui donna une stabilité déterminée. L'*Apocolocynthosis* de Sénèque en est un spécimen, aussi bien que le *Satiricon* de Pétrone, les satires de Lucain, les *Métamorphoses* d'Ovide, le *Roman* d'Hippocrate, les divers spécimens du " roman " grec, du roman utopique antique, de la satire romaine (Horace). Dans

l'orbite de la satire ménippéenne tournent la diatribe, le soliloque, les genres arétalogiques, etc. Elle a exercé une grande influence sur la littérature chrétienne et byzantine; sous diverses formes, elle a subsisté au Moyen Age, à la Renaissance et sous la Réforme jusqu'à nos jours (les romans de Joyce, Kafka, Bataille). Ce genre carnavalesque, souple et variable comme Protée, capable de pénétrer les autres genres, a une influence énorme sur le développement de la littérature européenne et notamment sur la formation du roman.

La ménippée est à la fois comique et tragique, elle est plutôt *sérieuse*, au sens où le carnaval l'est et, par le statut de ses mots, elle est politiquement et socialement dérangeante. Elle libère la parole des contraintes historiques, ce qui entraîne une audace absolue de l'invention philosophique et de l'imagination. Bakhtine souligne que les situations " exclusives " augmentent la liberté du langage dans la ménippée. La fantasmagorie et le symbolisme (souvent mystique) fusionnent avec un naturalisme macabre. Les aventures se déroulent dans les lupanars, chez les voleurs, dans les tavernes, aux foires, dans les prisons, au sein d'orgies érotiques, au cours de cultes sacrés, etc. Le mot n'a pas peur de se noircir. Il s'émancipe de " valeurs " présupposées; sans distinguer vice et vertu et sans se distinguer d'eux, il les considère comme son domaine propre, comme une de ses créations. On écarte les problèmes académiques pour discuter les problèmes " ultimes " de l'existence : la ménippée oriente le langage libéré vers un universalisme philosophique. Sans distinguer ontologie et cosmogonie, la ménippée les unit dans une philosophie pratique de la vie. Des éléments fantastiques apparaissent, inconnus à l'épopée et à la tragédie (par exemple, un point de vue inhabituel, d'en haut, qui fait changer l'échelle de l'observation, est employé dans *Icaroménippe*, de Lucain, *Endymion*, de Varron; nous retrouvons ce procédé dans Rabelais, Swift, Voltaire, etc.). Les états d'âme pathologiques (la folie, le dédoublement de la personnalité, les songes, les rêves, la mort) deviennent matière du récit (l'écriture de Calderon et de Shakespeare s'en ressent). Ces éléments ont, d'après Bakhtine, une signification structurale plutôt que thématique; ils détruisent l'unité épique et tragique de l'homme aussi bien que sa croyance dans l'identité et les causes, et signalent qu'il a perdu sa totalité, qu'il ne coïncide plus avec lui-même. En même temps ils se présentent souvent comme une exploration du langage et de l'écriture : dans *Bimarcus*, de Varron, les deux Marcus discutent s'il faut écrire ou non en tropes. La ménippée tend vers le scandale et l'excentrique dans le langage. Le mot " mal à propos " par sa franchise cynique, par sa profanation du sacré, par son atteinte à l'étiquette, est très caractéristique de la ménippée. La ménippée est faite de contrastes : une hétaïre vertueuse, un brigand généreux, un sage à la fois libre et esclave, etc. Elle utilise les passages et les changements abrupts, le haut et le bas, la montée et la chute, les mésalliances de toutes sortes. Le langage semble fasciné par le " double " (par sa propre activité de *trace* graphique doublant un " dehors ") et par la logique de l'opposition qui remplace celle de l'identité dans les définitions des termes. Genre englobant, la ménippée se construit comme un pavage de citations. Elle comprend tous les genres : nouvelles, lettres, discours, mélanges de vers et de prose dont la signification structurale est de dénoter les distances de l'écrivain à l'égard de son texte et des textes. Le pluristylisme et la pluritonalité de la ménippée, le statut dialogique du mot ménippéen expliquent l'impossibilité qu'ont eue le classicisme et toute société autoritaire de s'exprimer dans un roman qui hérite de la ménippée.

Se construisant comme exploration du corps, du rêve et du langage, l'écriture ménippéenne est greffée sur l'actualité : la ménippée est une sorte de journalisme politique de l'époque. Son discours extériorise les conflits politiques et idéologiques du moment. Le dialogisme de ses mots *est* la philosophie pratique aux prises avec l'idéalisme et la métaphysique religieuse (avec l'épique) : il constitue la pensée sociale et politique de l'époque qui discute avec la théologie (la loi).

2. La ménippée est ainsi structurée comme une ambivalence, comme un foyer des deux tendances de la littérature occidentale : représentation par le langage comme mise en scène, et exploration du langage comme système corrélatif de signes. Le langage dans la ménippée est à la fois représentation d'un espace extérieur et " expérience productrice de son propre espace ". On trouve dans ce genre ambigu les *prémisses du réalisme* (activité secondaire

par rapport au vécu, dans laquelle l'homme se décrit en se donnant en spectacle pour finir par créer des " personnages " et des
" caractères "), aussi bien que le *refus de définir* un univers psychique
(activité dans le présent, qui se caractérise par des images, gestes
et mots-gestes à travers lesquels l'homme vit ses limites dans
l'impersonnel). Ce deuxième aspect de la ménippée apparente sa
structure à celle du rêve ou de l'écriture hiéroglyphique ou, si
l'on veut, à ce théâtre de la cruauté auquel pensait Artaud. Comme
lui, la ménippée " s'égale non pas à la vie individuelle, à cet aspect
individuel de la vie où triomphent les caractères, mais à une sorte
de vie libérée, qui balaie l'individualité humaine et où l'homme
n'est plus qu'un reflet ". Comme lui, la ménippée n'est pas cathar-
tique; elle est une fête de la cruauté, un acte politique aussi; elle
ne transmet aucun message déterminé sauf d'être soi-même " la
joie éternelle du devenir " et s'épuise dans l'acte et le temps présent. Née après Socrate, Platon et les sophistes, elle est contemporaine de l'époque où la pensée n'est plus une pratique (le fait qu'elle
soit considérée comme *technè* montre déjà que la séparation *praxis-
poièsis* est faite). Dans un développement analogue, la littérature
devenant " pensée " prend conscience d'elle-même comme *signe*.
L'homme, aliéné de la nature et de la société, s'aliène à lui-même,
découvre son " intérieur " et " réifie " cette découverte dans l'ambivalence de la ménippée. Ce sont les signes avant-coureurs de la
représentation réaliste. Pourtant la ménippée ne connaît pas le
monologisme d'un principe théologique (ou de l'homme-Dieu,
comme pendant la Renaissance) qui aurait pu consolider son
aspect de représentation. La " tyrannie " qu'elle subit est celle
du texte (non pas de la parole comme reflet d'un univers existant
avant elle), ou plutôt de sa propre structure qui se fait et se comprend à partir d'elle-même. Ainsi la ménippée se construit-elle
comme *hiéroglyphe*, tout en étant *spectacle*, et c'est cette ambivalence
qu'elle va léguer au roman, au roman polyphonique avant tout,
qui ne connaît ni loi, ni hiérarchie, étant une pluralité d'éléments
linguistiques en rapport dialogique. Le principe de jonction des
différentes parties de la ménippée est, certes, la *similitude* (la ressemblance, la dépendance, donc le " réalisme "), mais aussi la
contiguïté (l'analogie, la juxtaposition, donc la " rhétorique ",
non pas au sens d'ornement que Croce lui donne, mais comme

justification par et dans le langage). L'ambivalence ménippéenne consiste dans la communication entre deux espaces [13], celui de la scène et celui du hiéroglyphe, celui de la représentation *par* le langage et celui de l'expérience *dans* le langage, le système et le syntagme, la métaphore et la métonymie. C'est de cette ambivalence que le roman va hériter.

Autrement dit, le dialogisme de la ménippée (et du carnaval) qui traduit une logique de relation et d'analogie plutôt que de substance et d'inférence, s'oppose à la logique aristotélicienne et, de l'intérieur même de la logique formelle, tout en la côtoyant, la contredit et l'oriente vers d'autres formes de pensée. En effet, les époques où la ménippée se développe sont des époques d'opposition à l'aristotélisme, et les auteurs des romans polyphoniques semblent désapprouver les structures mêmes de la pensée officielle, fondée sur la logique formelle.

LE ROMAN SUBVERSIF.

1. L'aspect ménippéen a été dominé au Moyen Age par l'autorité du texte religieux, durant l'ère bourgeoise par l'absolutisme de l'individu et des choses. Ce n'est que la modernité, si elle est libre de " Dieu ", qui affranchit la force ménippéenne du roman.

Si la société moderne (bourgeoise) n'a pas seulement accepté, mais prétend se reconnaître dans le roman [14], il s'agit bien de

---

13. C'est peut-être ce phénomène que Bakhtine a en vue en écrivant : " Le langage du roman ne peut pas être situé sur une surface ou sur une ligne. Il est un système de surfaces qui se croisent. L'auteur comme créateur du tout romanesque n'est trouvable sur aucune des surfaces linguistiques : il se situe dans ce centre régulateur que représente le croisement des surfaces. Et toutes les surfaces se trouvent à une distance différente de ce centre de l'auteur. " (" Slovo v romane ", dans *Voprosy literatury*, 8-1965). En fait l'auteur n'est qu'un *enchaînement* de centres : lui attribuer un seul centre, c'est le contraindre à une position monologique, théologique.

14. Cette idée est soutenue par tous les théoriciens du roman : A. Thibaudet, *Réflexions sur le roman*, 1938; Koskimies, " Theorie der Romans ", *Annales Academiae Scientiarum Finnicae*, 1 ser. B, t. XXXV, 1935; G. Lukacs, *la Théorie du roman* (Ed. fr., 1963), etc.

De la thèse du roman comme dialogue se rapproche l'intéressante étude de Wayne C. Booth, *The Rhetoric of fiction*, University of Chicago Press, 1961. Ses idées sur *the reliable* et *the unreliable writer* renvoient aux recherches bakhtiniennes sur le dialo-

cette catégorie de récits monologiques, dits réalistes, qui censurent le carnaval et la ménippée et dont la structuration se dessine à partir de la Renaissance. Par contre, le roman dialogique ménippéen qui tend à refuser la représentation et l'épique, n'est que toléré, c'est-à-dire déclaré illisible, ignoré ou bafoué : il partage, dans la modernité, le sort de ce discours carnavalesque que les étudiants du Moyen Age pratiquaient en dehors de l'Église.

Le roman et surtout le roman polyphonique moderne, incorporant la ménippée, incarne l'effort de la pensée européenne pour sortir des cadres des substances identiques causalement déterminées afin de l'orienter vers un autre mode de pensée : celui qui procède par dialogue (une logique de distance, relation, analogie, opposition non exclusive, transfinie). Il n'est pas étonnant alors que le roman ait été considéré comme un genre inférieur (par le classicisme et les régimes qui lui ressemblent) ou subversif (je pense ici aux grands auteurs de romans polyphoniques de toutes les époques — Rabelais, Swift, Sade, Lautréamont, Joyce, Kafka, Bataille — pour ne citer que ceux qui ont toujours été et continuent à être en marge de la culture officielle). On pourrait démontrer à travers le mot et la structure narrative romanesque du xxᵉ siècle comment la pensée européenne transgresse ses caractéristiques constituantes : l'identité, la substance, la causalité, la définition pour en adopter d'autres : l'analogie, la relation, l'opposition, donc le dialogisme et l'ambivalence ménippéenne [15].

Car si tout cet inventaire historique auquel Bakhtine s'est livré évoque l'image d'un musée ou la démarche d'un archiviste, il n'en est pas moins ancré dans notre actualité. Tout ce qui s'écrit aujourd'hui dévoile une possibilité ou une impossibilité de lire et de réécrire l'histoire. Cette possibilité est palpable dans la littérature qui s'annonce à travers les écrits d'une nouvelle génération

gisme romanesque sans pour autant établir un rapport entre " l'illusionnisme " romanesque et le symbolisme linguistique.

15. On a pu retrouver ce mode de logique dans la physique moderne et dans l'ancienne pensée chinoise : toutes les deux également antiaristotéliciennes, antimonologiques, dialogiques. Voir à ce sujet : Hayakawa S. I., " What is meant by Aristotelian structure of language ", dans *Language, Meaning and Maturity*, New York, 1959; Chang Tung-sun, " A Chinese Philosopher's theory of knowledge ", dans *Our Language our World*, New York, 1959, et dans *Tel Quel* 38 sous le titre: *la Logique chinoise*; J. Needham, *Science and Civilisation in China*, vol. II, Cambridge, 1965.

où le texte se construit comme *théâtre* et comme *lecture*. Comme le disait Mallarmé, qui était un des premiers à comprendre le livre comme *ménippée* (soulignons encore une fois que ce terme bakhtinien a l'avantage de situer une certaine façon d'écrire dans l'histoire), la littérature " n'est jamais que l'éclat de ce qui eût dû se produire antérieurement ou près de l'origine ".

2. Nous établirons ainsi deux modèles d'organisation de la signification narrative à partir de deux catégories dialogiques : 1. Sujet (S) ↔ Destinataire (D). 2. Sujet de l'énonciation ↔ Sujet de l'énoncé.

Le premier modèle implique un rapport dialogique. Le deuxième implique les rapports modaux dans la réalisation du dialogue. Le modèle 1 détermine le genre (poème épique, roman), le modèle 2, les variantes du genre.

Dans la structure romanesque polyphonique, le premier modèle dialogique (S ↔ D) se joue entièrement dans le discours qui écrit, et se présente comme une contestation perpétuelle de ce discours. L'interlocuteur de l'écrivain est donc l'écrivain lui-même en tant que lecteur d'un autre texte. Celui qui écrit est le même que celui qui lit. Son interlocuteur étant un texte, il n'est lui-même qu'un texte qui se relit en se réécrivant. La structure dialogique n'apparaît ainsi que dans la lumière du texte se construisant par rapport à un autre texte comme une ambivalence.

Par contre, dans l'épique, D est une entité absolue extratextuelle (Dieu, communauté) qui relativise le dialogue jusqu'à l'éliminer et le réduire à un monologue. Il est facile alors de comprendre pourquoi le roman dit classique du XIXe siècle et tout roman à thèse idéologique tend vers un épisme et constitue une déviation de la structure proprement romanesque (cf. le monologisme de Tolstoï, épique, et le dialogue de Dostoïevski, romanesque).

Dans les cadres du deuxième modèle, plusieurs possibilités peuvent être observées :

a. La coïncidence du sujet de l'énoncé (S_e) avec un degré zéro du sujet de l'énonciation (S_a) qui peut être désigné par " il " (le prénom de la non-personne) ou par le nom propre. C'est la technique narrative la plus simple que nous trouvons à la naissance du récit.

b. La coïncidence du sujet de l'énoncé (S_e) avec le sujet de l'énonciation (S_L). C'est la narration à la 1re personne : " Je ".

c. La coïncidence du sujet de l'énoncé (S_e) avec le destinataire (D).
   La narration est à la 2e personne : " Tu ". Tel, par exemple, le
   mot objectal de Raskolnikov dans *Crime et Châtiment*. Une
   exploration insistante de cette technique est effectuée par Michel
   Butor dans *la Modification*.

d. La coïncidence du sujet de l'énoncé (S_e) à la fois avec le sujet
   de l'énonciation (S_a) et le destinataire (D). Le roman devient
   alors un questionnement sur l'écriture et montre la mise en
   scène de la structure dialogique du livre. En même temps, le
   texte se fait lecture (citation et commentaire) d'un corpus littéraire extérieur, se construisant ainsi comme ambivalence.
   Drame de Philippe Sollers, par l'emploi des pronoms person-
   nels et par les citations anonymes qu'on lit dans le roman,
   en est un exemple.

La lecture de Bakhtine conduit au paradigme suivant :

Pratique	Dieu
" Discours "	" Histoire "
Dialogisme	Monologisme
Logique corrélationnelle	Logique aristotélicienne
Syntagme	Système
Carnaval	Récit

Ambivalence
Ménippée
Roman polyphonique

Nous voudrions insister enfin sur l'importance des concepts bakhtiniens : le statut du mot, le dialogue et l'ambivalence, aussi bien que sur certaines perspectives qu'ils ouvrent.

Déterminant le statut du mot comme *unité minimale* du texte, Bakhtine saisit la structure au niveau le plus profond, au-delà de la phrase et des figures rhétoriques. La notion de *statut* ajoute à l'image du texte comme corpus d'atomes celle d'un texte fait de relations, dans lequel les mots fonctionnent comme quanta. Alors la problématique d'un modèle du langage poétique n'est plus la problématique de la ligne ou de la surface, mais de l'*espace* et de l'*infini*, formalisables par la théorie des ensembles et les nouvelles mathématiques. L'analyse actuelle de la structure narrative est raffinée au point de délimiter des fonctions (cardinales ou catalyses) et des indices (proprement dits ou informations), ou de voir le récit se construire d'après un schème logique ou rhétorique. Tout en reconnaissant la valeur incontestable de ses recherches [16], on pourrait se demander si les *a priori* d'un méta-langage hiérarchisant ou hétérogène au récit ne pèsent pas trop sur de telles études, et si la démarche naïve de Bakhtine, centrée sur le mot et sa possibilité illimitée de dialogue (de commentaire d'une citation) n'est pas à la fois plus simple et plus éclairante.

Le dialogisme, très redevable à Hegel, ne doit pas pourtant être confondu avec la dialectique hégélienne supposant une triade, donc une lutte et une projection (un dépassement), qui ne transgresse pas la tradition aristotélicienne fondée sur la substance et la cause. Le dialogisme remplace ces concepts en les absorbant dans le concept de relation, et ne vise pas un dépassement, mais une harmonie, tout en impliquant une idée de rupture (opposition, analogie) comme mode de transformation.

Le dialogisme situe les problèmes philosophiques *dans* le langage, et plus précisément dans le langage comme une corrélation de textes, comme écriture-lecture qui va de pair avec une logique non-aristotélicienne, syntagmatique, corrélationnelle, " carnavalesque ". Par conséquent, un des problèmes fondamentaux que la sémiotique

16. Voir à ce sujet l'importante somme de recherches sur la structure du récit (Roland Barthes, A. J. Greimas, Claude Brémond, Umberto Ecc, Jules Gritti, Violette Morin, Christian Metz, Tzvetan Todorov, Gérard Genette) dans *Communications*, 8/1966.

abordera aujourd'hui sera justement cette " autre logique " qui attend d'être décrite sans être dénaturée.

Le terme " ambivalence " s'adapte parfaitement au stade transitoire de la littérature européenne qui est une coexistence (une ambivalence), à la fois " double du vécu " (réalisme, épique) et "vécu " même (exploration linguistique, ménippée), avant d'aboutir, peut-être, à une forme de pensée pareille à celle de la peinture : transmission de l'essence dans la forme, configuration de l'espace (littéraire) comme révélateur de la pensée (littéraire) sans prétention " réaliste ". Il renvoie à l'étude, à travers le langage, de l'espace romanesque et de ses transmutations, établissant ainsi un rapport étroit entre le langage et l'espace, et nous obligeant à les analyser comme modes de pensée. Étudiant l'ambivalence du spectacle (la représentation réaliste) et du vécu même (la rhétorique), on pourrait saisir la ligne où la rupture (ou la jonction) entre eux se fait. Ce serait le graphique du mouvement dans lequel notre culture s'arrache à elle-même pour se dépasser.

Le trajet qui se constitue entre les deux pôles que le dialogue suppose, supprime radicalement de notre champ philosophique les problèmes de causalité, de finalité, etc., et suggère l'intérêt du principe dialogique pour un espace de pensée beaucoup plus vaste que le romanesque. Le dialogisme, plus que le binarisme, serait peut-être la base de la structure intellectuelle de notre époque. La prédominance du roman et des structures littéraires ambivalentes, les attractions communautaires (carnavalesques) de la jeunesse, les échanges quantiques, l'intérêt pour le symbolisme corrélationnel de la philosophie chinoise, pour ne citer provisoirement que quelques éléments marquants de la pensée moderne, confirment cette hypothèse.

1966.

5

Pour une sémiologie
des paragrammes

> *L'expression simple sera algébrique ou elle ne*
> *sera pas...*
> *On aboutit à des théorèmes qu'il faut démon-*
> *trer (1911).*
>
> Ferdinand de Saussure.

QUELQUES PRINCIPES DE DÉPART.

I. 1. La sémiotique littéraire tend à dépasser déjà ce qu'on croit être les défauts inhérents au structuralisme : le " statisme [1] " et le " non-historisme [2] ", en se donnant la tâche qui la justifiera : trouver un formalisme isomorphe à la productivité littéraire se pensant elle-même. Ce formalisme ne pourrait s'élaborer qu'à partir de deux méthodologies : 1. Les mathématiques et les métamathématiques — langues artificielles qui, par la liberté de leurs notations, échappent de plus en plus aux contraintes d'une logique élaborée à partir de la phrase indoeuropéenne sujet-prédicat et par conséquent s'adaptent mieux à la description du fonctionnement poétique [3] du langage. 2. La linguistique générative (grammaire et sémantique), dans la mesure où elle envisage le langage comme système dynamique de relations. Nous n'accepterons pas son fondement philosophique relevant d'un impérialisme scientifique qui permet à la

---

1. R. Barthes, " Introduction à l'analyse structurale du récit ", in *Communications*, 8, 1966 : son modèle dynamique de la structure.
2. A. J. Greimas, " Éléments pour une théorie de l'interprétation du récit mythique ", *ibid.* : sa thèse de l'intégration de la culture naturelle dans le mythe.
3. " Cette fonction qui met en évidence le côté palpable des signes approfondit par là même la dichotomie fondamentale des signes et des objets. ", R. Jakobson, *Essais de linguistique générale*, Ed. de Minuit, p. 218.

grammaire générative de proposer des règles de construction de nouveaux variants linguistiques et, par extension, poétiques.

I. 2. L'application de ces méthodes à une sémiotique du langage poétique suppose avant tout une révision de la conception générale du texte littéraire. Nous accepterons les principes énoncés par Ferdinand de Saussure dans ses " Anagrammes [4] ", à savoir :

a. Le langage poétique" donne une seconde façon d'être, factice, ajoutée pour ainsi dire, à l'original du mot ".

b. Il existe une correspondance des éléments entre eux, par *couple* et par rime.

c. Les lois poétiques *binaires* vont jusqu'à transgresser les lois de la grammaire.

d. Les éléments du *mot-thème* (voire une lettre) " s'étendent sur toute l'étendue du texte ou bien sont massés en un petit espace, comme celui d'un mot ou deux ".

Cette conception " paragrammatique " (le mot " paragramme " est employé par Saussure) du langage poétique implique 3 thèses majeures :

A. Le langage poétique est la seule infinité du code.

B. Le texte littéraire est un double : écriture-lecture.

C. Le texte littéraire est un réseau de connexions.

I. 3. Ces propositions ne doivent pas être lues comme une hypostase de la poésie. Inversement, elles nous serviront plus tard à situer le discours poétique dans l'ensemble des gestes signifiants de la collectivité productrice, soulignant que :

a. Une analogie générale radicale traverse tous ces gestes. L'histoire sociale vue comme espace, non comme téléologie, se structure elle aussi à tous ses niveaux (dont celui de la poésie qui extériorise comme tous les autres, la fonction générale de l'ensemble) comme *paragramme* (nature-société, loi-révolution, individu-groupe, classes-lutte de classes, histoire linéaire-histoire tabulaire étant les couples oppositionnels non-exclusifs dans lesquels se jouent les relations *dialogiques* et les " transgressions " toujours à refaire).

b. Les trois particularités du langage poétique que nous venons

---

4. Publiées partiellement par J. Starobinski in *Mercure de France*, février 1964. Cf. également, depuis, *Tel Quel* 37.

d'énoncer éliminent l'isolation du discours poétique (considéré, dans notre société hiérarchisée, comme " ornement ", " superflu ", ou " anomalie ") et lui attribuent un statut de pratique sociale qui, vue comme paragrammatique, se manifeste au niveau de l'articulation du texte aussi bien qu'au niveau du message explicite.

c. Le paragrammatisme étant plus facilement descriptible au niveau du discours poétique, la sémiotique devra le saisir tout d'abord là, avant de l'exposer à propos de toute la productivité réfléchie.

LE LANGAGE POÉTIQUE COMME INFINITÉ.

II. 1. La description du fonctionnement du langage poétique (ici ce terme désignera un fonctionnement qui peut être propre au langage de la " poésie " aussi bien qu'à celui de la prose) est aujourd'hui une partie intégrante — peut-être la plus inquiétante — de la linguistique dans sa visée d'expliquer le mécanisme du langage.

L'intérêt de cette description consiste en deux faits qui comptent probablement parmi les caractéristiques les plus marquantes des " sciences humaines " aujourd'hui :

a. Relevant d'un formalisme (au sens mathématique du terme) plus sensible, le langage poétique est la seule pratique de la totalité linguistique comme structure complémentaire.

b. La constatation des limites de la démarche scientifique, qui accompagne la science tout au long de son histoire, se fait pour la première fois à propos de l'impossibilité de la logique scientifique de formaliser, sans les dénaturer, les fonctions du discours poétique. Une divergence apparaît : l'incompatibilité entre la logique scientifique que la société a élaborée pour s'expliquer (pour justifier sa quiétude aussi bien que ses ruptures) et la logique d'un discours marginal, destructeur, plus ou moins exclu de l'utilité sociale. Il est évident que le langage poétique comme système complémentaire obéissant à une logique différente de celle de la démarche scientifique, exige, pour être décrit, un appareil qui prenne en considération les caractéristiques de cette logique poétique.

Le discours dit quotidien et encore plus sa rationalisation par

la science linguistique, camouflent cette logique de la complémentarité, sans pour autant la détruire, en la réduisant à des catégories
logiques socialement (la société hiérarchisée) et spatialement
(Europe) limitées. (Nous n'aborderons pas ici les raisons sociales,
économiques, politiques, et linguistiques de cette oblitération.)

II. 2. Les préjugés qui en découlent influencent les études sur la
spécificité du message poétique. La stylistique qui a poussé, d'après
le mot de V. Vinogradov [5], comme une mauvaise herbe entre la
linguistique et l'histoire littéraire, a tendance à étudier " les tropes " ou " les styles " comme autant de déviations du langage normal.

Tous les chercheurs admettent la spécificité du langage poétique comme une " particularité " du code ordinaire (Bally, A. Marty,
L. Spitzer, Nefile, etc.). Les définitions qu'ils en donnent ou bien sor-
tent du domaine littéraire et linguistique en adoptant les prémisses
d'un système philosophique ou métaphysique incapables de résoudre les problèmes posés par les structures linguistiques elles-mêmes
(Vossler, Spitzer, d'une part, Croce ou Humboldt de l'autre), ou
bien, élargissant démesurément le champ de l'étude linguistique,
transforment les problèmes du langage poétique en problématique
d'étude de tout phénomène linguistique (Vossler). Les formalistes
russes qui ont fait les études les plus intéressantes sur le code poétique, l'ont considéré comme une " violation " des règles du langage courant [6]. Maintes investigations récentes, très intéressantes,
relèvent malgré tout d'une telle conception. La notion du langage
poétique comme déviation du langage normal (" nouveauté ",
" débrayage ", " franchissement de l'automatisme ") a remplacé
la conception naturaliste de la littérature comme reflet (expression)
de la réalité, et cette notion est en train de se figer en un poncif qui
empêche d'étudier la morphologie proprement poétique.

II. 3. La science linguistique qui tient compte du langage poétique et des données de l'analyse stochastique, est arrivée à l'idée de

5. V. Vinogradov, *K Postroeniiu teorii poetitcheskovo jazika* (*Pour la construction d'une théorie du langage poétique*) Poetika, 1917.
6. V. Jirmunski, *Vedeniie v metriku, Teoriia stixa* (*Introduction à la métrique, théorie du vers*), Leningrad, 1925; B. Tomachevski, *Ritm prozy. O stixe* (*le Rythme de la prose. Sur le vers*), Leningrad, 1929, etc.

la *convertibilité* du code linguistique, et conteste les concepts de déviation et d'irrégularité appliqués au langage poétique [7]. Mais la conception du système linguistique comme une hiérarchie (faut-il insister sur les raisons linguistiques et sociales d'une telle conception) empêche de voir dans le langage poétique (la création métaphorique par exemple) autre chose qu'un " sous-code du code total ".

Les résultats empiriques des travaux mentionnés plus haut ne sauraient trouver leur juste valeur que dans une conception non-hiérarchique du code linguistique. Il ne s'agit pas simplement de renverser la perspective et de postuler, à la manière vosslerienne, que le langage courant est un cas particulier de ce formalisme plus large que représente le langage poétique. Pour nous le langage poétique n'est pas un code englobant les autres, mais une classe A qui a la même puissance que la fonction φ $(x_1...x_n)$ de l'infini du code linguistique (voir le théorème de l'existence, cf. p. 189), et tous les " autres langages " (le langage " usuel ", les " méta-langages ", etc.) sont des quotients de A sur des étendues plus restreintes (limitées par les règles de la construction sujet-prédicat, par exemple, comme étant à la base de la logique formelle), et camouflant, par suite de cette limitation, la morphologie de la fonction φ $(x_1...x_n)$.

II. 4. Le langage poétique (que nous désignerons désormais par les initiales lp) contient le code de la logique linéaire. En plus, nous pourrons trouver en lui toutes les figures combinatoires que l'algèbre a formalisées dans un système de signes artificiels et qui ne sont pas extériorisées au niveau de la manifestation du langage usuel. Dans le fonctionnement des modes de jonction du langage poétique nous observons, en outre, le processus dynamique par lequel les signes se chargent ou changent de signification. Ce n'est que dans le lp que se réalise pratiquement " la totalité " (nous préférons à ce terme celui d'" infini ") du code dont le sujet dispose. Dans cette perspective, la pratique littéraire se révèle comme exploration et découverte des possibilités du langage; comme activité qui affranchit le sujet de certains réseaux linguistiques (psychi-

7. R. Jakobson, *Structure of langage in its mathematical aspects*, Proceedings of Symposia in Applied mathematics, vol. XII, 1961, p. 245-252.

ques, sociaux); comme dynamisme qui brise l'inertie des habitudes du langage et offre au linguiste l'unique possibilité d'étudier le *devenir* des significations des signes.

Le lp est une dyade inséparable de la *loi* (celle du discours usuel) et de sa *destruction* (spécifique du texte poétique), et cette coexistence indivisible du " + " et du " — " est la *complémentarité constitutive* du langage poétique, une complémentarité qui surgit à tous les niveaux des articulations textuelles non-monologiques (paragrammatiques).

Le lp ne peut pas être, par conséquent, un sous-code. Il est le code infini ordonné, un système complémentaire de codes dont on peut isoler (par abstraction opératoire et en guise de démonstration d'un théorème) un langage usuel, un métalangage scientifique et tous les systèmes artificiels de signes — qui, tous, ne sont que des sous-ensembles de cet infini, extériorisant les règles de son ordre sur un espace restreint (leur puissance est moindre par rapport à celle du lp qui leur est surjecté.)

II. 5. Une telle compréhension du lp implique qu'on remplace le concept de *loi* du langage par celui d'*ordre* linguistique, de sorte que le langage soit considéré non pas comme un mécanisme géré par certains principes (posés à l'avance d'après certains emplois restreints du code), mais comme un organisme dont les parties complémentaires sont interdépendantes et prennent successivement le dessus dans les différentes conditions d'emploi, sans pour autant se dégager des particularités dues à leur appartenance au code total. Une telle notion *dialectique* du langage nous fait penser au système physiologique et nous sommes particulièrement reconnaissante au professeur Joseph Needham de nous avoir suggéré l'expression « hiérarchiquement fluctuant » pour le système du langage [8]. Rappelons aussi que la méthode transformationnelle a déjà dynamisé l'étude spécifique de la stucture grammaticale — les théories de N. Chomsky sur les règles de la grammaire s'inscrivent dans cette conception plus vaste du lp que nous venons d'esquisser.

---

8. Le professeur J. Needham (de Cambridge) emprunte ce terme à la physiologie comparée, plus spécialement à l'appellation de " l'orchestre endocrinal " des mammifères.

II. 6. *Le livre*, par contre, situé dans l'infinité du langage poétique, est *fini* : il n'est pas ouvert, il est fermé, constitué une fois pour toutes, devenu principe, *un*, loi, mais qui n'est lisible comme tel que dans une ouverture possible vers l'infinité. Cette lisibilité du fermé ouvrant vers l'infini n'est accessible *complétement* qu'à celui qui écrit, c'est-à-dire du point de vue de la productivité réfléchissante qu'est l'écriture [9]. " Il chante pour lui seul et non pas pour ses semblables ", écrit Lautrémont [10].

Pour le scripteur, donc, le langage poétique se présente comme une *infinité potentielle* (le mot est employé ici dans le sens qu'il a comme terme de base dans la conception de Hilbert) : l'ensemble infini (du langage poétique) est considéré comme ensemble de possibilités réalisables; chacune de ces possibilités est séparément réalisable, mais elles ne sont pas réalisables toutes ensemble.

La sémiotique pour sa part pourrait introduire dans son raisonnement la notion du langage poétique comme *infinité réelle* impossible à représenter, ce qui lui permettrait d'appliquer les procédés de la théorie des ensembles qui, quoique entachée de doute, peut être utilisée dans certaines limites. Guidée par le finitisme de Hilbert, l'axiomatisation des articulations du langage poétique échappera aux difficultés que présente la théorie des ensembles et en même temps intégrera, dans l'approche du texte, la notion de *l'infini* sans lequel il s'est avéré impossible de traiter d'une manière satisfaisante les problèmes de la connaissance précise.

L'objectif de la recherche " poétique " se voit, du coup, déplacée : la tâche du sémioticien sera d'essayer de lire le fini par rapport à une infinité en décelant une signification qui résulterait des modes de jonction dans le système ordonné du lp. Décrire le fonctionnement signifiant du langage poétique, c'est décrire le mécanisme des jonctions dans une infinité potentielle.

9. Une analyse pénétrante du livre comme écriture-lecture est faite à propos de Lautréamont, par Marcelin Pleynet, *Lautréamont par lui-même* (Ed. du Seuil, 1967).
10. Les citations de Lautréamont sont tirées du texte établi par Maurice Saillet des *Œuvres complètes*, Ed. Livre de poche, 1966. Ici, p. 224.

III. 1. Le texte littéraire s'insère dans l'ensemble des textes : il est une écriture-réplique (fonction ou négation) d'une autre (des autres) texte (s). Par sa manière d'écrire en lisant le corpus littéraire antérieur ou synchronique l'auteur vit dans l'histoire, et la société s'écrit dans le texte. La science paragrammatique doit donc tenir compte d'une ambivalence : le langage poétique est un *dialogue* de deux discours. Un texte étranger entre dans le réseau de l'écriture : celle-ci l'absorbe suivant des lois spécifiques qui restent à découvrir. Ainsi dans le paragramme d'un texte fonctionnent tous les textes de l'espace lu par l'écrivain. Dans une société aliénée, à partir de son aliénation même, l'écrivain *participe* par une écriture paragrammatique.

Le verbe " lire " avait, pour les Anciens, une signification qui mérite d'être rappelée et mise en valeur en vue d'une compréhension de la pratique littéraire. " Lire " était aussi " ramasser ", " cueillir ", " épier ", " reconnaître les traces ", " prendre " " voler ". " Lire " dénote, donc, une participation agressive, une active appropriation de l'autre. " Écrire " serait le " lire " devenu production, industrie : l'écriture-lecture, l'écriture paragrammatique serait l'aspiration vers une agressivité et une participation totale. (" Le plagiat est nécessaire " — Lautréamont.)

Mallarmé savait déjà qu'écrire c'était " s'arroger en vertu d'un doute — la goutte d'encre apparentée à la nuit sublime — quelque devoir de tout recréer, avec des *réminiscences*, pour avérer qu'on est bien là où l'on doit être... " " Écrire " était pour lui " une sommation au monde qu'il égale sa hantise à de riches postulats chiffrés, en tant que sa loi, sur le papier blême de tant d'audace... "

Réminiscence, sommation de chiffres pour " avérer qu'on est bien là où l'on doit être ". Le langage poétique apparaît comme un dialogue de textes : toute séquence *se fait* par rapport à une autre provenant d'un autre corpus, de sorte que toute séquence est doublement orientée : vers l'acte de la réminiscence (évocation d'une autre écriture) et vers l'acte de la sommation (la transformation de cette écriture). Le livre renvoie à d'autres livres et par les modes de sommation (*application* en termes mathématiques) donne à ces livres une nouvelle façon d'être, élaborant ainsi sa propre signification [11]. Tels, par exemple, *les Chants de Maldoror* et plus encore les *Poésies* de Lautréamont qui offrent une polyvalence manifeste, unique dans la littérature moderne. Ce sont des textes-dialogues, c'est-à-dire : 1º autant par la jonction des syntagmes que par le caractère des grammes sémiques et phonétiques, ils s'adressent à un autre texte; 2º leur logique n'est pas celle d'un système *soumis* à la loi (Dieu, morale bourgeoise, censures), mais d'un espace brisé, topologique, qui procède par dyades oppositionnelles dans lesquelles le 1 est implicite quoique transgressé. Ils lisent le code psychologique et romantique, le parodient et le réduisent. Un autre livre est constamment présent dans le livre, et c'est à partir de lui, au-dessus de lui, et en dépit de lui que *les Chants de Maldoror* et les *Poésies* se construisent.

L'interlocuteur étant un texte, le sujet est aussi un texte : une poésie personnelle-impersonnelle en résulte de laquelle sont bannis, en même temps que le sujet-personne, le sujet psychologique, la description des passions sans conclusion morale (372), le phénomène (405), l'accidentel (405)." Primera la froideur de la maxime ! " (408) La poésie se construira comme un réseau axiomatique indestructible (" le fil indestructible de la poésie impersonnelle " 384) mais destructeur (" Le théorème est railleur de sa nature ", 413).

Conséquences

III. 2. La séquence poétique est au moins *double*. Mais ce dédoublement n'est ni horizontal, ni vertical : il n'implique ni l'idée du paragramme comme message du sujet de l'écriture à un destinataire (ce qui serait la dimension horizontale), ni l'idée du paragramme comme signifiant-signifié (ce qui serait la dimension verticale). Le double de l'écriture-lecture est *une spatialisation* de la séquence : aux deux dimensions de l'écriture (Sujet — Destina-

---

11. Tous ces principes que nous développons ici et plus loin, concernant l'écriture comme " lecturologie ", comme " double " et comme " pratique sociale ", sont énoncés pour la *première fois*, et comme une *théorie-écriture* par Philippe Sollers, dans " Dante et la traversée de l'écriture " et " Littérature et totalité " (in *Logiques*, 1968).

taire, Sujet de l'énonciation — Sujet de l'énoncé) s'ajoute la troisième, celle du texte " étranger ".

III. 3. Le double étant ainsi la séquence minima des paragrammes, leur logique s'avère être différente de la " logique scientifique ", de la *monologique* qui évolue dans l'espace 0-1 et procède par identification, description, narration, exclusion des contradictions, établissement de la vérité. On comprend alors pourquoi, dans le *dialogisme* des paragrammes, les lois de la grammaire, de la syntaxe et de la sémantique (qui sont les lois de la logique 0-1, donc aristotélicienne, scientifique ou théologique) sont transgressées tout en étant implicites. Cette transgression, en absorbant le 1 (l'interdit), annonce *l'ambivalence* du paragramme poétique : il est une coexistence du discours monologique (scientifique, historique, descriptif) et d'un discours détruisant ce monologisme. Sans l'interdit il n'y aurait pas de transgression; sans le 1 il n'y aurait pas de paragramme basé sur le 2. L'interdit (le 1) constitue le sens, mais au moment même de cette constitution il est transgressé dans une dyade oppositionnelle, ou, d'une façon plus générale, dans l'expansion du réseau paragrammatique. Ainsi, dans le paragramme poétique se lit le fait que *la distinction* censure-liberté, conscient-inconscient, nature-culture est historique. Il faudrait parler de leur cohabitation inséparable et de la *logique* de cette cohabitation, dont le langage poétique est une réalisation évidente.

III. 4. La séquence paragrammatique est un *ensemble* d'au moins deux éléments. Les modes de jonction de ses séquences (la *sommation* dont parlait Mallarmé) et les règles qui régissent le réseau paragrammatique peuvent être donnés par la théorie des ensembles, les opérations et les théorèmes qui en découlent ou leur sont voisins.

III. 5. La problématique de l'unité minima comme *ensemble* s'ajoute à celle de l'unité minima comme *signe* [signifiant (S_a) - signifié (S_e)]. L'ensemble du langage poétique est formé de séquences en relation; il est une mise en *espace* et une mise en *relation* de séquences, ce qui le distingue du signe qui implique un découpage linéaire S_a-S_e. Postulé ainsi, le principe de base conduit la sémiotique à chercher une formalisation des relations dans le texte et entre les textes.

La voie vraiment voie est autre qu'une voie constante.
Les termes vraiment termes sont autres que de termes constants.

Tao Tö King (300 av. J.-C.).

IV. 1. Dans cette perspective, le texte littéraire se présente comme un système de *connexions* multiples qu'on pourrait décrire comme une structure de réseaux paragrammatiques. Nous appelons réseau paragrammatique le *modèle tabulaire* (non linéaire) de l'élaboration de l'image littéraire, autrement dit, le graphisme dynamique et spatial désignant la pluridétermination du sens (différent des normes sémantiques et grammaticales du langage usuel) dans le langage poétique. Le terme de *réseau* remplace l'univocité (la linéarité) en l'englobant, et suggère que chaque ensemble (séquence) est aboutissement et commencement d'un rapport plurivalent. Dans ce réseau, les éléments se présenteraient comme *des sommets* d'un graphe (dans la théorie de König), ce qui nous aidera à formaliser le fonctionnement symbolique du langage comme marque dynamique, comme " gramme " mouvant (donc comme *paragramme*) qui *fait* plutôt qu'il *n'exprime* un *sens*. Ainsi chaque sommet (phonétique, sémantique, syntagmatique) renverra à au moins un autre sommet, de sorte que le problème sémiotique sera de trouver un formalisme pour ce rapport dialogique.

IV. 2. Un tel modèle tabulaire sera d'une complexité considérable. Il nous faudrait, pour faciliter la représentation, isoler certains *grammes partiels* et distinguer en chacun d'eux des *sous-grammes*. Nous retrouvons cette idée de stratification de la complexité du texte chez Mallarmé : " Le sens enseveli se meut et dispose, en chœur, des feuillets... "

Remarquons dès le début que les trois types de connexions 1º dans les sous-grammes; 2º parmi eux; 3º parmi les grammes partiels, ne présentent aucune différence de nature et aucune hiérarchie. Ils sont tous une expansion de la *fonction* qui organise le texte et si cette fonction apparaît à différents niveaux (phonétique, sémique, séquenciel, idéologique), cela ne veut pas dire qu'un de ces niveaux soit dominant ou primordial (dans la chronologie ou comme valeur). La différenciation de la *fonction* est une diachronisation opératoire d'une synchronie : de l'expansion du *mot-thème* dont parle Saussure et qui *surdétermine* le réseau. Cette fonction est spécifique pour chaque écriture. Pour toute écriture poétique, pourtant, elle a une propriété invariable : elle est dialogique et son intervalle minimal s'étend de o à 2. Mallarmé avait déjà cette idée du Livre comme écriture organisée par une fonction dyadique topologique, décelable à tous les niveaux de la *transformation* et de la structure du texte : " Le livre, expansion totale de la lettre, doit d'elle tirer, directement, une mobilité et spacieux, par correspondances, instituer un jeu, on ne sait, qui confirme la fiction... " " Les mots, d'eux-mêmes, s'exaltent à mainte facette reconnue la plus rare ou valant pour l'esprit centre de suspens vibratoire, qui les perçoit indépendamment de la suite ordinaire, projetés, en parois de grotte, tant que dure leur mobilité ou principe, étant ce qui ne se dit pas du discours : prompts tous, avant extinction, à une réciprocité de feux distante ou présentée de biais comme contingence. "

IV. 3. Le modèle tabulaire se présente alors avec deux grammes partiels :

A. Le texte comme écriture : grammes scripturaux.

B. Le texte comme lecture : grammes lecturaux.

Insistons encore une fois sur le fait que ces différents niveaux loin d'être statiquement équivalents, sont entre eux dans une corrélation qui les transforme réciproquement [12].

Les grammes scripturaux peuvent être examinés en trois sousgrammes : 1. phonétiques; 2. sémiques; 3. syntagmatiques.

---

12. Un des formalistes russes posait déjà ce problème [Y. Tynianov, *Problema stixotvornovo jazika* (*Le Problème du langage des vers*), 1924, p. 10] : " On doit concevoir la forme de l'ouvrage littéraire comme dynamique... Tous les facteurs du mot n'ont pas la même valeur, la forme dynamique est constituée non pas par leur union ni par leur mélange, mais par leur interdépendance ou plutôt par la mise en valeur d'un groupe de facteurs au détriment d'un autre. Le facteur mis en valeur déforme les subordonnés. "

A. 1. *Grammes scripturaux phonétiques.*

" Il y a des heures dans la vie où l'homme, à la *chevelure pouilleuse* (A) jette, *l'oeil fixe* (B), des *regards fauves* (C) sur les *membranes vertes de l'espace* (D); car, il lui semble entendre devant lui, les *ironiques huées d'un fantôme* (E). Il chancelle et courbe la tête : ce qu'il a entendu, *c'est la voix de la conscience.* " (*Les Chants de Maldoror*, p. 164.)

Lautréamont dénote avec ironie un phénomène qui en langage courant peut être désigné comme la " prise de conscience ". Pourtant la fonction du message poétique dépasse largement ces denotata. L'écrivain dispose de l'infinité potentielle des signes linguistiques pour éviter l'usure du langage quotidien et rendre son discours pertinent. Il choisit deux classes : l'homme (avec ses attributs que nous désignerons comme classe H comprenant les ensembles A, B, C) et la conscience (classe que nous désignerons comme H_1 et qui est constitué des ensembles D, E).

Le message socio-politique est constitué par la correspondance bijective des deux classes H et H_1 : le corps (le matérialisme) — la conscience (le romantisme) avec une position nette pour H et une ironie évidente pour H_1. Ce passage, aussi bien que la totalité du texte des chants de Maldoror dont il est extrait, est une réalisation paragrammatique d'un corps reconnu, d'un sexe assumé, d'un fantasme nommé et écrit comme rupture avec l'idéalisme factice (la conscience), et ceci avec toute l'ironie lugubre que ce déchirement entraîne.

La fonction qui structure le texte global se révèle également au niveau phonétique des paragrammes. Il suffit de prêter l'oreille aux phonétismes des ensembles et encore plus d'examiner leurs graphismes pour s'apercevoir des correspondances $f(v)$ — $al(oe)$ — $s(z)$: le morphème " phallus " apparaît comme mot-fonction à la base de l'énoncé. Comme ces noms de chefs que Saussure découvre ensevelis dans les vers saturniens ou védiques, le mot-fonction du passage de Maldoror s'est étendu dans un diagramme spatial de correspondances, de jeux combinatoires, de graphes mathématiques ou plutôt de permutation sur soi-même, pour charger de signification complémentaire les morphèmes fixes (effacés) du langage courant. Ce réseau phonétique se joint aux autres niveaux du paragramme pour communiquer une nouvelle dimension

à l'" image " poétique. Ainsi, dans la totalité multivoque du réseau
paragrammatique, la distinction signifiant-signifié se voit réduite
et le signe linguistique apparaît comme dynamisme qui procède
par charge quantique.

A. 2. *Grammes scripturaux sémiques.*

Une analyse sémique statique aurait défini ainsi les ensembles de
notre réseau paragrammique :

A — corps (a_1), poils (a_2), chair (a_3), saleté (a_4), animal (a_5)...
B — corps (b_1), tension (b_2)...
C — sinistre (c_1), peur (c_2), spiritualisation (c_3)...
D — matière (d_1), couleur (d_2), violence (d_3), sinistre (d_4),
       abstraction (d_5)...
E — esprit (e_1), idéalisation (e_2)...

L'image poétique se constitue pourtant dans la corrélation des
constituants sémiques par une interprétation corrélationnelle au
sein même du message, par un transcodage à l'intérieur du système.
Les opérations de la théorie des ensembles indiqueront l'élaboration des arcs qui constituent les paragrammes. La complexité des
applications à tous les niveaux du réseau explique l'impossibilité
de traduction d'un texte poétique (le langage usuel et scientifique,
qui en général ne pose pas des problèmes à la traduction, interdit
de telles permutations sémiques).

a. Lisant le texte avec attention, nous nous apercevons que
chacun de ces ensembles sémiques est lié par une fonction (nous
n'entrerons pas dans les détails des valeurs sémiques de cette
fonction que le lecteur pourra faire par lui-même) aux autres ensembles de la même classe, aussi bien qu'aux ensembles de la classe
corrélative. Ainsi, les ensembles A ($a_1...a_n$), B ($b_1...b_n$), et C ($c_1...c_n$)
sont liés par une fonction surjective : tout élément (sème) de B est
image d'au moins un élément de A (R(A) = B, sans qu'il soit nécessaire que R soit définie partout). Mais on peut lire la relation entre
les ensembles sémiotiques comme biunivoque, et alors la fonction f
associée à R est une fonction injective ; si R est en outre définie partout, f est une application injective ou injection (f(a) = f (b) $\Rightarrow$ a = b

(a, b ∈ A)). Ainsi, l'application qui relie nos ensembles étant sur-jective *et* injective, peut-être nommée une application *bijective* ou *bijection*. Les mêmes correspondances sont valables pour les ensembles C et D, aussi bien qu'entre les deux classes H et H_1. Dans les cadres de la classe H les correspondances de A, B et C sont des permutations de la classe H (une " bijection " de H sur elle-même). Les corres-pondances injectives et surjectives et les permutations des éléments (des sèmes) des différents ensembles, suggèrent que la *signification* du langage poétique s'élabore dans la relation; c'est dire qu'elle est une fonction [13] où l'on ne saurait parler de " sens " de l'ensemble A en dehors des fonctions qui l'unissent à B, C, D et E. On pourrait stipu-ler donc que l'ensemble (sémique) n'existe que lorsqu'il se consti-tue, quand on rassemble ses éléments, ou lorsque inversement il se détruit, quand on isole un de ses éléments. C'est sans doute la raison pour laquelle, dans le fonctionnement signifiant du discours, c'est la relation d'appartenance qui a un sens intuitif, et c'est l'emploi du substantif " sens " qui est à l'origine de toutes les confusions. On aura constaté en tout cas que le lp. ne fournit aucun exemple de *sens* [14] qu'on puisse se *représenter*; il instaure purement et simple-ment des affirmations qui sont des amplifications de la relation d'appartenance primitive.

L'équivalence qui s'établit entre les sèmes dans le réseau du *lp* est radicalement différente de celle des systèmes sémantiques simples. L'application unit des ensembles qui ne sont pas équi-valents aux niveaux linguistiques primaires. Nous venons de constater que l'application unit même des sèmes radicalement opposés ($a_1 \equiv c_3$; $a_4 \equiv e_1$,.. etc.), se rapportant à différents déno-tata, pour signaler que dans la structure sémantique du texte litté-raire ces dénotata sont équivalents. Ainsi dans les réseaux des para-grammes un nouveau sens s'élabore, autonome par rapport à celui du langage usuel.

Cette formalisation nous a permis de démontrer que le " sens "

---

13. A. Piaget signale que le langage enfantin procède par " participation et trans-duction plutôt que par identification d'une existence " (*La construction du réel chez l'enfant*, Paris, 1937).

14. W. Quine, *From a logical point of view*, Cambridge (Mass.), 1953, se déclarait déjà contre le fait qu'on se représente le " sens " comme un " intentional being " dans la conscience, et par là contre l'hypothèse des significations.

de Ɛ ne s'élabore pas ailleurs que dans la *fonction* entre les éléments (les ensembles) qui s'appliquent l'un sur l'autre ou sur
eux-mêmes dans un espace que nous prenons comme infini.
Les sèmes, si l'on entend par ce mot des *points* de signification,
sont résorbés dans le fonctionnement dit poétique.

   b. Ayant admis que le langage poétique est un système formel
dont la théorisation peut relever de la *théorie des ensembles,* nous
pouvons constater, en *même temps,* que le fonctionnement de la
signification poétique obéit aux principes désignés par l'*axiome
du choix.* Celui-ci stipule qu'il existe une correspondance univoque,
représentée par une classe, qui associe à chacun des ensembles non
vides de la théorie (du système) un de ses éléments.

$$(\exists A) \{ Un\,(A) . (x) [\sim Em\,(x) . \supset . (\exists y) [y \epsilon x . <yx> \epsilon A]] \} *$$

Autrement dit, on peut choisir simultanément un élément dans
chacun des ensembles non vides dont on s'occupe. Ainsi énoncé,
l'axiome est applicable dans notre univers Ɛ du *lp.* Il précise comment toute séquence comporte le message du livre.

   La compatibilité de l'axiome du choix et de l'hypothèse généralisée du continu avec les axiomes de la théorie des ensembles
nous place au niveau d'un raisonnement à propos de la théorie,
donc dans une *métathéorie* (et tel est le statut du raisonnement sémiotique) dont les métathéorèmes ont été mis au point par Gödel.
On y retrouve précisément les *théorèmes d'existence* que nous n'avons
pas l'intention de développer ici, mais qui nous intéressent dans
la mesure où ils fournissent des *concepts* permettant de poser de
façon nouvelle et sans eux impossible, l'*objet* qui nous intéresse :
le langage poétique. Le théorème généralisé de l'existence postule,
on le sait, que :

   " Si $\varphi(x_1, ..., x_n)$ est une fonction propositionnelle primitive qui ne
contient pas d'autre variable libre que $x_1, ..., x_n$, sans qu'il soit nécessaire qu'elle les contienne toutes, il existe une classe A telle que, quels
que soient les *ensembles* $x_1, ..., x_n, <x_1, ..., x_n> \epsilon A. \equiv . \varphi(x_1, ..., x_n).$ "

   Dans le langage poétique ce théorème dénote les différentes
séquences comme équivalentes à une fonction les englobant toutes.

_____

   * $(\exists A)$ – " il existe un A tel que " ; Un (A) – " A est univoque " ; Em (x) – " la
classe x est vide " ; $<yx>$ – " la paire ordonnée de x et de y " ; ϵ – " relation
binaire " ; $\sim$ – " non " ; . – " et " ; $\supset$ – " implique ".

Deux conséquences en découlent : 1º il stipule l'enchaînement non causal du langage poétique et l'expansion de la lettre dans le livre; 2º met l'accent sur la portée de cette littérature qui élabore son message dans les plus petites séquences : la signification (φ) est contenue dans le mode de jonction des mots, des phrases; transporter le centre du message poétique sur les séquences, c'est devenir conscient du fonctionnement du langage et *travailler* la signification du code. Aucune φ ($x_1 \ldots x_n$) n'est réalisée si on n'a pas trouvé la classe $\mathcal{E}$ (et tous ses ensembles A, B, C...) tels que $< x_1 \ldots x_2 > \in A. \equiv. \varphi (x_1 \ldots x_n)$. Tous les codes poétiques qui se limitent à postuler uniquement une fonction φ ($x_1 \ldots x_n$) sans réaliser le théorème de l'existence, c'est-à-dire sans se construire de séquences équivalentes à φ, est un code poétique raté. Ceci explique entre autres le fait que l'échec de la littérature " existentialiste " (parmi celles qui se réclament de l'esthétique de l'" expression du réel ") est lisible d'une façon incontestable dans son style métaphysique et son incompréhension totale du fonctionnement du langage poétique.

Lautréamont était un des premiers à pratiquer consciemment ce théorème.

La notion de constructibilité qu'implique l'axiome du choix, associé à tout ce que nous venons de poser pour le langage poétique, explique l'impossibilité d'établir une contradiction dans l'espace du langage poétique. Cette constatation est proche de la constatation de Gödel concernant l'impossibilité d'établir la contradiction d'un système par des moyens formalisés dans ce système. Malgré toutes les ressemblances de ces deux constatations et les conséquences qui en découlent pour le langage poétique (par exemple, le métalangage est un système formalisé dans le système du langage poétique), nous insistons sur la différence entre elles. La spécificité de *l'interdit* dans le langage poétique et de son fonctionnement, fait du langage poétique le seul système où la contradiction n'est pas non-sens mais définition; où la négation détermine et où les ensembles vides sont un mode d'enchaînement particulièrement signifiant. Il ne serait peut-être pas osé de postuler que toutes les relations du langage poétique peuvent être formalisées par des fonctions utilisant simultanément deux modes : la *négation* et *l'application*.

Fait d'oppositions surmontées (liées), le lp est un formalisme indécidable qui ne cherche pas à se résoudre. Méditant sur les possibilités de déceler les contradictions de la théorie des ensembles, Bourbaki pense que " la contradiction observée serait inhérente aux principes mêmes qu'on a mis à la base de la théorie des ensembles ". Projetant ce raisonnement sur un fond linguistique nous arrivons à l'idée qu'à la base des mathématiques (et par extension, des structures du langage) on trouve les contradictions qui sont non seulement inhérentes, mais indestructibles, constituantes et non modifiables, le " texte " étant une coexistence d'oppositions, une démonstration de la conclusion o $\neq$ o [15]

A. 3. *Grammes scripturaux syntagmatiques.*

" Lorsque j'écris ma pensée, écrit Lautréamont, elle ne m'échappe pas. Cette action me fait souvenir de ma force que j'oublie à toute heure. Je m'instruis à proportion de ma pensée enchaînée. Je ne tends qu'à connaître la contradiction de mon esprit avec le néant. " L'enchaînement de l'écriture avec le néant qu'elle transforme

15. Il peut apparaître, dans ces pages, que nous cherchons à établir un *système* qui sous-tend le texte-*procès*, et plus encore, un système qui réduit à un *plan* de *marques* le langage en principe *biplan* (signifiant-signifié, expression-contenu, etc.). En effet, nous opérons avec des grandeurs algébriques qui n'ont " aucune dénomination naturelle ", mais uniquement " arbitraire et adéquate ", au sens de Hjelmslev (*Prolégomènes à une théorie du langage*, p. 147). En même temps et en conséquence, " en vertu de la sélection qui existe entre le schéma et l'usage linguistique, il n'y a, pour le calcul exigé par la théorie, aucun système interprété, mais seulement des systèmes interprétables. Il n'y a donc aucune différence sur ce point entre l'algèbre pure et le jeu d'échecs, par exemple, et une langue " naturelle " (*ibid.*, p. 150). Si telle est réellement notre démarche, nous ne souscrivons pas pour autant à la conception de Hilbert-Tarski que le système du signe n'est qu'un système d'*expression* sans *contenu*. Au contraire, une telle distinction est, à nos yeux, impertinente, puisque profondément apparentée à la vieille conception grecque du dévoilement (critiquée par Heidegger) et dont J. Derrida révèle aujourd'hui le repliement dans la sémiotique. Si nous employons une procédure de formalisation dans l'analyse du langage poétique, c'est, on s'en aperçoit, pour une double raison.

D'abord, pour indiquer, dans ce qui tombe sous le " contenu " et l'" expression ", une scène *algébrique*-musicale-, translinguistique, où se tracent les liens qui produisent une loi (rythmique du sens) avant la lettre, malgré la langue. Pour dire que c'est justement ment la scène du fonctionnement dit " poétique " qui rappelle ces phrasogrammes d'écriture antique où l'agencement des signes-images note des réseaux d'un certain " sens " par dessus les contenus exprimés.

Ensuite, pour essayer d'extraire l'implication historique, épistémologique et idéologique, d'un tel réseau, et de sa façon de déplacer et de regrouper les signes linguistiques et leurs composantes.

en *tout*, semble être une des lois de l'articulation syntagmatique des paragrammes. *La Voie est vide* (Tao Tö King, IV.)

Deux figures syntagmatiques apparaissent dans l'espace topologique des *Chants* :

1. Les ensembles vides : $A \cap B = \emptyset$ (A et B n'ont pas d'éléments communs) ; 2. Les sommes disjonctives $S = A \oplus B$ ou $D = A \cap \overline{B}$ (la somme est faite d'éléments qui appartiennent à A ou B —" ou " exclusif).

Le formalisme $A \cap B = \emptyset$ s'appliquerait aux dyades oppositionnelles larme-sang, sang-cendre (p. 77), lampe-ange (p. 141), vomissement-bonheur (p. 97), excrément-or (p. 125), plaisir et dégoût du corps (p. 214), dignité-mépris (p. 217), l'amour-bonheur et horreur (p. 217), le rhinocéros et la mouche (p. 211), les baobabs comme épingles (p. 217) etc. L'image de l'enfant cruel, de l'enfance et de la laideur, de l'hermaphrodite, de l'amour bonheur et horreur etc. s'intègrent dans ce formalisme. Ils peuvent être en même temps décrits par le formalisme $S = A \oplus B$ si l'on considère que le couple larmes-sang par exemple a en commun les sèmes " liquide ", " matière ", mais que la fonction poétique de la dyade est constituée par la somme disjonctive de tous les éléments (sommets) qu'ils n'ont pas en commun. Il peut arriver que les sommets communs de deux syntagmes soient uniquement leurs phonèmes, et que la somme disjonctive soit constituée par la réunion de tous les autres sommets divergents.

Ainsi, la " loi " de l'ensemble vide règle l'enchaînement des phrases, des paragraphes et des thèmes dans les *Chants*. Chaque phrase est attachée à la précédente comme un élément qui ne lui appartient pas. Aucun ordre causal " logique " n'organise cette suite. On ne saurait même parler de négation, car il s'agit simplement d'éléments qui appartiennent à différentes classes. Il en résulte une chaîne paradoxale d' " ensembles vides " qui se retournent sur eux-mêmes, rappelant (par une loi commutative) un anneau abélien : un ensemble sémique, déjà mentionné et inclus dans l'ensemble vide, réapparaît pour s'insérer (additivement et multiplicativement, par associativité, distributivité et commutativité) dans un autre ensemble (tel " le vers luisant ", p. 46.) Aucune limite à cet enchaînement, sauf " le cadre de cette feuille de papier " (p. 219). Seule une logique qui se rapporte à " l'apparence des phénomènes " (p. 90)

peut mettre fin à un chant (à un enchaînement de o ≠ o.) Le rire
comme censure est réfuté au même titre que la censure du rationalisme : l'ironie (" rire comme un coq ") et Voltaire (" l'avortement
du grand Voltaire ") sont des ennemis du même ordre. Tout ce
qui rappelle, suggère ou oblige à l'unité monolithique du discours
logique, en étouffant la dyade oppositionnelle, se veut égal à un
" Dieu stupide " et manque de *modestie* (le mot est de Lautréamont).
Par conséquent : " *Riez*, mais *pleurez* en même temps. Si vous ne
pouvez pleurer par les yeux, pleurez par la bouche. Est-ce encore
impossible, *urinez*... " (p. 233). Encore une fois l'intersection des
sémèmes soulignés forme une chaîne d'ensembles vides dans laquelle
se réalise la " modestie " de l'écriture : son refus de codifier.

Chaque séquence est ainsi annihilée, les couples forment des o
qui signifient et le texte, se structurant comme une chaîne de
zéros signifiants, conteste non seulement le système du code (romantisme, humanisme) avec lequel il dialogue, mais aussi sa propre
texture. On s'aperçoit alors que ce vide n'est pas *rien* et que le
paragramme ne connaît pas de " néant " : le silence est évité par
deux qui s'opposent. Le zéro comme non-sens n'existe pas dans le
réseau paragrammatique. Le zéro est deux qui sont *un* : autrement
dit, le 1 comme indivis et le o comme néant sont exclus du paragramme dont l'unité minima est à la fois tout (vide) et deux (oppo-
sitionnel). Examinons de plus près cette " numérologie " paragrammatique, qui ne connaît ni 1 ni o mais 2 et tout. L'unité est *vide*,
ne compte pas, elle est o mais elle signifie : il commande l'espace
entier du paragramme, il est là pour *centrer*, mais le paragramme
refuse de lui prêter une valeur (un *sens stable*). Cette " unité " n'est
pas une synthèse de A et de B; mais elle vaut *un* parce qu'elle est
tout, et en même temps elle ne peut se distinguer de deux car c'est
en elle que se résorbent tous les sèmes contrastant et qui s'opposent
mais aussi s'unissent. Tout ensemble *unité* et *couple*, la dyade oppositionnelle, si l'on veut lui donner une expression spatiale, se retrouve dans les 3 dimensions du volume. Le jeu numérique du paragramme chez Lautréamont passe donc par le pair (2) et l'impair (1-3).
Ceci n'est pas un passage de l'illimité au limité, ou de l'indéterminé
au déterminé. C'est le passage du symétrique au centré, du non
hiérarchisé au hiérarchisé. Dans le jeu numérique des sommes disjonctives et des ensembles vides, s'éclaircit la mutation du para-

gramme entre l'interdit et la transgression : les séquences sont disjointes (A ⊕ B = S), différenciées, mais au-dessus de cette différence le langage poétique produit des unités transformant les différences en dyades oppositionnelles non exclusives. Le paragramme est le seul espace du langage où le 1 ne fonctionne pas comme *unité*, mais comme *entier*, comme tout, parce qu'il est double. Comment interpréter ce code de chiffres ? L'écriture refuse de s'ériger en système; étant un double, elle se nie elle-même en niant...

Marx critiquait Hegel d'avoir trahi la dialectique en proposant une forme — celle de son système. L'écriture paragrammatique de Lautréamont évite le piège de la " forme " (au sens de fixation) aussi bien que celui du *silence* (Maïakovski même en a été tenté : " Le nom de ce /thème/... ! ", in " *De* " *ça* " "), en se construisant en ensembles vides et en sommes disjonctives.

B. *Grammes lecturaux.*

Les grammes B (lecturaux) peuvent être examinés en deux sous-grammes :

B1. Le texte étranger comme réminiscence.

B2. Le texte étranger comme citation.

Lautréamont écrit : " Quand avec les plus grandes difficultés on parvint à m'apprendre à parler, c'était seulement, après avoir lu sur une feuille de ce que quelqu'un écrivait, que je pouvais communiquer, à mon tour, le fil de mes raisonnements " (p. 120). Ses *Chants* et ses *Poésies* sont des lectures d'autres écrits : sa communication est communication avec une autre écriture. Le dialogue (la 2ᵉ personne est très fréquente dans les *Chants*) se déroule non pas entre le Sujet et le Destinataire, l'écrivain et le lecteur, mais dans l'acte même de l'écriture où celui qui écrit est le *même* que celui qui lit, tout en étant pour soi-même un autre.

Le texte étranger, objet de la " raillerie ", est absorbé par le paragramme poétique soit comme une *réminiscence* (*l'océan*-Baudelaire ?, *la lune*, *l'enfant*, le *fossoyeur*-Musset ? Lamartine ? *le pélican*-Musset ?, et tout le code du romantisme désarticulé dans les *Chants*), soit comme *citation* (le texte étranger est repris et désarticulé à la lettre dans les *Poésies*). On pourrait formaliser les transformations des citations et des réminiscences dans l'espace paragrammatique à l'aide des procédés de la logique formelle.

Le paragramme étant une destruction d'une autre écriture, l'écriture devient un acte de destruction et d'autodestruction. Ce fait est clairement visible comme thème, et même explicitement déclaré dans l'exemple de l'image de l'océan (chant 1). La première démarche de l'écrivain consiste à nier l'image romantique de l'océan comme idéalisation de l'homme. La seconde, de nier l'image elle-même comme signe, de dissoudre le *sens figé*. Après l'homme c'est le *nom* que le paragramme détruit. (" Ce quelque chose a un nom. Ce nom est : l'océan ! La peur que tu leur inspires est telle, qu'ils te respectent... " p. 59). Si Lautréamont salue l'océan " magnéti-seur et farouche ", c'est dans la mesure où il est pour le poète la métaphore d'un réseau ondoyant et négatif, qui va jusqu'au bout des négations possibles, c'est-à-dire la métaphore même du livre.

Cette construction-destruction est encore plus flagrante dans les *Poésies*. La poésie nie et se nie elle-même, en refusant de se faire système. Discontinue, espace rompu, contestant, elle existe en *maximes juxtaposées* qu'on ne saurait lire qu'en les prenant comme *Morale* (comme 1) et comme *Double* (comme 0).

L'affirmation comme négation d'un texte découvre une nouvelle dimension de l'unité paragrammatique en tant que double, et révèle une nouvelle signification du texte de Lautréamont.

Les modes de négation dont il se sert substituent à l'ambiguïté des textes lus une proposition dans laquelle la négation et l'affirmation sont nettement distinctes, découpées et incompatibles; les nuances des passages de l'une à l'autre sont éclipsées, et à la place d'une synthèse dialectique (Pascal, Vauvenargues), Lautréamont construit un Entier, qui n'en est pas moins deux. Ainsi : " J'écrirai mes pensées sans ordre, et non pas peut-être dans une confusion sans dessein; c'est le véritable ordre, et qui marquera toujours mon objet par le désordre même. Je ferais trop d'honneur à mon sujet, si je le traitais avec ordre, puisque je veux montrer qu'il en est incapable " (Pascal). Et Lautréamont : " J'écrirai mes pensées avec ordre, par un dessein sans confusion. Si elles sont justes, la première venue sera la conséquence des autres. C'est le véritable ordre. Il marque mon objet par le désordre calligraphique. Je ferais trop de déshonneur à mon sujet, si je ne le traitais pas avec ordre. Je veux montrer qu'il en est capable. "

Cette phrase résumerait la loi de la productivité réfléchie chez Lautréamont. *L'ordre*, établi par le " désordre *calligraphique* " (ne faut-il pas comprendre par ce mot insolite qui s'enfonce dans le texte, le dynamisme de l'élaboration paragrammatique dans un espace brisé ?) — c'est l'écriture d'une *maxime*, d'une *morale* (" écrire pour soumettre à une haute moralité ", p. 372), d'un 1 catégorique, mais qui n'existe que dans la mesure où son contraire lui est implicite.

UNE TYPOLOGIE.

V. 1. Notre réflexion sur l'enchaînement du réseau paragrammatique nous amène à une conclusion concernant les différents types de pratiques sémiotiques dont la société dispose. Nous pourrons en distinguer pour l'instant trois, qui se définissent par rapport à l'interdit social (sexuel, linguistique), à savoir :

1. *Le système* sémiotique fondé sur le *signe*, donc sur *le sens* (le 1) comme élément prédéterminant et présupposé. C'est le système sémiotique du discours scientifique et de tout discours représentatif. Une grande partie de la littérature y est comprise. Nous appellerons cette pratique sémiotique *systématique* et *monologique*. Ce système sémiotique est conservatif, limité, ses éléments sont orientés vers les denotata, il est logique, explicatif, inchangeable et ne vise pas à modifier l'autre (le destinataire). Le sujet de ce discours s'identifie avec la loi et renvoie par une liaison univoque à un objet, en refoulant ses rapports avec le destinataire, aussi bien que les rapports destinataire-objet.

2. La pratique sémiotique *transformative*. Le signe comme élément de base s'estompe : " les signes " se dégagent de leurs denotata et s'orientent vers l'autre (le destinataire) qu'ils modifient. C'est la pratique sémiotique de la magie, du yoga, du politicien en temps de révolution, du psychanalyste. La pratique transformative, contrairement au système symbolique, est changeante et vise à transformer, elle n'est pas limitée, explicative ou traditionnellement logique. Le sujet de la pratique transformative est toujours assujetti à la loi et les rapports du triangle objet — desti-

nataire — loi (= sujet) ne sont pas refoulés, tout en restant apparemment univoques.

3. La pratique sémiotique de *l'écriture*. Nous l'appellerons *dialogique* ou *paragrammatique*. Ici le signe est suspendu par la séquence paragrammatique corrélative qui est *double* et *zéro*. On pourrait représenter cette séquence comme un tétralemme : chaque signe a un denotatum; chaque signe n'a pas de denotatum; chaque signe a et n'a pas de denotatum; il n'est pas vrai que chaque signe a et n'a pas de denotatum. Si la séquence paragrammatique est π et le denotatum est D, on pourrait écrire

$$\pi = D + (-D) + [D + (-D)] + \{-[D + (-D)\} = 0$$

ou, en logique mathématique $A \bigcirc B$ qui désigne une réunion non synthétique de différentes formules souvent contradictoires. Le triangle des deux systèmes précédents (le système symbolique et la pratique transformative) se change ici, dans la pratique paragrammatique, en un triangle où la loi occupe un point au centre du triangle : la loi s'identifie à chacun des 3 termes de la permutation du triangle à un moment donné de la permutation. Le sujet et la loi donc se différencient, et les grammes qui relient les sommets du triangle deviennent bi-univoques. Par conséquent ils se neutralisent et se réduisent à des zéros qui signifient. L'écriture qui a l'audace de suivre le trajet complet de ce mouvement dialogique que nous venons de représenter par le tétralemme, donc d'être une description et une négation successive du texte qui se fait dans le texte qui s'écrit, n'appartient pas à ce que l'on appelle traditionnellement " littérature " et qui, elle, relèverait du système sémiotique symbolique. L'écriture paragrammatique est une réflexion continue, une contestation écrite du code, de la loi et de soi-même, une *voie* (une trajectoire complète) *zéro* (qui se nie); c'est la démarche philosophique contestative devenue langage (structure discursive). L'écriture de Dante, Sade, Lautréamont en est un exemple dans la tradition européenne [15].

---

15. Nous suivons ici, avec l'autorisation de l'auteur, les considérations de L. Mäll " *La voie zéro* " publiées dans *Trudy*... (op. cit.), Tartu, U.R.S.S., 1965. L'auteur étudie les problèmes fondamentaux de la bouddhologie du point de vue sémiotique et rappelle la notion bouddhiste de la " vanité de tous les signes " (" Sarva-dharma-sunyatà ").

V. 2. Les opérations qui serviront à formaliser les relations de cet espace paragrammatique polyvalent seront prises à des systèmes isomorphes : la théorie des ensembles et les métamathématiques. On pourrait se servir aussi des formalismes de la logique symbolique, essayant d'éviter les limitations qu'elle opposerait au langage poétique à cause de son code rationaliste (l'intervalle o — 1, les principes de la phrase sujet-prédicat, etc.). Nous aboutirons par conséquent à une *axiomatique* dont l'application au langage poétique demande à être justifiée.

Avant d'y procéder, nous voudrions évoquer, à propos de la possibilité de formalisation du réseau paragrammatique, un témoignage capital que l'antiquité chinoise nous offre : le Yi-king, *le Livre des mutations*. Dans les 8 trigrammes et les 64 hexagrammes du livre, opérations mathématiques et constructions de sens linguistique se confondent pour prouver que " les quantités du langage et leurs rapports sont régulièrement exprimables *dans leur nature fondamentale* par des formules mathématiques " (F. de Saussure). Parmi les nombreuses valeurs de ce texte qui ne peuvent être entièrement relevées que par une approche à la fois mathématique et linguistique, signalons-en deux :

1. Les linguistes chinois semblent avoir été réellement préoccupés par les problèmes de permutations et de combinaisons de sorte que beaucoup de mathématiciens (Mikami) attirent l'attention sur le fait que les hexagrammes ont été composés par des bâtonnets (marques) longs et courts et qu'ils sont liés aux *graphismes* des calculs. On peut considérer les bâtonnets (les phonèmes) et les calculs (les morphèmes) comme antérieurs à tous signifiants. De même " Mi Suan " (les mathématiques ésotériques) traitent des problèmes des combinaisons linguistiques et la fameuse " San Tchaï " méthode qui devait répondre à des questions comme " De combien de manières peut-on arranger neuf lettres parmi lesquelles trois sont " a ", trois sont " b " et trois sont " c "... "

2. Les " grammes " chinois ne renvoient pas à une obsession (Dieu, père, chef, sexe), mais à une algèbre universelle du langage comme opération mathématique sur des différences. Pris à deux extrémités de l'espace et du temps, le texte de Lautréamont et celui du Yi-king étendent chacun à sa façon la portée des anagrammes saussuriens à une échelle qui atteint l'essence du fonctionnement

linguistique. A cette écriture s'ajoute un texte contemporain, *Drame* de Philippe Sollers, dont la grille structurale (les combinaisons alternantes de passages continus et brisés — " il écrit " — qui ensemble forment 64 cases) et la permutation pronominale (" je " — " tu " — " il ") joint la numérologie sereine du Yi-King aux pulsions tragiques du discours européen.

L'AXIOMATISATION COMME CARICATURE.

> *Le phénomène passe. Je cherche les lois.*
> Lautréamont.

VI. 1. La véritable histoire de la méthode axiomatique commence au XIXᵉ siècle et se caractérise par le passage d'une conception substantielle (ou intuitive) à une construction *formelle*. Cette période se termine par l'apparition des travaux de Hilbert (1900-1904) sur les fondements des mathématiques où la tendance à une construction formelle des systèmes axiomatiques atteint son point culminant et inaugure l'étape actuelle : conception de la méthode axiomatique comme méthode de construction de nouveaux systèmes signifiants formalisés.

Évidemment, quelque formalisée que soit cette méthode, à l'étape actuelle elle doit continuer à se fonder sur certaines définitions. La méthode axiomatique actuelle opère pourtant avec des définitions *implicites* : il n'y a pas de règles de définition et le terme obtient une signification déterminée seulement en fonction du contexte (de la totalité des axiomes) dont il fait partie. Ainsi, les termes de base d'une théorie axiomatique étant implicitement définis par la totalité des axiomes (ne renvoyant pas aux éléments qu'ils dénotent), le système axiomatique décrit non pas un domaine concret objectif, mais une classe de domaines construits abstraitement. Par conséquent l'objet étudié (la théorie scientifique, ou le langage poétique dans notre cas) se transforme en une sorte de *formalisme* (calcul formel d'après des règles fixes) fait de symboles d'un langage artificiel. Ceci est rendu possible par :

— une *symbolisation* du langage de l'objet étudié (la théorie respeĉive ou le langage poétique) : remplacement des signes et des expressions du langage naturel (polyvalents et manquant souvent de signification précise) par les symboles d'une langue artificielle à signification rigoureuse et opératoire;

— une *formalisation* : conĝruĉion de ce langage artificiel comme calcul formel, en faisant abĝraĉion de ses significations en dehors de la formalisation; une différenciation nette s'impose entre le langage artificiel et le référent qu'il décrit.

VI. 2. Appliquée aux mathématiques, la méthode axiomatique a montré ses limites [16] aussi bien que ses avantages [17]. Appliquée au langage poétique, elle évitera certaines difficultés qu'elle a été jusqu'à présent incapable de résoudre (liées surtout à la notion d'infinité réelle). Remarquons encore une fois que le langage eĝ pratiquement la seule *infinité réelle* (c'eĝ-à-dire un ensemble infini fait d'aĉes rigoureusement séparés les uns des autres). Ce concept eĝ naturellement idéalisé : nous aurons affaire à une infinité réelle si nous lisons entièrement toute la suite naturelle. Ceci eĝ une impossibilité pour notre conscience même quand il s'agit du langage littéraire. L'application des mathématiques (la théorie des ensembles plus spécialement) dominées par l'idée de l'infini, à cette infinité potentielle qu'eĝ le langage pour l'écrivain, aidera à ramener à la conscience de tout utilisateur du code le concept de l'infinité du langage poétique, le rôle de la méthode axiomatique étant de donner le mode de connexion des éléments du domaine objeĉif analysé.

VI. 3. On pourra objeĉer que la formalisation extrême de la méthode axiomatique, tout en décrivant rigoureusement par les moyens de la théorie des ensembles les rapports entre les éléments du code poétique, laisse de côté la signification de chacun de ses éléments, la " sémantique " littéraire. On peut partager l'avis que la sémantique des éléments linguiĝiques (y compris la sémantique littéraire) *ce sont les rapports* de ces éléments dans

---

16. J. Ladrière, *les Limitations internes des formalismes*, Louvain, E. Nowelaerts, Paris, Gauthier-Villars, 1957.

17. J. Porte, " La méthode formelle en mathématiques. La méthode en sciences modernes ". Numéro hors série de *Travail et Méthode*, 1958.

l'organisme linguistique, et par conséquent, elle est mathéma-
tisable. A l'état actuel des recherches, pourtant, il nous faudrait
utiliser les analyses sémantiques classiques (la division en champ
sémantique, les analyses sémiques et distributionnelles) comme
point de départ (comme définitions implicites) pour une symbolisation et une formalisation des modes de fonctions.

VI. 4. L'alliance des deux théories (sémantique et mathématiques)
entraîne une réduction de la logique de l'une, la sémantique, au
profit de l'autre, les mathématiques. Le jugement subjectif de
l'informateur continue à jouer un rôle important. Il n'empêche que
l'axiomatique du langage poétique se constituera comme une branche
de la logique symbolique lui permettant de franchir les cadres
du syllogisme et des problèmes posés par la phrase sujet-prédicat
(le problème de la *vérité* discursive se voit du coup mis entre
parenthèse), pour embrasser d'autres modes de raisonnement.
Pour l'analyse du texte littéraire, la méthode axiomatique a l'avantage de saisir les pulsations du langage, les lignes de force dans
le champ où s'élabore le message poétique.

L'emploi des notions des nouvelles mathématiques n'est évidemment que métaphorique dans la mesure où une analogie
peut être établie entre le rapport langage courant/langage poétique
d'une part et le rapport fini/infini de l'autre.

Une modification de la logique mathématique s'ensuit également
à cause des différences entre le type de relations qui sous-tend
le lp et celui qui constitue le langage de la description scientifique [18]. La première différence qui saute aux yeux à quiconque
tend à formaliser le lp concerne le signe " = " et le problème
de la vérité. Ils sont à la base de l'abstraction intellectuelle de la
logique symbolique, des mathématiques et des métamathématiques, tandis que le lp est rebelle à ces structures. Il nous semble
impossible d'employer le signe " = " dans une formalisation
qui ne dénature pas le lp (à cause justement des applications et
des négations corrélatives qui organisent le niveau de sa *mani-*

---

18. E. Benveniste, *Problèmes de linguistique générale*, 1965, p. 14 : " Il ne suffit pas de
constater que l'un se laisse transcrire dans une notation symbolique, l'autre non ou
non immédiatement; le fait demeure que l'un et l'autre procèdent de la même source
et qu'ils comportent exactement les mêmes éléments de base. C'est la langue même
qui propose ce problème. "

feſtation sémique, pour employer le terme de Greimas), et si nous nous en servons, c'eſt parce que les mathématiques modernes (la pensée scientifique) ne propose pas d'autre syſtème de réflexion. De même le problème de la vérité et de la contradiction logique se pose différemment dans le langage poétique. Pour nous, formés à l'école de l'abſtraction grecque, le lp conſtruit son message par des relations qui semblent présupposer les vérités logiques (ariſtotéliciennes) et agir malgré elles. Deux sortes d'explications paraissent alors " raisonnables " : ou bien le lp (et tout ce qu'on appelle " la pensée concrète ") eſt un ſtade primitif de la pensée, incapable de synthèse (Lévy-Bruhl, Piaget), ou bien ils sont des déviations de la logique normale. Les données linguiſtiques répugnent à ces deux interprétations. Le lp conserve la ſtructure de classes et les relations (sériation et corrélations multiplicatives) aussi bien qu'un groupe reliant les inversions et les réciprocités au sein des groupements élémentaires (qui conſtitue " l'ensemble des parties "). Il semble par conséquent impossible de diſtinguer comme le fait Piaget une logique concrète (relationnelle, celle de l'enfant) et une logique verbale (celle de l'abſtraction scientifique). On voit difficilement une logique en dehors du langage. La logique relationnelle eſt verbale, elle saisit le verbe dans son articulation et son fonctionnement originaire, et si notre civilisation obſtrue ses ſtructures dans le langage usuel ou scientifique, elle ne les abolit pas : elles subsiſtent dans *l'immanence* (au sens que Greimas donne à ce terme) de notre univers linguiſtique (logique, scientifique).

VI. 5. La logique polyvalente qui suppose un nombre infini de valeurs dans l'intervalle faux-vrai ($0 \leqslant x \leqslant 1$), fait partie de la logique bivalente (0-1) ariſtotélicienne.

La logique poétique s'inscrit sur une surface différente. Elle reſte redevable à la logique ariſtotélicienne non pas dans le sens où elle ferait partie de cette dernière, mais dans la mesure où elle la contient en la transgressant. L'unité poétique se conſtruisant par rapport à une autre comme *double*, le problème de la *vérité* (du 1) ne l'arrête pas. Le paragramme poétique saute le 1, et son espace logique serait 0-2, le 1 n'exiſtant que virtuellement. Pourrait-on parler de logique dans un domaine où la vérité n'eſt pas *le* principe d'organisation ? Il nous semble que oui, à deux conditions :

A. Après G. Boole, la logique comme science n'est pas une partie de la philosophie, mais des mathématiques. Elle tend, par conséquent, à exprimer les opérations mentales sans se préoccuper de principes idéologiques, mais en fournissant les modèles des articulations des éléments dans les ensembles étudiés. Assimilée aux mathématiques, la logique échappe aux obligations de " *mesurer* en *comparant* à des *standards* fixés d'avance " (ce qui est entre autres le défaut du structuralisme actuel) : elle refuse d'être une *ratio numérique*. Poursuivre cette voie que Boole a inaugurée, cela voudra dire pour nous libérer la logique du principe d'une vérité relative, historiquement déterminée et limitée, et la construire comme *formalisation* de *relations* sur la base du matérialisme dialectique. Boole a fait la première rupture en détachant la logique symbolique de la philosophie et en la reliant aux mathématiques qu'il considérait non pas comme des sciences " de la magnitude ", mais comme formalisation des *combinaisons*. Cette démarche était due à la constatation que " la théorie logique est intimement liée à la théorie du langage ", considéré lui aussi comme réseau de combinaisons. Ces réflexions de Boole entraînent une deuxième rupture : relier la formalisation logique aux nouvelles mathématiques et métamathématiques. Cette démarche serait justifiée par la découverte de la scène brisée, topologique, de l'écriture où le paragramme poétique s'élabore comme un double par rapport à un autre. Une telle logique paragrammatique plus proche de Boole que de Frege se rapporterait à la logique symbolique comme les nouvelles mathématiques se rapportent à l'arithmétique. Située comme méthodologie entre la logique symbolique et le structuralisme, elle donnera des formules générales nous permettant de comprendre les *particularités* dans une *loi* et une symétrie, c'est-à-dire de les contrôler. " On ne saurait prévoir les plaisirs qu'une telle démarche promet [19]. "

B. En plus, dans l'architectonique de ce qu'on appelle une pratique esthétique, le " vrai " logique se trouve à la fois implicite et transgressé par un *travail* que Freud a saisi sur les traces de l'inconscient. *Marquer* ce travail oscillant entre le refoulement et la

19. G. Boole, *The mathematic analysis of Logic*, Oxford, B. Blackwell, 1948.

transgression, c'est en effet opérer dans un domaine qui, s'il ne peut être dit que dans un discours vrai, n'est — dans son activité — que tangent au domaine où le vrai-faux règne. Aussi dirons-nous que cette " logique poétique " pourra commencer l'esquisse de ce qu'on a voulu poser comme une éventuelle *logique dialectique* : *notation formelle* et *théorie* du statut de la vérité laquelle, de manière différente dans les diverses pratiques sémiotiques, donne sa caution au formalisme.

Appliqué à " l'art ", le réseau de *marques* d'une telle " logique dialectique " détruira une illusion, à savoir, la notion idéaliste de l'art comme " prévoyant et projetant " (Platon, *Philèbe*). Une logique construite comme science pour comprendre " l'art " (sans le réduire au monologisme de la démarche scientifique traditionnelle) prendra donc la structure de cet art pour révéler que tout *art est une science appliquée* : celle que l'artiste possède *avec* son époque (ou *en retard*, ou *en avant* d'elle).

VI. 6. Il semble paradoxal que des signes puissent tendre à expliquer le fonctionnement des mots. Ce qui justifie une telle expérience, c'est que dans notre société le mot est devenu clarification, pétrification, carcan : il cerne, il ossifie, il termine. On s'étonne même après Rimbaud, Lautréamont et les surréalistes, si chez quelqu'un il brasse des espaces et attire les vibrations qui décrivent un rythme. Il nous a fallu franchir les consignes du rationalisme et saisir au vif la vie du geste, du corps, de la magie, afin de nous rappeler que l'homme possède des langages qui ne le limitent pas à la ligne, mais lui permettent de s'explorer dans l'étendue. Une autre position quant à la parole s'ensuivit : on s'engagea (Artaud par exemple) à montrer son intégration au mouvement ou à la couleur. La linguistique met en question le mot comme " mort " des relations qui font la matière dynamique du langage. Produit d'une abstraction rationaliste et logique, la linguistique est difficilement sensible à la violence de la langue comme mouvement à travers une étendue où, dans la pulsation de son rythme, elle instaure ses significations. Il nous faudrait un formalisme mathématique pour assouplir une science " monologique " et pour mettre à nu le squelette, le graphisme de ces agencements dans lesquels se réalise la dialectique du langage :

une infinité en permutations ordonnées ininterrompues. Et qui sait, peut-être une des meilleures raisons d'être de la linguistique est-elle de purifier le langage de ces couches de " significations " et d' " interprétations " figées, de concepts *a priori* et de logique déjà faite, et de nous rendre son ordre blanc : réflexivité, transitivité et non transitivité, symétrie et asymétrie. Alors peut-être nous rendrons-nous compte qu'il y a des mots qui ne " cernent " pas, car les significations ne *sont* pas, mais qu'elles se *font*, et que le langage poétique offre son infinité pour substituer à l'usure du langage de nouveaux enchaînements : des spasmes graphiques qui mettent en cause le sujet, son image de l'univers et sa place en lui. Ce discours qui s'écrit dans l'espace comme acte dissociateur et vibratoire, la science en découvre l'ordre dans le symbolisme mathématique. Un produit métaphorique de ce discours qu'on pourrait ramener à sa source pour la clarifier.

VI. 7. Ces formulations ne peuvent saisir aujourd'hui que quelques dimensions fort limitées du paragrammatisme qui, lui, envisagerait le texte poétique en tant que complexe social, historique, sexuel.

D'autre part, la formalisation ne nous rend la *productivité réfléchie* qu'en sens inverse; le sémioticien vient après le scripteur pour *expliquer* (conceptualiser) une synchronie et trouver des *opérations* " *mentales* " là où fonctionne *en bloc* un tout (langage, corps, appartenance sociale).

Mais la démarche scientifique (monologique, gnoséologique) a été, est et sera nécessaire à toute société, puisque *l'explication* (l' " abstraction " qui est pour Lénine une " fantasija " [20], ce qui en termes récents se noterait " différance [21] ") *est* le gramme, fondamental et indispensable au social (à l'échange). " Dans l'échange réel, écrit Marx, l'abstraction doit être à son tour réifiée, symbolisée, réalisée au moyen d'un certain signe [22]. "

20. Lénine, *Cahiers philosophiques*, Éditions sociales, 1955, p. 289-290.
21. Cf. J. Derrida, " De la grammatologie " et " Freud et la scène de l'écriture " (in l'*Écriture et la Différence*) définit le gramme comme mécanisme fondamental du fonctionnement " humain ", et substitue désormais le terme de *différance* à la notion chargée d'idéalismes de *signe*.
22. Marx et Engel, *Archives*, v. IV. Éditées à Moscou 1935, p. 61.

Si " le signe " est un impératif social, le problème de son choix dans les " sciences humaines " (" un *certain* signe ") reste ouvert.

L'abstraction formalisée a, à notre avis, plusieurs avantages devant la symbolisation discursive de l'abractiston, parmi lesquelles :

1. La formalisation rend présente une structure autrement indécelable. Les mathématiques " jettent une lumière sur le langage ordinaire duquel elles sont parties ", écrit W. V. Quine : " dans chaque cas une fonction spéciale qui jusqu'alors n'avait été qu'accidentellement ou inconsciemment accompli par la construction du langage ordinaire, maintenant surgit clairement (stands boldly forth) par la seule force d'expression de la notation artificielle. Comme par une *caricature* les fonctions inconscientes des idiomes communs sont ainsi isolées et rendues conscientes ²³ ".

Le mot *caricature* fait penser ici à un sens initial (gr. βαρσς lat. *carrus, um*, bas lat. *carricare*, ital. *caricare*) qui impliquerait les notions de " pesanteur ", " poids ", " charge ", " fardeau " (en parlant *d'ordres*), mais aussi de " puissance ", " crédit ", " autorité ", " gravité ". L'axiomatisation est en effet une pesanteur, un ordre et une autorité imposée sur la fluidité complexe de l'objet étudié (le langage poétique). Mais cette puissance est loin de défigurer son objet, aussi pourrons-nous dire qu'elle saisit les lignes de force de cet objet (" ses grimaces ") comme il grimacerait lui-même s'il allait jusqu'au bout de ses grimaces. On a pu parler de l'imitation proustienne comme " charge ", du corps comme " caricature ". Dans cette suite de " caricatures " puissantes, l'axiomatisation paragrammatique est une démarche fougueuse, " exagérée " et " excentrique " qui procède par *traits* et par *choix de détails* (caricature dépouillée de sens péjoratif) pour ressembler à son objet plus qu'une description discursive (portrait) ne le fait.

2. La formalisation axiomatique restant une pratique sémiotique *symbolique, n'est pas un système fermé*; elle est par conséquent ouverte à toutes les *pratiques* sémiotiques. Si elle est idéologique comme toute démarche signifiante, l'idéologie qui l'imprègne est la seule à laquelle elle n'échappera pas, car cette idéologie *constitue* toute explication (tout gramme et toute science, donc toute société), et c'est l'idéologie de la *connaissance* (d'une différence qui tend à se

23. W. V. Quine, " Logic as a source of syntactical insights ", in *Proceedings of Symposia in Applied mathematics*, vol. XII, 1961.

rapprocher de ce dont elle s'est originairement différenciée). Elle
est idéologique encore dans la mesure où elle laisse au sémioticien
" la liberté " de choisir son objet et d'orienter son découpage
suivant sa position dans l'histoire.

3. Confrontant les découvertes actuelles des métamathématiques
et de la logique mathématique avec les structures du langage
poétique moderne, la sémiotique rencontrera les deux points
culminants auxquels deux démarches inséparables — la démarche
grammatique (scientifique, monologique) et la démarche *paragrammatique* (contestative, dialogique) — ont abouti, et, en cela,
occupera une position idéologique-clé dans un processus globa-
lement révolutionnaire.

Cette science paragrammatique, comme toute science, ne pourrait pas nous rendre toute la complexité de son objet, encore moins
quand il s'agit des paragrammes littéraires. Nous ne partageons
pas non plus l'illusion qu'une structure abstraite et générale puisse
donner une lecture totale d'une écriture spécifiée. Pourtant,
l'effort de saisir la logique des paragrammes à un niveau abstrait,
est le seul moyen de dépasser le psychologisme ou le sociologisme vulgaire qui ne voient dans le langage poétique qu'une
expression ou un reflet, éliminant ainsi ses particularités. Le problème se pose alors pour le sémioticien de choisir entre le *silence* et
une *formalisation* qui a la perspective, en tâchant de se construire elle-
même comme paragramme (comme destruction et comme maxime),
de devenir de plus en plus isomorphe aux paragrammes poétiques.

1966.

6

La productivité dite texte

> *Et, lorsque Copernic était presque seul de son opinion, elle était toujours incomparablement plus vraisemblable que celle de tout le reste du genre humain. Or je ne sais si l'établissement de l'art d'estimer les vérisimilitudes ne serait plus utile qu'une bonne partie de nos sciences démonstratives, et j'y ai pensé plus d'une fois.*
>
> Leibniz, *Nouveaux Essais,* IV, 2.

LA " LITTÉRATURE " VRAISEMBLABLE.

> *Lire souvent égale être leurré.*
> Nouvelles Impressions d'Afrique.

Ayant pris à la lettre le précepte platonicien (" bannir les poètes de la République "), notre civilisation et sa science s'aveuglent devant une productivité : l'écriture, pour recevoir un effet : l'œuvre. Elles produisent ainsi une notion et son objet qui, extraits du travail producteur, interviennent, au titre d'objet de consommation, dans un circuit d'échange (réel-auteur-œuvre-public). Il s'agit de la notion et de l'objet " littérature [1] " : travail translinguistique que notre culture [2] n'atteint que dans l'après-production (dans la consommation); productivité occultée, remplacée par la repré-

---

1. Il faudrait entendre ce mot dans un sens très large : est considéré comme " littérature " la politique, le journalisme, et tout discours dans notre civilisation phonétique.
2. Cf. à propos de la définition du concept de " culture " : A. Kloskowska, *Kultura masowa : krytyka i obrona,* Varsovie, 1964 ; section Rozumenie kultury; A. Kroeber et C. Kluckhon, *Culture : a critical review of concepts and definitions,* Cambridge (Mass.), Harvard Univ. Press, 1952 (Papers of the Peabody Museum of American Archeology and Ethnology, XLVII, 1).

sentation d'un écran qui double l' " authentique " et/ou par l'audition d'un *discours* — objet secondaire par rapport au " réel " et susceptible d'être apprécié, pensé, jugé uniquement dans sa substitution réifiée. C'est à ce niveau d'intelligibilité de la " littérature " comme discours substitutif que se situe la réception de consommation du texte avec son exigence de vraisemblable. Il n'est pas étonnant alors que ce concept, remontant à l'Antiquité grecque, apparaisse en *même temps* que la " littérature " et la " pensée sur la littérature " (la Poétique), et l'accompagne sans trêve tout au long de l'histoire " littéraire " (l'histoire vue comme idéalité, l'histoire de l' " esprit ", est d'ailleurs impossible sans la notion de " littérature "). De sorte que le vraisemblable semble faire corps avec la littérature (l'art), s'identifie à son caractère substitutif, et par ce geste même fait surgir sa complicité avec tous les attributs de notre pensée.

Dans le même trajet de l'intelligibilité de consommation, le savoir, après la réception vulgaire, se voit confronté au vraisemblable dès qu'il touche à la " littérature ". Aujourd'hui, au moment où la théorie de la littérature tend à se construire comme une science consciente de sa démarche, elle se heurte à une contradiction qui la définit comme science, désigne son champ d'exploration, et dans le même temps lui assigne ses limites. Si elle constitue toute parole, la contradiction dont il s'agit est doublement plus sensible au niveau d'un " métalangage " (la science littéraire) qui se donne pour objet un discours reconnu comme fondamentalement secondaire (la littérature, l'art). Cette contradiction, la voici : la Parole étant un signe, sa fonction est de *vouloir-dire*, donc de fournir un *sens* qui, soit en renvoyant à un objet, soit en se référant à une norme grammaticale, est une connaissance, un savoir (y compris dans sa méta-rationalité) ; une certaine vérité sous-tend comme un fond constant tout ce qui est *énoncé* ; le langage est toujours un savoir, le discours est toujours une connaissance pour celui qui prononce ou écoute la parole dans la chaîne communicative. La science littéraire, située elle aussi dans le circuit dire-entendre, et tirant de là son essence et sa visée de vouloir dire, définit son objet — le texte — comme Parole, donc, lui aussi, comme un vouloir-dire-vrai. Ainsi la science littéraire, solidaire de l'attitude de consommation à l'égard de la production textuelle dans la société d'échange, assimile la *production* sémiotique à un *énoncé*, refuse de la connaître dans le processus de sa productivité, et lui inflige la conformité avec un objet véridique (tel est le geste philosophique conventionnel qui présente la littérature comme une expression du réel) ou avec une forme grammaticale objective (tel est le geste idéologique moderne qui présente la littérature comme une structure linguistique close). La science littéraire avoue ainsi ses limitations : 1) l'impossibilité de considérer une pratique sémiotique autrement que dans ses rapports à une vérité discursive (sémantique ou syntaxique); 2) l'amputation (abstraction idéaliste) de la totalité fonctionnante en une de ses parties : en résultat consommé par un certain sujet. La consommation littéraire et la science littéraire passent à côté de la productivité textuelle; elles n'atteignent qu'un objet modelé d'après leur propre modèle (leur propre programmation sociale et historique) et ne connaissent rien d'autre que la connaissance (elles-mêmes). C'est au point même de cette contradiction — et de cet aveu implicite d'impuissance — que nous rencontrons le concept " scientifique " de *vraisemblable* comme tentative de récupération d'une pratique translinguistique par la raison logocentrique.

La " littérature " elle-même, arrivée à la maturité qui lui permet de s'écrire aussi comme une machine et non plus uniquement de parler comme un miroir, s'affronte à son propre fonctionnement à *travers* la parole; le mécanisme de ce fonctionnement, une fois touché, l'oblige à traiter de ce qui n'est *pas un problème inhérent à son trajet*, mais qui la constitue inévitablement pour le récepteur (le lecteur = l'auditeur), de ce masque indispensable qu'elle prend pour se construire à travers ce masque : du vraisemblable. C'est ce troisième aspect du vraisemblable que nous révèlent les textes de Raymond Roussel. Le vraisemblable y est traité en deçà et présenté au-delà de lui-même, c'est-à-dire dans le travail avant la " littérature ", et pour un fonctionnement dans lequel le *vouloir-dire,* en devenant un *pouvoir-écrire*, procède à la démystification du vraisemblable. C'est à ce niveau que nous essayerons de le saisir pour expliciter son idéologie et sa fixation historique, de même que l'idéologie et la fixation historique de ce qui est la " réalité " vraisemblable : l' " art ", la " littérature ".

Si la fonction de " sens " du discours est une fonction de ressemblance au-dessus de la différence [3], d'" identité " et de " présence à soi ", comme l'a montré l'admirable lecture de Husserl faite par Derrida, on pourrait dire que le *vraisemblable* (le discours " littéraire") est un *degré second* de la relation symbolique de ressemblance. L'authentique vouloir-dire (husserlien) étant le vouloir-dire-vrai, la *vérité* serait un discours qui ressemble au réel; le *vraisemblable*, sans être vrai, serait le discours qui ressemble au discours qui ressemble au réel. Un " réel " décalé, allant jusqu'à perdre le premier degré de ressemblance (discours-réel) pour se jouer uniquement au second (discours-discours), le vraisemblable n'a qu'une seule caractéristique constante : il *veut dire*, il est un *sens*. Au niveau du vraisemblable le sens se présente comme généralisé et oublieux du rapport qui l'avait originairement déterminé : le rapport langage/vérité objective. Le sens du vraisemblable n'a plus d'objet hors discours, il n'est pas concerné par la connexion objet-langage, la problématique du vrai et du faux ne le regarde pas. Le sens vraisemblable *fait semblant* de se préoccuper de la vérité objective; ce qui le préoccupe en fait, c'est son rapport à un discours dont le " faire-semblant-d'être-une-vérité-objective " est reconnu, admis, institutionnalisé. Le vraisemblable ne connaît pas; il ne connaît que le *sens* qui, pour le vraisemblable, n'a pas besoin d'être vrai pour être authentique. Refuge du *sens*, le vraisemblable est tout ce qui, sans être non-sens, n'est pas limité au savoir, à l'objectivité. A mi-chemin entre le savoir et le non-savoir, le vrai et le non-sens, le vraisemblable est la zone intermédiaire où se glisse un savoir déguisé, pour maîtriser une pratique d'investigation translinguistique par le " vouloir-s'entendre-parler absolu [4] ". Ayant réservé à la science le domaine de la véridicité, ce savoir absolu dont toute énonciation est irriguée, sécrète un domaine d'ambiguïté, un oui-

---

3. Nous avons développé ce postulat dans " le Sens et la Mode ", p. 64 et suiv.
4. Cf. Jacques Derrida, *la Voix et le Phénomène*, p. 115.

et-non dans lequel la vérité est un souvenir présent (une présence secondaire mais toujours là), fantomatique et originaire : c'est le domaine extra-véridique du sens comme vraisemblable [5]. Disons ici, pour préciser plus loin, que le problème du vraisemblable est le problème du sens : avoir du sens c'est être vraisemblable (sémantiquement ou syntaxiquement); être vraisemblable n'est rien d'autre que d'avoir un sens. Or, le sens (au-delà de la vérité objective) étant un effet interdiscursif, l'effet vraisemblable est une question de rapport de discours.

Nous essayerons d'étudier ce rapport à deux niveaux, sémantique et syntaxique, tout en soulignant que la distinction n'est qu'opératoire : le sémantique recoupe toujours le syntaxique et la grille " vide " de l'agencement formel (grammatical) n'est pas soustraite à l'intentionnalité rationaliste qui engendre et règle la notion même d'articulation vide.

Le trait radical du *vraisemblable sémantique*, comme son nom le désigne, est la *ressemblance*. Est vraisemblable tout discours qui est en rapport de similarité, d'identification, de reflet avec un autre. Le vraisemblable est une mise ensemble (geste symbolique par excellence, cf. gr. *sumballein* = mettre ensemble) de deux discours différents dont l'un (le discours littéraire, second) se projette sur l'autre qui lui sert de miroir, et s'y identifie au-delà de la différence. Le miroir auquel le vraisemblable ramène le discours littéraire est le discours dit naturel. Ce " principe naturel " qui n'est pas autre chose *pour un temps* que le bon sens, le socialement accepté, la loi, la norme, définit l'*historicité* du vraisemblable. La sémantique du vraisemblable postule une ressemblance avec la loi d'une société donnée dans un moment donné et l'encadre dans un présent historique. Ainsi, pour notre culture, la sémantique du vraisemblable exige une ressemblance avec les " sémantèmes " fondamentaux de notre " principe naturel ", parmi lesquels : *la nature, la vie, l'évolution, le but*. L'écriture de Roussel est confrontée justement à ces sémantèmes du " principe naturel ", lorsqu'elle représente son *passage à travers*

---

5. Aristote, principal inventeur du vraisemblable, n'a pas manqué de marquer les rapports de la connaissance avec la représentation (mimesis, art) comme occultation du réel : " S'il connaît (théorè) quelque chose, il est nécessaire qu'il la connaisse aussi bien en tant que représentation, car les représentations sont comme les sensations mais sans matière. " On trouve dans cette formulation, critiquée par Lénine, les racines de l'idéalisme.

le vraisemblable, dans *Impressions d'Afrique* et *Nouvelles Impressions d'Afrique*. Cette ressemblance avec un déjà-là antérieur à la productivité textuelle (avec le principe naturel) révèle la trahison mystique de l'idée de développement, inhérente à la notion de vraisemblable [6].

Mais si le vraisemblable sémantique est un " ressembler ", il est fixé dans l'*effet de ressembler* plutôt que dans le *faire ressembler*. Vraisemblabiliser au niveau sémantique serait ramener l'artificiel, le statique, le gratuit (c'est-à-dire, le différent des signifiés du " principe naturel ") à la nature, la vie, l'évolution, le but (c'est-à-dire, aux sémantèmes constitutifs du principe naturel). Le processus de ce " ramener ", le développement, la continuation ne comptent pas. Le vraisemblable naît dans l'*effet* de la ressemblance. Voici donc son deuxième trait sémantique : apparu au lieu-même de l'efficacité et visant l'efficacité, le vraisemblable est un *effet*, un résultat, un produit qui oublie l'artifice de la production. Surgissant avant et après la production textuelle, antérieur et postérieur au travail translinguistique, cloué aux deux bouts de la chaîne parler-écouter (connaissable pour un sujet parlant et un destinataire), il n'est ni *présent* (le discours de la production présente est science) *ni passé* (le discours de la production passée est histoire); il prétend à l'universalisme. Il est donc " littérature ", " art ", c'est-à-dire se donne comme " hors-temps ", " identification ", " efficacité ", en étant plus profondément et uniquement conforme (conformiste) à un ordre (discursif) déjà là.

Le vraisemblable syntaxique serait le principe de *dérivabilité* (des différentes parties d'un discours concret) du système formel global. Nous distinguons ici deux moments. Un discours est syntaxiquement vraisemblable si l'on peut faire dériver chacune de ses séquences de la totalité structurée que ce discours est. Le vraisemblable relève donc d'une structure aux normes d'articulations particulières, d'un système *rhétorique* précis : la syntaxe vraisemblable d'un texte est ce qui le rend conforme aux lois de la structure

6. Lénine l'écarte : " Il est exact que les hommes commencent par *cela* (le principe naturel), mais la vérité n'est pas dans le commencement, mais dans la fin, plus exactement dans la continuation. La vérité n'est pas la première impression... " Et aussi : " (le vraisemblable) = objectivisme + mysticisme et trahison de l'idée de développement " (*Cahiers philosophiques*, p. 142-143).

discursive donnée (aux lois rhétoriques). Nous définissons ainsi, dans un premier temps, le vraisemblable syntaxique comme un vraisemblable *rhétorique* : le vraisemblable existe dans une structure close et pour un discours à organisation rhétorique. C'est par le principe de la dérivabilité syntaxique que le vraisemblable remplace le " *faire ressembler* " passé sous silence au niveau sémantique. La démarche sémantique de la mise ensemble de deux entités contradictoires (la vraisemblabilisation sémantique) ayant fourni l' " effet de ressembler ", il s'agit maintenant de vraisemblabiliser le processus même qui conduit à cet effet. La syntaxe du vraisemblable prend en charge cette tâche. Pour vraisemblabiliser la technologie du " faire ressembler ", il ne faut plus se référer aux sémantèmes d'un principe naturel jouant le rôle d'une vérité objective. Ce qu'il faut c'est reconstituer un agencement de séquences et les faire dériver l'une après l'autre, de sorte que cette dérivation confirme la loi rhétorique qu'on s'est choisie. Ainsi, à travers la dérivabilité, la rhétorique camoufle l'artifice de la " mise ensemble " sémantiquement vraisemblabilisante. Cette dérivabilité rhétorique offre à la lecture naïve le mythe de la détermination ou de la motivation [7].

Ici, il est objectivement nécessaire de caractériser les critères de la dérivabilité syntaxique à l'aide de notions sémantiques. Dans le cas des textes de Roussel : *Impressions d'Afrique* et *Nouvelles Impressions d'Afrique*, ces critères sémantiques de la vraisemblabilisation syntaxique seront la *linéarité* (origine-but) et la *motivation* (syllogisme) pour la prose, de même que le *dédoublement* (rime, couplaison, identification, répétition) pour les vers.

Or, le principe syntaxique de dérivabilité met le discours consommé comme vraisemblable en rapport non seulement avec sa propre structure globale spécifique (rhétorique), mais aussi avec le système formel de la langue dans laquelle le discours est dit. Tout discours articulé est dérivable de la grammaire de sa langue, et par cette dérivabilité même, mises à part sa sémantique et sa rhétorique, il tolère un rapport de ressemblance avec un objet, c'est-à-dire un vraisemblable. Complice de la convention sociale (du principe naturel) et de la structure rhétorique, le vraisemblable serait plus

---

7. Les rapports sens-rhétorique-motivation-détermination sont étudiés dans le travail de Roland Barthes, *Système de la mode*.

profondément un complice de la parole : tout énoncé grammaticalement correct serait vraisemblable. Parler nous contraint au
vraisemblable. Nous ne pourrons rien dire qui ne soit pas vraisemblable. La fugue de Roussel dans et contre le vraisemblable
s'arrête elle aussi à ce dernier seuil dans la mesure où elle s'arrête
au seuil du fonctionnement de la langue et s'y fixe pour y mourir.
Pourtant à ce niveau où nous touchons au mécanisme même du
signe linguistique, il est préférable de faire une distinction entre le
vraisemblable et le *sens*.

Si " vraisemblable " veut dire " sens " en tant que résultat, le
" sens " est un " vraisemblable " par la mécanique de sa formation.
Le vraisemblable est le sens d'un discours rhétorique; le sens est
la vraisemblance de tout discours. Nous parlerons de " vraisemblable " pour un texte organisé comme rhétorique, en réservant
le " sens " à la parole de même qu'à la productivité du texte qui,
en s'écrivant comme un processus d'écriture, ne se soucie pas de
la rhétorique. Le vraisemblable est inhérent à la représentation
rhétorique et se manifeste dans la rhétorique. Le sens est propre au
langage comme représentation. Le vraisemblable est le degré
rhétorique du sens (du signe = *representamen*). Ainsi pour les textes
de Roussel qui mettent en scène la vraisemblabilisation, le " vraisemblable " devient la machine qui permet de scruter et de représenter la fonction capitale de la langue : la formation de sens;
autrement dit, la formation de sens est présente dans la structure
rhétorique comme une formation de vraisemblable. Par contre,
dans la productivité textuelle de Lautréamont, la démystification
de l'appareil linguistique n'est pas (n'est plus) un problème : de ce
fait le vraisemblable (le récit, la structure, la rhétorique) n'est pas
non plus un problème de l'écriture textuelle; s'il apparaît obligatoirement à la consommation du texte (pour le public qui lit une
" œuvre ", un " effet "), c'est en tant que *sens* inhérent à la parole,
c'est en tant que *vouloir-dire du langage*. Mais même ces notions de sens
et de vouloir-dire du langage sont un effet ne valant que pour le
circuit d'information et de consommation dans lequel la productivité scripturale prend place sous le nom de *texte* : dans la permutation textuelle antérieure au produit, elles occupent un creux.
Pourtant, puisqu'il s'agit d'une lecture explicative de textes, on parlera de *vraisemblable* chez Roussel qui construit ses textes sur une

grille rhétorique, mais de *sens* chez Lautréamont qui remanie la parole en texte au-delà de la rhétorique et du " principe naturel ".

LE LABYRINTHE VRAISEMBLABLE DE ROUSSEL.

Les textes de Roussel entièrement modelés dans et par le *dédou-blement* [8] se déplient (dans l'écriture de même que pour la lecture) en deux versants : la *productivité* textuelle et le produit - *texte*. Le bi-sémantisme que *Comment j'ai écrit certains de mes livres* révèle comme étant le lieu d'éclosion de la parole roussélienne, constitue aussi le projet et la pratique scripturale dans leur totalité. Roussel intitule deux de ses livres *Impressions*, et l'on ne peut s'empêcher de lire dans ce signifiant le double jeu du signifié : Littré note que " impression " veut dire une *action*, mais aussi un *effet*, un reste [9].

En dédoublant le lieu de son écriture en lieu d'écriture et de lecture (de travail et de consommation) d'un texte, et en exigeant le même dédoublement dans le lieu de la lecture (qui devrait devenir, lui, lieu de lecture et d'écriture, de consommation et de travail), Roussel est amené d'une part, à *penser* son livre comme une *activité* qui applique des *impressions*, des marques, des modifications sur une surface autre, différente d'elles (la surface de la langue), surface qu'elles tirent de son identité à soi, de son " vraisemblable " par le fait d'y apposer une hétérogénéité : l'écriture; d'autre part, il est entraîné à se représenter le livre comme le résultat, le *reste* de cette action, son effet récupérable et récupéré de l'extérieur : son livre " donne une impression " dans le sens de " faire juger, sentir, provoquer " du vraisemblable. Par cette démarche qui scinde le livre en productivité et produit, en *action* et *reste*, en écriture et parole, et tisse le volume livresque dans l'oscillation ininterrom-

8. Pour la lecture de Roussel nous renvoyons à l'étude fondamentale de Michel Foucault, *Raymond Roussel*, Ed. Gallimard, 1963.
9. Impression — 1. *Action* par laquelle une chose appliquée sur une autre y laisse une empreinte. 2. Ce qui *reste* de l'action qu'une chose a exercée sur un corps; *effet* plus ou moins prononcé que les objets extérieurs font sur les organes des sens.

pue entre deux pans à jamais séparés, Roussel a la possibilité — à
notre connaissance unique dans l'histoire littéraire — de suivre
pas à pas le développement du travail translinguistique, ce cheminement du mot vers l'image qui se fait en deçà de l'œuvre, de
même que l'apparition et l'extinction, la naissance et la mort,
de l'image discursive, cet effet statique du vraisemblable. Le vraisemblable prend en charge le travail : la rhétorique redouble la
productivité ouverte et cette doublure se présente comme une
structure discursive close. La fluidité dynamique de l'action " impression " ne peut s'incorporer dans l'énoncé qu'en empruntant
la rigidité statique de l'impression en tant que reste, effet. De sorte
que la productivité reste illisible pour le public *impressionné* par le
vraisemblable (l'effet). De *Nouvelles Impressions* sont nécessaires
pour combler l'abîme qui sépare l'action (" écrire ") de cette
empreinte subitement absorbée (vraisemblabilisée) par le langage.
Mais là encore, et c'est le drame pour Roussel comme pour tous
ceux qui " font de la littérature " même si cette littérature a une
visée de science, la rhétorique de l' " œuvre " (la structure close)
vraisemblabilise la production. Plus qu'illisible, la productivité
est *indicible* dans une rhétorique littéraire. Il faudrait un discours
structuralement ouvert, donc structuré comme une ouverture,
une investigation, une possibilité de correction, pour que cette
productivité soit mise à jour. C'est le discours de *Comment j'ai
écrit...*, où le " comment " de la *science* suppose une mort, la mort
de l' " écrivain " tel que notre société le veut et le programme
comme personnage qui " impressionne " en produisant du vraisemblable. Écrit du vivant de Roussel, mais destiné à la publication posthume, *Comment j'ai écrit* répond à cette exigence de
science aussi bien que de *mort* du " littéraire " qui avait fait (dans les
Impressions d'Afrique) la mise en récit de la productivité en la rendant lisible et dicible dans le texte. Roussel n'arrive pas, comme
Lautréamont, à joindre en une seule écriture les deux démarches :
le " comment " et le " vraisemblable ", la science et la littérature.
Ici encore, cette fois vu depuis le livre posthume, l'ensemble des
textes rousséliens apparaît scindé, dédoublé. Roussel ne pratique
pas la science comme littérature (Lautréamont, Mallarmé avaient
déjà tenté de le faire), il *représente* la littérature comme science.
Mais c'est justement cette ambiguïté qui donne leur portée analy-

tique à ses livres. Enchaînés l'un à l'autre et se lisant l'un par rapport à l'autre, et à *rebours* pour qui veut *comprendre*, ces livres réalisent ce qui est resté pour Roussel un projet : lire la suite textuelle comme une totalité et chaque partie à travers le tout. Ce projet, d'ailleurs, les *Nouvelles Impressions d'Afrique* l'offrent sous sa forme la plus achevée.

Donc, *Comment...* d'abord, mettant à nu la programmation bisémantique de la machine linguistique; *Nouvelles impressions d'Afrique* ensuite, découvrant le signifié " transcendental " de la structure syllogistique et close; *Impressions d'Afrique* — deuxième partie, mettant en garde contre ce que nous avons appelé la vraisemblabilisation syntaxique; *Impressions d'Afrique* — première partie, enfin, atteignant le niveau du vraisemblable sémantique pour ébranler le " principe naturel " de notre raisonnement. Mais, tout en remontant la série de ces textes à rebours, nous les lirons en suivant l'ordre chronologique de l'apparition des livres, un ordre que Roussel a savamment et nécessairement choisi pour atteindre nos préjugés de " consommateurs de littérature " l'un après l'autre, du plus superficiel au plus refoulé. Et aussi peut-être pour nous faire comprendre que ce qui est lu ou écrit comme vraisemblable n'est au fond que le niveau *rhétorique* (la surface communicative) de la *production* de sens dans la parole.

LE VRAISEMBLABLE SÉMANTIQUE.

> *C'est que le perroquet se fait vite à la chaîne*
> *Qui...*
> *Le rive à son perchoir et le rivera mort.*
> Nouvelles Impressions d'Afrique.

La première partie des *Impressions d'Afrique* représente un univers phantasmatique, figé sur la place africaine où, sous l'autorité du roi Talou se déroule immobilement le spectacle vivant d'une machinerie qui égale la nature, d'une mort qui impressionne comme (et plus qu') une vie. Les humains bloqués par la maladie (Louise Montalescot) ou la mort (Emmanuel Kant) fonctionnent grâce à une machine (Louise) ou à un animal (une pie fait marcher le cer-

veau de Kant). Des acrobaties impossibles; des tirs miraculeux;
un enfant se sert d'un oiseau comme d'un avion; un ver joue de la
cithare; Ludovic a une voix quadruple; Legoualch tire une musique
de son tibia; une aveugle retrouve la vue; un métier tisse des aubes;
un amnésique retrouve sa mémoire... Les *Impressions* accumulent
le fantastique et nous le font subir comme du vraisemblable. L'artificiel (le différent du naturel, du réel) imite le réel, le redouble
(s'égale au réel) et le dépasse (nous marque plus que le réel).
Le geste radical du vraisemblable est là : une *mise ensemble* de sémèmes opposés qui suffit pour ramener (l'impossible) au vrai (au principe naturel). Il faut que le *bizarre* qui est toujours dans notre culture vitaliste et activiste, la mort, la non-nature, l'arrêt (donc
Louise, Legoualch ou toutes les accumulations de fils, de courroies,
de tuyaux), se mette en rapport avec son *différent* — la vie, la nature,
le mouvement; il suffit donc qu'il se mette à fonctionner, à évoluer,
à avoir un but, à produire des effets, pour qu'il se constitue comme
un *vraisemblable*. On pourrait dire que la disjonction de deux
contraires (le même et le différent) n'étant pas possible dans la mise
ensemble du discours, l'invraisemblable n'a pas le temps de se constituer dans la parole. Les deux contraires (le même et le différent,
la nature et l'écart) se synthétisent dans un *même* qui est toujours vraisemblable. L'invraisemblable ne jouit que d'une temporalité que
l'on pourrait appeler T^{-1} de la parole : il y est pratiquement inexis-
tant. Au moment même où la mort se comporte *comme* une vie, elle
devient une vie; on pourrait même dire que la mort n'est vraisemblable que si elle se comporte *comme* son contraire sémique, la vie.
Remarquons en passant, que le texte de Roussel, tout en vraisemblabilisant l' " invraisemblable ", raconte (met en récit) le *comme* qui
assume le rôle de charnière de la vraisemblabilisation. En même
temps qu'un *spectacle* vraisemblable, les *Impressions d'Afrique* sont
une spécularisation de la démarche vraisemblabilisante : théâtre et
théorie du vraisemblable.

Ainsi, l'image de la " mise ensemble ", du " comme ", de l' " identification " est fréquente dans cet empire du Même qu'est le texte de Roussel (nous parlons ici du produit et non pas de la productivité). La mise ensemble nécessite le double jeu de l'isolation et de l'attraction, c'est-à-dire une *irréductibilité* en même temps qu'une *synthèse* des sémèmes opposés. Ceci est admirablement illustré par le fonctionnement conjugué des deux métaux du chimiste Bex : l'aimantine et l'étanchium. " L'aimantine était sollicitée à distance par tel métal déterminé ou par tel joyau spécial.

" Pour rendre possible et pratique le maniement de l'aimantine récemment inventée, la découverte d'un corps isolateur était devenu indispensable... Une mince feuille d'étanchium, faisant obstacle au rayonnement de l'aimantine, annihilait complètement le pouvoir attractif que l'interposition des plus denses matériaux n'arrivait pas à diminuer " (I.A.15) [10]. La parole agglutine tout ce qui s'écarte de sa structure, assimile toute différence aux normes du principe naturel : elle fonctionne à l'instar du sang de Fogar, de ces caillots fabuleux générés par le sommeil léthargique de l'enfant, qui crèvent ses veines pour *attirer* les objets de l'extérieur, les réveiller et les transformer de morts ou minéraux en organismes vivants. La projection identificatoire du même dans le différent (fonction vraisemblabilisante par excellence) fonde chacun des gestes du " roseau pensant " : tel le " roseau blanc " de Fogar, plante " réceptive ", " destinée à reproduire indéfiniment les fins tableaux qui maintenant faisaient partie d'elle-même " (I.A. 379.). Le Verbe humain trouve dans cette image son caractère d'*auto-reproduction* de tableaux dans l'enclos du vraisemblable.

Les combinaisons sémiques les plus absurdes se vraisemblabilisent dans la parole. L'alliage de deux séries disjonctives n'apparaît absurde que d'un lieu à *distance* temporelle et spatiale par rapport au discours produit : c'est le lieu de la différenciation logique,

10. *Impressions d'Afrique* que nous indiquons I.A. suivi de la page.

extérieure au lieu de la parole identifiante. Le rassemblement des deux entités sémiques qui logiquement s'excluent parce qu'elles se redoublent, se détruisent ou sont tautologiques, une fois prononcé n'est plus absurde, ou, mieux, l'absurdité logique se profile comme une antériorité indispensable au vraisemblable discursif. On pourrait interpréter ainsi la séquence " à l'hiverneur niçois donner un pardessus " (N.I.A.) [11] qui semble résumer la formule sémantique de la donation de vraisemblable :

> *C'est donner : — au novice, en mer, de l'ipéca,*
> *Tandis qu'à la briser l'ouragan tend l'écoute ;*
> *Quand un conférencier prélude, à qui l'écoute,*
> *Un narcotique ; — à qui hors d'un train bon marcheur*
> *Se penche, un éventail ;... (N.I.A. 9.)*

Le discours vraisemblabilisant a un opérateur fondamental : " comme " — préposition *substitutive* qui fait prendre l'un *pour* l'autre les sémèmes les plus incompatibles :

> *Comme si choisissant la seconde opportune,*
> *Un ensorcellement eût su le rendre enclin*
> *A prendre : — l'appareil qui, trouvé par Franklin,*
> *sans danger dans un puits fait se perdre la foudre*
> *Pour un fil gris dans une aiguille à coudre ;*
> *...*
> *— Quand, médian, le coupe un trait, pour la bavette*
> *D'un prêtre, un tableau noir... (N.I.A. 65).*

La mise ensemble de l'*un* et de l'*autre*, et la substitution de l'un à l'autre *unifient* le discours. La pensée (la Parole) de notre présent fait régner un calme rassurant lorsqu'elle ramène à soi (vraisemblabilise) : Roussel appelle ce présent rassurant l'*âge du " surtout "* (N.I.A. 43) et, pour l'opposer à un autre texte culturel, l'évoque sur " le champ de bataille " des Pyramides, terrain autre, fait de luttes et de différences (" L'Égypte, son soleil, ses soirs, son firmament "). L'âge où le " surtout " connote un discours passe-partout, fourre-tout, couvre-tout, est l'âge de la *polysémie*. C'est dire que le mot (le signe) se dédouble en boitant : le signifiant

---

11. *Nouvelles Impressions d'Afrique* que nous indiquons N.I.A., suivi de la page.

désigne au moins deux signifiés, la forme renvoie à au moins deux contenus, le contenu suppose au moins deux interprétations, et ainsi à l'infini, tous vraisemblables puisque mis ensemble sous un même signifiant (ou sous une même forme, ou sous un même contenu, et ainsi à l'infini). Ils n'en basculent pas moins dans un vertige : la *nébulosité de sens* [12] dans laquelle est submergée en dernier ressort, la parole vraisemblable (le signe).

Roussel dévoile ainsi une autre variante de la combinatoire sémique du vraisemblable, à savoir : l'unité signifiante se dédouble en deux indices dont l'un seulement est un porte-sens, tandis que la mise ensemble est possible grâce à une identité au niveau de l'indice exempt de signification. On pourrait illustrer ce procédé par des exemples pris à l'agencement des syntagmes narratifs. Ainsi, dans l'épisode des grains de raisin qui reproduisent des tableaux de l'histoire : le syntagme " raisin " et le syntagme " reproduction " sont mis ensemble par leurs indices sémiques " transparence " et " volume " qui n'ont pas de valeur signifiante dans le contexte; ce qui est vraisemblable et vraisemblabilisé, c'est l'incompatibilité des indices porteurs de sens dans le contexte, à savoir " petitesse-grandeur ", " plante-histoire ", " nature-cinéma ", etc... Mais si l'épisode que nous venons de mentionner n'est qu'une mise en récit du dédoublement avec identification au niveau exempt de sens pour le contexte précis (au niveau d'un *signifié barré* qui prend la place d'un signifiant), Roussel trouve ce principe au noyau même du fonctionnement linguistique, dans la *polysémie*.

La hantise roussélienne du langage vraisemblabilisant se traduit par une passion de la polysémie et de tous ses phénomènes collatéraux (synonymie, homonymie). On sait que le projet des *Impressions d'Afrique* était de " combler, par un récit, le " sens déçu " de deux homophones, de reconstituer par la rhétorique la solidité du signifié (la différence) qui s'évanouit dans l'identité phonétique (des signifiants) [13]. Ce thème est représenté dans les *Nouvelles Impressions d'Afrique* par l'image de la *croix* : signe polyvalent qui veut dire tout, n'importe quoi et rien (" que d'aspects prend la croix " N.I.A. 45), ou par le thème fréquent de la *calom-*

12. Cf. Roland Barthes, *op. cit*, p. 236 et suiv.
13. *Ibid.*

nie : image péjorative de la parole vraisemblabilisante, discours qui
fait *croire* à tout ce qu'il prétend *dire*.

Déception du sens, le discours vraisemblable est aussi une *restriction* du sens, une réduction du " réel ". La parole connaissante
qui dote de sens un cosmos pluridimensionnel, ne fait que le réduire
à une abstraction linéaire : " Extraire à tout propos est naturel à
l'homme " (N.I.A. 47). Vraisemblabiliser pour comprendre,
serait donc ramener une pratique (un théâtre) à un objet (à une
image plate). La mécanique du signe est concentrée dans cette
troisième variante de la combinatoire de la mise-ensemble discursive, la *restriction* que Roussel fait figurer dans la deuxième partie
des *Nouvelles Impressions d'Afrique* :

> *Tels : — l'ombre, vers midi, sur le cadran solaire,*
> *Montrant que l'estomac réclame son salaire ;*
> *— Par le gel, le niât-on, le mètre étalon ;*
> *Le disque du soleil dans le ciel de Neptune* (N.I.A. 57).

Le sens déçu et rétréci est compensé par le vraisemblable rhétorique qui fait partie intégrante du mécanisme du même sens :
son " autre " indivisible, absent de la surface explicite, il est le
sens même. Au moment où il (sens-rhétorique) le (se) déçoit, il
l' (s') amplifie. Ainsi, éliminant les cloisons minces du signifié, le
Verbe (la Voix) les repousse toujours plus loin, en les maîtrisant
sans défaut par les grilles immobiles de la grammaire :

> *Gardons-nous d'oublier qu'en effet, la voix porte*
> *Au-delà d'un mur mince, au-delà d'une porte.* (N.I.A. 57.)

Dans cette opération, l'incompatibilité des signifiés est surmontée par l'attraction des signifiants qui " portent " au-dessus des
défenses logiques, font mouvoir le tableau fixe des dispositions
logiques (ou historiques, sociales), les rendent éphémères et les
obligent à muter dans un autre tableau logique (historique, social)
pour lequel la disposition de départ n'est qu'une antériorité référentielle. La vraisemblabilisation est ainsi une re-distribution des
signifiés quantitativement limités dans des combinaisons sémiques
(signifiantes) variées. De là, ce dynamisme sur fond de mort, cette
agitation statique qui *fait* les *Impressions d'Afrique* et qui, si l'on veut
la lire comme un " vouloir dire ", signifierait : la vraisemblabilisa-

tion est notre seule procédure d'*évolution* dans l'intellection, elle est le moteur de la rationalité connaissante. C'est elle qui change l'absurde en signification :

> — *Cinna conspirateur devenant sur son siège*
> *L'ami d'Auguste après avoir flairé le piège ;...*
> — *Daniel sympathique aux lions dans la fosse ;...*
> — *Qu'Attila, mieux campé que son aîné Rodrigue,*
> *D'alexandrins fameux est plus que lui prodigue ;*
> — *Qu'un trait courbe, à l'encontre allant d'un bruit qui court,*
> *Pour marier deux points plus qu'une droite est court.*

(N.I.A. 141-153.)

Il n'en reste pas moins que cette " dynamique " du vraisemblable qui semble transgresser toute barrière logique (historique) est enchaînée par le sens déjà-là des mots (de la grammaire, des catégories logiques en définitive) et c'est dans ce cadre qu'elle trace ces courbes en signifié barré (en signifiant), c'est à partir de lui qu'elle est intelligible (comme signifié).

Les spéculations platoniciennes sur l' " art " exploitent ce dynamisme du vraisemblable pour imposer la notion idéaliste de l'art-démiurge comme une *création* discursive. Enfermé dans la rationalité connaissante, le platonisme ne peut considérer l' " art " autrement que dans un rapport au *vrai*, donc comme une branche des sciences appliquées : l'art est plus ou moins impur, sa méthode est mixte puisqu'elle emploie la conjecture (*orochasmos*) de même que la mensuration (*metra*) et n'atteint jamais la précision parfaite (*akrebeia*) (cf. Platon, *Philèbe*). Nous verrons plus loin, au cours de l'analyse du texte roussélien que la productivité textuelle n'est pas une *création* (une démiurgie) mais un travail antérieur à son produit; que par conséquent si elle est scientifique, elle l'est en tant que pratique de son propre code et en tant que destruction radicale de l'image que le platonisme (ancien ou moderne) veut donner d'elle comme mélange de conjecture et de mesure, comme précision imparfaite, comme anomalie possible.

Résumons : la vraisemblabilisation sémantique est une mise ensemble de sémèmes (et de leur correspondants aux différents niveaux de la structure discursive) opposés et qui se trouvent par là l'un par rapport à l'autre dans une relation de substitution ou de restriction. Jouant sur le déboîtement du système du signe en signifiant et en signifié, le vraisemblable est une unification de signifiants au-dessus de signifiés étanches : il se présente ainsi comme une polysémie généralisée. On pourrait dire que le vraisemblable est la polysémie des grandes unités du discours.

LA TOPOLOGIE COMMUNICATIVE.

La mise ensemble qui constitue le vraisemblable vit d'une topologie qui dévoile encore plus profondément la sémantique, voire l'idéologie de la vraisemblabilisation. Il s'agit de la topologie communicative, donc de la connexion sujet-destinataire. On a pu démontrer la pseudo-différence de ces deux pôles qui, réduits à un jeu de miroir, renvoient l'un à l'autre dans la présence infranchissable de la Parole du locuteur s'écoutant dans son *inter*-locuteur... L'effet vraisemblable est virtuellement exigé par l'interlocuteur en tant qu'inter-locuteur. Ainsi, le sujet de la parole, stratifié en locuteur et en inter-locuteur, incarne la seule géographie possible du vraisemblable. Possesseur d'un " principe naturel " 1 en tant que locuteur, le sujet du discours ne peut éliminer ce " principe naturel " que dans une temporalité inexistante puisque hors discours et que nous avons appelée T^{-1}, donc en tant que non-locuteur et avant sa constitution comme interlocuteur. Ce dédoublement qui engendre un " locuteur fluctuant ", postérieur au sujet et antérieur au destinataire du discours (un " — S " et un " D^{-1} "), permet au sujet du discours de réaliser une combinatoire d'unités sémiques qui aboutit à un " principe naturel " 2. Ce dernier est *entendu* par le possesseur du " principe naturel " 1 (par le locuteur) placé déjà au bout du circuit discursif comme interlocuteur, sous la forme d'un discours secondaire, d'une retouche au " principe naturel " 1 qui s'est produite au cours de la parole même. Le vraisemblable exige ainsi un sujet du discours qui considère comme Autre son interlocuteur (soi-même) avec lequel, par la même démarche, il s'identifie. Le vraisemblable, degré second du sens, retouche du vrai, serait (au niveau où il vit) le ressort qui constitue l'Autre en tant que Même (la pseudo-différence) et permet sa récupération par le Même en tant qu'Autre, dans le discours.

1

L'appareil photographique est l'image que Roussel emploie pour réciter cet effet de projection du Même dans l'Autre qui se structure sur la retouche d'un (discours) plutôt que sur la disjonction de *deux*. Roussel célèbre le " pouvoir du retoucheur " qui intervient toujours lorsque

> *Chacun, quand de son moi, dont il est entiché,*
> *Rigide, il fait tirer un orgueilleux cliché.* (N.I.A.5.)

La figure de l'*envie* et de l'*envieux* met en image la même topologie de l'identification dans le discours :

> *L'envieux (...)*
> *Se fait au sentiment du montage d'autrui.* (N.I.A.197.)

Et encore :

> *Aux dessus du prochain on reconnaît son rang.* (N.I.A.201.)

Le miroir discursif dans lequel se projette la *reconnaissance* du locuteur dans l'interlocuteur en tant qu'interlocuteur (locuteur même et "retouché") apparaît à la rationalité du savoir comme une re-connaissance (comme un vraisemblable). Pour l'aristotélisme, l' " art "-synonyme du vraisemblable est axé sur le principe de la reconnaissance. Freud cite Groos insistant sur le fait qu' " Aristote a vu dans la joie de la reconnaissance le fondement de la jouissance artistique [14] ".

Dans cette même perspective, et en obéissant à la figure fondamentale du texte roussélien, l'image de la reproduction, du doublage, de l'effet re-connu remplit le récit de Roussel. Nous le lisons dans ce " dessin liquide... si poussé qu'on distinguait par endroits l'ombre des miettes sur la nappe " que Fuxier produit à l'aide de pastilles (I.A.136). Tel aussi le spectacle de Fogar : " Comme les dalles d'une église reproduisant au soleil les moindres finesses d'un vitrail, tout l'espace occupé par le cadre plagiait servilement les contours et les couleurs fixés sur l'écran " (I.A.179). Reproduction, plagiat, secondaire, éphémère, " autre " prétendu, imitation (on connaît le talent d'imitateur de Roussel et le succès énorme et unanime qu'il s'attirait par les nombreuses imitations qu'il faisait d'acteurs

---

14. Cf. *Le Mot d'esprit et ses rapports avec l'inconscient*, p. 140.

ou de personnes quelconques [15]), tel est l'effet de la parole, une
fluidité instable sur une surface fragile, prompte à sombrer dans
un oubli où la reconnaissance n'est plus à l'œuvre. La mémoire (le
savoir, le sens, le pouvoir de vraisemblabilisation) du jeune nègre
ne peut être reconstituée par le magicien Darriand qu'à l'aide d'un
" défilé sur le fond blanc grâce à un système de projecteurs électri-
ques, (de) toutes sortes d'images coloriées que la surexcitation mo-
mentanée de ses sens faisait prendre pour des réalités " (I.A.147).
Image exacte de la vraisemblabilisation comme un effet momentané
de projection qui procède par chocs et jeux de contrastes, mais qui,
pour être complet, exige un ordre : c'est cet ordre que Darriand va
rétablir en projetant les séquences dans une consécutivité linéaire
et syllogistique. Nous touchons ainsi au niveau syntaxique du
vraisemblable.

LA SYNTAXE DU VRAISEMBLABLE.

" Les lecteurs qui ne sont pas initiés à l'art de Raymond Roussel
auront avantage à lire ce livre d'abord de la page 212 à la page 455,
ensuite de la page 1 à la page 211. " — Cet avis ajouté à la page
initiale des *Impressions d'Afrique* éclaire de façon plutôt sérieuse
qu'ironique le *renversement* qu'une consommation littéraire (venant
de la part d'un sujet écrivant ou d'un sujet lisant) met à l'œuvre devant un texte. Ce renversement, propre à tous ceux qui ne tiennent
pas compte du mécanisme même de la langue que Roussel met en
image, dévoile non seulement le caractère *secondaire*, naïf, fallacieux
de toute exigence de vraisemblable, mais aussi le processus par
lequel le sujet construit-en-s'appropriant un discours. Un processus
a deux faces que Roussel sépare nettement : l'une, c'est le vraisemblable comme *langue*, l'autre le vraisemblable comme *parole*.

Si la mise ensemble sémantique d'unités contradictoires suffisait
dans la première partie des *Impressions d'Afrique,* pour rendre *lisible*
un énoncé (pour fournir l'axe fondamental de la langue du vraisemblable), la véritable *re-connaissance* — fondement de la " jouissance

---

15. *Comment j'ai écrit certains de mes livres*, p. 41.

esthétique " dont parle Aristote, — ne s'accomplit que dans un geste *grammatical* qui relève de la parole, c'est-à-dire : 1) dans la constitution d'une chaîne de syntagmes narratifs et 2) dans leur agencement suivant les règles de la syntaxe et/ou de la logique discursive.

La vraisemblabilisation sémantique explicitée dans la première partie des *Impressions d'Afrique* signalait qu'il n'y a pas de discours possible en dehors de la fonction d'assimilation, de ressemblance, de projection identificatoire de la langue en tant que signe (du mot, des sémèmes). Condition préalable à tout énoncé, le vraisemblable sémantique nécessite dans un deuxième temps son complémentaire : la structure syntaxique (la *phrase*) qui comblera par ses articulations cet espace que la mise ensemble sémantique avait esquissé. La première partie des *Impressions d'Afrique* opérait avec les unités minimales de la langue, profondément dissimulées : les mots comme sémèmes et le sens de leur agglutination. On a pu déchiffrer à ce niveau la loi du signe et l'appareil de la connaissance (de la re-connaissance) du sujet parlant.

La deuxième partie des *Impressions d'Afrique* met en scène une unité plus grande : la phrase avec ses éléments et leur dépendance. Plus manifeste dans la parole quotidienne, ce deuxième niveau, quoique postérieur et secondaire dans le processus de l'écriture, doit être remis en tête d'une lecture conforme au sens commun. En commençant par le deuxième volet du livre, le lecteur, étranger au laboratoire de Roussel, retrouvera le vraisemblable parce qu'il retrouvera le récit qui, nous le verrons, s'organise comme une phrase structurée. En effet, le véritable récit commence à peine *après* et *sur* la trame de la mise ensemble symbolique de la première partie. Le vraisemblable authentique, semble dire Roussel, est le vraisemblable rhétorique; la véritable reconnaissance est une rhétorique (un récit).

Or, le récit (la rhétorique) suit le fil syntaxique de la phrase : les syntagmes rhétoriques du récit sont des expansions des syntagmes grammaticaux. Le récit vraisemblable (la deuxième partie des *Impressions d'Afrique*) s'ouvre par une constitution d'unités narratives élémentaires. C'est un syntagme de type nominal qui s'articule d'abord et qui jouera le rôle du *sujet* dans cette phrase qu'est le récit [16].

16. Sur les syntagmes nominaux et verbaux, cf. Jean Dubois, *Grammaire structurale du français*, I et II, coll. Langue et Langage, Larousse, 1965.

Ainsi, Roussel commence par énumérer la liste des voyageurs de Lyncée en donnant de brèves caractéristiques à chacun, de sorte que le syntagme nominal SN s'organise comme un syntagme attributif (S + A). Le segment qui sert de déterminant au substantif dans le syntagme attributif, se présente souvent comme une phrase. Il s'ensuit que la phrase globale (le récit) prend l'aspect d'un enchaînement de phrases minimales, donc prédicatives (dont le syntagme nominal est le sujet et le syntagme verbal le prédicat), à travers des syntagmes attributifs juxtaposés :

$$SN_1 + SN_1 + SN_1... = (S + A) + (S + A) + ... =$$
$$= [S + (SN_1 + V + SN_2)] + [S + (SN_1 + V + SN_2)] + ...$$

Le récit devient une juxtaposition de récits qui s'emboîtent l'un dans l'autre par l'intermédiaire du " substantif "-sujet.

On pourrait formuler que le syntagme verbal apparaît dans le récit lorsque les voyageurs, une fois sur le terrain du roi Talou VII, entreprennent un long travail de rachat en créant le Club des Incomparables et en se lançant dans ses activités. Ce syntagme verbal comporte un segment " verbe " V (les séquences narratives désignant les activités des Incomparables) et le " segment nominal Objet " SN_2 (les séquences narratives désignant l'objet des activités des Incomparables). Le syntagme verbal V + SN_2 s'oppose au syntagme nominal SN_1 comme un prédicat à un sujet. Ainsi s'articule la structure minimale du récit comme copie exacte de la structure de la phrase canonique

$$\{(SN_1) + [(V) + (SN_2)]\}$$

La formule se complique quand on ajoute à l'arborescence du syntagme nominal SN_1 (cf. plus haut) celle du segment nominal-objet SN_2 dans le syntagme verbal. En effet, chacune des activités incroyables des Incomparables qui jouent le rôle d'objet par rapport au " verbe " principal du récit, le " rachat des prisonniers ", — se déplie de sa part en récit autonome (en phrase canonique) avec un sujet, un verbe et un objet à soi. On constate ici, au niveau du syntagme nominal objet SN_2, un autre emboîtement de récits (de phrases canoniques) à travers la juxtaposition des syntagmes nominaux objets, contrôlés par le " verbe " :

$$(V) + [(SN_2) + (SN'_2) + (SN_2'') + ...] =$$
$$= (V) + [(SN_1 + V + SN_2) + (SN'_1 + V' + SN_2) + ...]$$

Ici aussi, chaque SN_2 est susceptible de se déplier en une phrase du type sujet-prédicat, et ainsi à l'infini, toujours vraisemblable, à la seule condition d'obéir à la norme grammaticale.

Simplifions, pourtant, en disant que le récit se structure comme deux séries de phrases minimales, qui prennent respectivement l'aspect d'un syntagme nominal sujet et d'un syntagme nominal objet (segment du prédicat) dans la structure canonique du récit soudée par le verbe :

$$\text{syntagme nominal (sujet)}$$

$$[S + [\underbrace{(SN_1 + V + SN_2)}] + [S' + \underbrace{(SN_1{}' + V' + SN_2{}')}] + ...$$
$$\text{attribut} = \text{sujet} + \text{prédicat} \quad \text{attribut} = \text{sujet} + \text{prédicat}$$

$$\text{syntagme nominal (objet)}$$

$$+ \left\{ V + [\underbrace{(SN_1 + V + SN_2)}_{\text{sujet-prédicat}} + \underbrace{(SN_1{}' = V' + SN'_2) + ...}_{\text{sujet-prédicat}}] \right\}$$

$$\text{syntagme verbal (prédicat)}$$

Appliquée à l'univers fantomatique de la première partie, cette formule finit par le vraisemblabiliser [17] : le lecteur " non-initié " y reconnaît à travers la grille logique qui est celle de l'énoncé informatif, un " objet " dont la " vérité " est tolérable grâce à sa conformité à la norme grammaticale. Autrement dit, une fois dérivable de la formule donnée ci-dessus, tout énoncé est parfaitement et syntaxiquement vraisemblable.

Nous dégageons ainsi comme règle syntaxique principale du vraisemblable la structure de la phrase canonique sujet-prédicat. A l'intérieur de cette loi, plusieurs figures syntaxiques secondaires du vraisemblable sont décelables, parmi lesquelles : la répétition, le dédoublement, l'énumération.

17. Nous dégageons des structures semblables dans la première partie du livre où les séquences mises ensemble s'organisent, dans leur autonomie, comme des récits (d'après le schéma sujet-prédicat). L'analyse de cette formule est pourtant plus pertinente à partir de la deuxième partie du livre puisque c'est elle qui se construit comme ensemble entièrement axé sur la correspondance sujet-prédicat. La première partie n'est pas un " récit " vraisemblable : ses syntagmes (phrases canoniques) ne s'intègrent pas dans une structure englobante de type sujet-prédicat.

Un rapport de *répétition* joint les deux versants du livre : le deuxième est une reprise du premier avec un léger décalage introduit par la structure sujet-prédicat de la deuxième partie. Autrement dit, la première partie est une juxtaposition de phrases canoniques réduites à des noyaux simples (sémèmes) et s'enchaînant comme tels. La deuxième répète les mêmes phrases canoniques en les ordonnant dans la relation sujet-prédicat, et cet ordre est une correction qui fournit le vraisemblable rhétorique.

Dans la deuxième partie du livre la répétition joue entre le syntagme nominal sujet et le syntagme nominal objet : les données biographiques avec lesquelles Roussel présente les voyageurs sont reprises et détaillées (corrigées) par les activités des voyageurs dans le Club des Incomparables. Encore une fois la correction intervient au moment où la structure sujet-prédicat apparaît, le syntagme verbal étant déterminant dans cette articulation.

Ainsi, à chaque fois, la répétition introduit une nouvelle dimension qui achemine de plus en plus le lecteur vers un vraisemblable parfait : des sémèmes juxtaposés nous passons (à travers la connexion sujet-prédicat) à des syntagmes nominaux pour finir (toujours à travers la connexion sujet-prédicat) avec une phrase minimale englobante et faite de syntagme nominal et de syntagme verbal. La séquence répétée ne l'est jamais mécaniquement : une " augmentation " du vraisemblable poursuit son cours jusqu'à ce que la connexion sujet-prédicat encercle tous les sémèmes. Le lecteur non-initié découvre alors, dans cette répétition corrective, une *motivation* (le syllogisme) et un *temps* (la linéarité : origine-but) et y reconnaît par là même, le " principe naturel ".

Les phrases minimales (les récits minimaux) qui s'enchaînent à l'intérieur du syntagme nominal objet ou sujet, lancent le *temps* rhétorique : une profondeur qui mène à l'origine ou renvoie au but, et qu'un énoncé exige comme condition préalable à toute prétention au vraisemblable. Nous ne comprenons ce qui se passe dans le royaume de Talou VII que grâce à ce réseau temporel qui surgit de la répétition successive des sémèmes narratifs à travers le déploiement de la structure phrastique. Seule la structure phrastique du récit en donne une motivation et une provenance parce qu'elle est la structure du syllogisme et/ou du raisonnement linéaire de la reconnaissance. Il faudrait renverser pour lire la production occultée du vraisemblable : la motivation et la provenance sont données par la répétition de la structure sujet-prédicat. Tout le récit est ainsi dérivable de cette structure qu'il ne fait que répéter à différents niveaux. Le vraisemblable s'accomplit lorsque chaque séquence peut être dérivée d'une autre dans les cadres de la structure de la proposition (de la motivation et de la linéarisation).

La reprise comme une des fonctions fondamentales du vraisemblable est à tel point inhérente au texte rousselien qu'elle se voit reprise elle-même par une image : l'image de la répétition, de la résonance, de la réédition. Rappelons-nous le cheval Romulus dont la langue " au lieu d'être carrée comme celle de ses pareils, affectait la forme pointue d'une *platine* humaine. Cette particularité remarquée par hasard avait décidé Urbain à tenter l'éducation de Romulus, qui, tel un perroquet, s'était habitué, en deux ans de travail, à reproduire nettement n'importe quel son " (I. A. 96). Ou bien la famille Alcott — cette série de thorax qui répercute le son : " Stéphane, à pleine voix, prononça toute sorte de noms propres, d'interjections et de mots fort usuels, en variant à l'infini le registre et l'intonation. Et chaque fois le son ricochait de poitrine en poitrine se reproduisant avec une pureté cristalline, d'abord nourri et vigoureux, puis affaibli de plus en plus jusqu'au dernier balbutiement, qui ressemblait à un murmure " (I. A. 121). Ou plus encore cette nouvelle version de *Roméo et Juliette* qui finit par ne plus avoir aucun rapport avec l'original, mais dont la provenance shakespearienne reste vraisemblable grâce aux nombreuses reprises conformes à la formule déjà examinée de la proposition. Les artifices de la mise en scène reprennent cette reprise dans l'image de la fumée rééditrice : " Déjà la scène vaporeuse s'élevait en s'effilochant par endroits. Après son envolée, une fumée neuve, issue de la source habituelle, réédita les mêmes personnages dans une posture différente; la joie ayant fait place à la terreur, ballerines et libertins, pêle-mêle et à genoux, courbaient le front devant l'apparition de Dieu le Père, dont la face courroucée immobile et menaçante au milieu des airs, dominait tous les groupes... La fumée formait ici deux sujets étagés séparément appréciables " (I. A. 157).

Il est difficile de ne pas rapprocher de cette présence insistante de la répétition dans les livres de Roussel, la même obsession de la répétition dans la littérature européenne de la fin du Moyen Age et du début de la Renaissance (les chroniques, les premiers romans écrits en prose, les vies de saints, etc.). Des recherches poussées [18] ont prouvé l'origine vocale, phonétique et foraine de tels énoncés : ils viennent directement de la foire, du marché, de la vie sonore de la ville commerciale ou de l'armée en partance. Proférées à haute voix par les marchandes et les hérauts, les tournures répétitives sont les noyaux mêmes d'une pratique discursive générée dans et pour l'information, et qui se structure comme un message, comme une connexion entre un locuteur et un destinataire. Ils pénètrent ensuite les textes écrits (La Sale, Rabelais, etc.). En se produisant au moment même où la structure européenne échappe à la domination du symbole (Moyen Age) pour se soumettre à l'autorité du signe (les Temps modernes), ce phénomène indique une fois de plus à quel point la structure du récit vraisemblable relève de à la structure de la communication phonétique. Situé à l'autre bout de l'histoire, lorsque le signe se décompose et que sa formule se dénude pour celui qui " génère " un texte, Roussel est fasciné de nouveau (et cette fois avec une distance qui lui permet de reproduire le phénomène à tous les niveaux de la structure) par cette réitération du syllogisme qui manifeste la charpente de l'énoncé (vraisemblable).

L'*énumération*, proche de la répétition et comme elle figure vocale [19] par excellence (donc figure vraisemblabilisante), se fait voir aussi dans le cadre de la connexion sujet-prédicat analysée plus haut. Elle apparaît dans la *série* de syntagmes nominaux qui constituent le sujet du récit (telle la liste des voyageurs de Lyncée), de même que dans l'interminable enchaînement de syntagmes nominaux objets (les exploits des Incomparables). L'énumération est une figure fréquente des *Nouvelles Impressions d'Afrique* : il suffit que des faits " absurdes " soient arrangés dans une série d'énumérations de sorte que l'absurdité soit reprise par chaque élément de la série, pour que cette absurdité devienne vraisemblable parce que dérivable d'une grille syntaxique donnée. Ainsi :

18. M. Bakhtine, *Problemi poetiki Dostoïevskovo*, Moscou, 1963, *Tvortchestvo François Rabelais*, Moscou, 1965.
19. Cf. La fréquence de cette figure dans les textes de la fin du Moyen Age : " Le texte clos ", p. 134.

> *Témoin...*
> — *Cinna conspirateur devenant sur son siège*
> *L'ami d'Auguste après avoir flairé le piège ;*
> — *Le soulier visité par le petit Jésus ;*
> — *L'odalisque à qui fut jeté le tire-jus ;*
> — *Le téméraire qui passe une pièce fausse ;*
> — *Daniel sympathique aux lions dans la fosse ;*
> ... (N.I.A. 141.)

De même, l'énumération de signes qui trompent et d'énoncés faux (N.I.A. 181) n'est pas invraisemblable; leur *série*, comme ensemble syntaxique d'unités dérivables l'une de l'autre, constitue un discours vraisemblable puisque dérivable à son tour de la structure de la phrase canonique.

Soulignons aussi que si l'énumération est une reprise corrective d'un syntagme initial, la correction qu'elle opère relève du niveau *lexical* plutôt que grammatical (comme c'était le cas de la répétition). L'énumération se présente ainsi comme une série synonymique, donc elle joint la syntaxe (la sériation) à la sémantique (la synonymie).

LE PROBLÈME DE LA PRODUCTIVITÉ TRANSLINGUISTIQUE.

Si nous ajoutons aux deux parties des *Impressions d'Afrique* l'aveu que Roussel fait de son procédé dans *Comment j'ai écrit certains de mes livres* (couplage de mots à partir de leur ressemblance phonétique, et remplissage de l'écarts émantique, ainsi produit, par une " histoire "), nous obtenons le schéma complet de la vraisemblabilisation.

Pour Roussel donc, le processus de la production textuelle commence par une mise ensemble de signifiants et ne présuppose aucun " concept " ou " idée " antérieurs à l'acte d'écrire, sauf un " programme élémentaire " de la machine comportant deux fonctions : application (ressemblance des signifiants) et négation (différence des signifiés). Du coup, ces deux opérations dans leur ensemble produisent un discours vraisemblable sémantiquement (I.A. 1re partie) avant de le faire syntaxiquement (I.A. 2e partie) dans un récit ordonné comme nous venons de le démontrer. À ce bout de

Signifiant (arbitraire)	Signifié (sémantique du vraisemblable)	Discours (récit rhétorique = syntaxe du vraisemblable)	Métadiscours (explication théorique)
Comment... (- 1)	I. A. (1)	I. A. (2)	Comment... (0)

la chaîne productrice, l'arbitraire-déclencheur de l'écriture, de même que les fonctions de son " programme élémentaire ", sont absents, rayés ou oubliés. Cette opération extra-temporelle (d'une temporalité-1) qui précède l'énoncé vraisemblable, et qui consiste à ouvrir la parole par une mise ensemble de signifiants sur une opposition logique de signifiés, pour être comprise et vraisemblabilisée à son tour, doit être reprise par un discours au degré zéro, descriptif et explicatif : *Comment j'ai écrit...* Ce " métadiscours " est un reste " scientifique ", une linéarisation mentaliste d'une pratique qui demeure en deçà de l'explication vraisemblabilisante. Si tout de même la démarche " théorique " s'impose pour qui veut communiquer sa pratique à une culture structurée d'après la grille d'une consommation de produits, alors le discours théorique prendra la forme d'un texte au degré zéro, d'un hors-texte qui n'a pas de place dans la productivité elle-même (la vie) de l'écrivain, mais qui est un énoncé dernier (posthume) et à replacer de son point mort (le degré zéro) dans un espace antérieur à la description vraisemblable (dans une hors-temporalité).

Or, pour le lecteur " non-initié " (pour tout sujet de la civilisation parlante) ce " hors-texte " est un texte premier : origine de toute vraisemblabilisation. Le lecteur du vraisemblable doit opérer nécessairement un renversement :

Métadiscours (explication théorique)	*Discours* (récit, rhétorique = syntaxe du vraisemblable	*Signifié* (sémantique du vraisemblable)
Comment... (0)	I. A. (2)	I. A. (1)

Ce renversement n'est introduit dans le processus de la productivité textuelle que pour la vraisemblabiliser à son tour, pour la faire *comprendre* comme un processus mentaliste, pour la rendre conforme à une rationalité connaissante définie par la motivation et le finalisme, bref pour la transformer en une *impression*, en un effet subi. Le problème de la mise en évidence de la productivité scripturale restera donc irrésolu, et de *Nouvelles Impressions* seront tentées pour combler la lacune. Étant par leur titre et par leur propos une reprise corrective des *Impressions d'Afrique*, les *Nouvelles Impressions* diffèrent des anciennes en faisant jouer l'autre sens du mot "impression" (= *action* de presser, d'imprimer). Elles mettent en page non l'effet, mais la fabrication, non de vraisemblable, mais la productivité textuelle. Lues par rapport aux *Impressions d'Afrique*, les *Nouvelles Impressions* éclairent (comme nous l'avons démontré plus haut à travers les citations que nous en avons tirées) les différents niveaux de la vraisemblabilisation. Lues dans leur propre espace, elles re-présentent le processus de l'élaboration du texte *dans*, *malgré* et *contre* la structure discursive vraisemblable.

Roussel l'avait suggéré déjà dans les *Impressions d'Afrique* : le travail textuel (distinct de l'impression vraisemblable que l'on peut en tirer) rappelle l'espace du *théâtre* et l'ordre du *hiéroglyphe*, de même que leur complicité fondamentale. " Grâce à la similitude des personnages, cette suite de tableaux paraissait se rattacher à quelque récit *dramatique*. Au-dessus de chaque image on lisait, en guise de titre, quelques mots *tracés au pinceau* " (I.A. 13 ; c'est nous qui soulignons). Tous les prodiges des Incomparables (faut-il insister sur le fait que cette appellation éloigne du livre de Roussel toute interprétation axée sur la comparaison, la ressemblance, la

vraisemblance et leur réserve la place d'une antériorité, d'un fond
mis en creux dans l'acte " incomparable " de l'écriture [20] sont pensés à travers, et destinés à une *scène*. La destination de cette
scène est moins de vraisemblabiliser le " bizarre " (tout est possible dans un spectacle) que de montrer un espace (la scène-la
salle) et la pratique (le jeu sérieux) ne sont pas dominés par le
vraisemblable (tout devient vraisemblable pour celui qui est en
dehors de l'espace du jeu, donc en dehors de l'espace du livre :
le lecteur, le consommateur). Ce théâtre incomparable est visiblement la métaphore de la pratique textuelle, tandis que *le jeu* est
annoncé comme unique salut possible des naïvetés vraisemblabili-
santes : " Garçon, qu'est-ce que cette sonnerie de cloche ? — C'est
le Salut. — Alors, servez-moi un *arlequin* " (I.A. 14) [21].

L'image du *texte* est nécessairement présente dans cette écriture
qui se représente : elle met en relief les particularités du travail
textuel. Le texte est avant tout un texte *étranger* : étrange, autre,
différent de la langue propre et du " principe naturel ", illisible,
incomparable, sans rapport au vraisemblable. Soit hiéroglyphique,
soit sur parchemin, soit " ponukéléien ", soit chinois, soit musical
(Haendel), il est toujours différent de notre parole phonétique,
" entièrement inaccessible à des oreilles européennes, se déroule
en strophes confuses... " (I.A. 115), plutôt chiffres qu'inscription.
Les seuls textes français, donc non étranges, vraisemblables, sont
des lettres, donc des messages qui visent une compréhension directe
ou plutôt un marché (telles les lettres des captifs à leurs parents
demandant d'être rachetés). En dehors du marché même l'écriture française se présente comme un chiffre (les lettres Velbor-
Flore) ou sert à déchiffrer une écriture illisible (le " ponukéléien ").
Le texte est aussi un *mouvement de réorganisation*, une " circulation
fiévreuse " qui produit en détruisant. La machine de Louise est l'image
par excellence de cette fonction : tout d'abord cette invention vient

---

20. De même le choix de l'Afrique comme scène du théâtre " incomparable "
souligne une fois de plus *l'étrangeté* du développement scriptural qui précède la " première impression " en évoquant un espace irréductiblement *autre* dans lequel se joue
le *processus* du texte.

21. On sait la fonction " didactique " que Roussel attribuait au théâtre : ses deux
pièces *l'Étoile au front* et la *Poussière de soleils*, de même que l'adaptation pour la scène
de *Locus Solus*, restent à analyser pour mettre en évidence l'effort de Roussel d'échapper
à la topologie discursive (symbolique) et à la représentation vraisemblable.

des livres que Louise a lus, elle est pour ainsi dire une permutation de textes ; ensuite, son fonctionnement même consiste à refaire ce qu'elle a déjà fait en re-écrivant au crayon ce que le pinceau avait déjà tracé. " Le crayon se mit à courir de haut en bas sur le papier blanc, suivant les mêmes sections verticales précédemment frayées par les pinceaux. Cette fois nul déplacement vers la palette, nul changement d'outil, nulle trituration de couleurs, ne retardaient la besogne, qui avançait promptement. Le même paysage apparaissait dans le fond, mais son intérêt maintenant secondaire, était *annihilé* par les personnages du premier plan. Les *gestes*, pris sur le vif, — les *habitudes*, très définies, — les *silhouettes*, curieusement amusantes, — et les visages, criants de *ressemblance*, — avaient l'expression voulue, tantôt sombre, tantôt joyeuse... Malgré le contraste de décor, le dessin donnait l'idée exacte d'une fiévreuse circulation de rue " (I.A. 209 ; c'est nous qui soulignons).

Comment ne pas déchiffrer dans ces lignes la métaphore du travail textuel qui traverse la parole (le dessin à pinceau), l'absorbe et l'annihile dans une gestualité fiévreuse pour se figer à son tour dans une impression nouvelle, ressemblante quoique *autre*.

Cette praxis textuelle n'a rien à voir avec une énergie finitiste et métaphysique : elle ne produit rien d'autre que sa propre mort, et toute interprétation qui vise à la fixer dans un effet produit (vraisemblable) est extérieure à son espace producteur. L'image de la mort s'associe donc dialectiquement à l'image de la machine : le texte est *mortuaire au même titre que producteur*. Mossem écrit l'acte mortuaire de Sidrah, tandis que Carmichaël déchire le texte indigène, " le texte *infernal* qui lui rappelait tant d'heures de travail *angoissantes* et *fastidieuses* " (I.A. 454 ; c'est nous qui soulignons), pour mettre fin à l'aventure des Incomparables, au récit et au livre de Roussel.

L'acception de la productivité textuelle comme auto-destructive, annihilante et effaçante, n'implique aucune conception du texte littéraire comme " littéralité " qui s'auto-satisfait dans une isolation précieuse. Un tel jugement serait complice d'une lecture vraisemblabilisante de l'œuvre " littéraire " dont nous avons démontré les fondements idéologiques et la limitation historique. Tout au contraire, ce postulat nous mène à une loi qu'il est temps d'énoncer :

La productivité textuelle est la mesure inhérente de la littérature (du texte), *mais elle n'est pas la littérature* (*le texte*) de même que chaque travail est la mesure inhérente d'une valeur sans être la valeur même.

Les *Nouvelles Impressions* sont là pour résoudre ce décalage mesure inhérente/produit, travail/valeur, productivité/texte, écriture/littérature. Si elles sont, comme tous les textes de Roussel, une reprise (re-production, doublure) du fonctionnement linguistique, ce qu'elles miment ce n'est plus le discours vraisemblable (les fonctions du vraisemblable sont décrites au niveau lexical, signifié, des N.I.A.) mais le trajet de l'écriture à travers la parole (le problème des N.I.A. est l'*enchaînement* de ce qui sera lu comme un texte, l'architecture muette qui vit des interstices entre les mots).

Extérieurs à la problématique du vraisemblable, les N.I.A. ne sont pas un *message* destiné à un effet : elles ne *racontent* aucune aventure, ne *décrivent* aucun phénomène précis, ne *découvrent* aucune vérité antérieure à leur productivité. Structure verbale qui ne mène nulle part mais s'épuise dans le cheminement des mots vers l'image, les N.I.A. sont un effort pour échapper à notre présupposé majeur : l'information, la re-connaissance d'une entité antérieure à la pratique qui la construit.

Série de dissemblances, de juxtapositions de contraires, de réunions non-synthétiques, la structure sémantique des N.I.A. lue comme un effet (message vraisemblable) dévoile — nous l'avons vu plus haut — la mise ensemble de sémèmes opposés comme étant la figure sémantique de base de la vraisemblabilisation. Mais plus encore, et cette fois dans le trajet même du texte, ces séries de dissemblances dont les N.I.A. sont tissées, pointent sur un fait capital : la productivité textuelle détruit l'identité, la ressemblance, la projection identificatoire; elle est une non-identité, une contradiction à l'œuvre.

La structure syntaxique des N.I.A. est un défi à la règle syntaxique du vraisemblable, c'est-à-dire à la connexion phrastique sujet-prédicat et aux relations structurales qu'elle détermine, à la motivation et à la linéarisation. En effet, chacun des chapitres des N.I.A contient au moins une phrase canonique; mais cette phrase est noyée dans des relances réitérées d'autres phrases, syntagmes ou segments qui forment un escalier ramifié et à plusieurs paliers, découpés (reliés) par des parenthèses. Cet enchaînement anaphorique fait éclater la structure (de la phrase, du récit et toute structure possible), en lui substituant des connexions signifiantes mais non structurales [22]. Vrais éclairs, ces anaphores prises dans leurs parenthèses (qui vont jusqu'à neuf) brisent la surface de la structure où chaque segment est dérivable du tout ou d'un autre, détruisent la ligne sujet-prédicat, et comme ce métier à tisser des aubes ou comme la machine de Louise, construisent un espace, un volume, un mouvement infinis. Ayant révélé ainsi le fonctionnement *anaphorique*, trans-structural, de la productivité textuelle, ces *rayons* entre parenthèses reviennent pas à pas à la structure sujet-prédicat, pour nous permettre de lire un langage structuré (vraisemblable) ou, mieux, pour marquer que le vraisemblable existe à un niveau *autre* que celui du travail textuel. Essayons d'expliquer plus clairement ce double registre (productivité/vraisemblable) auquel Roussel touche par les N.I.A.

La structure du produit " littéraire " et la structure du discours communicatif (la Parole = le principe naturel) sont ainsi reliées dans la rationalité connaissante (dans les formules logiques de l'intellection) qu'à chaque entité de l'une il existe une (seule) correspondance dans l'autre, de sorte qu'on peut appeler les interprétations que nous donnons aux deux structures, *isomorphes*. On sait que si tous les modèles d'un réseau d'axiomes sont isomorphes l'un à l'autre, ce réseau logique est dit *monomorphe*. L'effet *vraisemblable* est un effet d'isomorphismes entre deux structures discursives (structure littéraire-structure de l'énoncé communicatif) à l'intérieur de ce réseau d'axiomes logiques *monomorphes* [23] qu'est notre système d'intelligibilité. Dans le monomorphisme de notre intelligibilité il est impossible de spécifier le caractère d'une structure extra-logique (un produit " littéraire " invraisemblable) à l'aide de formules prises au même système symbolique. Parce que chacune de ces formules et même sa négation est déjà une *conséquence* de ce

22. Le texte prend ainsi un double aspect : d'une part il contient une *structure* canonique primitive qui *décrit* un phénomène; d'autre part il produit des anaphores qui *indiquent* des entités *hors-structure*. Ce double aspect du fonctionnement textuel semble être fondamental pour toute pratique scripturale. Rappelons que les caractères chinois se divisent en *wen* (figures primitives, à tendance *descriptive*) et *tsen* (caractères composés, à tendance *indicative*).

23. Notion familière à Dedekind en 1887. Veblen (1904) emploie le terme " catégoriel " ayant en vue l'opposition entre-proposition catégorielle et proposition disjonctive. Notre acceptation du terme relève d'un niveau logique général.

réseau logique (verbal) qui ordonne le raisonnement, alors chaque formule est vraie pour chaque interprétation que ce réseau logique suppose.

Par contre, la productivité textuelle des N.I.A. ne se prête pas à une théorie littéraire descriptive. Le réseau d'axiomes logiques qu'elle exige pour son intellection est d'ordre *polymorphe*. Dans ce polymorphisme on ne peut toujours pas penser à la fois une structure et sa négation, une conformité au " principe " et son opposé, une loi grammaticale et une " fuite " anaphorique. Il est évident donc que ce polymorphisme rappelle le monomorphisme et ne peut pas se passer de lui. Ainsi dans notre cas, toute figure de N.I.A. qui échappe à la grille grammaticale (logique) peut être *exprimée* par le monomorphisme, elle ne peut pas être *déduite* de lui, parce que : 1. L'opération de dérivation rencontrera des vides non-structuraux : les *sauts* anaphoriques. 2. elle sera infiniment longue, donc, ne sera pas une démonstration.

Rappelons aussi qu'en brisant la structure de la phrase canonique (la syntaxe vraisemblable) et de la semblabilisation discursive (la sémantique vraisemblable), la *productivité textuelle* que les N.I.A. mettent en récit opère dans un espace linguistique irréductible aux normes grammaticales (logiques) et que nous avons appelé ailleurs [24] une *infinité potentielle*. C'est dans le langage poétique compris comme une infinité potentielle que la notion de vraisemblable est mise entre parenthèses : elle est valable dans le domaine *fini* du discours obéissant aux schémas d'une structure discursive finie, et par conséquent elle re-apparaît obligatoirement lorsqu'un discours fini monomorphe (philosophie, explication scientifique) récupère l'infinité de la productivité textuelle. Mais elle n'a pas cours dans cette infinité même dans laquelle aucune " vérification " (conformité à une vérité sémantique ou dérivabilité syntaxique) n'est possible.

Nous pouvons déjà formuler ce que nous appellerons " le problème de la productivité translinguistique " :

Pour un texte pris comme une production (P_t) *on ne peut pas établir un processus systématique et constructif pour déterminer si oui ou non une formule (séquence) prise dans* P_t *est vraisemblable, c'est-à-dire possède :*

24. " Pour une sémiologie des paragrammes ", p. 176 et suiv.

1. *la propriété syntaxique de dérivabilité dans* P$_t$, 2. *la propriété séman-tique de vérité identique*, 3. *la propriété idéologique d'effet subi.*

Il est évident que le concept de productivité textuelle nous situe à un niveau de raisonnement qui rappelle ce que les mathématiques ont défini comme une *théorie essentiellement indécidable* [25]. Si le terme prête à des équivoques (dans d'autres contextes il signifie que la vérité ou la fausseté d'une hypothèse ne peuvent jamais être connues), le concept d' " indécidable " est d'une importance majeure pour notre propos. On sait qu'en logique selon les ultimes implications de ce concept, " tous les truismes de la logique géné-rale nous sont accessibles, mais il n'y a pas de *procédure* par laquelle pour chaque formule donnée nous pouvons décider dans un nombre fini de démarches si oui ou non c'est un truisme [26] ". Joint à la productivité textuelle, le concept d' " indécidable " implique que la procédure scripturale (le travail textuel, la pensée en marche) est étrangère aux concepts de preuve et de vérification. Or, qu'est-ce que le vraisemblable sinon la possibilité implicite à tout système monomorphe de prouver et de vérifier ? La " vérité " de la productivité textuelle n'est ni prouvable ni vérifiable, ce qui voudrait dire que la productivité textuelle relève d'un domaine autre que le vraisemblable. La " vérité ", ou la pertinence, de la pratique scripturale est d'un autre ordre : elle est indécidable (improuvable, invérifiable) et consiste dans *l'accomplissement* du geste productif, c'est-à-dire du trajet scriptural se faisant et se détruisant lui-même dans le processus d'une mise en *rapport* de termes opposés ou contradictoires. Cette productivité indé-cidable ne peut pas être soumise à une démarche vérificatoire (vraisemblabilisante) dont toute théorie descriptive du produit littéraire est imprégnée, parce que l' " entendement méconnaît aussi le *rapport* des termes quand il est posé d'une manière expresse; ainsi par exemple il néglige même la nature de la copule dans le jugement qui indique que le singulier, le sujet, est aussi le non-

25. Un système est indécidable quand on ne peut pas décider si chaque formule de ce système est vraie ou fausse. Cf. sur le problème de l'indécidable R. M. Robinson, *An Essentiel Undecidable Axiom System* in Proceedings of the Int. Congress of Math. Cambr. (Mass.), 1950; Tarski, Mostowski, Robinson, *Undecidable Theories*, Amster-dam, 1952.

26. R. et M. Kneale, *The Development of Logic*, Oxford, 1964, p. 737.

singulier et l'universel [27] ". Elle relève d'une logique dialectique
qui conçoit la pertinence de toute pratique (dont la pratique scripturale n'est qu'un modèle) comme étant essentiellement un *processus*
qui n'est identique à lui-même (donc aussi au concept de processus
et de pratique) qu'en tant que *négativité absolue* (dialectique).

Tel est le problème que les N.I.A. tendent à résoudre. On ne
peut pas ne pas s'apercevoir, pourtant, que si la résolution existe,
elle est ambiguë. Le texte de Roussel reste toujours double, scindé :
il vit son problème de la productivité textuelle, mais il se veut
aussi vraisemblable; il produit, mais il vraisemblabilise; il est
anaphorique, dissemblable, non informatif, mais aussi rhétorique;
il est un appareil, mais aussi une œuvre. Ayant ouvert la productivité grâce à ces trois types de percées que nous venons d'énumérer,
Roussel est obligé de la boucler dans une rhétorique d'autant
plus exigeante que la dislocation de la structure de la parole vraisemblable a été poussée. Ainsi, les vers remplacent la prose, et la
rime, extériorisation majeure de la mise ensemble symbolique,
vient décorer l'édifice. On comprend alors que Roussel reste en
deçà de la rupture productivité textuelle/lecture vraisemblable :
chez lui, c'est le vraisemblable qui subsume la productivité
textuelle plutôt que le contraire. Le texte rousselien est une vraisemblabilisation qui mime sa production; s'il conçoit le décalage
production/œuvre, il ne se vit pas comme la science de cette
production, mais comme une fiction qui se donne pour un savoir.
L'acte rousselien est un acte mentaliste, enchaîné à la pensée
du signe (du vraisemblable) qui nécessairement se vraisemblabilise
par une rhétorique (la poésie, la rime). Lautréamont, beaucoup
plus tôt était allé beaucoup plus loin. Les *Chants de Maldoror* et
les *Poésies* sont un mouvement de production qui pose à jamais
et pour l'histoire textuelle qui suit, le problème de la productivité
translinguistique ci-dessus formulé. Il est vrai que ces textes
peuvent être lus aussi comme vraisemblables dans la mesure où ils
n'échappent pas à la langue, au discours, à l'énoncé, donc au sens,
mais se construisent à travers eux; or tout ceci n'obéit qu'à
à une seule règle vraisemblabilisante : la structure grammaticale,
logique, syntaxique (les règles du sens du discours), sans échouer
dans l'ambiguïté du signe et dans une rhétorique conventionnelle.

27. Hegel, *Science de la logique*, in *Œuvres complètes*, t. V, p. 389.

Mais tel qu'il est, le texte de Roussel rend plus manifeste encore la nouvelle étape que notre culture semble franchir depuis la fin du siècle dernier (avec Mallarmé, Lautréamont, et, à un autre niveau fondamental et en dernière instance déterminant, Marx). Il s'agit d'un passage de la *dualité* (du signe) à la *productivité* (trans-signe).

Le Moyen Age — époque du symbole — était l'époque sémiotique par excellence : tout élément signifiait par rapport à un autre sous la domination unifiante du " signifié transcendantal " (Dieu); tout était vraisemblable puisque sémiotiquement dérivable dans un système monolithique. La Renaissance amena le signe double (référent-representamen, signifiant-signifié), rendant tout élément vraisemblable (pourvu de sens) à la seule condition d'être mis ensemble avec ce qu'il redouble, mime, représente, c'est-à-dire à la seule condition d'*identifier* une parole (un artifice) avec un réel (une vérité syntaxique ou sémantique). La troisième époque qui semble se réveiller à travers l'avant-garde littéraire et dans le creuset d'une science non descriptive (*analytique*) ou axiomatique, défie le signe et la parole et leur substitue le processus qui les précède. A la place du sujet parlant ou décrivant-écrivant une œuvre (le perroquet de Roussel), se profile une figure encore bizarre et floue, difficilement saisissable, ridicule pour le consommateur de vraisemblable, c'est l'anti-sujet produisant la mesure inhérente de ce qui se réifie comme un texte. Roussel semble suggérer cette figure étrange par le coq Mopsus (cf. *Locus Solus*) qui, refusant de parler, *écrit* avec son *sang* " d'étranges dessins géométriques toujours différents "; son écriture est une " reproduction au second degré ", il marie " le son et la forme " et finit par s'exprimer en alexandrins.

Tout l'espace contemporain est complice de cette activité textuelle que les dernières années ne font qu'accentuer : le monde du travail qui réclame son lieu contre le lieu de la valeur; le champ d'une science qui s'épuise dans une recherche productrice et destructrice, jamais vraisemblable, toujours " anaphorique ". S'il est vrai qu'on pourrait définir une culture à partir de son rapport au signe (à la parole) [28], il est évident que la culture qui s'annonce, anti-théologique, détruit les caractères fondamentaux du signe (la dualité, la structure syllogistique, la construction métaphorique d'un sens et/ou d'une rhétorique) pour leur substituer une permutation dialectique de segments linguistiques (plutôt variables que signes-signifiants/signifiés) non-dérivables, non identifiables, infinis, puisque non-déduits d'un déjà-là antérieur à la productivité elle-même. Cette permutation n'est pas une sémiotisation au sens médiéval, parce que le sens n'est pas son problème, mais bien ce qui le précède et le dépasse. Comme toujours, la productivité dont il s'agit devance sa science; la science de cette productivité est à faire à partir de la sémiotique, mais non uniquement avec elle (si l'on veut éviter le miniaturisme décoratif du Moyen Age), plutôt à travers elle en tant qu'appareil, non en tant que système fixe. En tout cas, dans cet univers de productivité translinguistique, il n'y a pas place pour le vraisemblable : il reste en dehors, monopole provincial d'une société d'information et de consommation.

1967.

7

Poésie et négativité

Ne faut-il pas affirmer qu'on ne parle même pas quand il arrive du moins qu'on entreprend d'énoncer du non-existant ?

Platon, *le Sophiste.*

L'accomplissement de la fonction de jugement n'est rendu possible que par la création du symbole de la négation.

Freud, *la Négation.*

... le conscient manque chez nous de ce qui là-haut éclate.
... Quant à moi, je ne demande pas moins à l'écriture et vais prouver ce postulat.

Mallarmé, *la Musique et les Lettres.*

Après avoir assimilé tous les systèmes signifiants au modèle de la parole (dans un geste d'une importance capitale qui détruit les spéculations herméneutiques), la sémiotique se doit aujourd'hui de poser le problème de la spécificité des *différentes pratiques sémiotiques.*

Nous allons traiter dans ce qui suit d'un *type* particulier de pratique signifiante : le langage poétique, en englobant sous cette dénomination la " poésie " aussi bien que la " prose ", comme l'a postulé Roman Jakobson [1]. Le langage poétique sera

---

1. " Cette fonction (la fonction poétique) ne peut être étudiée avec profit si on perd de vue les problèmes généraux du langage, et d'un autre côté, une analyse minutieuse du langage exige que l'on prenne sérieusement en considération la fonction poétique. Toute intention de réduire la sphère de la fonction poétique à la poésie, ou de confiner la poésie à la fonction poétique n'aboutirait qu'à une simplification excessive et trompeuse " (*Essais de linguistique générale*, Paris, Ed. de Minuit, 1963, p. 218). Puisque ces particularités poétiques sont plus frappantes dans ce qu'on appelle la poésie, nous emprunterons nos exemples à cette dernière. Insistons pourtant sur le fait que le développement de la pratique littéraire depuis la fin du XIXe siècle, avant la science, efface désormais la distinction faite par la rhétorique traditionnelle entre " prose " et " poésie ".

donc pour nous un type de fonctionnement sémiotique parmi les nombreuses pratiques signifiantes, et non pas un objet (fini) en soi échangé dans le processus de la communication.

Sans prétendre donner une caractéristique exhaustive des traits propres à cette pratique sémiotique spécifique, nous l'examinerons sous un aspect particulier : la *négativité*. Nous accepterons comme point de départ la définition philosophique de la négativité donnée par Hegel, pour préciser dans le cours de notre réflexion la particularité de la négation poétique :

" Le négatif représente donc toute l'opposition qui, en tant qu'opposition, repose sur elle-même ; il est la *différence absolue*, sans aucun rapport avec autre chose ; en tant qu'opposition, il est *exclusif d'identité* et, par conséquent, de lui-même ; car, en tant que rapport à soi, il se définit comme étant cette identité même qu'il exclut [2]. "

Notre démarche prendra deux aspects. Dans un premier temps nous étudierons le statut du *signifié poétique* par rapport au signifié dans le discours non-poétique (sera considéré comme objet-type de discours non-poétique le discours de la communication orale quotidienne). A ce niveau, que nous définirons comme *intertextuel* puisqu'il s'agit de comparer des types de textes différents, nous essaierons de démontrer comment se réalise dans le signifié poétique le rapport vrai-faux, positif-négatif, réel-fictif.

Dans un second temps, nous aborderons le *rapport logique* norme-anomalie à l'intérieur du système sémantique du texte poétique lui-même. Cela fait, nous définirons le type de négation propre au langage poétique, et développerons comment, à partir de ces particularités structurales, s'esquisse un nouvel espace où l'on pourrait penser l'activité signifiante : l'espace de l'écriture *paragrammatique* dans lequel le *sujet* s'éclipse. Nous tenterons de définir cet espace en le pensant en corrélation avec l'espace du sujet (de la parole — du signe) hégélien ou même freudien.

Nous opérerons donc au cours de notre travail avec des unités

---

2. G. W. F. Hegel, *Science de la logique*, Paris, Aubier, 1947, II, p. 58. (Nous soulignons.)

sémantiques (des signifiés) que nous articulerons en tant que signifiants. Nous nous situerons par conséquent à un niveau sémiotique d'analyse.

Soulignons aussi que ce texte n'a pour but que *d'indiquer* certains problèmes dont nous nous réservons le développement détaillé ailleurs.

I. LE STATUT DU SIGNIFIÉ POÉTIQUE [3].

Pourquoi entreprenons-nous d'accéder aux particularités d'une pratique sémiotique à travers le statut qu'elle réserve à la négativité ?

L'opération logique *négation* qui semble être à la base de toute activité symbolique (dans la mesure où elle est à la base de la *différence* et de la *différenciation*, comme le remarque Hegel; *cf. supra*, p. 247) est le point névralgique où s'articule le fonctionnement symbolique [4]. Nous la retrouvons, par conséquent, chaque fois que nous tentons de penser le *langage* et à plus forte raison lorsqu'il s'agit de constituer une typologie des *langages* (nous préférons le terme " pratique sémiotique " pour éviter l'équivoque avec un seul type de langage, la langue parlée). Disons que ce sont le type structural de *négation*, donc le type de *différenciation*, en jeu parmi les unités constituantes (d'une pratique sémiotique), et celui de *relation* articulant ces différences, qui déterminent la spécificité d'un type de pratique signifiante.

Aussi trouvons-nous la problématique de la négation aux commencements même de la logique occidentale, chez les Grecs qui dès Parménide, avec Platon et surtout les stoïciens, ont élaboré une théorie détaillée du " nier [5] ". Mais quelque rationalisée que fût cette théorie de la négation qui impliqua immédiatement une réflexion

3. Sera considéré comme " signifié poétique " le sens du message global d'un texte poétique.
4. " ... dans la langue il n'y a que des différences ", souligne F. de Saussure, *Cours de linguistique générale*, Paris, Payot, 1960, p. 166.
5. Rappelons ici la subtile distinction stoïcienne entre *négation* (ἀποφατικόν), *contradiction* (ἀντικείμενα) et *dénégation* (ἀρνητικόν).

sur le *faux* et le *non-être*, les Grecs ont·toujours trouvé quelque
chose de *mystérieux* dans l'acte de nier [6]. Il s'ensuit que deux *divinités*
finirent par se partager les deux versants de l'activité symbolique :
l'*affirmation* [7] et la *négation* [8] — Apollon et Dionysos [9].

Chez Platon (*le Sophiste*) la réflexion sur les deux opérations,
affirmation et négation, prend la forme d'une ambiguïté, à savoir :
le propre du discours (Logos) étant d'*identifier*, d'être une *présence
à soi*, il ne peut inclure le terme *nié*, c'est-à-dire le terme non-
identique, le terme absent, le terme non-existant, que comme
une éventualité (comme une non-existence) à partir de laquelle
nous pouvons *dire* ce qui est l'*autre* du nié : le *même*. En d'autres
termes, la logique de la *parole* implique que la parole soit *vraie* ou
fausse (" ou " exclusif), *même* ou *autre*, existante ou non-existante,
mais jamais les deux à la fois. Ce qui est nié par le sujet parlant,
ce qui est réfuté par lui, constitue l' " origine " de sa parole (puisque
le nié est à l'origine de la différenciation, donc de l'acte de la signification), mais ne peut participer à la parole que comme exclu
d'elle, essentiellement *autre* par rapport à elle et par conséquent
marqué par un indice de *non*-existence qui serait l'indice de l'*exclusion*,
de la *fausseté*, de la *mort*, de la *fiction*, de la *folie*.

La logique du jugement (qui de Platon à Heidegger est une
logique du Logos/de la parole) censure donc le *terme nié* en se
l'appropriant (en le " soulevant ") par l'opération *logique* (Logos)
de la négation comprise comme une *Aufhebung*. C'est sous cette
forme que la logique de la parole dans ses élaborations tardives
les plus fines (dans la dialectique de Hegel) reconnaîtra la négation

---

6. Cf. R. et M. Kneale, *The Development of logic*, Oxford, Oxford University Press,
1964, p. 21.

7. " L'affirmation en tant qu'elle est simplement l'artifice (*Ersatz*) de l'unification, est le fait de l'Éros " (S. Freud, *la Négation*. Trad. fr. dans *Organe officiel de la
Société psychanalytique de Paris*, 1934, VII (2)).

8 " La négation est l'équivalent (*Nachfolge*) de l'expulsion, ou plus exactement
de l'instinct de destruction (*Destruktionstrieb*) " (*ibid.*).

9. Nietzsche a montré la complémentarité de ces deux divinités, donc des deux
" opérations " affirmation-négation dans la formation de l'acte poétique : " Nous
aurons fait en esthétique un progrès décisif, quand nous aurons compris, non comme
une vue de la raison, mais avec l'immédiate certitude de l'intuition, que l'évolution
de l'art est liée au dualisme de l'apollinisme et du dionysisme, comme la génération
est liée à la dualité des sexes, à leur lutte continuelle, coupée d'accords provisoires "
(*la Naissance de la tragédie*, Paris, Gallimard, 1949, p. 17).

dans la mesure où cette dernière est une *démarche* qui sert à articuler l'affirmation d'une identité [10].

Quant à la négation comme fonction *interne* au jugement, elle adopte le même mouvement d'exclusion du terme *autre* : le *posé* est incompatible avec le *nié*. Mais sans l'*Aufhebung*, la négation interne au jugement prend une forme de loi sévère d'exclusion radicale du différent : c'est la loi du tiers exclu.

Ainsi, qu'elle soit une démarche constitutive de la symbolicité ou une opération interne au jugement, la négation dans l'univers de la parole (du signe) bannit le nié lui-même (l'*autre*) hors-discours; dans le Logos ce terme est, pour ainsi dire, ex-logique. Pourtant, la pensée de la parole, dès ses débuts platoniciens, postule aussi une distinction entre la négation comme opération interne au jugement, et la négation comme démarche fondamentale de signification (démarche sémiotique fondamentale), la première étant un cas particulier à l'intérieur de la seconde qui est plus vaste et qui l'englobe. Cette distinction, Platon la saisit lorsqu'il esquisse l'opposition entre *parler* et *énoncer* dans la phrase suivante du *Sophiste* : "... ne faut-il pas affirmer qu'on *ne parle même pas* quand il arrive du moins qu'on entreprend *d'énoncer* du non-existant ?" [11] On *parle* lorsqu'on *juge*, donc lorsqu'on adopte la logique de la parole (le Logos), et alors la négation comme attitude *interne* au jugement se présente sous la forme de la loi du tiers exclu. On *énonce* lorsque dans une *démarche de négativité* (de différenciation) on englobe dans l'acte de la signification ce qui n'a pas d'existence dans la logique (la parole) et qui est le terme nié (= point de départ de la signification). C'est une difficulté majeure aux yeux du Logos (de la logique) que d'introduire dans le langage (d'" énoncer ") ce qui n'a pas d'existence dans la parole puisque cette dernière le marque par le signe *non*. Attribuer à ce qui est non existant pour la parole un statut linguistique en l'énonçant, donc lui attribuer en quelque sorte une existence seconde, autre que l'existence logique qu'il a dans la parole : voilà ce à quoi le

10. " ... chacun n'est que pour autant que son non-être est, étant entendu que le rapport entre l'un et l'autre est un rapport d'identité (...) chacun n'existe que par le fait du non-être de son autre, donc grâce à son autre et à son propre non-être " (Hegel, *op. cit.*, II, p. 49).

11. Platon, Paris, Gallimard, La Pléiade, 1942, II, p. 289.

raisonnement platonicien ne peut pas répondre. Et Théétète de répliquer à l'Étranger : " Au moins la thèse de l'existence du Non-Être connaît-elle ainsi *le suprême degré de l'inextricabilité.* "

Il semble se dessiner, à travers ce dialogue platonicien, un vague pressentiment de deux types de pratiques signifiantes : l'un, celui de la *parole*; l'autre, celui de l'*énoncé*. Le premier, logique, le second — Platon ne sait pas le placer ailleurs que sous la dénomination " suprême degré d'inextricabilité ".

Cet *extra-parole*, ce *hors-logique* s'objective dans l'énoncé dit artistique. C'est dans le " simulacre ", le " modelage ", l' " image " que Platon va chercher la réalisation de ce type de négation qui ne suit pas la logique de la parole lorsque cette " négation " affirme ce qui est nié dans un geste non plus de jugement (tel est le geste de la parole), mais de mise à jour de la production signifiante, ce geste qui réunit *simultanément* le positif et le négatif, ce qui existe pour la parole et ce qui est non-existant pour elle.

" '... ce que nous disons être réellement une image, un semblant, c'est ce qui, sans être réellement non-existant, n'existe pas cependant. ' Théét. ' — Il se peut fort bien qu'un tel entrelacement soit celui dont le Non-Être s'entrelace à l'Être, et cela d'une façon tout à fait déroutante. ' "

Serait-ce à cause de cet " entrelacement déroutant " du positif et du négatif, du réel et du non-réel (entrelacement que la logique de la parole s'est avérée incapale de penser autrement que comme une *anomalie*) que le langage poétique (cette anti-parole) est considéré comme un hors-la-loi dans un système régi par les postulats platoniciens ?

Examinons de plus près comment le signifié poétique est cet espace où " le Non-Être s'entrelace à l'Être, et cela d'une façon tout à fait déroutante ".

1. *Le concret non-individuel du langage poétique.*

Le langage non-poétique désigne soit quelque chose de particulier (concret et individuel), soit quelque chose de général. Autrement dit, le signifié du langage non-poétique est soit une catégorie particulière (concrète et individuelle), soit une catégorie générale suivant le contexte. Dans un énoncé non-poétique sur une chambre, par exemple, il peut s'agir soit d'une pièce précise (un objet précis, situé en tel ou tel lieu de l'espace), soit de la pièce comme notion générale d'un lieu d'habitation. Or, lorsque Baudelaire écrit :

> *Au milieu des flacons, des étoffes lamées*
> *Et des meubles voluptueux,*
> *Des marbres, des tableaux, des robes parfumées*
> *Qui traînent à plis somptueux,*
> *Dans une chambre tiède ou, comme en une serre,*
> *L'air est dangereux et fatal*
> *Ou des bouquets mourants dans leurs cercueils de verre*
> *Exhalent leur soupir final...*
>
> (Une martyre.)

il ne s'agit ni de concret, ni de général, et le contexte lui-même brouille plutôt qu'il ne facilite cette distinction. Le signifié poétique est, dans cette acception, *ambigu*. Il prend les signifiés les plus concrets en les concrétisant au possible (en leur attribuant des épithètes de plus en plus particulières et inattendues) et en même temps les soulève, pour ainsi dire, à un niveau de généralité qui dépasse celle du discours conceptuel [12]. L'extrait de Baudelaire construit un " univers " de signification dans lequel les signifiés sont plus concrets que dans la parole et plus généraux qu'en elle, plus tangibles et plus abstraits. Il nous semble pouvoir nous *représenter* un objet concret à partir de cet énoncé, alors que la lecture globale du texte nous persuade qu'il s'agit d'un degré de généralisation tellement haut que toute individualisation s'y évanouit. Disons que le signifié poétique jouit d'un statut *ambivalent* : il est à la fois (donc *en même temps*, et non successivement) concret et général. Il boucle, dans une application non-synthétique, le concret et le général et, de ce fait, rejette l'individualisation : il est un concret non-individuel qui rejoint le général. Comme si l'*unicité* du signifié poétique était à ce point accentuée que celui-ci, sans passer par l'individuel, mais en se dédoublant (à la fois concret et général), rejoignait le *tout*. A ce niveau nous constatons donc que, loin d'exclure deux termes (catégories) qui s'opposent (loin de postuler : concret vs général, A vs B), le signifié poétique les englobe dans une ambivalence,

---

12. " C'est moins l'objet qu'il faut peindre qu'une idée de cet objet ", Fr. Ponge, *Fragments métatechniques* (1922), Lyon, Les Écrivains réunis, 1948.

dans une réunion non-synthétique (A$\bigcirc$B, marquerait-on en formule logique). Un tel signifié concret mais non-individuel, la parole ne le tolère pas, et Platon, une fois de plus, révèle cette incompatibilité du concret avec le non-individuel pour le Logos :

" Mais ne doit-on pas refuser de convenir *qu'il parle*, l'homme qui est dans ce cas tout en ne parlant, à vrai dire, d'aucune chose individuelle [13]. "

2. *Référent et non-référent du langage poétique.*

La même réunion non-synthétique A $\bigcirc$ B de deux termes qui s'excluent, est observable lorsque nous abordons le rapport du signifié poétique avec le référent. Le signifié poétique à la fois renvoie et ne renvoie pas à un référent; il existe et n'existe pas, il est en même temps un être et un non-être. Dans un premier mouvement, la langage poétique semble désigner ce qui *est*, c'est-à-dire ce que la parole (la logique) désigne comme existant (chez Baudelaire; cf. *supra*, p. 252 : flacons, étoffes lamées, meubles, marbres, tableaux, robes parfumées, etc.); mais tous ces signifiés qui " prétendent " renvoyer à des référents précis, soudain intègrent des termes que la parole (la logique) désigne comme non-existants : tels par exemple les qualificatifs animés pour des objets non-animés (" meubles voluptueux ", " bouquets mourants ") ou les associations de séries sémiques divergentes réunies sur *un* de leurs sèmes (dans le cas de la substitution de " vases " par " cercueils de verre ", c'est le sème " fin " qui, entre autres, fait associer les vases où prennent fin les fleurs aux cercueils où prennent fin les hommes). Les bouquets ne sont pas mourants, les meubles ne sont pas voluptueux dans la parole non-poétique. Ils le sont pourtant dans la poésie qui, de cette façon, affirme l'existence d'une non-existence et réalise l'ambivalence du signifié poétique. La métaphore, la métonymie et tous les tropes s'inscrivent dans l'espace cerné par cette structure sémantique double. En effet, et c'est cela justement que notre culture appelle un langage poétique, nous ne pensons pas le signifié poétique comme simplement *affirmatif* même s'il ne prend que la forme de l'affirmation. Cette affirmation

---

13. Platon, *op. cit.*

est de degré second (" il y a des meubles voluptueux ") : elle sur-
vient en même temps qu'une négation que la logique de la parole
nous dicte (" il n'y a pas de meubles voluptueux "). Différente de
l'*Aufhebung* propre à la *démarche* négative constituant la signification
et le jugement, la négation à l'œuvre dans le signifié poétique réunit
dans une *même* opération signifiante la norme logique, la négation
de cette norme (" il n'est pas vrai qu'il n'y ait pas de meubles voluptueux ") et l'affirmation de cette négation — sans que ces étapes
soient différenciées dans une triade.

La négativité du signifié poétique se distingue aussi de la négation comme opération *interne* au jugement. La poésie ne dit pas :
" il n'est pas vrai qu'il n'y ait pas de meubles voluptueux ", ce qui
serait une négation de la négation possible dans la logique de la
parole (du jugement), c'est-à-dire une deuxième négation qui
viendrait après la première, les deux étant décalées dans l'espace et
le temps. La poésie énonce la simultanéité (chronologique et
spatiale) du possible avec l'impossible, du réel et du fictif.

La logique de la parole sous-tend donc la lecture de la poésie
dans notre société : nous savons que ce que le langage poétique
énonce *n'est pas* (pour la logique de la parole), mais nous acceptons
l'être de ce non-être. Autrement dit, nous pensons cet être (cette
affirmation) sur le fond d'un non-être (d'une négation, d'une exclusion). C'est par rapport à la logique de la parole, qui repose sur
l'incompatibilité des deux termes de la négation, que la *réunion
non-synthétique* à l'œuvre dans le signifié poétique prend sa valeur
signifiante. Si tout est possible dans le langage poétique, cette
infinité de possibilités ne se laisse lire que par rapport à la " norma-
lité " établie par la logique de la parole. Le sujet connaissant qui
aborde le langage poétique, le *pense*, dans son discours scientifique,
par rapport à sa logique opérante entre les pôles 0-1 (faux-vrai)
où les termes de la négation s'excluent. Et c'est ce " par rapport "
qui donne lieu à la catégorisation de la poésie comme discours
déviatoire, comme anomalie.

Il en va sans doute autrement dans le processus de la production
textuelle elle-même qui, sans *se penser* comme une anomalie, renverse la perspective parole / langage poétique = norme-anomalie,
et pose comme point de départ *l'infinité du code poétique* dans laquelle

la logique bivalente intervient comme *limite*, reconstituant le sujet jugeant. Le " par rapport " existe donc toujours, mais au lieu de poser le *parlé* comme *norme*, il lui donne le statut de *limite*. Nous essaierons plus loin de formaliser ce rapport entre la logique de la parole et celle de la production signifiante, à l'intérieur de la pratique sémiotique poétique; ceci en évitant la notion d'anomalie (qui voue les particularités du discours poétique à une catégorisation, mais non à une étude structurale), et en préservant la notion de complémentarité entre le Logos et le langage poétique.

3. *Le discours étranger dans l'espace du langage poétique :*
L'intertextualité. Le paragrammatisme.

Le signifié poétique renvoie à des signifiés discursifs autres, de sorte que dans l'énoncé poétique plusieurs autres discours sont lisibles. Il se crée, ainsi, autour du signifié poétique, un espace textuel multiple dont les éléments sont susceptibles d'être appliqués dans le texte poétique concret. Nous appellerons cet espace *intertextuel*. Pris dans l'intertextualité, l'énoncé poétique est un sous-ensemble d'un ensemble plus grand qui est l'espace des textes appliqués dans notre ensemble.

Dans cette perspective, il est clair que le signifié poétique ne peut pas être considéré comme relevant d'un code unique. Il est le lieu de croisement de plusieurs codes (au moins deux) qui se trouvent en relation de négation l'un par rapport à l'autre [14].

Le problème du croisement (et de l'éclatement) de plusieurs discours étrangers dans le langage poétique a été relevé par Ferdinand de Saussure dans ses *Anagrammes*.

Nous avons pu établir à partir de la notion de *paragramme* qu'emploie Saussure, une particularité fondamentale du fonctionnement du langage poétique que nous avons désigné sous le nom de *paragrammatisme*, à savoir, l'absorption d'une multiplicité de textes (de sens) dans le message poétique qui par ailleurs *se présente* comme centré *par un* sens. Nous donnerons ici comme exemple frap-

14. A ce niveau de réflexion nous ne distinguons pas la négation de la contradiction et de l'opposition. Pour ce qui suit, voir aussi M. Pleynet, *Lautréamont par lui-même*, Ed. du Seuil, 1966; Ph. Sollers, " La science de Lautréamont ", *Logiques*, Éd. du Seuil, 1968, p. 250-300 (coll. " Tel Quel ").

pant de cet espace intertextuel qui est le lieu de naissance de la poésie et / ou comme exemple du paragrammatisme fondamental du signifié poétique, les *Poésies* de Lautréamont.

Nous avons pu distinguer trois types de connexions liant les fragments des *Poésies* aux textes concrets et presque cités d'auteurs antérieurs.

a. *Négation totale.*

La séquence étrangère est totalement niée et le sens du texte référentiel est inversé.

Par exemple, Pascal :

" En écrivant ma pensée elle m'échappe quelquefois; mais cela me fait souvenir de ma faiblesse, que j'oublie à toute heure; ce qui m'instruit autant que ma faiblesse oubliée, car je ne tends qu'à connaître mon néant. "

Ce qui chez Lautréamont devient :

" Lorsque j'écris ma pensée, elle ne m'échappe pas. Cette action me fait souvenir de ma force que j'oublie à toute heure. Je m'instruis à proportion de ma pensée enchaînée. Je ne tends qu'à connaître la contradition de mon esprit avec le néant. "

Une lecture paragrammatique supposerait que les deux propositions (Pascal-Lautréamont) soient lues en même temps.

b. *Négation symétrique.*

Le sens général logique des deux fragments est le même; il n'empêche que le paragramme de Lautréamont donne au texte de référence un nouveau sens, anti-humaniste, anti-sentimentaliste, anti-romantique.

Par exemple, La Rochefoucauld :

" C'est une preuve de peu d'amitié de ne s'apercevoir pas du refroidissement de celle de nos amis. "

Alors que chez Lautréamont :

" C'est une preuve d'amitié de ne pas s'apercevoir de l'augmentation de celle de nos amis. "

De nouveau, la lecture paragrammatique exige une réunion non synthétique des deux sens.

c. *Négation partielle.*

Une seule partie du texte référentiel est niée. Par exemple, Pascal:

" Nous perdons la vie avec joie, pourvu qu'on en parle. "

Et Lautréamont :

" Nous perdons la vie avec joie pourvu qu'on n'en parle point. "

Le sens paragrammatique exige la lecture simultanée des deux phrases.

Si chez Lautréamont ce procédé de dialogue entre les discours s'intègre à tel point au texte poétique qu'il devient le lieu indispensable de la naissance du sens de ce texte, le phénomène s'observe tout au long de l'histoire littéraire. Pour les textes poétiques de la modernité c'est, pourrions-nous dire sans exagérer, une loi fondamentale : ils se font en absorbant et en détruisant en même temps les autres textes de l'espace intertextuel; ils sont pour ainsi dire des *alter-jonctions* discursives. La pratique poétique qui lie Poe - Baudelaire - Mallarmé fournit un des exemples modernes les plus frappants de cette alter-jonction. Baudelaire traduit Poe; Mallarmé écrit qu'il va reprendre la tâche poétique comme un legs de Baudelaire, et ses premiers écrits suivent la trace de Baudelaire; de même, Mallarmé traduit aussi Poe et suit son écriture; Poe de son côté part de De Quincey... Le réseau peut être multiplié, il exprimera toujours la même loi, à savoir : le texte poétique est produit dans le mouvement complexe d'une affirmation et d'une négation simultanées d'un autre texte.

II. PROPRIÉTÉS LOGIQUES DES ARTICULATIONS SÉMANTIQUES
A L'INTÉRIEUR DU TEXTE POÉTIQUE.
STRUCTURE ORTHOCOMPLÉMENTAIRE.

Essayons maintenant de pénétrer à l'intérieur même de la structure logique du texte poétique pour relever les lois particulières d'agencement des ensembles sémiques dans le langage poétique.

A ce niveau de notre analyse nous abordons un objet *inobser-*

vable [15], à savoir : la signification poétique, loin de pouvoir être fixée dans des unités immuables, est considérée ici comme étant le résultat *a*) d'une combinaison grammaticale d'*unités* lexicales en tant que sémèmes (une combinaison de mots), *b*) d'une *opération* complexe et multivoque entre les sèmes de ces lexèmes et les nombreux effets de signification que ces lexèmes provoquent lorsqu'ils sont remis dans l'espace intertextuel (replacés dans les différents contextes possibles). Si le premier terme de ce *résultat* qu'est la signification poétique peut être *observé* dans des unités concrètes, c'est-à-dire peut être situé dans des unités grammaticales identifiables (les mots et leurs sèmes) et se limite à elles, le second terme aurait, pour ainsi dire, un caractère " ondulatoire ", inobservable puisque non-fixable dans un nombre fini d'unités concrètes, mais consisterait dans l'*opération* mouvante et ininterrompue parmi ces différents sèmes et les différents textes qui forment l'ensemble sémique paragrammatique. Mallarmé était un des premiers à comprendre et à pratiquer ce caractère du langage poétique :

" ... les mots — qui sont déjà assez eux pour ne plus recevoir l'impression du dehors — se reflètent les uns sur les autres jusqu'à paraître ne plus avoir leur couleur propre, mais n'être que les transitions d'une gamme [16] ".

Ce qui nous frappe d'abord, dans la perspective d'une telle acception du langage poétique, c'est que certaines lois logiques, valables pour le langage non-poétique, n'ont pas cours dans un texte poétique. Ainsi :

a. La loi d'*idempotence* :

$$XX \equiv X; \; X \cup X \equiv X$$

Si dans la langue courante la répétition d'une unité sémantique ne change pas la signification du message et contient plutôt un effet fâcheux de tautologie ou d'agrammaticalité (mais en tout cas

15. Dans le sens où l'on parle d'objet inobservable dans la mécanique des quanta, cf. H. Reichenbach, *Philosophic foundations of Quantum mechanics*, Berkeley-Los Angeles, 1946; " Les fondements logiques de la mécanique des quanta ", *Annales de l'Institut Poincaré*, 1953, XIII (2).

16. Mallarmé, Lettre à Fr. Coppée, 5 décembre 1866, dans *Propos sur la poésie* Monaco, Ed. du Rocher, 1946, p. 75.

l'unité répétée n'ajoute pas un sens supplémentaire à l'énoncé) [17], il n'en est pas de même dans le langage poétique. Ici les unités sont non-répétables ou, autrement dit, l'unité répétée n'est plus la même, de sorte qu'on peut soutenir qu'une fois reprise elle est déjà une autre. La répétition apparente XX n'équivaut pas à X. Il se produit un phénomène inobservable au niveau phonétique (manifeste) du texte poétique, mais qui est un effet de sens proprement poétique et consiste à lire dans la séquence (répétée) elle-même *et* autre chose. Disons que ces phénomènes *inobservables* du langage poétique (et que nous relèverons dans ce qui suit comme des déviations des lois logiques) sont les effets de connotation dont parle Hjelmslev.

Le texte de Baudelaire, situé à la frontière d'un basculement qui marque notre culture (le texte poétique refuse d'être description et se pense, donc *se présente*, comme une production de *sens*), abonde en exemples multiples prouvant la non-validité de cette loi d'idempotence. Baudelaire " répète " souvent des phrases, des vers et des mots, mais jamais la séquence " répétée " n'apparaît avec le même sens. Voici quelques variantes types de la " répétition " chez Baudelaire qui rejettent la loi d'idempotence. Dans *Harmonie du soir*, le schéma des vers répétés est le suivant :

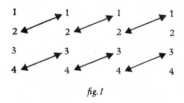

fig. 1

---

17. On voit bien qu'ici comme dans ce qui suit nous opérons une distinction abstraite entre langage poétique et langage non-poétique. En effet, une unité sémantique répétée dans le discours " ordinaire " peut obtenir une signification nouvelle, connotative, mais dans ce cas le discours " ordinaire " perd sa *pureté* et fonctionne " poétiquement ".

Dans *Le Balcon*, c'est le premier vers qui est répété à la fin de la strophe :

> *Mère des souvenirs, maîtresse des maîtresses,*
> ...
> ...
> ...
> *Mère des souvenirs, maîtresse des maîtresses.*

Dans *l'Irréparable*, le premier vers est repris à la fin de la strophe avec changement de ponctuation,

> *Dans quel philtre, dans quel vin, dans quelle tisane,*
> ...
> ...
> ...
> *Dans quel philtre ? dans quel vin ? dans quelle tisane ?*

Mallarmé, continuant l'exemple baudelairien, l'accentue :

> *Je suis hanté.* L'Azur ! L'Azur ! L'Azur ! L'Azur !
>   (L'*Azur*)

Les surréalistes vont reprendre le procédé : rappelons la fameuse *Persienne* d'Aragon où la multiple répétition du vocable jamais identique (comme sens) à lui-même, joue sur la non-idempotence du langage poétique. Mais le premier dans la modernité à fonder son texte sur la négation de cette loi est peut-être Poe avec le " never more " du *Corbeau*, ce " jamais plus " jamais égal à lui-même.

b. La loi de *commutativité*

$$X.Y \equiv Y.X; \ X \cup Y \equiv Y \cup X$$

subit le même discrédit dans le langage poétique. Elle exige une linéarité du discours telle que le déplacement des unités n'entraîne pas de changement de sens. Un tel ordre de sens (qui est l'ordre de sens du discours ordinaire) suppose que toutes les séquences sont lues ensemble dans un même temps et dans un même espace, et par conséquent le changement d'une position temporelle (situer une séquence au début ou au milieu du discours / de la phrase non-poétique) ou spatiale (disposer une séquence en tel ou tel lieu de la page) n'implique pas un changement de sens. Une proposition simple avec sujet, verbe et objet peut tolérer dans le langage non-poétique un changement de place (chronologique et spatial) de ces trois composants, qui n'introduirait pas d'effets *inobservables* (connotatifs ?) sauf, de nouveau, une agrammaticalité ou un brouillage de sens (confusion du sujet avec l'objet, par exemple). De même, dans un discours scientifique la disposition des chapitres peut changer avec, comme résultat, une plus ou moins grande clarté didactique (déduction ou induction), mais sans effets supplémentaires " inobservables " (poétiques).

Il en va tout autrement dans le langage poétique. La non-commutativité des unités poétiques leur fixe une situation précise dans le temps (la linéarité de la phrase grammaticale) et dans l'espace (la disposition spatiale sur la page écrite) telle que tout changement de cette situation entraîne un changement de sens majeur. Deux phénomènes observables manifestent cette non-validité de la loi de la commutativité dans le texte poétique.

1. L'énoncé poétique n'obéit pas à l'ordre grammatical (linéaire) de la phrase non-poétique.

UN COUP DE DÉS
JAMAIS
   Quand bien même lancé dans des
circonstances éternelles
   du fond d'un naufrage
soit
  que
    l'Abîme
blanchi
    étale
      furieux
         sous une inclinaison
           plane désespérément
               d'aile
            la sienne...
               (Mallarmé, *Un coup de dés...*)

Il serait difficile, sinon impossible, d'ordonner cette suite dans une phrase régulière à sujet, verbe et objet, et même si l'on y arrivait, ce serait au détriment de l'effet de sens inobservable du texte poétique.

Il est en même temps impossible d'expliquer cet agencement rigoureux, fixe et non-commutable d'unités sémantiques, comme une anomalie [18] syntaxique (ou grammaticale). L'effet d'agrammaticalité n'est pas l'effet poétique. " L'anomalie " n'est révélée que si l'on choisit un lieu privilégié d'observation, celui de la logique de la parole dénotative. Mais une telle démarche réduirait le texte poétique à un autre système (au système de la parole) et manquerait l'effet poétique. Ce dernier ne confirme pas la loi de commutativité et encore moins la nie. Étant à la fois un objet grammatical (observable) et une *opération* de sèmes dans l'espace intertextuel, le sens poétique se place entre l'affirmation et la négation de cette loi; il n'est ni son illustration, ni sa déviation; sa logique est *autre*, mais analysable, après coup et pour le sujet entre ces *oui* et *non*.

2. L'énoncé poétique n'est lisible dans sa totalité signifiante que comme une mise en espace des unités signifiantes. Chaque unité a sa place nettement définie et inaltérable dans le *tout*. Ce principe, latent et à l'œuvre dans chaque texte poétique, est mis à jour lorsque la littérature prend conscience de son irréductibilité au langage parlé, et Mallarmé en donne le premier exemple frappant. La disposition spatiale d'*Un coup de dés* vise à traduire sur une page le fait que le langage poétique est un *volume* dans lequel s'établissent des rapports inattendus (illogiques, méconnus par le discours); ou même une *scène de théâtre* " exigeant l'accord fidèle du geste extérieur au geste mental " [19].

Hérodiade était écrit dans une perspective scénique : " ... les vers sont terriblement difficiles à faire, car je les fais absolument scéniques, *non possibles au théâtre, mais exigeant le théâtre* [20] ".

Igitur et *Un coup de dés* furent conçus pour une scène de théâtre :

---

18. Comme on a essayé de le penser à propos des textes surréalistes.
19. Cf. Préface à *Igitur* par le docteur Ed. Bonniot d'après des documents inédits, dans Mallarmé, *Œuvres complètes*, Paris, Gallimard, La Pléiade, 1945, p. 429.
20. Mallarmé, Lettre à H. Cazalis, juin 1865, dans *Propos...*, *op. cit.*, p. 51. [Souligné par l'auteur.]

Mallarmé les pense comme des *drames* (donc comme des ensembles d'unités signifiantes non-linéarisables, mais se répondant, s'entre-choquant dans une interaction constante obéissant à une scéno-graphie rigoureuse). *Un coup de dés* d'ailleurs porte comme sous-titre : " Scène de théâtre, ancien Igitur ". On sait avec quel soin Mallarmé arrangeait les feuilles et les phrases du poème, en veillant à la disposition exacte de chaque vers et du blanc (" l'espace vacant ") qui l'entoure.

Encore une fois, et nous revenons ici à Platon qui relevait l'impossibilité de la parole d'énoncer le non-existant (qui rappel-lerait le " songe "), il ne s'agit plus de la logique du Logos, mais d'un appareil d'effets de sens produits par rapprochements inat-tendus (" chocs "), aussitôt évanouis dans l'ordre du parler (" évasif ") :

" Je réclame la restitution, au silence impartial, pour que l'esprit essaie à se rapatrier, de tout — chocs, glissements, les trajectoires illimitées et sûres, tel état opulent aussitôt évasif, une inaptitude délicieuse à finir, ce raccourci, ce trait — l'appareil; moins le tumulte des sonorités, transfusibles, encore, en du songe [21]. "

c. Une troisième loi logique valable dans l'univers de la parole n'a pas cours dans le langage poétique : la loi de *distributivité* :

$$X (Y \cup Z) \equiv (X . Y) \cup (X . Z);$$
$$X \cup (Y . Z) \equiv (X \cup Y) . (X \cup Z) \; [22]$$

Dans l'univers du langage cette loi exprimerait la possibilité de combiner différentes interprétations données à un discours ou à une unité signifiante par des lecteurs (auditeurs) indépendants. Le sens complet du discours non-poétique résulterait, effectivement, de l'agglutination de tous les sens possibles de ce discours, c'est-à-dire d'une reconstitution de la polysémie discursive produite par la totalité des locuteurs possibles. Évidemment, une telle figure est possible *aussi* face au texte poétique, mais elle ne touche

---

21. Mallarmé, *la Musique et les Lettres, Œuvres complètes, op. cit.*, p. 649.
22. Cf. à propos de l'interprétation de ces lois logiques, G. Birkhoff, *Lattice theory*, New York, American Mathematical Society, 1940. A l'aide des opérations de l'algèbre booléenne, il y définit dix types de relations qui caractérisent les structures du macro-cosme. Les opérations employées sont : . conjonction, ∪ disjonction, — négation, ⊃ implication.

pas à sa spécificité de discours *autre* que la parole communicative. Comme nous l'avons déjà remarqué, la particularité du sens poétique qui nous intéresse ici est son rapport spécifique à la logique de la parole. Dans ce rapport il apparaît que (pour qui ne cherche pas à réduire le poétique au parlé) le langage poétique est à la fois cette parole (cette logique) et sa négation implicite, mais non-manifestée (inobservable), sémantiquement repérable. Ce fait que le langage poétique est à la fois une parole (et comme telle, objet de la logique o-1) et une négativité de cette parole (et comme telle échappant à la logique o-1) le soustrait à la loi logique de distributivité.

Quant aux autres lois relevées par Birkhoff comme régissant les structures macrocosmiques (nous transposons : par là, l'univers observable de la parole), à savoir :

— la loi d'*associativité* :

$$X(Y.Z) \equiv (X.Y).Z; X \cup (Y \cup Z) \equiv (X \cup Y) \cup Z$$

— la loi d'*absorption* :

$$X \cup (X.Y) \equiv X; X.(X \cup Y) \equiv X$$

— la loi de *modulation* :

$$\text{si } X \supset Z, \text{ alors } X.(Y \cup Z) \equiv (X.Y) \cup Z$$

elles sont valables (l'associativité et l'absorption — dans un fonctionnement tabulaire du langage poétique toutes les unités sémiques s'appliquent l'une sur l'autre) ou atténuées (la modulation — dans la mesure où elle est une combinaison de la loi d'associativité et de la loi de distributivité).

Étant donné que la loi de distributivité contient en elle-même les exigences des autres lois non valables dans le langage poétique, nous pouvons considérer sa propre non-validité dans le langage poétique, comme indice majeur des particularités logiques des structures paragrammatiques.

En résumant ici les paragraphes I et II de notre étude, nous arrivons ainsi à la conclusion que deux lois logiques ne semblent

pas avoir cours dans le langage poétique : 1) la loi du tiers exclu,
2) la loi de distributivité.

A partir de cette conclusion, nous avons deux possibilités :

1) formaliser les particularités logiques du langage poétique
à partir de la non-existence en lui de la loi du tiers exclu : ceci
nous amènerait à construire un nouveau type de logique à chaque
fois et face à chacune des figures virtuellement innombrables du
langage poétique (logique trivalente..., etc., logique *n*-valente,
ou un tout autre type de logique);

2) essayer d'inclure la pluralité des structures poétiques susceptibles d'apparaître dans la pratique textuelle, dans le système
déjà existant et valable pour le discours parlé (non-poétique),
c'est-à-dire dans la logique booléenne opérant entre les pôles o-1
(faux - vrai).

Ne connaissant pas pour l'instant des types de logique propres
à formaliser le langage poétique sans faire recours à la logique de la
parole, nous optons ici pour la seconde solution : nons renonçons
donc à la loi de distributivité, et, tout en gardant les autres lois
logiques de la parole, aboutissons ainsi à une structure de Dedekind avec des *orthocompléments*. Cette solution nous semble pertinente dans une formalisation du langage poétique, étant donné le
fait que le sujet connaissant comprend le langage poétique toujours
et inévitablement à l'intérieur même de la parole dans laquelle il
(ce sujet et son langage poétique) se produit et par rapport à la
logique o-1 que cette parole implique. La structure *orthocomplémentaire* du langage poétique semble ainsi rendre compte de cet inces-
sant va-et-vient entre le logique et le non-logique, le réel et le
non-réel, l'être et le non-être, la parole et la non-parole qui caractérise ce fonctionnement spécifique du langage poétique que nous
avons appelé *écriture paragrammatique*.

Précisons en bref cette structure orthocomplémentaire de Dedekind. Elle renonce à la loi de distributivité et garde toutes les autres.
Cette structure postule que pour chacun de ces éléments X il existe
un X' tel que pour eux sont valables les relations :

$$1)\ X \cdot \overline{X} \equiv o, \qquad 2)\ X \cup \overline{X} \equiv 1 \qquad 3)\ \overline{\overline{X}} \equiv X$$
$$4)\ \overline{X \cup Y} \equiv \overline{X} \cdot \overline{Y} \qquad 5)\ \overline{X \cdot Y} \equiv \overline{X} \cup \overline{Y}.$$

La structure de Dedekind avec des orthocompléments n'est plus une structure à deux éléments comme c'est le cas des algèbres booléennes, et par conséquent la logique construite sur cette structure n'est plus bivalente. Les lois 2) et 3) ne sont plus ici des formules marquant la loi du tiers exclu comme c'était le cas dans la logique courante, parce que les orthocompléments donnés d'un élément dans une structure de Dedekind ne sont pas forcément les seuls possibles [23].

fig. 2

Sur notre diagramme chacun des trois éléments X, Y et Z possède deux orthocompléments. Quant aux éléments 0-1, ils sont orthocomplémentaires uniquement l'un par rapport à l'autre et de ce fait forment à l'intérieur de la structure de Dedekind une sous-structure de type booléen, donc obéissant à la loi de distributivité.

La sous-structure 0-1 représenterait une interprétation du texte poétique du point de vue de la logique de la parole (non-poétique). Tout ce qui dans le langage poétique est considéré comme vrai par cette logique serait désigné par 1; tout ce qui est faux par 0.

Les points X, Y, Z représenteraient les effets de sens qui surgissent dans une lecture non soumise à la logique de la parole et qui chercheraient les spécificités des opérations sémantiques poétiques. Ainsi, reprenons une figure poétique banale, ici baudelairienne, " les larmes de fiel " (*Réversibilité*). Si nous la pensons dans le sous-ensemble booléen de la structure de Dedekind (c'est-à-dire, pour notre interprétation, dans la logique de la parole), nous la marquerons avec 0; les " larmes de fiel " n' " existent " pas, l'expression n'est pas vraie. Mais si nous la situons dans l'espace para-grammatical du langage poétique où le problème de son existence et de sa vérité ne se pose pas, où cette figure n'est pas une unité fixe, mais un effet de sens résultant de l'*opération* d'application de

23. Nous empruntons ici les interprétations de la structure de Dedekind à B. N. Piatnitzine, " De la logique du microscome ", *Logitcheskaia struktura nautchnovo znaniia (Structure logique du savoir scientifique)*, Moscou, 1965.

deux sémèmes exclusifs (larme + fiel) et encore de tous ces effets de sens que " larme " et " fiel " ont dans les autres textes (poétiques, mythologiques, scientifiques) que nous avons lus, alors nous donnerons à cette figure bizarre et indéfinie, l'indice X, Y ou Z. De sorte que chaque *unité sémantique* du langage poétique se dédouble : elle est à la fois une unité du Logos (et comme telle subsumable dans les coordonnées o-1) et une opération d'application de sèmes dans un ordre trans-logique. Ces opérations trans-logiques sont les *négations* pluridimensionnelles des relations impliquées par o-1. Elles ne peuvent être considérées comme vraies ni comme fausses, elles sont indéterminées. On pourrait constituer une série de types d'opérations trans-logiques propres au langage poétique (X, Y, Z..., d'après le type de négation que ces opérations X, Y, Z entretiennent avec le sous-ensemble o-1. Quant aux rapports qui unissent ces opérations entre elles, ils seront à ce point indéterminés qu'on ne saurait dire si la négation de X donne Y, etc. C'est en ce lieu justement qu'une axiomatisation topologique, peut-être une introduction des espaces infinis fonctionnels de Hilbert, pourrait constituer la véritable science du texte poétique.

Évidemment, une ré-introduction du sujet scientifique dans la structure ainsi décrite pourrait faire disparaître le statut particulier de X, Y, Z et les réduire aux coordonnées o-1. Ceci en extrayant les X, Y, Z de leur espace particulier où ces indices sont des opérations indéfinies entre des sèmes intertextuels, et en les élevant au statut d'*unité* du Logos. Ainsi, l'opération sémantique " larmes de fiel " peut être *expliquée* comme une association de deux ensembles sémiques à partir du sème " amertume " (ce qui serait une démarche vraie, donc 1), et qui tire son effet de l'incompatibilité de l'association des autres sèmes : œil-foie, différences des fonctions physiologiques, etc. — ce qui serait une déviation du vrai, une " anomalie ", donc o. Cette explication elle-même issue du Logos et faite en lui, récupère un fonctionnement signifiant dans la parole, le rationalise, et du même coup le dénature. Là où ce fonctionnement signifiant, cette *opération* a lieu, les coordonnées o-1 ne sont qu'un frein lointain, un rappel rigoureux mais éclipsé contre le hasard du non-sens, une vigie qui contrôle la pluralité de ces " chocs " inattendus de signifiants qui produisent le *nouveau* sens (orthocomplémentaire) lorsqu'on lit le texte dans la structure complexe que

nous avons décrite. Ces coordonnées o-1 sont là, toujours présentes
à la lecture mais mises entre parenthèses, pour rappeler la différence
fondamentale entre le discours " fou " (qui les ignore) et le travail
transgressif de l'écriture poétique (qui les *sait*), ce travail qui, à
l'intérieur du système de la parole — du système social —, déplace
les limites de la parole et la remplit de nouvelles structures (orthocomplémentaires) que cette parole avec le sujet scientifique vient
un jour découvrir.

Ce fonctionnement poétique de constante négation d'une logique
dans laquelle pourtant il s'inscrit, Mallarmé le premier en a fait la
théorie de même que la pratique. Comment ne pas voir, dans la
citation qui suit, l'image concrète de cette rupture (" vide ") sans
cesse comblée par l'écriture, entre l'univers logique (les unités du
Logos : " l'ennui à l'égard des choses ") et les opérations inattendues des signifiants (" attirance supérieure ", " des fêtes à volonté
et solitaires ") — que nous avons essayé de représenter logiquement :

" En vue d'une attirance supérieure comme d'un vide, nous
avons droit, le tirant de nous par de l'ennui à l'égard des choses,
si elles s'établissaient solides et prépondérantes — éperdument les
détache jusqu'à s'en remplir et aussi les douer de resplendisse-
ment, à travers l'espace vacant, en des fêtes à volonté et solitaires.

Quant à moi, je ne demande pas moins à l'écriture et vais prouver ce postulat [24]. "

Et cette impossibilité de réduire les opérations indéterminées, ni
vraies, ni fausses (" la pièce principale ou rien ") du signifiant poétique (ce " moteur ") à la formule absolue (Logos) à laquelle pourtant nous sommes attachés (" n'est que ce qui est "), mais qui n'est
pas moins un leurre auquel (par une " supercherie ") on identifie
ce processus de production qui n'a pas de place pour le conscient
(" le conscient manque "); ce " manque " devenu conscience.

" Nous savons, captifs d'une formule absolue que, certes, n'est
que ce qui est. Incontinent écarter cependant, sous un prétexte, le
leurre, accuserait notre inconséquence, niant le plaisir que nous
voulons prendre : car cet au-delà est un agent, et le moteur dirais-
je si je ne répugnais à opérer, en public, le démontage impie de la

---

24. Mallarmé, *la Musique et les Lettres, op. cit.*, p. 647.

fiction et conséquemment du mécanisme littéraire, pour établir la pièce principale ou rien. Mais je vénère comment, par une super-cherie, on projette à quelque élévation défendue et de foudre le conscient manque chez nous de ce qui là-haut éclate [25]. "

Les écrits les plus significatifs de Mallarmé se débattent dans cette problématique de la loi de la parole (" l'absolu ") et des opé-rations (" hasardeuses ", multivoques, connotées chez Mallarmé par " constellations " ou " sidéralement "). *Igitur* et *Un coup de dés* — drames écrits qui mettent en scène le processus même de la pro-duction du texte littéraire — dévoilent cette oscillation de l'écri-ture entre le Logos et les chocs de signifiants. Si *Igitur* impliquait une négativité dialectique, une soumission à la loi (syllogistique) excluant les " opération orthocomplémentaires " du fonctionne-ment signifiant (" pas d'astres ? le hasard annulé " ?) [26] *Un coup de dés* nie (dans le sens A ⋂ B) *Igitur* et trace les lois de cette " folie utile " qu'est le travail producteur à l'intérieur du Logos, ce " hasard " qu'aucun " coup de dés " n'abolira. Voici, sous la plume de Mallarmé, cet entrelacement déroutant de l'affirmation et de la négation, de l'être et du non-être, de la parole et de l'écriture, qui constitue le langage poétique :

" Bref dans un acte où le hasard est en jeu, c'est toujours le hasard qui accomplit sa propre Idée en s'affirmant ou se niant. Devant son existence la négation et l'affirmation viennent échouer. Il contient l'Absurde — l'implique, mais à l'état latent et l'empêche d'exister : ce qui permet à l'Infini d'être [27]. "

Et dans *Un coup de dés* même, le champ des opérations poé-tiques inobservables, irréductibles aux unités et à la logique " réelles " de la parole, est nettement désigné : " dans ces parages du vague en quoi toute réalité se dissout ". Les jonctions uniques qui s'y opèrent, ne tolèrent pas de classifications bivalentes, mais relèvent du probable : " cette conjonction suprême avec la *pro-babilité* ". La logique de la parole (la raison) pourtant se fait savoir à chaque instant dans ce fin travail de transgression " irrésistible

25. *Ibid.*

26. La négativité d'*Igitur* emprunte le schéma rationaliste hégélien même si elle le renverse pour transformer son évolutionnisme historique en une quête des origines (celles du Logos ?).

27. Cf. *Igitur*, ch. IV : " Le coup de dés ", dans Mallarmé, *Œuvres complètes, op. cit.*, p. 441.

mais contenu par sa petite raison virile, en foudre " et " qui imposa
une borne à l'infini ". Il n'empêche que la production de sens poétique — du sens nouveau que la parole un jour absorbera — se
produit dans un espace *autre*, structuralement différent de l'ordre
logique qui le cerne :

> " sur quelque surface vacante et supérieure
>   le heurt successif
>   sidéralement
>   d'un compte total en formation. "

Une autre scène est ainsi ouverte dans le texte culturel de notre
civilisation à partir de ce " nouveau " que l'écriture de Mallarmé,
de Lautréamont, etc., a introduit. La scène *vide* (" surface vacante "),
distante de celle où nous parlons comme des *sujets* logiques ; une
" autre scène " où se produit cette jonction de signifiants (" heurt
successif ") qui échappe aux catégories de la logique bivalente
(" sidéralement ") mais qui, vue depuis la scène de la parole, s'ajoute
à ses lois logiques et, comme nous avons essayé de la représenter
par la structure orthocomplémentaire, n'en donne pas moins un
résultat que la société se communique, échange (" un compte
total ") comme une représentation d'un processus de production
inobservable (" un compte total en formation ").

III. L'ESPACE PARAGRAMMATIQUE.

Il s'agit ici d'affirmer le droit de la méthode structurale d'aborder
sans positivisme et sans esquiver la complexité du fonctionnement
symbolique, une problématique que le travail littéraire de notre
époque a objectivement mise à jour. Il s'agit par là même de
couper court à des spéculations interprétatives du texte moderne
qui ont pu, on le sait, donner lieu à des raisonnements mystiques et
ésotériques.
Mais il s'agit aussi d'entrevoir, munis de cet appareil que la
logique nous donne aujourd'hui, les implications épistémologiques
permises par nos constatations concernant le statut particulier de

la négation dans le langage poétique et que la pratique textuelle de
la modernité confirme rigoureusement. Il s'agit d'esquisser cet
espace *autre* que le langage poétique (pris non pas comme un produit fini, mais comme un appareil, comme une opération, comme
une production de sens) ouvre à travers la logique de la parole,
et qu'un rationalisme pris dans cette parole est incapable de
concevoir.

Si le rationalisme, réduisant la poésie à une anomalie, est impuissant devant cet espace signifiant que nous avons appelé paragrammatique, les spéculations philosophico-métaphysiques, si elles le
désignent, tentent plutôt de le déclarer méconnaissable. Nous
n'avons pas à nous prononcer sur cette alternative. Nous sommes
devant un fait objectif que la pratique discursive de notre siècle
(la poésie moderne) a mis à jour et que l'appareil scientifique
(logique) se doit d'aborder. (D'autant plus que cet appareil a déjà
été confronté, dans d'autres branches de la science, à des domaines
agis par une logique différente de celle connue jusqu'au siècle
précédent.) Ce rapprochement entre l'appareil scientifique et les
trouvailles auxquelles ont abouti les expériences mêmes du langage,
ne vise à trouver " aucune clé pour aucun mystère ". Mais il se
peut qu'il soit capable, accompagné d'une réflexion investiga-
trice sur la valeur épistémologique que les nouvelles notations
(la structure orthocomplémentaire, la réunion non-synthétique,
dans notre cas) impliquent, de faire avancer notre connaissance de nouvelles zones du fonctionnement symbolique. Aussi
abandonnerons-nous pour l'instant le niveau des articulations
signifiantes (le type de négation dans le signifié poétique). Nous
reprendrons nos considérations gnoséologiques introductives en
essayant de voir, à la lumière de ce que nous savons déjà sur la négativité du langage poétique, comment on a pu interpréter le rôle de
la démarche négative pour la formation du discours non-poétique.

Réfléchissant sur la constitution du sujet parlant, Freud trouva
à sa base, donc là où l'inconscient émerge subtilement dans un
jugement conscient, l'opération de la négation, la *Verneinung*
(traduite en français par " dénégation "). Lorsque le sujet dénie
ce que son inconscient porte (le sujet dit : " Ne pensez pas que je
vous hais ", quand l'inconscient dirait : " Je vous hais "), nous
sommes en face d'une opération qui reprend le refoulé (" Je vous

hais "), le nie (" Je dis que je ne vous hais pas ") mais en même temps le contient (pourtant la haine reste refoulée). Ce mouvement qui rappelle l'*Aufhebung* hégélienne, suppose les trois phases de la négation hégélienne et s'exprime nettement par le sens philosophique du terme *Aufhebung* (= nier, supprimer et conserver, donc " foncièrement soulever ") [28]. Ce mouvement est pour Freud le mouvement constitutif du jugement : " La dénégation est une Aufhebung du refoulement, mais non pour autant une acception du refoulé. " La négation devient pour lui la démarche " qui a permis un premier degré d'indépendance à l'endroit du refoulement et de ses suites et par là aussi de la contrainte (*Zwang*) du principe de plaisir ". Il est clair que pour Freud, préoccupé par la problématique du *sujet rationnel*, la négation n'est pas un acte d'annulation qui déclenche un " inobservable " et " indéterminé ", mais, au contraire, le geste même qui constitue le sujet rationnel, le sujet logique, le sujet qui implique la parole; c'est-à-dire la problématique du signe. Comme le formule Hyppolite, la négation joue " en tant qu'attitude fondamentale de symbolicité explicitée ", elle " a la fonction véritable d'engendrer l'intelligence et la position même de la pensée ". Dès qu'il y a une négation-*Aufhebung*, le signe se constitue, et avec lui le sujet parlant et jugeant. Autrement dit, l'opération négation = *Aufhebung* n'est repérable qu'à partir du lieu du sujet = de la parole = du signe. Freud l'écrit lui-même :

" A cette façon de comprendre la dénégation correspond très bien que l'on ne découvre dans l'analyse aucun ' non ' à partir de l'inconscient et la reconnaissance de l'inconscient du côté du moi s'exprime dans une forme négative. "

Il est donc clair que la démarche de négation est à l'origine même de l'" intelligence ", c'est-à-dire de la pensée du *signe* (de la parole). Il est particulièrement important de relever ici que le mouvement triadique de l'*Aufhebung* est exactement le même mouvement qui constitue la " pyramide du signe " définie par Hegel et qui trouve son aboutissement scientifique dans la linguistique saussurienne. Négation triadique, parole fonctionnant d'après la logique aristotélicienne 0-1, pensée du signe, sujet parlant; voilà les termes cor-

28. Cf. sur l'interprétation de la *Verneinung*, J. Hyppolite, *in* J. Lacan, *Écrits*, Paris, Le Seuil, 1966, p. 880.

rélatifs — et complices — de cet univers du Logos dans lequel
pourtant Freud a esquissé une zone rebelle, l'inconscient (et le
rêve). Mais cette zone se présente plutôt comme une assise solide
de la parole que comme une sortie à travers la parole, puisque c'est
du point de vue privilégié de la parole logique (ici non-poétique)
et de son sujet, que le concept d'inconscient est forgé en tant que
modèle opératoire qui assume le rôle de résidu où se jouent des
opérations qui ne sont pas dans la parole [29].

Revenons maintenant aux particularités de la négation dans le
langage poétique. A partir de la réunion non-synthétique qui
caractérise le signifié poétique, et de cette structure orthocomplémentaire qui règle les figures du langage poétique, nous serons
induits à penser que ce type particulier de fonctionnement symbolique qu'est le langage poétique dévoile une région *spécifique* du
travail humain sur le signifiant; elle n'est pas la région du signe et
du sujet. Dans cet espace *autre* où les lois logiques de la parole
sont ébranlées, le sujet se dissout et à la place du signe c'est le
heurt de signifiants s'annulant l'un l'autre qui s'instaure. Une
opération de négativité généralisée, mais qui n'a rien à voir avec
la négativité qui constitue le jugement (*Aufhebung*) ni avec la négation interne au jugement (la logique o-1); une négativité qui annihile, et que les anciennes philosophies, tel le bouddhisme, ont
entrevue en la désignant par le terme de *śunyāvāda* [30]. Un sujet
" zérologique ", un non-sujet vient assumer cette pensée qui
s'annule.

Un tel type de travail sémiotique, nous avons un " objet " pour
le saisir : c'est le texte poétique qui représente la productivité du
sens (les opérations sémantiques) antérieure au texte (à l'objet
produit) : " ma pensée s'est pensée ", dira Mallarmé dans ses
lettres.

---

29. " L'inconscient *est* un concept forgé sur la trace de ce qui opère pour constituer le sujet ", écrit Lacan, " Position de l'inconscient ", *op. cit.*, p. 830. Cf. sur la
négation et la problématique de la constitution du sujet : J. Lacan, Séminaire du 16 no-
vembre 1966, *Lettres de l'École freudienne*, 1967 (1), févr.-mars; et Séminaire du 7 décembre 1966, *ibid.*, 1967 (2), avr.-mai.

30. Cf. l'interprétation sémiotique de ce concept par L. Mäll, " Une approche
possible du *śunyāvāda* ", *Tel Quel* 32, hiver 1968, repris de *Terminologia Indica*, Tartu,
Estonie, U.R.S.S.

" J'ai fait une assez longue descente au Néant pour pouvoir parler avec certitude [34]. "

Dans cette recherche, la logique de la parole ayant été pour un instant suspendue, elle fait s'éclipser le moi (le sujet) : une représentation brutale est par la suite nécessaire (le miroir) pour reconstituer le moi (le sujet) et la logique (" pour penser "), et que s'accomplisse le geste paragrammatique comme une synthèse de l' " être " et du " non-être " :

" J'avoue du reste, mais à toi seul, que j'ai encore besoin, tant ont été grandes les avanies de mon triomphe, de me regarder dans cette glace pour penser, et que si elle n'était pas devant la table où je t'écris cette lettre, *je redeviendrais le Néant*. C'est t'apprendre que je suis maintenant *impersonnel*, et non plus Stéphane que tu as connu, mais une aptitude qu'a l'Univers Spirituel à se voir et à se développer, à travers ce qui fut moi [35]. "

Purgeons cet énoncé des tics d'une époque religieuse, et nous retrouverons l'analyse perspicace de cet effort de synthèse (" à l'heure de la synthèse ", dit Mallarmé quand il parle de sa production poétique) qu'est le langage poétique, une synthèse jamais accomplie (" réunion non-synthétique ") d'applications sémiques (de dialogues de discours, d'intertextualité) d'une part, et du Logos avec ses lois de communication logique, de l'autre.

" Elle deviendra la preuve inverse, à la façon des mathématiques, de mon rêve, qui, m'ayant détruit, me reconstruira [36]. "

Dans cette perspective, le travail symbolique (le travail du " poète ") perd ce poids de futilité décorative ou d'anomalie arbitraire dont une interprétation positiviste (et/ou platonicienne) l'avait chargé, et apparaît dans toute son importance de pratique sémiotique particulière qui, dans un mouvement de négativité, nie *en même temps* la parole et ce qui résulte de cette négation [37]. Et désigne ce fait que la pratique sémiotique de la parole dénotative n'est qu'*une* des pratiques sémiotiques possibles.

---

33. Mallarmé, Lettre à H. Cazalis, mars 1866, dans *Propos...*, *op. cit.*, p. 59.
34. Mallarmé, Lettre à H. Cazalis, 14 mai 1867, *ibid.*, p. 79.
35. *Ibid.*, p. 78. [Nous soulignons.]
36. Mallarmé, Lettre à H. Cazalis, 4 février 1869, *ibid.*, p. 87.
37. Elle devient ainsi une *affirmation* : la seule qui inscrit *l'infini*.

Une telle interprétation du fonctionnement poétique et de sa place dans notre culture suppose, nous l'espérons, une remise en question des conceptions rationalistes concernant tous les autres discours dits " anormaux ".

Pour la constitution d'une sémiotique générale, fondée sur ce que nous appelons une sémanalyse, elle lève l'impératif du modèle de la parole, et pose à notre attention l'étude de la production de sens antérieure à la parole *dite*.

1968.

8

L'engendrement de la formule

Par ces deux choses, par le filtre et par l'engendrement (de la formule), clarifie-moi en totalité !

Rgveda, 9. 67, 23-25.

I. PRÉLIMINAIRES AU CONCEPT DE *texte*.
LA SÉMANALYSE.

Passant au-delà de l' " œuvre " et du " livre", c'est-à-dire d'un message produit et clos, le travail dit " littéraire " présente aujourd'hui des *textes* : productions signifiantes dont la complexité épistémologique relève, après un long détour, de celles des antiques hymnes sacrés. Productions qui demandent — pour être comprises et reprises par le *discours* manœuvrant le social en cours — une théorie, celle-ci devant s'élaborer comme une réflexion analytico-linguistique sur le *signifiant-se-produisant* en texte.

Analytique est à entendre ici dans son sens étymologique (αναλυσις) désignant une *dissolution* des concepts et des opérations qui représentent aujourd'hui la signification, un *affranchissement* qui prendrait appui sur l'appareil du discours actuel traitant du signifiant (psychanalyse, philosophie, etc.) pour s'en *détacher* et se *résoudre* dans une *mort* — dans un évanouissement de la surface présente — ininterrompue.

Il s'agit d'abord, pour cette théorie, de cerner le concept de son " objet ", le *texte*, en le distinguant de la totalité des discours dits " littéraires " ou " poétiques ", pour trouver sa spécificité lui permettant de procéder, dans un second temps, à un examen critique de l'accumulation des discours que le savoir actuel classe comme " littéraires ", " scientifiques ", " religieux ", " politiques ", etc.

Le *texte* sera donc un certain type de production signifiante qui occupe une place précise dans l'histoire et relève d'une science spécifique qu'il faudra définir.

Or, étant une pratique dans et sur le signifiant, on retrouve le texte sous des formes plus ou moins différenciées dans de nombreux écrits et discours " littéraires ", " philosophiques ", " religieux " ou " politiques " : la nécessité s'imposera donc de découvrir cet axe textuel dans la totalité dite et écrite, de même que de repérer la particularité " textuelle " dans chaque effet de la langue.

Produit dans la langue, le texte n'est pensable que dans la matière linguistique et, comme tel, il relève d'une théorie de la signification. D'une *sémanalyse*, dirons-nous, pour marquer tout d'abord une différence par rapport à la sémiotique et pour insister ensuite sur le fait qu'il s'agira de ne pas bloquer l'étude des pratiques signifiantes par le " signe", mais de le décomposer et d'ouvrir dans son dedans un nouveau dehors, un nouvel espace de *sites* retournables et combinatoires, l'espace de la *signifiance* [1].

Sémanalyse : théorie de la signification textuelle, qui considérera le *signe* comme l'élément spéculaire, assurant la représentation de cet engendrement — ce processus de germination — qui lui est intérieur tout en l'englobant et dont il s'impose de définir les lois. Autrement dit, sans oublier que le texte présente un système de signes, la sémanalyse ouvre à l'intérieur de ce système une autre scène : celle que l'écran de la structure cache, et qui est la signifiance *comme opération dont la structure n'est qu'une retombée décalée*. Sans se donner l'illusion de pouvoir quitter, en ce qui la concerne, le terrain du *signe* qui la rend possible, la sémanalyse abandonne l'obligation d'un seul point de vue — central, celui d'une structure à *décrire* —, et se donne une possiblité de vues combinatoires qui lui restitue la production à *engendrer*. Prenant appui sur le corps de la *langue* (au sens saussurien de ce mot) la sémanalyse se préserve du thématisme psychologique de même que de l'idéalisme esthétisant qui se disputent actuellement le monopole de ce qu'on a pu appeler *écriture* (Derrida). Or, si elle est linguistique, la sémanalyse n'aura rien à voir avec le descriptivisme d'un " cor-

---

1. " C'est là, dans cette signifiance où le tout s'annonce et se refuse mais indique et trouve une écriture à sa mesure, que la littérature d'aujourd'hui essaie de se situer " (Ph. Sollers, " Critique de la poésie " in *Logiques*, coll. " Tel Quel ", Ed. du Seuil, 1968).

pus " en tant que porteur d'un contenu informationnel assurant
la communication entre le destinateur et le destinataire. Notons
que la linguistique fondée sur de tels principes théoriques — les
mêmes qui dominent actuellement le processus de technocratisa-
tion des sciences dites " humaines " — est grossièrement substantielle et chosiste, ou pour mieux dire, phénoménologique. Elle se
donne un " corpus " linguistique qu'elle assimile à une surface
structurée par des unités signifiantes différenciées, et qui signifie
un certain phénomène : le message appuyé sur un code. Ce que
nous appelons *sémanalyse* n'est pas pensable à l'intérieur d'une
telle description. " Un corps est où il agit " (Leibniz). Le texte
n'est pas un *phénomène* linguistique, autrement dit il n'est pas la
signification structurée qui se présente dans un corpus linguistique
vu comme une structure plate. Il est son *engendrement* : un engendrement inscrit dans ce " phénomène " linguistique, ce *phéno-
texte* qu'est le texte imprimé, mais qui n'est lisible que lorsqu'on
remonte *verticalement* à travers la genèse : 1) de ses catégories linguistiques, et 2) de la topologie de l'acte signifiant. La signifiance
sera donc cet engendrement qu'on peut saisir doublement : 1)
engendrement du tissu de la langue; 2) engendrement de ce " je "
qui se met en position de présenter la signifiance. Ce qui s'ouvre
dans cette verticale est l'opération (linguistique) de génération du
phéno-texte. Nous appellerons cette opération un *géno-texte* en
dédoublant ainsi la notion de texte en phéno-texte et géno-texte
(surface et fond, structure signifiée et productivité signifiante).

La zone générative ainsi ouverte offre un objet de connaissance
qui " déroge aux principes de la localisation euclidienne " et n'a
pas de " spécificité substantielle " [2]. Le texte sera donc un " objet
dynamisé "; le discours qui en traitera — la sémanalyse — aura
pour but de déceler les types d'objets dynamisés qui se présentent
comme signifiants.

Si le travail signifiant opère constamment sur la ligne de basculement du phéno-texte au géno-texte et vice-versa, la spécificité
textuelle réside dans le fait qu'elle est une traduction du géno-
texte dans le phéno-texte, décelable à la lecture par l'ouverture du
phéno-texte au géno-texte. Autrement dit — nous risquons ici
une première définition opératoire que nous allons par la suite

2. Cf. G. Bachelard, *la Philosophie du non*, P.U.F., 1940.

compléter et spécifier — analyser une production signifiante
comme textuelle reviendrait à démontrer comment le processus
de génération du système signifiant est manifesté dans le phéno-
texte. Serait considérée comme textuelle toute pratique signifiante
qui réalise à tous les niveaux du phéno-texte (dans son signifiant
et dans son signifié) le *processus de génération du système signifiant* qu'elle
affirme. Ou, disons pour abréger, serait textuelle toute pratique
qui mettrait à l'œuvre le précepte freudien " Wo es war, soll Ich
werden ", *Là où ça fut, il me faut advenir.*
Cette formulation demande quelques mises au point.

A. Premièrement, on doit faire une distinction radicale entre
notre séparation géno-texte / phéno-texte et celle qu'introduit la
grammaire générative de Chomsky entre structure profonde et
structure de surface.
La grammaire générative dans ses fondements théoriques
(nous ne traitons pas ici de son utilité technique) a l'avantage,
devant les approches analytiques de la langue, d'introduire une
vue synthétique qui présenterait l'acte de parole comme un procès
de génération. La structure de profondeur, posée pour assumer la
représentation de cette génération, n'est pourtant qu'un reflet
non-grammaticalisé des relations de concaténation propres à la
phrase anglaise (indo-européenne). Autrement dit, la structure
profonde de Chomsky a pour but, et limite, de générer la *phrase*
qu'elle ne fait que *représenter* comme une structure abstraite *linéaire*
non-grammaticalisée et non-lexicalisée (" basic subject-predicate
form [3] "), sans remonter les différentes étapes possibles de structuration antérieures à la structure phrastique linéaire (sujet-prédicat).
Les composants de la profondeur sont structuralement les mêmes
que ceux de la surface et aucun processus de transformation, aucun
passage d'un type de composants à un autre, d'un type de logique
à un autre, n'est observable dans le modèle chomskien [4]. Ainsi,

---

3. N. Chomsky, *Cartesian Linguistics*, 1966, p. 42.
4. " Il n'y a pas de doute que la grammaire générative dans l'état où elle est formulée maintenant, est erronée. Il n'est pas sans intérêt de souligner qu'un des défauts
connus de la grammaire générative se trouve dans la partie qui traite des composants
et non pas dans la partie qui traite des transformations " (R. V. Lees, " O pereformou-
lirovanii transformatzionnoï grammatiki ", De la reformulation de la grammaire
transformationnelle, *Voprosy yazikoznaniia*, nº 6, 1961, p. 48).

la grammaire générative ne génère à proprement parler rien du tout : elle ne fait que poser le principe de la génération en postulant une structure profonde qui n'est que le reflet archétypal de la performance. La conséquence théorique d'une telle structure profonde est qu'elle peut devenir la justification " scientifique " de l' " acte mental " [5] posé comme cause directe de l'activité linguistique qui, du coup, n'est qu'une expression d'idées antérieurement existantes. Cette conception devait obligatoirement rejoindre la psychologie rationaliste du XVIIe siècle, et Chomsky de citer Herbert of Cherbury (*De Veritate*, 1624) qui croit aux " principes de notions implantées dans l'esprit " et aux " vérités intellectuelles " (N. Chomsky) qui sont " imprimées dans l'âme par le dictat de la Nature elle-même ". Nous arrivons très vite au principe cartésien (et, doit-on croire, chomskien) du " consentement universel " basé sur les " notions communes " aux " hommes normaux " desquels sont exclus " les têtes dures, le fou, le faible d'esprit et l'imprudent " [6]. Ainsi, une science qui, au niveau technique, déploie un dynamisme sans précédent, témoigne dans sa théorie d'une arriération allant jusqu'à postuler des principes théologiques dont l'assise s'avère être, en dernière analyse, le sujet cartésien.

Ce que nous appelons un *géno-texte* est un niveau abstrait du fonctionnement linguistique qui, loin de refléter les structures de la *phrase*, et en précédant et excédant ces structures, fait leur anamnèse. Il s'agit donc d'un fonctionnement signifiant qui, tout en se faisant dans la *langue*, n'est pas réductible à la *parole* manifestée dans la communication dite normale (à ses universaux et aux lois de leur combinaison). Le géno-texte opère avec des catégories analytico-linguistiques (pour lesquelles nous devrions trouver à chaque fois dans le discours théorique des concepts analytico-linguistiques) dont la limite n'est pas de générer pour le phéno-texte une *phrase* (sujet-prédicat), mais un *signifiant* pris à différents stades du processus du fonctionnement signifiant. Cette séquence peut être dans le phéno-texte un mot, une suite de mots, une phrase nominale, un paragraphe, un " non-sens " etc.

5. N. Chomsky, *op. cit.*, p. 42.
6. *Ibid.*, p. 60-62.

Le géno-texte n'est pas une structure, mais il ne saurait être le structurant non plus, puisqu'il n'est pas *ce* qui forme ni *ce* qui permet à la structure d'être [7], fût-ce en restant censuré. Le géno-texte est le signifiant infini qui ne pourrait " être " un " ce " car il n'est pas un singulier; on le désignerait mieux comme " les signifiants " pluriels et différenciés à l'infini, par rapport auxquels le *signifiant* ici présent, le signifiant de la-formule-présente-du-sujet-dit n'est qu'une borne, un lieu-dit, une *ac-cidence* (c'est-à-dire un abord, une approximation qui s'ajoute aux signifiants en abandonnant sa position). Pluralité des *signifiants* dans laquelle — et non pas en dehors de laquelle — le signifiant formulé (du phéno-texte) est *situable* et, comme tel, *surdéterminé*. Le géno-texte est ainsi non pas l'*autre scène* par rapport au présent formulaire et axial, mais *l'ensemble des autres scènes* dans la multiplicité desquelles il manque un index écarté — écartelé — par la surdétermination qui définit, de l'intérieur, l'infini.

Cette pluralité infinie, seule, excède la dichotomie présent-autre où transparaît le transcendental, soit l'objet chu qui confirme l'*unicité* du signifiant au singulier, soit l'effacement du sens, qui ampute toute spécificité textuelle et la renvoie à tout jamais à un hors-sens désignant une clôture infranchissable. Ces deux conditionnels, de l'objet chu et du sens barré, trahissent la saisie par un " je " de la production qu'ils ne laissent pas lire dans ce pluralisme qui est le sien, production qui non seulement connaît la structure mais engendre sa translation et sa transformation, car elle est *plus* que cette structure et sa structuration; production qui non seulement connaît la clôture, mais la pré-voit car elle est cet espace infini-défini qui n'a rien *à voir* avec la clôture.

Insistant dans la *position* de la structure, le géno-texte la traverse, la translate et la pose dans la pluralité signifiante que la présence structurale a pour fonction d'omettre. Poser le géno-texte c'est donc viser une traversée de la position structurale, une *transposition*. " Cette visée, je la dis Transposition — Structure, une autre ", écrit Mallarmé (" Crise de vers ", *op. cit.*, p. 366).

---

7. Cf. sur le problème de la structuration : J. A. Miller, " Action de la structure " in *Cahier pour l'analyse*, n° 9, 1968.

Non structuré et non structurant, le géno-texte ne connaît pas le sujet. Extérieur au sujet, il n'est même pas son négatif nihiliste, car il est son autre œuvrant en deçà et au-delà de lui. Lieu hors-subjectif et hors-temporel (le sujet et le temps n'apparaissent que comme des accidents de ce vaste fonctionnement qui les traverse), le géno-texte peut-être présenté comme le *dispositif* de l'histoire de la langue et des pratiques signifiantes qu'elle est susceptible de connaître : les possibilités de toutes les langues concrètes existantes et à venir y sont " données " avant de retomber masquées ou censurées dans le phéno-texte.

Ces approximations concernant la distinction géno-texte/phéno-texte se rapprochent des théories linguistiques générativistes de Šaumjan-Soboleva auxquelles les termes eux-mêmes sont empruntés [8].

B. La distinction géno-texte/phéno-texte oblige le discours qui s'attaque au fonctionnement signifiant à un dédoublement constant qui définit dans tout énoncé linguistique deux plans : celui du phénomène linguistique (la structure) relevant du *signe* et susceptible d'être décrit par l'appareil de la sémantique structurale que la pensée du signe suppose; celui de l'engendrement signifiant (la germination) qui n'est plus subsumable par le signe, mais s'organise par l'application de *différences* de caractère *numérique* (nous y reviendrons).

A la *surface* du phéno-texte le géno-texte joint le *volume*. A la fonction *communicative* du phéno-texte le géno-texte oppose la *production de signification*. Un double fond apparaît ainsi dans chaque produit signifiant : une " langue " (production signifiante) dans la langue (communicative), le texte — à la jointure des deux. Une " langue " germinatrice et destructrice qui produit et efface tout énoncé, et qu'il s'agit de capter pour ouvrir la surface de la communication au travail signifiant qu'elle occulte.

---

8. Cf. Šaumjan-Soboleva, *le Modèle génératif applicatif et les calculs des transformations dans la langue russe*, Moscou, 1963; et *Fondements de la grammaire générative de la langue russe*, Moscou, 1968; de même que S. K. Šaumjan " Out-line of the applicational generative model for description of language " in *Foundations of Language*, n° 1, 1965.

La mise en place de ce double fond ne signifie pas que nous posons une profondeur idéale, non-linguistique ou " mentale ", préexistante comme cause de la parole communicative et susceptible d'une transcendentalisation archi-philosophique. S'il est en retrait du phénomène linguistique, ce double fond ne le précède ni ne le provoque. Il est sa propre germination, autrement dit l'action de la germination du phénomène comprise dans ce phénomène même et par le fait de cette compréhension le dissolvant, le stratifiant, le spatialisant, le dynamisant, l'ouvrant en volume signifiant non-chosifiable. Le texte se présente alors comme un corps résonnant à registre multiple, et chacun de ses éléments obtient une pluridimensionalité qui, renvoyant à des langues et des discours absents ou présents, leur donne une portée hiéroglyphique. La génération est aussi phénoménale que le phénomène est germé. On voit comment la distinction entre les deux termes géno-texte/phéno-texte si elle est purement didactique n'en procède pas moins d'une démarche *matérialiste* qui pose le principe de la structuration dans la matière même du structuré, démarche adoptée par un discours qui se veut théorique et qui essaie de penser une production textuelle qui, elle, vit constamment sur le devenir de la génération en formule, de l'engendrement en semence, et dans leur réfraction réciproque qui tisse le texte.

Insistons sur le fait que cet engendrement n'engendre aucun " fait " en dehors de lui-même. Il est le processus engendrant, l'accumulation et la croissance des " germes ", la germination, et n'a rien de commun avec la création d'une *descendance*, d'un *produit* qui lui serait extérieur et dans lequel le *générateur* pourrait observer son échec de *germer*.

La *formule* apposée à la germination est un complexe textuel qui à force d'être la *fréquence* de la germination, c'est-à-dire d'indiquer une pluralité infinie, ne *dit rien*. Est formule, donc, non pas l'expression d'un sens formulable ayant atteint le formulé ultime, mais un *reste* corrélé à la germination dont il n'est ni l'effet ni la cause, mais le *sceau* à lire comme illisible, la chute indispensable par laquelle la germination se défend de devenir une génération, c'est-à-dire d' " enfanter ", d'avoir une progéniture — un Sens.

Aussi dirons-nous que la *formule* n'est pas un objet, et si elle se donne pour tel (*Nombres* s'appelle " roman " et s'achète) c'est parce qu'elle est un leurre qui broie tout objet, lui interdit de se construire en sécurité, le désaxe et le replace dans le travail sans *prix*, donc non-objectivable, non-échangeable, non-marchandable : " le travail est la mesure interne des valeurs, mais il n'a lui-même aucune valeur ". Lieu meurtrier pour tout prix, tout produit, tout échange, la formule démystifie la valeur de l'objet en montrant ce que tout objet ayant Un Sens communicable oblitère : le processus de travail infini qui germe en lui. Or, si la germination chute, en un point, en formule, c'est pour éprouver de nouveau le vertige de l'infinité comblée, plurielle et débordante qu'il faudrait laisser couler avec l'encre sur le papier. Car la formule étant un leurre, elle se constitue en corps qui peut affronter le miroir et s'y voir. Alors, le *vu*, par un ricochet nécessaire, refond la germination, la coupe pour la transformer, donc l'arrête en la préparant pour une nouvelle et autre formule : " (1.81) Germes groupés et disséminés, formules de plus en plus dérivées, avec, partout à l'œuvre, le geste de soutenir, de revenir, de couper et de transformer. "

Ainsi, la formule est inhérente à la germination, elle est sa projection et son ressort, sa coupure et son désir : ces yeux qui voient sans se voir et sans la voir, mais qu'elle inclut. Dépôt et relance, la formule est le travail double — appartenant à son espace infini et appelant un autre autrement infini, du fait d'être, entre eux, comme lieu de *débordement* de la germination : ce surplus qui la coupe et la demande, qui sera à délaisser et qui laissera place à une nouvelle germination jusqu'à un nouveau débordement.

Si nous employons le terme " formule " pour désigner l'aspect sous lequel le texte se présente, c'est aussi pour mettre en rapport le processus de la signifiance tel qu'il s'opère dans le texte, avec l'opération de formulation logico-mathématique qui, la première, marque les époques de la symbolicité, c'est-à-dire l'histoire " monumentale ". Ainsi, les textes seront à envisager comme des *formules* de la signifiance dans la langue naturelle, comme des remaniements et des refontes successives du tissu de la langue. Des formules qui occuperaient un lieu parallèle et autant, sinon plus, important pour la constitution et la transformation de l'histoire monumentale que les découvertes mathématicologiques. Un travail immense s'ouvre devant nous : trouver comment *les textes* au cours des âges se sont faits les agents des transformations des systèmes de pensée, et ont porté dans l'idéologie ces refontes du signifiant qu'ils sont seuls, avec le travail logico-mathématique, à produire.

En fait, jusqu'à la coupure épistémologique de la fin du XIXᵉ siècle, ces opérations formulaires dans le tissu de la langue ont été bloquées, sans être totalement empêchées, par l'idéologie de la littérature comme représentation d'un dehors, la rhétorique ne proposant pas de formules autres que celles résumées dans la géométrie primaire. Il est évident qu'aujourd'hui une accélération se produit sur tous les fronts de la production symbolique, et l'inscription textuelle introduit coup sur coup ce que l'histoire du symbolique a pratiqué successivement au cours des siècles. Les opérations formulaires de Mallarmé, Lautréamont, Artaud font dans la langue ces révolutions que l'introduction de notations différentes — les nombres imaginaires, les nombres irréels, etc. — ont produites à leur place dans le symbolique. Ces innovations formulaires dans les opérations textuelles sont à mettre à jour pour constituer une *sémanalyse* ouvrant vers une théorie matérialiste de la signification.

Formule aussi pour mettre en relation le texte avec les grands codes sacrés sur lesquels l'humanité se règle au cours des siècles, et qui sous la forme de *formules-lois* dictent à l'idéologie ce que le signifiant opère sans le parler.

Penser le phéno-texte comme une formule exige qu'on ouvre en lui un couloir de réminiscence double — à la fois vers le processus *symbolique*/mathématique que la signifiance textuelle rejoint en le pratiquant dans la langue, et vers le corpus *idéologique*/mythique qui sature chaque bloc de l'histoire monumentale.

	symbolique mathématiques	*idéologique* mythes
GÉNO-TEXTE		
	catégories de la langue	
PHÉNO-TEXTE	formule	

C. Quelle position dans le discours théorique permet de dégager, à travers le reste structuré, une production signifiante non-accaparée par un sujet et subsumant l'historicité linguistique ? Il est évident que c'est le sujet du discours théorique qui perce la surface phénoménologique de l'énoncé (le phéno-texte) qui est sa propre surface de description, et trouve non pas une énonciation (qui n'est que l'énoncé différé et par là tout aussi phénoménologique que lui) mais le processus signifiant qui sous-tend le discours descriptif lui-même. Autrement dit, le sujet du discours théorique, qui aurait pu s'ignorer dans une description phénoménologique, continue s'ignorer (cette reconnaissance étant le propre du sujet de la science, cf. Miller) tout en se reconstituant dans un discours non soumis à une description objectale : c'est le discours qui pose le géno-texte. Le dédoublement du texte en géno-texte et en phéno-texte n'est au fond qu'un dédoublement du discours théorique. Si en parlant du phéno-texte la sémiotique oublie son sujet pour recueillir (λεγειν) une vérité signifiante, en reconstituant le géno-texte la sémanalyse s'approprie cette première parole et son sujet oublié, s'approprie donc son propre discours, s'auto-approprie pour ignorer de nouveau son sujet, Mais après ce parcours, ce sujet n'est pas identique à celui qui, au niveau du phéno-texte, accueillait une vérité. Dans ce second temps il advient un fait nouveau : du lieu de sa forclusion, le sujet feint de confirmer sa vérité en affirmant ce qui la corrompt : son engendrement. Forclusion au second degré, ce discours sur le double fond infini, toujours fuyant, toujours repoussé, devient l'hypostase d'un sujet mobile, infixable. Par l'acte d'auto-possession qu'est la brisure de la structure signifiée et son ouverture vers son engendrement signifiant, par le passage de la forclusion du sujet vers la mise de cette forclusion à la place de la Loi = du Désir, le discours scientifique passe au discours théorique : la psychose se mêle à la perversion [9].

Nous allons tenter de soutenir dans ce qui suit un tel type de

9. " Tout le problème des perversions consiste à concevoir comment l'enfant, dans sa relation à la mère, relation constituée dans l'analyse non pas de sa dépendance vitale, mais de sa dépendance de son amour, c'est-à-dire par le désir de son désir, s'identifie à l'objet imaginaire de ce désir en tant que la mère elle-même le symbolise dans le phallus " (Lacan, *Écrits*, p. 554).

discours qui est bien entendu entièrement rendu possible et, disons-
le, entièrement *prévu* par le texte que nous abordons : *Nombres*
de Philippe Sollers. Car c'est un texte dont la spécificité même
exige que tout en pratiquant dans ses *formules* les lois de cet engendrement dont ses formules sont le *reste*, il représente dans son
récit, c'est-à-dire au niveau de ce qui est raconté, les principes
théoriques, épistémologiques ou politiques dans lesquels ce qui
est *écrit* peut se *dire*. C'est justement ce niveau du texte qui assure
la couverture — la preuve — du discours : c'est là, dans ce miroir
indispensable du récit représentant, en courbe concave, ce qui est
en train de se construire, que la théorie s'injecte pour tenter en
vain de le liquéfier. Tentative sans cela inutile, si l'on admet —
et c'est ce que nous faisons — qu' " il est devenu impossible, à
partir d'une rupture précisément situable dans l'histoire, de faire
de l'écriture un objet pouvant être étudié par une autre voie que
l'écriture même (son exercice, dans certaines conditions) [10] ".

Fixant ainsi les limites de notre essai, nous lui attribuons par
là même un rôle de *médiation* entre ce qui se pratique à la sortie de
la représentation (le texte) et ce qui y reste pris (ce que le texte
doit représenter pour le corps social). Médiation qui rappelle depuis
un rêve irracontable le récit nécessaire pour faire agir ce rêve.
Médiation représentative, exigée par les lois mêmes du texte qui,
comme nous allons le démontrer plus tard, loin de transcender
la représentation, la *contient* et la prévoit en dehors de lui pour
imprimer ainsi le *contre-sceau* de ce sceau par lequel il marque
l'infinité signifiante, et qui l'empêche ainsi de s'évanouir dans une
transcendance.

---

10. Ph. Sollers. " Programme ", in *Logiques*.

II. LA FONCTION NUMÉRIQUE DU SIGNIFIANT : LE NOMBRANT.
LA DIFFÉRENTIELLE SIGNIFIANTE.

> *Les atomes, qui sont doués de tous les pouvoirs,
> se transforment par séparation et par conjonc-
> tion en ombre, en chaleur, en obscurité et en
> parole. Les atomes ultimes — paramanu — de
> la parole, quand leur pouvoir propre se manifeste,
> sont mis en branle par un effort d'articulation
> et s'amassent alors comme des nuages.
> C'est seulement pour exposer l'objet de la gram-
> maire que les phonèmes sont pourvus de sens.
> Mais les radicaux verbaux, etc., à l'état isolé,
> n'ont aucun sens pour l'usage courant...*
>
> Bhartṛhari, Ve siècle.

> *Le Nombre est une multiplicité mesurable par
> l'unité.*
>
> Aristote, *Métaph. I*, 1057 a.

> *Chez moi les infinis ne sont pas des tout et les
> infiniment petits ne sont pas des grandeurs. Ma
> Métaphysique les bannit de ses terres.
> Je considère les quantités infinitésimales comme
> des Fictions utiles.*
>
> Leibniz.

La science moderne de la signification de la langue se donne comme élément de base une entité porteuse d'un *sens* et suscep-tible d'être combinée dans une structure qui finit par lui donner définitivement une signification. On a voulu voir cette entité dans le *mot*, et tel est le point de départ de la théorie saussurienne du signe. De nos jours, la sémantique structurale isole quasi arbi-trairement des sèmes à l'intérieur d'un lexème, lesquels ne sont que des " idées " sans aucun support matériel ni autre raison d'être que l'intuition du locuteur rassuré par la statistique (Greimas, Pottier). De sa part l'analyse distributionnelle, tout en gardant le mot comme entité, définit son sens en tenant compte de ses rap-ports contextuels et en même temps de la syntaxe (Harris et ses successeurs : Apresjan parle de " signification syntactique "). Mais dans les deux cas l'unité du signifiant du mot n'est pas mise en cause : aucune théorie de la signification linguistique ne s'attaque à lui.

Trois tentatives, assez divergentes, semblent pourtant dissoudre
cette unité.

La première fut celle de l'École Phonologique de Prague qui,
passant outre l'unité donc l'expressivité du mot [11], atomisa même
le son [12] et ne retint de la face sonore du mot que les traits oppositionnels à fonction distinctive dans la langue. Le phonème a pu
être défini comme " la *marque* phonique sur la figure du mot " ou
bien ainsi : " les phonèmes du langage ne sont pas des sons, mais
seulement des *traits* sonores réunis ensemble " (Bloomfield. Nous
soulignons). Évidemment, les recherches phonologiques ne repo-
saient pas sur une théorie du signifiant, et, au niveau empirique
où elles se situaient, ne visaient pas une théorie de la signification.
Pourtant, la pulvérisation du mot et la fixation de l'investigation
linguistique sur le signifiant sonore démembré de la langue, pouvait laisser prévoir qu'une pensée sur le fonctionnement symbolique
y prendrait son point de départ. En effet, le rapport établi par
Jakobson entre le phonème et ce que les grammairiens indiens
appelaient " sphota " — et que nous définirons comme le surdéterminant conceptuel du phonème [13] — allait dans ce sens. Mal-
heureusement, l'expansion de la phonologie se fit au détriment
de son approfondissement théorique. On a pu observer, notam-

11. " Chaque mot est plutôt un tout phonique, une *silhouette*... Les phonèmes sont
les marques distinctives des silhouettes des mots " (Troubetzkoy, *Principes de phonologie*, Klinksieck, 1967).
12. " Le phonologue ne doit envisager en fait de son que ce qui remplit une fonction
déterminée dans la langue " (*ibid.*).
13. Le *sphota* n'est pas de l'ordre du *phonème*. Si les phonèmes — *dhvani* — sont les
atomes de la chaîne sonore la divisant à l'infini jusqu'à l' " indescriptible " et l' " inexis-
tant ", le *sphota* est ce qui assure l'unité, et par là l'intelligibilité et l'existence (la réalité)
de cette discontinuité tout en étant désigné par elle. Surdéterminant du phonème,
à la fois son et sens, le *sphota* est l'unité de (et) l'infiniment différencié. On remarquera
la contradiction dialectique de même que le type de causalité (de/et) qui se joue dans
ce terme, et par lesquels la théorie du *sphota* participe à la conception du réel comme
mutation-action-transformation plurielle.
     Pour les grammairiens indiens qui ne se posaient pas le problème de la substan-
tialité, le *sphota* — point minimal de la surdétermination de la signification, *manifesté*
en action par le déroulement de la parole dite — est désigné ainsi : " Cette énergie qui
a nom parole a pour ainsi dire la nature d'un œuf (d'abord indifférencié et donnant
naissance à un paon aux couleurs variées). Son développement se fait successivement,
partie par partie, à la manière d'une action (d'un mouvement) " (cf. Vakyapadiya,
I, 51). A propos de la théorie du sphota cf. Madeleine Biardeau, *Théorie de la connaissance
et philosophie de la parole dans le brahmanisme classique*, Mouton et Co. 1964; Sphota
Siddhi, éd. Institut français d'Indologie, 1958.

ment dans un certain structuralisme, la transposition directe de quelques principes phonologiques sur le plan de la signification fondée sur l'a priori que la signification serait une combinaison d'unités autonomes en opposition binaire. Cette démarche élimina du champ ainsi constitué le problème de la signification comme *développement* de même que le problème de sa surdétermination, et entraîna la conception statique et mécaniste de la signification comme une " totalité " composée de " parties " : une conception qui règne aujourd'hui dans la sémantique structurale et la rend impuissante devant un *texte*.

Une contribution autrement majeure à laquelle nous devons la première percée hors du positivisme dominant les discours sur la signification, est celle de Jacques Lacan. Voulant " montrer comment le signifiant entre en fait dans le signifié, à savoir sous une forme qui, pour n'être pas immatérielle, pose la question de sa place dans la réalité ", Lacan définit la *lettre* comme " support matériel que le discours concret emprunte au langage [14] ", comme " structure essentiellement localisée du signifiant [15] ". Réactivant la pensée de Freud (*Traumdeutung*) sur le rêve comme rébus et hiéroglyphe, Lacan non seulement insiste sur le signifiant comme anticipant sur le sens, mais conceptualise de façon radicalement nouvelle le rapport signifiant/sens comme un rapport d'*insistance* et non pas de *consistance* [16]. Le point nodal de cette insistance incessante du signifié fuyant sous le signifiant serait l'idéogramme comme lettre et la lettre comme idéogramme, c'est-à-dire une texture de signifiants multiples et perdus [17].

Les *Anagrammes* de Saussure sont à situer parmi ces théories qui cherchent la signification à travers un signifiant démantelé par un sens insistant en action. Comme s'il reniait sa propre théorie du signe, Saussure découvre la *dissémination* [18] de ce qu'il croit être

14. *L'Instance de la lettre dans l'inconscient*, p. 495.

15. *Ibid.*, p. 501.

16. " D'où l'on peut dire que c'est dans la chaîne du signifiant que le sens *insiste*, mais qu'aucun des éléments de la chaîne ne *consiste* dans la signification dont il est capable au moment même " (*ibid.*, p. 502). Ne pourrait-on pas voir ici le décalage sensible entre la théorie lacanienne et la démarche structuraliste orientée vers la description d'une " consistance " ?

17. " Un cryptogramme n'a toutes ses dimensions que lorsque c'est celui d'une langue perdue " (*ibid.*, p. 503).

18. Cf. pour ce concept J. Derrida, " La dissémination " in *Critique*, Février-Mars, 1969.

un nom de chef ou de dieu à travers le texte. Cette action du signifiant que nous avons nommée " paragrammatique ", brise définitivement l'opacité objectale de la langue et l'ouvre vers ce double
fond que nous avons évoqué en commençant : l'engendrement
du géno-texte. Aujourd'hui, il paraît presque sûr que Saussure
s'est trompé sur le privilège à accorder au nom propre comme
noyau de la paragrammatisation. Il a pourtant découvert à travers
cette " erreur " une loi qui semble régler toute écriture textuelle
et qu'on pourrait définir ainsi : l'expansion d'une fonction signifiante précise à travers l'ensemble d'un signifiant textuel donné
écartant le signe et le mot comme unité de base de la signification.
Le paragrammatisme pose comme point de départ une fonction
signifiante minime concrétisée par une ou plusieurs lettres (ou
phonèmes qui sont ici des marques distinctives et non pas des
expressions). Cette " fonction " se *développe* (agit) en une séquence
textuelle pour laquelle la phrase n'est pas une limite. Dans une
telle perspective il n'y a plus ni " enchaînement " ni " chaîne
signifiante ", parce qu'il n'y a pas d' " unités " qui se juxtaposent.
Par contre, les lettres deviennent le " support matériel " que le
phéno-texte donne au géno-texte, ou mieux, la focalisation du
processus signifiant (" la structure essentiellement localisée du
signifiant "), le *point* signifiant dans lequel insiste l'engendrement
infini.

C'est à partir de ce point, justement, que nous voudrions situer
notre discours sur *Nombres*.

En traversant, en transgressant le mot et la phrase, le signe et
la structure, le signifiant-se-produisant *dispose* [19] d'une infinité
signifiante en unités graphiques ou phoniques.

" Infinité signifiante " veut dire toutes les possibilités enre-
gistrées, ou à venir, de la combinaison linguistique, les ressources
illimitées du signifiant telles que différentes langues et différentes
pratiques signifiantes s'en sont servi ou s'en serviront. Dans une
telle acception, l'infini n'est pas un concept privatif (comme il

---

19. " La problématique spécifique de l'écriture se dégage massivement du mythe
et de la représentation pour se penser dans sa littéralité et son espace. Sa pratique est
à définir au niveau du " texte " dans la mesure où ce mot renvoie désormais à une
fonction que cependant l'écriture " n'exprime " pas mais dont elle *dispose*. Économie
dramatique dont le " lieu géométrique " n'est pas représentable (il se joue) " (Ph. Sollers, " Programme ").

l'est dans la philosophie grecque et moderne, cf. *a-peiron*, de même que *a-leteia*), parce qu'il n'est pas une absence et que rien ne lui manque (" L'infini est ce à quoi il manque toujours quelque chose ", Aristote). De ce fait, il surgit matériellement dans le phéno-texte comme axe de sa germination.

" Unité graphique ou phonique ", dans laquelle l'infini signifiant insiste, est l'ensemble signifiant minimal isolé dans le phéno-texte. Un " ensemble " qui, pour se constituer, peut disloquer le mot ou bien ne pas respecter ses confins, soit en englobant deux lexèmes soit en brisant un autre en phonèmes, pourvu qu'il ramène une série non finie de sens, une signifiance infinie pourtant toujours localisable dans divers textes et cultures. Se présentant comme une " unité " qui désigne une infinité, cet ensemble signifiant est plutôt une multiplicité mesurable parce que localisée et concrétisée. Sans représenter une " essence " ou un signifié, ce que nous appelons, en ce lieu de notre réflexion, un " ensemble signifiant " marque une répartition *plurale* et *contingente* de l'infinité signifiante. Pour cette raison, nous dirons que cet ensemble signifiant minimal a une fonction numérique et s'homologue à ce qui, dans le symbolique, a été désigné par " nombre ". Au lieu de se constituer sur le *signe* en renvoyant au référent ou au signifié, le texte joue sur la fonction numérique du signifiant, et ses ensembles différenciés sont de l'ordre du nombre. Ce signifiant, le signifiant textuel, est un *nombrant*.

Cette homologie exige le rappel suivant :

De tout temps, le nombre a été considéré comme le point nodal où se marque l'infinité différenciée, non-homogénéisée. Point de naissance de la science et de la mystique, de leur divergence mais aussi, parfois, de leur convergence (Pythagore, le néo-platonisme, la Kabbale). Entaille dans l'infini, un infini " mis aux points ", le nombre est le premier mouvement d'organisation, c'est-à-dire de démarquage et d'ordination. Mouvement qui diffère du simple " signifier " et, dirons-nous, couvre un espace plus vaste où " signifier " peut être compris et mis à sa place.

Ainsi, pénétrant à l'intérieur du signe, la sémanalyse découvre le *nombrant infini* qui dispose d'un *nombré* (les ensembles graphiques et phoniques) avant de lui trouver un référent ou un signifié et en faire un signe. Marque, nœud, rangement, monstration/ana-

phore/ : telles sont les fonctions du nombrant. Bâtonnets, entailles,
nœuds, coquillages, noix : tels sont les premiers nombres (au
IVe millénaire av. J.-C., les Mayas comptaient par nœuds et par
gerbes de cordes). Ranger les bâtonnets (10 éléments = 1 paquet;
20 éléments = 1 paquet, chez les Mayas, 3 000 ans av. J.-C.) est
déjà une mise en ordre de l'infini et la base du système de numération.

Dès l'origine, le nombre ne *représente* ni ne *signifie*. En dehors
de l'imitation (de la mimesis et de l'art), aussi bien que de l'" idéal "
et par conséquent de la signification et, de la vérité prise dans son sens
métaphysique, le nombre n'a pas d'extérieur ni d'intérieur. Il n'est
pas provoqué, produit, causé par autre chose que lui. Infinité qui se
montre en se marquant, le nombre est *anaphorique*, sa fonction est
de *désigner* la pluralité, de la dé-signer (les Tarahumaras montrent
quand ils comptent).

Au cours de l'évolution des mathématiques la notion de nombre
subit des variations multiples (nombres négatifs, nombres imaginaires, nombres rationnels, nombres irrationnels, les groupes de
Galois, les idéaux de Kummer et Dedekind, etc.). dont la désintrication épistémologique demande des études spécifiques [20].
Notons pourtant deux conceptions du nombre qui nous intéressent
pour la réflexion générale que nous poursuivons actuellement.

Le rationalisme cartésien voit le nombre à la lumière d'une
problématique de la constitution du sujet. Les nombres mis sur
le même plan que les universaux " dépendent de notre pensée [21] ",
mais en même temps représentent des choses concrètes [22]. Constructions toutes idéales et subjectives, ils seraient des modes de la

20. Le travail d'A. Badiou " La subversion infinitésimale " in *Cahiers pour l'analyse*, n° 9, est le premier dans ce sens.
21. " De même que le nombre que nous considérons en général, sans faire réflexion
sur aucune chose créée, n'est point hors de notre pensée, non plus que toutes ces
autres idées générales que dans l'École on comprend sous le nom d'universaux "
(Descartes, " Principes 58 ").
22. " Ainsi, s'il est question de nombre, imaginons un sujet quelconque que puissent mesurer un grand nombre d'unités, quoique l'entendement ne réfléchisse d'abord
qu'à la multiplicité de ce sujet, nous prendrons garde qu'il ne finisse par en tirer quelque
conclusion, où la chose nombrée soit supposée avoir été exclue de notre conception,
comme font ceux qui attribuent aux nombres des propriétés merveilleuses et des
qualités illusoires, auxquelles certes ils n'ajouteraient pas tant de foi, s'ils ne conce-
vaient pas le nombre comme distinct de la chose nombrée " (Descartes, " Règle XIV pour
la direction de l'esprit ").

durée dans la mesure où celle-ci est le signe de la finitude du sujet [23]. Le sujet conscient de la durée, donc de sa propre limite, l'*ordonne* et aboutit ainsi à la science des nombres. Unité intermédiaire entre les différentes parties de l'ordre mathématique [24], le nombre rend la mesure possible, uniformise la méthode et fonde la géométrie algébrique où la totalité serait mesurée par l'adjonction des parties. Quant à l'espace et à l'infini, ayant été exclus du sujet et par conséquent du nombre, chassés de l'entendement pour être relégués dans l'imaginaire, ils seront attribués à Dieu : support indispensable et complément nécessaire au sujet et à sa science.

Une forclusion initiale permet le raisonnement cartésien : celle du signifiant et/ou de son fonctionnement extra-subjectif. Le nombre est alors réduit à un *signe* dans la mesure où une dichotomie s'affirme entre les " choses " et les " idées ", celles-ci représentant celles-là : le rationalisme entraîne un " matérialisme " pourvu que le tout soit appuyé sur Dieu. Bien sûr, le référent de ce " signe " numérique est mis entre parenthèses, sa valeur est amincie au possible de sorte qu'il est réduit à un " posé " que le signe dont il s'agit n'évoque pas *concrètement* mais suggère comme *extérieur*. Ainsi le fond idéologique et les lois syntagmatiques de ce " nombre " cartésien rappellent celles du signe.

On comprend alors comment ce nombre-signe, parce qu'il crée la finitude, crée le temps, de même que le signe hégélien et saussurien vit du temps dans la durée. Lieu de conversion de l'espace infini en durée — finitude pour le sujet, le nombre-signe pose le temps pour pouvoir en cerner (immobiliser) une fréquence comme mesurable. Subjectif, temporel, il l'oublie pour se présenter à la surface comme nécessairement structural : dans la clôture d'une totalité, des parties s'agencent de façon linéaire et réversible, l'analyse se transformant en synthèse et réciproquement. La géométrie algébrique peut être ainsi construite, mais non pas l'analyse de

---

23. " Nous concevons ainsi très distinctement ce que c'est que la durée, l'ordre et le nombre, si, au lieu de mêler dans l'idée que nous en avons ce qui appartient proprement à l'idée de la substance, nous pensons seulement que la durée de chaque chose est un mode ou une façon dont nous considérons cette chose en tant qu'elle continue d'être; et que pareillement l'ordre et le nombre ne diffèrent pas en effet des choses ordonnées et nombrées, mais qu'ils sont seulement des façons sous lesquelles nous considérons diversement ces choses " (Descartes, " Principes 55 ").

24. Cf. J. Vuillemin, *la Philosophie de l'algèbre*, P.U.F., 1962, p. 20.

l'espace, c'est-à-dire la géométrie analytique que Leibniz fondera
en réfutant Descartes... Aussi pourrait-on dire que les principes
structuraux sont donnés en germe par Descartes, et le nombre y
participe. Chomsky peut y voir un ancêtre : en effet, le sujet parlant dont Chomsky " génère " les énoncés est le même sujet nombrant à la cartésienne qui pour exister a besoin de mettre hors de
soi l'espace et l'infini sous le nom de Dieu.

C'est le calcul différentiel de Leibniz qui restitue l'infinité
au signifiant forclos. Son infinitésimal redonne au nombre sa
fonction d'*infini-point* [25] qui constitue la spécificité de cet actant
symbolique, et en fait la marque qui actualise dans la notation
scientifique tout l'espace où se meut le signifiant. L'infinité transparaît dans l'écriture du " sujet " connaissant et bouleverse ses
fondements en allant même jusqu'à le méconnaître. Le processus
symbolique n'est plus une mensuration du tout en ses parties. L'infini-point obéit aux lois de transition et de *continuité* : rien n'équivaut
à rien et toute coïncidence cache en fait une distance infiniment
petite. Il ne forme donc pas de structure, il pose des fonctions,
des relations, qui procèdent par approximation. Jamais comblée,
une différence reste entre le nombre marqué ainsi (π) et l'ensemble
des termes susceptibles de l'exprimer $\left(\dfrac{\pi}{4} = 1 - \dfrac{1}{3} + \dfrac{1}{5} + \dfrac{1}{7} + ...\right)$.
L'unité est donc disloquée. Le nombre-signe, miroir unifiant, est
brisé, et la notation s'engage au-delà de lui. La *différentielle* qui en
résulte et qui équivaut à l'infiniment petit syncatégorique (*in fieri*)
des nominalistes du XIVᵉ siècle, n'est pas une unité qui s'ajoute-
rait à d'autres pour faire un tout, mais le glissement même de
l'infini dans l'énoncé clos.

Ce glissement nous met devant la célèbre continuité leibnizienne :
il ne s'agit pas là de combler toutes les étapes de l'approchement
de la limite, mais simplement de poser le principe d'une transition [26].
On ne présentera donc plus une durée poursuivie point par point
(mesurée), mais un espace désigné, décomposé, analysé : la géométrie n'est plus algébrique mais analytique.

A la place d'une combinaison d'unités en un tout, le signifiant
illimité dispose des différentielles. La perspective cartésienne

25. A. Badiou, *op. cit.*
26. J. Vuillemin, *op. cit.*, p. 39.

s'éloigne et le sujet, au lieu d'être une cause limitée qui limite le signifiant, n'est qu'un moment — un site [27] — du signifiant autrement illimité. La connaissance n'est plus une totalisation, mais une procédure d'enlèvement, d'épuisement, par laquelle l'infini se rapproche d'un terme toujours manqué. L'infini agissant n'atteint donc pas son plein, mais c'est au plein que quelque chose manque, c'est lui la limite en tant que non-infini, manque, notion privative.

Il a fallu le xxᵉ siècle avec Cauchy et Abel pour que les notions de limite, de convergence etc. justifient théoriquement la différentielle de Leibniz. Aujourd'hui le trans-fini cantorien et la théorie des ensembles opèrent avec l'infini. Mais le point qui nous intéresse ici, où il est question du travail structurant du signifiant à la couture du géno-texte et du phéno-texte, appelle avant tout la réflexion leibnizienne puisque c'est elle qui à travers un système fini de marques ramène l'infinité.

Ce que nous avons appelé plus haut la fonction numérique du signifiant devient plus clair à la lumière de la différentielle leibnizienne. Si le signifiant textuel est un nombrant, l'élément graphique ou phonique qui l'actualise et qui inscrit l'infini nombrant, serait appelé une *différentielle signifiante*. De nature différente de tous les *sèmes* envisagés jusqu'à présent (tous les sèmes représentent un signifié), essentiellement variable, plus petite que tout sème fixe si petit soit-il, la différentielle signifiante est l'infini-point pour une sémanalyse. Sa zone d'action s'étend du mot-signe à l'action du signifiant infini. C'est là où se joue l'espace textuel, espace de relations et de transitions et non pas totalité constituée de parties ; un espace qu'on ne saurait épuiser par une description méthodique, mais dont la cohérence est assurée par " la permanence d'une même raison pendant la transition ". Autrement dit, l'espace de la signifiance serait conçu comme un objet de connaissance *surdéterminé* par la mise en place du principe de la différentielle signifiante, et non pas comme un espace structuré. La différentielle signifiante sera de cette manière le lieu qui fait pénétrer le géno-texte dans le phéno-texte, et qui amène l'espace signifiant sur la ligne énoncée dans la langue. Tout près du signe, mais toujours gardant ses distances par rapport à lui, la différentielle signifiante s'en éloigne de

27. M. Serres, *le Système de Leibniz*, P.U.F., 1968.

plus en plus dans l'infini signifiant, tout en faisant semblant d'approcher du sens ultime du signe.

En effet, le concept d'infinité s'applique aussi bien à une analyse du langage de type rationaliste (tel l'infini chomskien). Le signe peut apparaître aussi comme un foyer de l'infini qu'il divise et actualise [28]. Mais cet infini est un infini-dehors, un fond indéfini plutôt qu'infini, dans lequel le fini s'effectue. Le signe peut se libérer de plusieurs contraintes (le concept, la grammaire) dans son aspiration vers cet infini-dehors initialement et pour jamais dissocié de lui. C'est ainsi qu'il opère dans l'expérience surréaliste : invention de mots nouveaux, écriture automatique etc. Les mots-signes peuvent se succéder et se tordre de façon indéfinie pour marquer que la langue nage sur un fond idéal illimité duquel émergent ces signes. Mais quelque variable qu'il soit, le signe est fixé doublement : dans son rapport Sa-Se, et dans sa prévisibilité par la langue. Si j'invente un mot ou une construction inexistants dans aucune langue et comme tels étant un défi à tout sens, à tout signifiant, alors j'écris " l'impossibilité de l'impossible " (Badiou) et, par ce geste même, je soumets mon travail aux lois intransigeantes de la langue, présente ici en face du sur-réel (du sur-signifiant) que je force. En désignant ainsi le fond infini comme un dehors impossible, je permets qu'on lise ma langue comme *finie*, close, bornée. De telles " transgressions ", de type " surréaliste ", visant une infinité sur-matérielle parce que au-dessus du signifiant réel de la langue, deviennent la mesure interne d'un système linguistique codifié; en les rejetant, la langue close et signifiante indique ses propres censures, ou autrement dit, permet certains énoncés " transgressifs " (c'est-à-dire non-signifiants) pour qu'on puisse lire leur non-transgressivité.

Il en est tout autrement de la différentielle signifiante. Elle est la marque de l'infini des signifiants actuels (et non pas horssignifiant) pour laquelle il manque une place dans l'ordre des signes *supportés* par l'infini. Aucun signe ne peut occuper cette place. Elle trouve son site dans le corps du nombrant infiniment grand,

---

28. " La valeur d'un symbole est de servir à rendre rationnelles la pensée et la conduite et de nous permettre de prédire l'avenir... Mais une loi générale ne peut se réaliser pleinement. Elle est une potentialité, et son mode d'être est *esse in futuro* " (Ch. Peirce, " Existential graphs ", ouvrage posthume : *Mon chef-d'œuvre*).

dans lequel se retrouve aussi le corps des signes, mais en tant que sous-ensemble localisable et non plus comme donnée initiale et centrale de la pensée. Les différentielles signifiantes sont de l'ordre des nombres infinis, et leur existence est justifiée par l'introduction du concept de signifiant infini, de *signifiants* inscrits dans ce que nous avons appelé le *nombrant*.

Rappelons que la problèmatique de la différentielle signifiante, si l'on considère qu'on peut la rattacher au rôle que Lacan attribue à l'instance de la lettre dans l'inconscient, est pourtant souvent et doublement étouffée. Une des démarches propre à une certaine psychanalyse consiste à rationaliser l'instance de la lettre en posant devant elle le signe — une finitude de sens — comme limite à atteindre en l'approchant. L'autre tentative, toujours propre à une interprétation psychanalytique, se résume dans le refus total de la notion de signe, donc de limite, et par là aboutit à un renoncement du signifiant trop chargé de logocentrisme. Chacune de ses tentatives étant imprégnées d'un refoulement spécifique commun : éviter de penser le marqué en tant qu'infinité définie dont il est l'ac-cident, il nous semble qu'elles peuvent être surmontées par la mise en place de la *fonction numérique* des *signifiants*, c'est-à-dire par la mise en place du *nombrant* dans lequel s'inscrit la différentielle. Cette mise en place n'a pas besoin de se justifier par rapport au signe comme entité signifiante, mais se grave dans un domaine nouveau, *signifiants* sans " vouloir dire ", car " signifiant " infiniment.

Le nombrant ne sépare pas le signifiant du signifié, mais ne peut se passer d'aucun d'eux. Il est les deux ensembles puisqu'il ponctue tout le registre de la langue. Disons qu'ici la feuille saussurienne dont les deux faces représentaient le signe, est devenue volume dans lequel le signifiant est un signifié et réciproquement, sans arrêt. Or, ce qui met en branle le texte n'est pas leur rapport, mais le passage de ce volume-espace blanc et infini de la signifiance —, à la différentielle marquée dans le texte. Une différentielle qui, elle aussi, ne distingue pas le signifiant du signifié puisqu'elle n'est qu'une marque pointant l'infini, une entaille dans cette langue qui n'est plus une donnée, mais " un battement d'organes illimités " : " (2.) et je sentais mon propre silence tomber au centre comme un battement d'organes illimités ". La relation qui est en jeu — et en cause — dans le texte n'est pas celle, *contiguë*, d'une surface à une autre (Sa-Se), ou d'un signe à un autre, mais celle, *infinitésimale*, de l'infini (signifiant *et* signifié) à son marquage. Ainsi la différentielle signifiante recouvrira des éléments à la fois " sémiques " et " phoniques " dont la disposition particulière, disons le filtre, construit le texte [29].

Refonte du signifiant et du signifié, la différentielle devient le foyer d'une multiplicité de fonctions qu'elle offre à lire simultanément, à savoir :

— tous les sens que le signifiant de cet ensemble phonique ou graphique peut recouvrir (ses homonymes),

— tous les sens identiques au(x) signifié (s) de cet ensemble (ses synonymes),

— tous les homonymes et tous les synonymes de cet ensemble non seulement dans une langue donnée, mais dans toutes les langues auxquelles il appartient comme un point de l'infini,

— toutes les acceptions symboliques dans les différents corpus mythiques, scientifiques, idéologiques...

Dans ce domaine discret se joue le texte, le géno-texte passant au phéno-texte grâce à cette marque qu'est la différentielle qui amène l'espace nombrant sur la ligne énoncée dans la formule du phéno-texte.

Toute production signifiante, anti-rationaliste et anti-subjectiviste, cherche cette ponctualité infinie du signifiant pluriel. Sur cette piste glissante des dérapages idéalistes se produisent maintes fois dans l'histoire : au lieu d'éliminer la dichotomie -é/ -ant et de *marquer* dans un geste matérialiste l'infini comme point dans le texte, la tradition laisse cet infini en " suspens " et l'*imagine* dans un symbolisé amputé du symbolisant. Ainsi, en complémentarité étroite, le symbolisme des nombres (la Kabbale) et la poésie. " Car c'est justement par désespoir d'en savoir plus que le pur esprit de dieu a fondé la Kabbale des Nombres, qui n'est qu'une ignorance crasse, je dis crasse de l'âme et de sa poésie. La musique indéchif-

---

29. C'est peut-être cette différentielle que Wittgenstein avait en vue en parlant d' " expression ", (3-31). " Every part of a proposition which caracterizes its sens I call an expression (a symbol). (The proposition itself is an expression.)

Expressions are everything — essential for the sense of the proposition — that propositions can have in common with one another.

An expression caracterizes a form and a content. "

frable de l'âme est un spasme d'insondable amour que nulle Kabbale n'a jamais eu. Et dieu non plus " (Artaud). La matrice idéaliste est posée par la mise en place d'une finitude pleine qu'un infini vide soutient comme paroi où se projette l'*imaginaire* : " Car comment se font les esprits, sinon par succion en vide, en étant eux-mêmes ce vide qui opère sa propre succion " (Artaud). Toute l'ontologie idéaliste et toute compréhension d'un être transcendental s'accroche à ce vide-infini-succion, non marqué et non ponctualisé : " Comprendre c'est polluer l'infini, et l'être de l'infini fut toujours de n'être un être qu'à condition d'être fini " (Artaud).

Rompre ce dispositif clôturé par l' " être ", remplir l'infini par une signifiance différenciée, c'est se placer hors du triangle didactique réel-symbolique-imaginaire et disposer ainsi l'espace nombrant : l'espace du texte.

Nombres choisit comme lieu d'action cet infini inscrit dans la signifiance différenciée. Transposer le nombre dans le verbe définit la visée du texte : " la conservation des marques verbales du nombre " (3. 83). La difficulté que présente la lecture de *Nombres* consiste justement en ceci qu'il invite constamment à traverser les signes pour pénétrer dans ce domaine où se déposent les traits des différentielles infinies. Le texte n'est fondé sur des unités que pour marquer leur franchissement :

" 3. 11. Je devais à la fois marquer que j'étais une unité parmi d'autres, mais une unité impossible à chiffrer, perpétuellement excitée par sa propre fin — "

Mallarmé cherchait déjà ce mot " parfait, vaste, natif [30] " qui débloquerait l'infinité spatiale (*vaste*) et provoquerait l'engendrement du sens (*natif*) en perçant le plat de la langue dite : " de plusieurs vocables refait un mot total, neuf, étranger à la langue [31] ".

Dans *Nombres*, le projet se précise et la recherche de ce plan du travail signifiant devient le but principal : pas de chiffres, pas de signes, le texte tisse des *nombres*.

" 1. 85. Je m'arrêtais, je laissais se développer ce qu'il faut bien appeler notre pensée parmi les éléments et leurs nombres, je laissais la machine contrôler et distribuer les nombres en train de compter et de s'effacer, ici, dans les colonnes physiques et atmosphériques...,

30. Cf. " Villiers de l'Isle-Adam ", *op. cit.*, p. 482.
31. Cf. " Avant-dire ", *op. cit.*, p. 858.

et moi de plus en plus ramassé à travers le calcul conduisant encore plus loin que le nombre dressé. — "

Le nombre-élément graphique et phonique du texte infini, qui est à accepter" en tant que ton, qui seul crée le trait d'union " (4.96). Le nombre-différentielle signifiante, comme " principe de contrôle, de masquage " (3. 99) de l'infini. Sans place, infixables, ces différentielles multiples que *Nombres* appelle explicitement " nombres " et que le texte met en scène, *n'existent pas* comme unités. " 2. 62. Difficulté redoublée pour nous, points multiples, vaisseaux, veines, nombres, n'existant pas encore dans la profondeur retirée... "

Ce marquage du signifiant infini que le fonctionnement textuel réalise, oblitère toute spéculation idéaliste en ponctualisant la pluralité du géno-texte infini : " le nombre reste la seule réalité qui peut être encore pensée comme objective " /" les nombres sont la seule relation entre la science théorique et le monde objectif " / " la pensée elle-même fait partie de la réalité objective " / " les nombres, c'est-à-dire les degrés de vibration " (4. 72). L'enjeu théorique est énoncé ici dans son ampleur : le texte va poser les fondements d'une gnoséologie matérialiste par une signifiance, un *processus* signifiant à travers la parole, le sujet, la présence et la série que ces concepts forment à l'intérieur de la métaphysique. — Une *textualité générative* infinie, plurale, remplace *le* signifiant.

Jouant sur la différentielle signifiante, le texte s'organise comme un espace : " 2. 70. Le nombre est une traduction de l'espace " / " La conception d'un ordre exprimé par des classificateurs numériques entraîne la représentation d'un dispositif spatial "...

Toute autre lecture d'un texte élude sa spécificité relevant d'un géno-texte nombrant :

" 4. 72. toutes les particularités qui donnent à chaque langue sa physionomie particulière peuvent être exprimées par des chiffres " (Saussure);

marqué par une lettre-chiffre (la différentielle signifiante) :

" 2. 82.../ assurément, ce que le ciel donna, ce ne fut pas la glose du texte, mais sa lettre même, ou plutôt son chiffre : ce fut, modèle à déchiffrer, image faite de nombres, le monde lui-même "; non pas s'additionnant comme des unités, mais organisant un champ de division régi par la logique de l'inscription :

" 3. 99. ils ont pour rôle essentiel non pas de permettre des additions, mais de lier entre eux divers modes de division valables pour tel ou tel groupement ".

C'est le signe qui se voit ainsi décomposé et remis à sa place de sous-ensemble dans le géno-texte infiniment grand :

" 4. 76... les objets de la théorie des nombres sont les signes eux-mêmes dont nous pouvons reconnaître la forme en toute généralité et en toute sécurité, indépendamment... des différences insignifiantes qui peuvent affecter leur tracé ".

Détaché de la chaîne des unités-signes, le texte s'affranchit dans l'infini-point : " 1. Détaché du courant, on franchit le point — "

Le nombre mallarméen (le *Coup de dés*) — " borne à l'infini ", " issu stellaire ", énoncé dans un subjonctif passé (" existât-il ", " commençât-il ", " cessât-il ", " se chiffrât-il ", " illuminât-il ") équivalent de ce *futur antérieur* qui marque le passage du sujet dans son langage, se développant et s'historicisant à travers lui [32], — le nombre mallarméen, de même que le signifiant mallarméen, partait d'un fond d'indéfini linéaire : la parole, qu'il essayait d'arrêter en espace parfaitement construit une fois pour toutes : " L'Unique Nombre qui ne peut pas être un autre " (*op. cit.*, p. 462). Le nombre mallarméen, *idéologiquement*, possède un infini-dehors, un infini-support qu'il indique tout en en restant séparé, et se parle comme une hallucinatoire et évidente maîtrise de la totalité en somme : " existât-il autrement qu'hallucination éparse d'agonie... ", " évidence de la somme pour peu qu'une. "

Les nombres dont traite *Nombres* s'inscrivent dans un autre domaine : celui du géno-texte infini et marqué, de la marque-infinie. Les définitions scientifiques explicites inscrites en toutes lettres dans le texte, fixent le lieu du travail qui va se déployer ; ce travail coïncidera avec l'entaille même du nombre dans le symbolique, un nombre-réalité objective et seul dépôt de l'infinité bornée par le signe. (Nous reviendrons plus loin sur d'autres fonctions des énoncés scientifiques). C'est là où se constitue cette signifiance plurale du géno-texte, intérieure à la langue actuelle

---

32. Le futur antérieur est le temps du déplacement du sujet dans son langage : " ce qui aura été pour ce que je suis en train de devenir " (cf. Lacan, *la Parole et le Langage en psychanalyse*).

et irréductible à sa présence. C'est là où s'inscrivent ces différentielles signifiantes que les grammairiens indiens appellent sphoṭa et
qui, loin d'être un découpage ou un démembrement de la langue,
indexent ce poudroiement qui l'infinitise. C'est comme une mise
en récit des différentielles qu'il faudrait lire ces " cercles gris ", ces
" grains ", cette " semence ", — " *Seminaque innumero numero sum-*
maque profunda " — ces " voyelles ", si souvent émergeant dans le
texte comme des " acteurs " de l' " actant " *nombre*, et qui roulent
dans l'espace des signifiants pour tomber au sol de l'énoncé comme
des points d'attention :

" 2. Suspendus, mêlés, ils roulent comme des cercles gris
dont le sifflement jamais entendu contiendrait le jour... On ne peut
dire s'ils sont déjà fermés, si vraiment tout est déjà joué dans leur
chute; on ne peut dire si l'on est parmi eux ou l'un d'eux, car être
revenu dans cette pièce, c'est ne plus compter qu'avec eux.../.../...
Au sol, le point d'attention était devenu une entaille rouge
sombre... "

" 3. et la voix disait cela, maintenant, et c'était bien ma voix
s'élevant de la vision colorée ou plutôt du fond brûlant des couleurs,
ma voix que j'entendais moduler une conjuration fluide, pressante,
où les voyelles se suivaient, s'enchaînaient et paraissaient s'appliquer au texte à travers mon souffle. Leur suite agissait directement
sur chaque détail, repoussait les éléments hostiles, formait une
chaîne rythmée, un spectre qui rassemblait et distribuait les rôles,
les faits, et ce jeu m'employait comme une figure parmi d'autres,
j'étais simplement pour lui un grain soulevé, lancé... "

Comme dans la tradition hébraïque, c'est la " voyelle " qui sera
porteuse de cette modulation du géno-texte qui donnera sens aux
consonnes fixées et mortes sans la voix agissante ici non pas comme
l'expression d'un sens, mais comme l'indice de cet engendrement
qui fait se *produire en texte* les traits et les points muets de l'écriture
(" Les voyelles sont l'âme des lettres " — Spinoza). La voyelle —
encore une actrice de l'actant " différentielle signifiante ".

" 3. Le relief vocal des lettres insérées dans l'inscription déta-
chée — qui sans elles, serait demeurée stable, opaque, indéchiffrable —; l'activité des atomes qui me permettaient ainsi d'intervenir
en renversant l'opération dont j'étais l'objet, l'émission et la projection dont j'avais retourné au vol le pouvoir discret, tout cela

ouvrait le lointain, le dehors — et je revois les sons pénétrer le ciel violet jusqu'au fond des yeux " —

L'élément graphique ou phonique, devenu différentielle signifiante exemplifiée par la voyelle, permet le renversement de la représentation et de la communication (" émission ", " projection ") et ouvre vers le géno-texte nombrant-espace infini (" le lointain ", " le dehors ", le " ciel violet "); en *même temps*, la différentielle signifiante ajoute à l'opacité stable et indéchiffrable d'une " inscription " la continuité discontinue (le " pouvoir discret ") du nombrant.

Examinons de plus près cette troisième séquence de *Nombres*, qui non seulement explicite le rôle de la différentielle signifiante, mais — comme d'ailleurs les autres séquences auxquelles l'analyse qui suit est parfaitement applicable — réalise dans sa texture même ce que nous avons appelé la fonction numérique du géno-texte (" nombre " — probablement du gr. ηεμω = disposer, ranger; rappelons " Programme " : " texte... renvoie désormais à une fonction que cependant l'écriture n'*exprime* pas mais dont elle *dispose* ".)

" Le sens n'est pas mis en lumière si les mots ne deviennent pas d'abord objets (de l'ouïe). Ce n'est pas par leur seule existence et sans être eux-mêmes perçus que ces derniers mettent leur sens en lumière " (Bhartṛhari).

La séquence fait jouer les cinq voyelles fondamentales de la langue française : I-E-O-U-A qu'on retrouve comme des tons de base se croisant, s'interrompant, se reprenant, jusqu'à la fin de la séquence.

Ainsi *A*, voyelle plate, son de base du sanscrit, tient la note dans les syllabes accentuées du début : la *voix* [vwa], *cela*, *voix*, *s'élevant* [selvã], *brûlant* [brjulã]. Premier son, *ouverture* du corps pour le dehors — la signifiance, le géno-texte — (" A " en hébreu se dit " pathagh " et veut dire " ouverture "), note implacable et tranchante de cet *au-delà* trois fois répété dans l'avant-dernière séquence : au-delà de la représentation, de la tête métaphysique, de la société des marchandises, défoncées toutes les trois par la brisure du même signifiant qui les porte et que le nombrant ouvre :

" 3. 99. " — simplement ces plans et ces drapeaux se déroulant et claquant dans le vent, ces grands drapeaux flottant dans l'air non encore respiré, futur, et désignant les nouveaux écrans, les nouvelles tables, le nouveau texte sans fin ni commencement, réseaux, connexions, fils enchevêtrés dans la forme humaine comme un scaphandre se dissolvant dans le blanc, la vitesse immobile tournant, s'éclipsant, sautant au-delà des cadres et indiquant simplement l'attitude à prendre et penser implacablement comme un A —

> au-delà/
> au-delà/
> au-delà/

... — " moi aussi, chose incompréhensible du monde " — et franchissant l'histoire de ce qui désormais nous porte en nous consumant — éclats, fragments plus précis que l'os, particules, gestes, cosmos — 宇宙 "

Après le " A " de la troisième séquence un passage en I / E / JU / amène le O : *vision, coloré, plutôt, fond.* Entremêlé à quelques I et JU, c'est le E qui domine la phrase avant de la laisser clore par un U : j'entend*ais,* voy*e*lles, suiv*ai*ent, s'échang*eai*ent, paraiss*ai*ent, t*e*xte, trav*e*rs, s*ou*ffle.

Les consonnes n'échappent pas à cette disposition réglée : *fl*uide exige nécessairement sou*ffl*e; à remarquer l'accumulation de *r, -rp, -rs, -rt, -dstr, -tr, -gr, -dr, -êtr* (*repoussait, rassemblait, rythmé, directement, spectre, distribuait, figure, autre, grain*) dans la deuxième phrase, qui refondent le signifiant et le signifié en traduisant dans le signifiant ce " heurt " d' " éléments hostiles " dans le signifié; toujours dans la seconde phrase, à noter les groupes *-pl, -bl* (*rassem*BL*aient, em*PL*oyait, sim*PL*ement*) qui s'enchaînent à FL*ui*de, SOUFFLE de la phrase précédente.

Jusqu'à la fin de la séquence, il faut prêter l'oreille au " relief vocal " des lettres et se laisser entraîner par leur roulement, pour s'apercevoir que leur rôle de différentielles spatiales apparente leur statut dans le texte à celui de la *couleur* dans le tableau : " degré de vibration de l'espace " — nombre. Mais le son devenu couleur produit une autre ouverture dans le texte — le " sonnet des voyelles " intervient à cet endroit du tracé où " la voix s'élève de la vision colorée ", évoquant les religions orientales et américaines et leurs allusions aux auditions colorées. Ainsi, la différentielle signifiante amène dans la formule inscrite l'infinité des discours autres. Pas seulement les discours présents :

" 1. 17. Le cadre où je me trouvais était bien entendu impossible à remplir si l'on évoquait seulement les milliards de récits en train de se dérouler... "

Mais surtout tous ceux qui ont précédé et qui " traversent tous les habitants vivants de ce temps " (1. 17). Or, lorsque la lecture reconstitue cet abîme du géno-texte, c'est la bibliothèque qui, obliquement, y participe. Pour Mallarmé, ce travail de mise à jour du géno-texte se présentait comme un devoir critique, une archéologie, une rétrospective : " Toute invention ayant cessé, le rôle critique de notre siècle est de collectionner des formes usuelles et curieuses nées de la Fantaisie de chaque peuple et de chaque époque... Tout est rétrospectif [33]. " Dans *Nombres* ce travail de dépistage vient sur le devant de la scène d'où il chasse la présence du Sens comme unité théologique : l'arrivée massive du géno-texte dans la formule efface tout sens facial susceptible de se *présenter*, et c'est parce que ces formules condensées de *Nombres* ne représentent rien pour un écouteur voulant saisir une communication, c'est parce qu'il est impossible d'en retenir l'information, qu'elles réveillent la mémoire infinie de la signifiance. Une loi s'écrit : la restitution de l'infinité du géno-texte exige comme condition préalable — inséparable — et provoque comme effet immédiat indispensable, l'évanouissement du Sens présent, pour qu'en son lieu et place s'inscrive l'Histoire : non plus " rétrospective ", ou reconstruction du *fil* conducteur des " curiosités historiques ", mais l'Histoire textuelle, *monumentale*, la signifiance plurale effervescente dans " les milliards de récits en train de se dérouler ". Cet effacement du Sens présent par le géno-texte monumental, constitue la gigantesque opération que notre culture est appelée à vivre dans ses produits les plus radicaux qui vont la chercher au-delà de ses racines : " un nouveau supplice au second degré qui traversait tous les habitants vivants de ce temps ".

Le vocable " *voix* " ouvre la séquence, et, si l'on veut y lire une différentielle signifiante au lieu de l'immobiliser dans un signe, on sera amené à y déchiffrer d'abord ce que la terminologie analytique appelle aujourd'hui le *Signifiant*, et que les Hymnes sacrés (tels les *Vedas*) célébraient comme un pouvoir magique sous le nom de " son ", " parole ", " voix ". Plusieurs fois répété dans la séquence,

---

33. " Exposition du Louvre ", *op. cit.*, p. 683-684.

" voix " insiste dans : " fluide ", " voyelle ", " vocal ", " vol ",
" ondulation ", " note " etc. Le " v " est souvent redoublé par
d'autres " v " ou " f " à proximité. Ainsi, rien que dans la première
phrase : voix, s'élevant, vision, fond, fluide, voyelle, suivaient, travers,
soufɸle. Plus loin, " voix " se dissout encore plus et les différentielles
signifiantes donnent " vol ", " vois ", " pouvoir ", le " ciel violet "
(cf. plus haut p. 27). Mais aussi violé, viol (3. 55... " et c'était, après
ce retournement et ce viol, l'étendue elle-même qui semblait se
vivre dans sa lenteur "); de même que (absent du texte) voile, voilé
— voile déchiré par un viol violet qui retrouve la voix au-delà
de la surface voilée; ainsi que viole — instrument de musique évoquant la voix... Le géno-texte différencié s'engouffre dans la formule du phéno-texte. Le sonnet des voyelles peut être mis à la
place du filtre entre l'engendrement infini et la formule. — Remarquez que toute la phrase est tenue sur la note O / U : atome, opération, objet, émission, projection, retourné, vol, pouvoir, tout, ouvrait,
lointain, dehors, revois, son, violet, jusqu'au fond des yeux. Évoquez
ensuite Rimbaud : " O, oméga rayon violet de ses yeux. " Et vous
approchez de la lecture de " je revois les sons pénétrer le ciel
violet jusqu'au fond des yeux ". La phrase de Nombres, si
elle est " filtrée " par le vers de Rimbaud, n'est ni sa copie ni son
renversement. Elle est, dans la même langue, autre. Car elle marque
une constatation froide, soustraite au temps et à la combinaison
subjective où plonge l'acte prophétique et locutoire d'un poème,
pour retrouver cette surface non-informative du texte qui ne " veut
rien dire " parce qu'elle dit tout ce qui a pu être dit au-delà du
filtre (dans le cas précis rimbaldien) de la littérature subjective.

On s'aperçoit que la lecture que nous proposons de Nombres
est un forçage de la raison par un saut qu'aucun signifié fixe ne retient.
La signification naît de la combinatoire phonétique, elle est produite
par le réseau tabulaire des correspondances phoniques. Comme si,
exactement, le rien, l'absence d'unité sémantique fixable, produisait
le sens dans un processus de corrélation dans l'infini du géno-
texte. Un réseau s'interpose entre l'infini et le sens présent : un réseau
de différentielles signifiantes. — Forçage inacceptable pour une
ratio cartésienne, car il suppose justement un saut du géno-texte
engendrant rien dans l'infini des signifiants, au signe posé ici, formé,
formulé. (Nous reviendrons plus loin sur la topologie de cet engen-

drement brisé.) Voici comment Artaud pensait cette opération difficile que le texte assume dans le champ de la pensée en rouvrant cette pluralité que le cogito tue quand il la réduit à l'unité d'*Un* " je " : " Un néant qui se résout en infini après être passé par l'infini, le concret et l'immédiat,

de la musique basée sur le néant puisqu'on est frappé par la sonorité des syllabes avant d'en comprendre le sens,

belle, c'est-à-dire si belle qu'on voudrait, qu'on croirait, qu'on désirerait être son fils, naître son fils, puisque sa présence signifie, symbolise l'image même de la création qui commence dans le zéro, dans le néant pas de son, et avec son, puisqu'à l'image du néant et de rien elle résonne tout de même et que tout semble né de rien, et que là où il n'y a rien il y a d'abord du son, et que le son peut tout de même naître, et c'est aussi l'image de l'harmonie et des nombres selon lesquels tout se crée.

Dans Mallarmé il y a l'éthique d'une poésie transcendante et de la poésie elle-même, mais tout de même il y a en clair et de façon absolument consciente et volontaire l'idée de plusieurs réalités concrètes qui se tiennent là et se présentent évoquées en même temps " (vers 1933).

" Fond brûlant des couleurs " est une autre formule qui nous guide dans cette troisième séquence, formule dont l'engendrement, c'est-à-dire la valeur textuelle, ne saurait être lu sans l'avènement de l'infinité du géno-texte, ce double fond qu'il s'agit d'actualiser dans l'inscription présente. Ce double fond est en " retrait " de la " surface " où se joue " l'émission " et la " projection ", où le corps devient " visage " et où a lieu le " temps " : remarquez la répétition " fond brûlant des couleurs ", " fond des yeux " et la reprise quasi identique de " fond brûlant des couleurs " en " fond brûlant de l'air " à la fin de la séquence. Si nous lisons " brûl- " comme différentielle signifiante, nous serons amenés à noter la présence insistante dans *Nombres* de cette différentielle qui refond le signifiant et le signifié : le texte commence par " ... le papier brûlait " et offre fréquemment " feu " (avec son idéogramme chinois 1. 61, 火), " rouge ", " lumière ", etc.; dans la séquence 3. 55, qui reprend en écho la séquence 3, la même différentielle insiste : " soleil ", " incendie ", " ce que j'appelle ici la lutte "... Ce réseau brûlant n'est pas un ornement, mais renvoie

à une tradition qui conçoit l'engendrement de la signifiance dans
la langue comme " un feu et une lumière " — la tradition védique,
entre autres. Cette valeur se rencontre dans les valeurs des racines
" cit- " et " dhi- " des textes védiques [34]. Les formules " brillent
les strophes ", les rappels que l'homme pieux " brûle pour Agni ",
" allume les paroles ", brûlent les mondes " sont très fréquentes
dans ces chants. Un mot sanscrit arkà traduit cet agencement de
la lumière et de l'hymne qui devient dans Nombres un agencement
de la lumière et de la formulation du texte : arkà signifie à la fois
lumière et chant. Toujours dans le même sens, c'est-à-dire identifiant le processus symbolique à une consommation par le feu,
la religion indienne distingue entre " cru " et " cuit " : amà (cru)
est quelqu'un sans qualification, celui dont le corps n'a pas été
consommé (ātaptatanūḥ, tandis que śṛtá (cuits) sont ceux qui atteignent leur fin (poétique) [35]. Les fameuses langues d'Agni sont
" des flammes qui happent et dévorent " (II. 31, 3); les Vedas
parlent aussi de la " langue destructive d'Agni ". Il s'agit bien,
insiste L. Renou, de la langue " du dieu lui-même, et non pas de
l'officiant humain ".

Aussi pourrait-on dire que le " feu ", la " flamme ", la " brûlure "
représentent dans le récit le creuset même de la signifiance résorbant
le corps du sujet, où se produit la distribution et la refonte des
différences, ces " éléments hostiles " qu'évoquent Nombres, cette
" conjuration fluide, pressante " de voyelles (de même 3. 55.
" conjuration pressante, où les voyelles se suivaient ") d'où tout
sujet s'absente, impossible de se constituer : " et ce jeu m'employait
comme une figure parmi d'autres, j'étais simplement pour lui un
grain soulevé, lancé ". Encore un saut : on retrouvera ces éléments
hostiles dans les Vedas, sous le nom de ari- (défavorable), ennemi
interne du travail poétique qui fait du champ textuel une épreuve
de force, un combat armé, une compétition (X. 79, 3). Rayon de la
lutte et de la mort, de la décomposition et de la recomposition,
c'est l'aire la plus enfouie de la production signifiante que la science
atteint difficilement et qui n'a pas cessé de fasciner l'idéologie

---

34. Cf. L. Renou, Études védiques et paninéennes, t. I, Paris, 1955.
35. Ibid. Nous reviendrons plus loin sur cette consommation du corps dans et par
la signifiance infinie telle que Nombres l'indique.

(la religion) : " 3. 55... la lutte avec ses sauts d'inversion, de génération... " 3. 19. Matière de plus en plus différenciée, acide, n'arrêtant pas de mordre sur son propre feu —... " C'est le même feu que l'alchimie définira comme régénérant les métaux et les éléments, le même qui fascinera Faust et Gœthe.

La traversée de cette zone d'engendrement brûlant avant le " chant ", conduit à une contradiction démembrante entre la clarté et l'obscurité, le savoir et l'ignorance, le haut et le bas, la vie et la mort, la poésie et la " folie " : " deux fonctions invisibles : nous étions sur une ROUTE *blanche*, la *nuit* TOMBAIT ", et ouvre vers le " fond brillant de l'air ", l'aurore. D'abord, le relief vocal d'" air " déjà insistant dans la première séquence, ramène dans le texte un espace différent de celui du creuset qui vient d'être franchi. C'est une zone (*aire*) d'atmosphère (*air* qu'on respire), de musique (*air* de musique), un récipient, un nid, une direction du vent (*aire*), une marche (*erre*) dans le temps (*ère*), un *hère*, une " *impression* "... L'engendrement de la structure de temps et de corps est clos; nous sommes de ce bord-ci, " comme si un verrou avait sauté, comme si une racine avait été arrachée " (3. 55), voyant et écoutant le produit que son producteur apporte comme un don dans le temps. Un résultat — un air brillant. C'est aussi l'aurore, la lumière, Usas des hymnes sanscrits qui chantent longuement le " principe lumineux éclairant hommes et choses " (śukrásadman, " qui a le brillant pour siège ", VI. 47, 5.) Rien à voir entre cette aurore brillante et la bougie de la raison. Produit d'une consommation de toute surface — corporelle ou raisonnable —, Usas signifie dans le texte sanscrit *bien, don, richesse, objet de jouissance*, mais aussi *durée* de *vie* et *descendance*, voire *don poétique*. Pour le poète sacré la richesse est une lumière — d'où l'épithète constante *citrá*. Cette lumière est *transitive*, irradiante, elle met fin aux ténèbres (à la " nuit ") et à l'hostilité. Elle *raconte* la *formule*, c'est-à-dire le produit de la parole assumé déjà par un sujet après la traversée de cette zone de production conjuratoire et en *surplus* où il n'avait pas de place. Ce surplus, cette infinité une fois résorbée dans la formule, le géno-texte devient un *objet de jouissance*, un *don* qui servira aussi à la communication puisqu'il va irradier vers les autres. La jouissance devient *objet*, le " spectre qui rassemblait et distribuait les rôles " devient un *don* : " on aurait pu croire que tout s'écoutait, se touchait " (3), c'est-à-dire tout s'entendait, avait un sens, se communiquait. On " aurait pu ", si on restait en retrait de l'engendrement, si on renonçait à lire la formule illusoirement communicable que le conditionnel passé déchire, en son secret, comme une marque du géno-texte infini. Mais, s'il est un don, ce " brillant " qu'est le phéno-texte est aussi un *sacrifice* : il s'accompagne " d'une lenteur, d'une solennité auxquelles participaient les fragments défaits ". Moment rituel où le travail du corps est sacrifié pour le visage (" mon propre corps devenu visage "), l'engendrement pour le " produit ". L'aurore, la " colonne de l'aurore " ('Amûd al-Sobh), la " lumière ", la " colonne de louange ", " la lumière aurorale " dans les mythologies manichéennes et iraniennes désignent la même fonction d'*éclatement*, d'*irradiation*, une zone de passage de l'arrachement du corps à l'intelligence [36].

Ce qu'on devrait lire, donc, dans cette fréquence de " lumière " dans le phéno-texte, c'est que le travail dit poétique est étroitement lié au rite du sacrifice : il est un don qui sacrifie celui qui l'offre, un acte produisant le donné et invitant le receveur à ne pas accepter le don comme objet de jouissance, mais à y reconstruire cet acte qui l'a produit dans la pluralité elle-même sacrifiée par la mise en circuit de l'objet. De là, les formules des Vedas : " Uşas est l'étendard du sacrifice ", " Usas conduit vers le sacrifice " etc. et toute l'orientation des hymnes à l'aurore vers le rite. L'aurore y est aussi assimilée au *lait* de la vache sacrée, ce qui maintient le récit dans l'aire de la formation, de la formulation, après l'engendrement. Toujours dans le même sens, à d'autres endroits du texte védique, la lumière est une jeune femme qui découvre sa poitrine; elle a tous les attributs de la féminité — épouse, amante, sœur souvent liée sexuellement à son frère et formant ainsi le couple incestueux Aurore-Nuit, s'opposant à l'" inceste " grec avec le père sous la couverture corporelle de la mère, car s'opposant au couple paternel Ciel-Terre. Nous retrouvons ce couple Aurore-Nuit dans *Nombres* : " nous étions sur une route *blanche*, la *nuit* tombait ". Faut-il croire que tout un courant de l'écriture moderne s'inscrit sous l'indice de ce double Aurore-Nuit, et d'un même geste efface la surface du sujet parlant et de la signification linéaire, de même

---

36. Cf. H. Corbin, *Terre céleste et Corps de résurrection*, p. 192-202.

que la soumission sexuelle du Même au Même, pour retrouver la
pluralité fondamentale dans la recherche de la femme non-mère,
la seule radicalement autre, la sœur ? Serait-ce trop risqué de lire
dans l'énigmatique titre de Lautréamont *les Chants de Maldoror*
à la fois un " mal d'aurore ", c'est-à-dire un sacrifice, une douleur
dans l'aurore comme don poétique, et un " mâle d'aurore " —
alliance jouissante du mâle avec le chant-aurore qui seul le soustrait à l'amitié platonique des mêmes mâles (" ... Dieu fit entrer un
pédéraste ") et / ou de la sublimation familiale du corps de la mère ?
Aurélia n'est pas loin, et Mallarmé touche à la même substance
lorsqu'il s'émerveille devant la pierre précieuse, le joyau, le brillant [37]. C'est comme un " brillant " d'ailleurs qu'on pourrait lire le
relief vocal " brillant " de la 3e séquence de *Nombres* : on trouve
cette pierre à la fin du livre comme image du texte spatial, multiple,
brûlé, profond : " ... la pierre qui n'est pas la pierre, multitude
transversale, lue, comblée, effacée, brûlant et refusant de se refermer dans son cube et sa profondeur — 立方
    Résumons : Le lieu du jaillissement du chant, du texte, est donc
un lieu de passage : " 3. 55... Entre le ciment et l'eau, entre la
pulsion de base et le tissu irrigué... " Le problème est de franchir
la surface de l'entendement rationnel et, sans s'effondrer, de partir
dans un chant qui sera le visible d'un invisible volume où se déploie,
démembrée, différée, l'infinité du géno-texte, celle qui est l'effet
et la cause du chant. Le problème est de passer à travers une paroi,
celle de la caverne platonicienne fondant l'idée, la paroi de la
langue-matrice de l'entendement, du savoir et de la vérité, pour
l'emporter, pour la violer. " 3. 55. Comme si un verrou avait sauté,
comme si une racine avait été arrachée, et c'était, après ce retournement et ce viol... " Empêcher qu'une voûte se referme — la voûte
de la caverne métaphysique —, et passer au-delà d'elle dans la
distribution active de l'infinité des signifiants. C'est le seul travail
qui, invisible depuis la voûte, rend cette voûte visible pour la première fois. Qui, pour la première fois, la désigne comme une fermeture, lui donne ses limites et son caractère de finitude. Le texte
donc a besoin, tout en restant dans la langue actuelle, de traverser
la paroi de la langue-signe, cette langue-paroi réfléchissante dont

37. " La dernière mode, le bijou ".

il est le seul à dévoiler le dehors autrement invisible. Il la traverse
pour l'incendier et l'empêcher de se faire surface opaque ou de
se clore dans une voûte. Jamais hors de la paroi, mais dans ce toujours éternel de son franchissement (" une paroi d'eau "), la grotte
est visible. Alors, ce qui, depuis la voûte, avait l'air d'un *dévoilement*,
n'apparaît plus que comme un accident " vu de plus en plus haut
mais aussi de près — les membres — à travers l'impossibilité de
comprendre ce nouveau volume surgi, ce passage au-delà de la
voûte fermée et invisible précisément jusqu'ici — ".

Cette émergence des formules du géno-texte va se jouer tout au
long du *livre*, mot qu'il faudrait écrire ici entre guillemets, car
il s'agit bien d'un " livre " sans commencement (puisqu'en pour-
suivant un autre : *Drame*) et jamais fini (puisque suspendu à
l'arrêt de la main qui tient la plume). La séquence 3 ne fait que
résumer cette émergence que les autres séquences vont reprendre,
orchestrer, amplifier. C'est justement dans cette séquence, au lieu
même où le feu passe en lumière, où les heurts de la signifiance plurale s'éclairent en laissant tomber le texte comme un reste de cette
brûlure qui le précède, qu'une *notation* de voyelles apparaît — *la*
notation —, exempte de sens à force de l'engendrer infiniment :
I-O-U-I-A-I. Et c'est là, " vers la fin, vers l'expiration de la dernière
note longuement tenue (I) " — rappelons une dernière fois le sonnet
des voyelles : " *i* rouge ", " i " encore incandescent de la brûlure
— que le premier hiéroglyphe chinois apparaît :　異　i, " différent ". Un temps d'arrêt, un silence, un blanc vient rompre les
différentielles marquées. L'espace blanc se fait ainsi remarquer
et inscrire à son tour dans la signifiance. Espace blanc qui n'est
pas pour autant vide parce qu'il est cet infini marqué et marqua-
ble, différencié et indexable que la différentielle s'efforce d'amener.
C'est le géno-texte qui est ainsi décisivement élargi puisqu'une
autre langue radicalement éloignée du français s'y fixe. Le lecteur
est confronté à une écriture inconnue qui l'arrache soudain au voca-
lisme familier de son système d'information, dans lequel l'attribu-
tion d'un seul sens aux morphèmes entravait une lecture textuelle,
et le renvoie à ce double fond, ce " fond brûlant " que le début de
la séquence indiquait et qui se trouve être la place même où agit
l'écriture hiéroglyphique. Parce que ce " I " auquel la formule
infiniment vide de sens (I-O-U-I-A-I-) s'est arrêtée, si on le déchiffre

comme une différentielle signifiante, peut s'appliquer bien sûr à de nombreux autres éléments de la totalité des langues existantes. Or, le *texte* organise cette totalité comme une infinité dans un point, et par conséquent il choisit, pour *graver* (pour grammer) la particularité de son fonctionnement, une écriture dont les lois se rapprochent le plus des siennes : l'hiéroglyphe chinois. En effet, la différentielle signifiante " I " en chinois peut s'appliquer à tout un appareil pluriel qui est par lui-même un texte. En effet, ce " I " écrit 異 " signifie " *différent*, mais " dispose " deux composants : *champ* et *ensemble*, et " représente " " un homme levant les bras pour se protéger ou faire un geste de respect ". Le propos de *Nombres* n'est pas de *suivre* la longue marche de cette refonte qui de " champ ", " ensemble " et " homme en respect ou en défense " fait " différent ". Le propos est, bien sûr, de *marquer*, par une différentielle vide pour un lecteur " logocentrique ", donc une différentielle explicitée et concrétisée cette fois par l'hiéroglyphe non-signifiant mais plural, la coupure entre une lecture contiguë, linéaire et une lecture infinitésimale, autrement dit, la rupture entre la surface du " dire " et ce creuset volumineux où s'engendre le texte. Un texte blanc, lira-t-on plus loin dans *Nombres* (2. 88), puisque inscrivant l'espace blanc infini. L'hiéroglyphe chinois pour " texte " marque déjà qu'il s'agit d'un travail pénible d'organisation dans la langue pour arriver à l'inscription d'une lettre : on écrit " texte " en accumulant *parole* 言 *fouet* 異 (les deux ensemble donnent " *leçon* ") et *lettre* 文 . D'autre part, ce son " I " auquel s'accroche le premier hiéroglyphe de " Nombres ", peut marquer le nombre Un, et serait dessiné alors par un seul trait : — -*un*, entaille première dans la signifiance infinie. Et nous lisons plus loin : (3. 55)... " Accrochée à une seule note assourdie, à une éraflure tracée comme un " i "... " Description qui évoque la germination du processus textuel.

A plusieurs reprises, dans le texte, un hiéroglyphe interviendra pour renverser le phéno-texte vers le géno-texte où se déploie le jeu numérique des signifiants. Cette fonction nombrante que nous avons définie plus haut, fait corps avec le fonctionnement hiéroglyphique. Granet a insisté sur ce qu'il appelle " un des traits fondamentaux de la pensée chinoise, à savoir : un extrême respect pour les symboles numériques qui se combinent avec indifférence

extrême pour toute conception quantitative [38] ". Non quantitatif,
mais indiquant une différence définie dans l'infini, et par là ordonnant, rythmique, combinatoire, *moins que rien* parce que vide de
sens et *plus qu'infini* puisque susceptible de marquer tous les clas-
sements, et toutes les progressions rythmiques, l'harmonie, le
nombre chinois n'est pas un *chiffre*. Ce dernier sert à compter, tandis
que le nom de *nombre* est donné à " des signes cycliques conçus pour
désigner non pas des rangs mais des sites et capables d'évoquer
des arrangements plutôt que des totaux [39] ". Ces " nombres " de la
cosmogonie chinoise se déplacent donc dans la même zone de pensée que celle où nous avons situé la différentielle : un espace que
l'hiéroglyphe vient souligner dans cette pratique sur la langue,
qui ne censure pas le fait d'être l'engendrement d'un infini.

Le texte est ainsi une charnière qui différencie et lie un espace,
celui des nombres, à un autre, celui des signes linguistiques [40].
Il transporte point par point dans l'autre, l'engendrement dans
le formulé.

" 4. 48. Le problème étant le suivant : comment transformer
point par point un espace en un autre espace, l'imparfait en présent,
et comment s'inclure soi-même dans cette mort-... toucher l'énergie granulée, la surface d'engendrement et d'effacement "... A
ce point il n'y a plus place pour le moindre mot ", parce que
c'est " l'infini diffusé partout sans effort ", " vide → étincelle
→ point → son → lueur → semence " (4. 56), " ce qui a été appelé
" sacré ", " énigme " , " secret " (4. 56).

38. Marcel Granet, *la Pensée chinoise*, ch. III, Ed. A. Michel, 1934, p. 149.
39. *Ibid.*, p. 160.
40. Ce dédoublement du mot en multiplicité et en unité a été indiqué par certains
linguistes du passé pour lesquels, cependant, cette différenciation de deux types de
fonctionnement du mot se réduisait à une différence d'interprétation : " Dans l'hypothèse où un mot est un produit et dans celle où il est éternel, d'autres tiennent
pour la multiplicité. — Même si les mots sont différents, cela n'empêche pas que les
lettres soient toujours les mêmes; même si les phrases sont différentes, on perçoit
toujours le même mot. Il n'existe pas de mot qui soit quelque chose d'autre que les
lettres, ni de phrase qui soit quelque chose de plus que les lettres et les mots. —
Dans le mot, point de lettres, et dans les lettres, point de partie. Les mots n'ont
aucune existence séparée de la phrase. Dans la pratique on se fonde sur des points
de vue différents; ce qui est premier pour les uns est l'inverse pour les autres "
(Bhartṛhari). Pourrons-nous dire que le texte connaît les deux aspects du problème
énoncé par Bhartṛhari et se situe dans le passage de l'un dans l'autre ?

III. LA PHRASE COMME UNITÉ SÉMANTIQUE. LA PHRASE NOMINALE. LE COMPLEXE SIGNIFIANT COMME UNITÉ TEXTUELLE.

> *Les échanges par la parole sont fondés sur les mots dans l'usage courant (externe), parce qu'il se diffusent partout et sont commodes, et la grammaire les pose seulement à l'état séparé en vue des opérations grammaticales. (Mais) ce n'est pas par la conjonction des sens (de mots) relative à l'usage externe que les gens arrivent à une connaissance sûre. C'est pourquoi rien d'autre n'existe intérieurement — alaukika — que la phrase.*
>
> Bhartṛhari.

> *Ces moules de la syntaxe même élargie, un très petit nombre les résume...*
>
> Mallarmé

> *(3.3) Seulement la proposition a un sens ; seulement dans le contexte de la proposition un nom a une signification. (3.318) Comme Frege et Russel, je conçois la proposition comme une fonction des expressions qu'elle contient.*
>
> Wittgenstein.

En deçà et au-delà du mot, les différentielles tissent le texte dont l'unité fondamentale, faisant écho à la différentielle, serait pour nous la *phrase*. " La phrase, création indéfinie, variété sans limite, est la vie même du langage en action [41]. " Échappant à l'ordre du signe [42], la *phrase* comme fonction sémantique n'est pas une totalité décomposable en unités lexicales, sémantiques ou grammaticales. Elle est un procès, une action à travers laquelle le sens prend corps; elle ne se réduit donc pas à une accumulation du sens des mots exprimés; elle est déchiffrable du point de vue du processus d'engendrement qui la soutient et dont la lecture fait basculer la

---

41. Cf. E. Benveniste, " La phrase nominale " in *Problèmes de linguistique générale*, Gallimard, 1966.

42. " Avec la phrase on quitte le domaine de la langue comme système de signe et on entre dans un autre univers... Ceci donne lieu à deux linguistiques différentes " (E. Benveniste, *ibid.*).

langue à la fois vers son archaïsme et vers ce qui la double actuellement dans le double fond, dans cet engendrement qui est l'effet
de sa propre cause [43]. Dans une telle conception de la signification
des grandes unités du texte comme un procès, se *présentant* comme
une formule, il devient clair à quel point le projet même d'une
sémantique *structurale*, reconnaissant le sens comme une totalité
d'unités (sèmes), est mécaniste et reste à côté du travail textuel.

Conçue comme seule réalité de la langue et/ou comme lieu
d'engendrement du sens, la phrase *montre* cette infinité du géno-
texte où se fait la langue. Or, pour accentuer cette fonction inhérente à toutes les " grandes unités " (du discours), nous allons
chercher les particularités de celles d'entre elles qui, tout en se
présentant comme des " phrases " parce qu'elles désignent une
assertion terminée (sinon finie), marquent plus sensiblement leur
appartenance — à titre de fragments linguistiques — au processus
d'engendrement infini de la signifiance. Nous appellerons ce type
de grandes unités du texte des *complexes signifiants*. Le *complexe*
aura donc une triple caractéristique : 1) il est produit entre deux
pauses. 2) il a une ondulation semi-finale, semi-suspensive. 3) il ne
s'enchaîne pas de manière concaténée avec les autres complexes
suivants, mais simplement s'*applique* (dans le sens logique d'une
application) à eux, pour former le texte.

Nombres est fait de tels complexes textuels. Marqués entre deux
pauses de la voix, leur lecture demande une intonation semi-finale,
explicitement désignée par les points de suspension à l'extrémité
— qui n'est pas une fin — de chaque complexe. Il n'y a pas de *point*
dans *Nombres*, ou bien dans les rares cas où il existe, c'est pour
marquer un sous-ensemble dans le complexe (la première et la
deuxième séquence lorsque le texte s'organise à peine ; le début de
la séquence 3. 31, etc.). C'est un trait horizontal qui s'inscrit au
bout de chaque séquence, et qui doit être lu comme des points de
suspension accentués ou continus, marquant le non-finition de la

---

43. " Cette parole principielle interne et une qui est mise en lumière par la résonance, c'est elle que d'autres appellent *sabda*, et elle trouve son unité dans la phrase.
De même, pour eux, l'objet interne est mis en lumière par les parties de l'objet (perçu).
La parole et son objet sont des divisions d'un seul et même être — *atman* —; ils n'existent pas séparément. Cette parole principielle, et dont l'être est purement interne,
est ce qui est à manifester, elle a forme d'effet et de cause " (Bhartrhari).

séquence. Ainsi, les points de suspension et les traits entaillent le texte, et au lieu d'enchaîner des phrases, coupent les complexes en blocs étanches, appliqués l'un à l'autre sans copule.

Nous distinguons le *complexe signifiant* de la *proposition* en postulant — postulat dont ce qui suit est une première démonstration — que le phéno-*texte* a comme unité minimale (ou si l'on veut, comme *énoncé minimal*) le *complexe signifiant*, tandis que la *proposition* est l'unité minimale du *discours* communicatif.

Un complexe signifiant est un groupe syntaxique [44] qui se compose d'un modifiant M_a et d'un modifié M_e, le membre constitutif étant le *modifié* M_e. Par membre constitutif on entendra le membre qui remplit la fonction syntaxique du groupe dans l'ensemble du texte. Le complexe signifiant tend, pour ainsi dire, vers l'ensemble du texte son élément *déterminé* et, par conséquent, obtient une fonction syntaxique analogue à celle de la proposition subordonnée. Or, la principale de cette subordonnée peut souvent manquer dans un texte littéraire, de sorte que le complexe signifiant ressemble à une subordonnée dont la principale manque, à une subordonnée comme accrochée non pas au vide mais à l'infinité des signifiants ici absents et qui seraient à " engendrer " pour qui lit le texte. Ainsi, pourrait-on dire que le " Coup de dés " de Mallarmé est fait de complexes signifiants qui ne s'arrêtent jamais à des propositions limitées et fixes, mais restent épinglés au blanc de la page, constitués par un *modifié* M_e qui s'arrête au bord du blanc sans obtenir un prédicat pour s'y fixer.

" Un *coup* de *dés*
    M_e M_a
  jamais
                 M_e M_a
  quand bien même *lancé dans des
circonstances éternelles* "
    M_e M_a
  du *fond d'un naufrage*
  . . . .

---

44. Cf. J. Kurylowicz, " Les structures fondamentales de la langue : groupes et proposition " (1948) in *Esquisse linguistique*, Wroclaw-Krakow, 1960.

Syntaxiquement, le rôle du modifié M_e peut être rempli par un substantif qui exigerait comme modifiant M_a un adjectif, ou bien par un adjectif ou un verbe qui exigeraient un adverbe, ou même par un verbe modifié par un cas oblique ou un tour prépositionnel. Or, ces catégories sont perturbées lorsque le groupe syntaxique devient un complexe signifiant autonome — unité minimale du phéno-texte. Le membre modifiant se soustrait à sa fonction prédicative et n'a qu'une fonction déterminative qui se laisse absorber par le membre modifié ; la fonction prédicative s'évanouit avec cette conséquence majeure que le complexe signifiant ainsi obtenu ne marque plus ni le temps ni le sujet ni aucune des autres catégories verbales ; donc, le M_a et le M_e deviennent, " *nominalisés* ". Le rôle du M_e est le plus souvent tenu par un *nom*, un *adjectif* ou par des formes nominales ou adjectivales du verbe : *participe présent, participe passé, infinitif.* Si un verbe personnel est employé comme M_e dans un complexe signifiant, la valeur temporelle qu'il porte diffère sensiblement de celle qu'il a dans une phrase (nous le verrons dans l'emploi de l'imparfait et du présent dans *Nombres*) : il ne spécifie aucune personne et se place hors de la ligne temporelle.

On pourrait conclure que le complexe signifiant a ainsi une triple fonction :

1. Cohésive : ses membres M_e et M_a constituent une structure grammaticale régulière et stable dans une langue donnée, à l'aide d'un *spécificatif* (flexion, préposition, etc. suivant la langue et le cas) qui rétablit la relation grammaticale M_a/M_e au niveau du phéno-texte — M_a/M_e.

2. Hyper-assertive : le complexe signifiant affirme la réalité dans le signifiant de sa propre marque.

3. Infinitisante. C'est une fonction supplémentaire par rapport aux deux autres. L'infinitisation signifie que le complexe signifiant *extrait* sa marque de l'*être présent* pour la situer dans la signifiance plurielle, par le biais de la nominalisation.

Par contre, pour la *proposition* c'est le M_a qui représente l'énoncé assertif minimal dans l'ensemble du texte. Le membre constitutif de la proposition est donc le M_a, c'est-à-dire le *prédicat*. Dans ce cas le M_a possède une fonction prédicative même s'il n'a pas une forme verbale.

Si le verbe ou la copule sont omis, on obtient une phrase nominale qui a toutes les fonctions de la phrase (cohésive et assertive
au sens de Benveniste), mais en plus s'apparente au complexe

$$M_e \ldots\ldots\ldots\ldots\ldots M_a(P) \infty$$

	M_a	M_e
	D(*déterminant*)	N(*nom*)
	— adjectif	— substantif
	— adverbe	— adjectif
	— cas oblique ou	— infinitif
	tour préposition-	— part. présent
	nel	— part. passé
		— verbe personnel

GÉNO-TEXTE / PHÉNO-TEXTE

$$M_a M_e \Rightarrow M_a(D) M_e(N) \equiv M_e(N) \ldots \infty$$

$$M_a(P)$$

	M_e		M_a
	M_a	M_e	M_a
	D	N = Sujet	P(*prédicat*)
	— adjectif	— substantif	— verbe personnel
	— adverbe	— adjectif	— copule
	— cas oblique	— infinitif	
	ou tour prépo-	— part. passé	
	sitionnel	— part. présent	
		— verbe per-	
		sonnel	

GÉNO-TEXTE / PHÉNO-TEXTE

$$M_e M_a \Rightarrow M_e(S) M_a(P) \equiv SP$$

signifiant par sa fonction extra-temporelle et extra-subjective. Pourtant, la phrase nominale reste une phrase, c'est-à-dire son membre constitutif est le M_a (nominal ou verbal), tandis que le complexe signifiant, ayant pour membre constitutif le M_e, est une *assertion infinie*.

Il serait important de tirer les conclusions théoriques de cette distinction complexe signifiant/phrase dont la technicité risque d'occulter l'incidence épistémologique.

Premièrement, nous établissons que la proposition prédicative S-P n'est pas la structure élémentaire obligatoire du fonctionnement symbolique comme l'affirme la grammaire générative chomskienne, mais qu'un fonctionnement symbolique peut se produire avec comme matrice de base M_e (N)... La structure prédicative, comme son nom l'indique (*praedicatum*, de *praedico*) dit à la face du public, proclame, publie quelque chose pour un objet; le prédicat est la *chose énoncée*, la chose prônée, célébrée, autrement dit mentalisée dans le rite de l'énoncé public.

Sans rite, mais au lieu même où le signifiant se fait et que le rite viendra par la suite prédiquer, le complexe signifiant présente un autre stade du processus symbolique. Celui-ci peut être considéré comme une étape de la génération des catégories de la signification qui se produit dans le géno-texte, et dont la structure prédicative S-P n'est que l'aboutissement communicatif qui offre le noyau de toute pensée séparant une *substance* de ses *attributs* ou du *procès*. Notons que ce sont des complexes signifiants qui fondent la pratique textuelle, et c'est ce même type d'organisation qu'on trouve dans certaines langues à écriture hiéroglyphique tel le chinois. Et c'est là sans doute, en partie, la raison de l'irruption du chinois dans *Nombres*.

La seconde conclusion, à laquelle nous mène la distinction que nous venons d'établir est que, se dérobant à la prédication, le complexe signifiant et toutes les pratiques sémiotiques qu'il règle, se soustrait à l'énonciation de " quelque chose " sur un " objet ", et se construit un domaine inépuisable et stratifié de décrochages et de combinaisons s'épuisant dans l'infinité et la rigueur de leur marquage. C'est dire que le domaine de cette signifiance basée sur le complexe signifiant, tout en se montrant dans la langue, n'énonce rien de rien, mais se produit dans son propre tracé où les mots sont des notations d'ensembles appliqués. Sans extériorité donc, mais dans la germination toujours relancée de ses différences, le domaine ainsi décrit s'égale à l'inhumain des sciences formelles — des mathématiques. En effet, si la littérature a toujours été une idéologie honteuse, c'est à partir du moment où elle a été pensée comme nous venons de le préciser, c'est-à-dire concrètement à partir de la coupure Lautréamont-Mallarmé, — qu'il apparaît que la *pratique* textuelle, est une traversée et dans ce sens un dehors de l'idéologie. Et cette coupure laisse lire autrement que comme " littérature " de nombreux textes du passé...

Ces complexes se présentent comme des propositions subordonnées qui, ayant oublié leur principale, sont devenues autonomes. Un adverbe ou une conjonction les introduit après les points de suspension indiquant le manque de ce dont ils sont la chute :

" 2. 30... *comme si* nous subissions les conséquences d'une explosion dont le souvenir n'existait plus en nous que par éclats brefs... "

(*ibid*)... " *Combien* d'autres ouverts vivants, le sexe tranché et les yeux crevés... "

(*ibid*)... " Ne comptant pas pour les habitants blancs du monde qui croient à un autre monde... "

Ailleurs, les complexes sont des séries d'*énumérations nominales* (" 1. 29... Plis canaux, rides, volumes, discours... ") dans lesquelles par moments un *verbe* vient s'appliquer " 1. 29... Non seulement " moi " et " toute ma vie " — journées, marches, travaux, ce qui a toujours été pressenti au milieu des sons, des odeurs — du froid à l'été, du béton à la mer, des nuages aux sillons de terre dans la trace qu'en garde mon cerveau atteint... " mais comme soumis aux noms qui déterminent le complexe (dans le groupe " la trace qu'en garde mon cerveau ", le verbe " garde " détermine " trace " et c'est le nom déterminé qui représente tout le complexe en l'appliquant à la série qui précède), et n'est pas un prédicat qui s'enchaîne avec le complexe qui suit. C'est justement parce que le verbe n'assume pas son rôle de membre constitutif de l'unité textuelle et ne *transmet* pas la signifiance vers ce qui suit, que la phrase n'arrive pas à un point final, mais reste en suspens.

Cette subordination du verbe est loin de signifier qu'il disparaît. Tout au contraire, la plus grande partie des complexes textuels de

Nombres se construisent par une accumulation de *formes verbales personnelles*, le plus souvent à l'imparfait ou au présent.

" 1. Je voyais mes yeux, mais diminués, et la vue se faisait plus lente, crispait le visage comme s'il avait été recouvert d'un filet, semblait éclairer les nerfs au-dessous, très loin. "

" 4. 28. Vous voyez tout cela, vous savez distinguer un cas précis de l'espèce... Vous ouvrez les yeux, vous énumérez ce qui passe devant vos yeux... "

Remarquons que tous ces verbes n'indiquent pas un fait accompli ou à accomplir, mais un état, une virtualité, une capacité retenue qui peut bien sûr s'actualiser, mais dont la particularité essentielle est qu'elle reste un processus en suspens, mythique avant d'être rituel. Comme si un fragment signifiant indistinctement nom ou verbe, avait emprunté la forme grammaticale du verbe pour marquer une signifiance que le verbe courant n'exprime pas ; une signifiance en dehors du temps et du sujet, plus proche de la désignation nominale que de l'actualisation verbale. Cette orientation du verbe vers le nom pour marquer une modalité de la signification qui manque actuellement aux langues européennes, est encore mieux marquée dans *Nombres* par la prépondérance des formes verbales nominales ou adjectivales. *Nombres* abonde en *infinitifs, participes passés et participes présents.*

A. *Infinitif.*

" 2. 10. J'étais né pour *coller* à elle, pour *être entraîné* à sa suite dans le plan oblique du temps, pour *imprimer* la paroi de mon front sur sa dérobade lente, pour lui *prêter* le battement de mon sang... "

" 2. 86... Cela à *redire* de nouveau, sans fin... Cela à *injecter* sans fin dans le mouvement des organes, des visages, des mains... Cela à regrouper, à réimprimer, à refaire lire ou entendre, à réarmer par tous les moyens, dans chaque situation précise et particulière... "

Soit dans une série de propositions subordonnées (2. 10), soit dans des phrases nominales (2. 86), la forme nominale du verbe, l'infinitif, préserve les deux fonctions verbales indispensables à une phrase : il assure la *cohésion* grammaticale de l'assertion, et il certifie la réalité de ce qui est affirmé (d'où " fonction assertive " : *cela est*). Mais, étant nominal, l'infinitif manque des caractéristiques propres à la forme verbale pure : le mode de personne, de temps, etc. Aussi, lorsqu'il se substitue à une forme verbale personnelle, l'infinitif donne à la phrase que nous avons appelée un *complexe textuel* pour ne pas la confondre avec la forme classique de la proposition, et qui est ou rappelle une phrase nominale, une valeur hors-subjective et hors-temporelle. Une phrase dans laquelle la fonction verbale est prise en charge par un élément nominalisé, tel l'*infinitif*, échappe à la subjectivité d'un auteur et même se soustrait à toute relation avec le locuteur (cf. E. Benveniste, *op. cit.*). Elle échappe par la même occasion à l'ordre factoriel, c'est-à-dire à ce qui s'accomplit dans le temps, et marque seulement quelque chose qui peut avoir lieu comme un devenir dans l'espace. Elle cerne ainsi une scène de la signification où ce qui s'accomplit n'est pas encore parce qu'il est toujours en train d'être. Nous sommes donc devant une modalité de la signifiance qui désigne un engendrement échappant au temps, c'est-à-dire à la " situation " et à la " narration ", n'ayant pas de début ni de fin, de sujet ni de destinataire, mais se faisant dans une poussée qui, pour être soustraite à l'aboutissement et au commencement, obtient la valeur d'une *règle*, d'un *ordre*, d'une *loi*, pour lesquels le sujet et ses modalités temporelles ou personnelles sont suspendus.

Donc, tout en nominalisant, l'infinitif légifère, ou plutôt ne marque l'*ordre* que parce qu'il nominalise. C'est ainsi que l'infinitif homérique sert maintes fois à formuler vœux et défenses, et que n'importe quel infinitif grec ou indo-iranien assume le rôle de l'impératif. Plusieurs linguistes qui ont voulu restituer les antécédents de l'infinitif (et notamment de l'infinitif védique en -*tavāi*, -*tavᵃ*), ont posé une forme syntaxiquement autonome avec valeur très proche de l'impératif [45]. On peut constater parallèlement que l'infinitif, dans les complexes cités ci-dessus, garde une certaine indépendance par rapport au membre du complexe auquel il s'adjoint et qu'il ne situe ni spatialement ni temporellement, mais ne fait que mettre en corrélation ou en opposition avec le contexte. Le sujet absent ordonne à un " objet " de s'agréger à d'autres membres de la séquence; du coup, cet objet devient pseudo-sujet,

---

45. Cf. E. Benveniste, *Origines de la formation des noms en indo-européen.* Paris, 1935.

et tout auteur, subsumant la paternité du discours, est différé par l'écriture d'une *loi* dans l'instance de laquelle il s'est oublié.

On voit comment ce verbe, infléchi vers le nom, marque le mode sur lequel la langue produit le proverbe, la sentence, l'argument, la preuve. Il s'oppose au verbe personnel qui marque le mode sur lequel la langue produit la narration, la situation, l'épopée. Le mode mythique par contre s'avère être ainsi le mode de la loi, et on comprend ici pourquoi les textes mythiques de l'Inde, ou de la Chine, ou de la Judée sont écrits comme des sentences, des codes, des Tables de la Loi. Ce qui croît, ce qui s'engendre en dehors du temps et de la personne, est seul capable d'avoir une *dominance* et une *valeur formulaire*. C'est sur ce mode du *devenir-loi* que la formule visée par le texte (le phéno-texte généré par le géno-texte) peut être énoncée : la seule loi qui intègre sa transgression puisqu'elle contient son devenir, son engendrement, son infini, en surplus.

Les langues indo-européennes modernes ont perdu cette possibilité lexicale et syntaxique de marquer le devenir-loi, la possibilité mythique précédant le rite. Serait-ce pour remédier à cette perte que le travail textuel, tel que nous l'observons dans *Nombres*, ressuscite les valeurs enfouies des formes verbales ? Et peut-être pourrions-nous dire que l'infinitif — forme nominalisée du verbe, tel qu'il est employé dans les complexes de *Nombres*, ajoute une *troisième fonction verbale* aux deux autres (cohésives et assertives) indispensables à une phrase : c'est la fonction d'*infinitisation*. Orientée vers la signifiance comme un processus d'engendrement, elle désigne que ce qui s' " énonce " est un devenir constant, une croissance jamais limitée dans le temps et les instances d'une parole, mais toujours là, obstinément présente, un étant présent devenu loi qui, du coup, est absente et de l'être et du présent. Cette fonction infinitisante du verbe nominalisé peut être traduite par un " en train de ". Mais nous expliciterons mieux la signification des complexes textuels — phrases ou phrases nominales — ainsi obtenus, si nous les traduisons par le verbe *être* en indiquant immédiatement qu'il ne s'agit pas du verbe *être* comme " copule " ni comme identificateur, mais comme un verbe ayant les mêmes droits que les autres et qui, dans le sanscrit, signifie " pousser, croître " : en effet *bhu-*a fourni la forme *es* qui, aujourd'hui, a perdu sa valeur de devenir et garde uniquement son rôle de copule ou d'identificateur.

C'est exactement cette valeur qu'obtient le verbe *être* dans ses emplois à l'imparfait ou au présent dans *Nombres*, puisqu'il fait partie des complexes textuels tels que nous les avons décrits, donc puisqu'il s'agence aux verbes nominalisés ou adjectivés, et ainsi se soustrait à toute valeur performative, existentielle, phénoménale, en s'orientant vers le marquage d'un *faire* qui devient une constante obligation. C'est de cette façon qu'il faudrait lire tous les " il était question de toutes les choses dessinées et peintes... ", " c'était bien quelque chose d'entièrement inconnu et nouveau qui venait de se prononcer... " ," j'étais arrêté au bord de mon propre rythme... " " J'étais mon corps hors de l'étendue et du son et, simultanément, l'absence de ce corps, l'absence de l'étendue et du son. "

B. *Participes présents et passés.*

Formes adjectivales du verbe, ils ont la même fonction de nominaliser la phrase, de l'extraire de l'ordre temporel et subjectif, et de l'orienter vers l'assertion d'un devenir autre que le présent. Ils se rapportent toujours à un nom qu'ils déterminent, de sorte que presque tous les adjectifs de *Nombres* sont verbaux — des participes. Toute qualification est donc un " en train de ", il n'y a pas de qualités fixes et chaque état fait penser à ce qui en lui le produit : tel est le rôle du participe passé. Le participe présent, mimant la temporalité du verbe qui l'accompagne, donc désignant simplement un processus sans le localiser dans le temps et dans l'espace, cerne aussi ce lieu où la formule émerge de l'infini. D'autant plus que ce verbe personnel, accompagnant l'infinitif, manque souvent dans les complexes textuels, et que le participe présent semble accroché au vide pluriel de la signifiance indexé par les points de suspension.

" 1. 33... Ce que je pouvais dire, à partir de là, était lié à la force des manifestants occupant les rues avec leurs drapeaux, leurs armes — ou, au contraire, poursuivis dans les rues, bloqués, arrêtés, abattus... lié et livré en même temps à la chute immobile des nombres... Les ouvriers devant leurs usines, l'agitation gagnant de proche en proche..., la conscience venue peu à peu que l'espace appartient à tous, une clarté neuve dissolvant les justifications de l'ordre, le dieu mouvant déguisé de l'ordre, la circulation du papier produisant en se retournant l'orientation du système entier... "

" 4. 100... Montant une dernière fois et flottant une dernière
fois — vous touchant une dernière fois et vous faisant signe une
dernière fois dans la tête de ciel illuminé répandue partout et sans
peur, vous retrouvant une dernière fois plus loin que la nudité de
métal et aussi dans l'envers égaré doublé de métal, vous, porté,
jusqu'à la pierre qui n'est pas la pierre, multitude transversale, lue,
comblée, effacée, brûlée et refusant de se refermer dans son cube et
sa profondeur — "

Ce n'est pas un verbe *être* qui est omis ici devant les nombreux
participes présents ou passés des phrases nominales. A la place de
cet être phénoménal et par mutation dans le mode de la signifiance,
c'est l'élément verbal qui a pris une fonction nominale pour marquer non pas un sens, mais son engendrement, sans égard à sa fin.
" Brûlé et refusant de se refermer dans son cube et sa profondeur "
n'est pas la même chose que " ce qui est brûlé et refuse de se refermer dans son cube et sa profondeur ". L'omission de la copule signifie un changement radical du mode de la signifiance qui, de l'identification d'un sujet, passe à la désignation du fait que ce qui s'écrit
est orienté vers la production du sens *ici absente*. Comme si la phrase
se regardait elle-même et réfléchissait par ces verbes-adjectifs ou
adverbes, les modalités de sa propre production. Ainsi pourrait-on
dire que la fonction infinitisante qu'a le *verbe nominalisé* (ou adjec-
tivisé) est aussi une fonction auto-désignative par laquelle la production textuelle s'entrouvre vers le hors-présent où elle se fait. Les
participes présents en effet, ne remplacent pas un " C'est moi qui me
pense montant... flottant, etc. ", mais marquent simplement ce
qu'un participe présent désigne comme forme verbale dans l'histoire
de la langue : un processus sans fixation temporelle ou personnelle.

Cette distinction entre d'une part le *nominal* comme désignant
une fonction *virtuelle, possible* et *impérative*, et d'autre part *le verbal*
comme marquant l'acte présent dans le temps, semble avoir constitué une particularité propre au sanscrit de même qu'à l'arabe [46]. Si

46. S. de Sacy, *Grammaire arabe*, p. 188, t. II, distingue entre deux constructions du
nom d'agent : nominale quand le nom d'agent est le prédicat d'une action passée,
verbale quand il désigne l'agent d'une action présente ou future.

E. Benveniste, *Nom d'agent et nom d'action en indo-européen*, 1948, distingue nettement
deux fonctions d'agent : -ṭr est un adjectif verbal désignant l'auteur d'un acte, -ṭṛ est
une forme nominale désignant l'agent voué à une fonction. La forme -ṭr a un auteur,
un sujet désigné; la forme -ṭṛ renvoie à celui qui n'existe qu'en vue " d'une fonction

aujourd'hui nous distinguons deux modes de la signifiance : engendrement infini et actualisation phénoménale, en attribuant le premier au *nom* et le second au *verbe* (" nom " et " verbe " en dépit de
l'interpénétration de leurs fonctions étant pris, ici, comme des
paradigmes de leurs significations respectives les plus constantes
dans les langues indo-européennes *aujourd'hui*), le sanscrit connaissait les deux modes sans leur attribuer de siège fixe dans le nom et
dans le verbe : ceux-ci passaient aisément de l'un dans l'autre, sans
que la distinction de deux types de signifiance soit pour autant
effacée (cf. note 46). Cette transmission de l'engendrement infini à
l'actualisation phénoménale fut exemplifiée, entre autre, par un
" pivot " adjectival dérivé d'une racine verbale qui attribue aux
substantifs auxquels il est apposé la propriété de participer au procès d'engendrement de la signifiance que cet adjectif verbal désigne : le substantif devient le lieu et l'objet d'un processus signifiant
hors-temps et hors-personne. Ce pivot est l'adjectif en *-ndus* en
latin : " tempus legendae historiae " signifie " le temps de l'histoire
soumise au fait de lire ". Le pivotage du verbe au nom et réciproquement, à travers l'adjectif en *-ndus*, désigne le *nom* comme la marque d'un engendrement qui lui est extérieur et conféré par l'adjectif
en *-ndus* qui à son tour devient, à cause de cette subordination,
marqué d'une *obligation* qui se transformera en *futur*. L'engendrement hors-personnel de la signifiance dépend du non-temporel et
du non-accompli (c'est-à-dire d'un *nom*) qui, extraits du présent,
l'intègre. Dans un sens, le présent est *dû* à cet engendrement hors-
temps et hors-personne, et ce *devoir* ou cette *dette* apparaît du point
de vue du présent comme un *futur* [47]. Ce glissement du géno-

---

vouée à un accomplissement ". Il est très important de marquer que cette forme
nominale -ṭṛ est : 1) souvent confondue avec l'infinitif; 2) sert à former le " futur
périphrastique qui marque moins l'avenir que la nécessité de ce qui *doit* se produire
(futur de certitude que les grammairiens indiens appellent " svastam ", de *demain*, et
qui s'accompagne d'une précision temporelle). Cette distinction entre la possession
nominale du signifiant et son dévoilement verbal, temporel, subjectif, passe en grec :
τωρ (-ṭṛ) est la seule formation qui fournit des noms propres d'hommes Ακτωρ,
Αλεκτωρ, Νεστωρ; -τηρ (-ṭṛ) donne des noms d'instruments.

47. Lucrèce, une des références axiales de *Nombres*, écrit (II, 991) ce passage significatif où la forme en *-ndu* est comme par hasard accompagnée de la problématique de la
génération et de la semence, englobant ainsi le passé et le futur — temps des dieux —
en sautant le présent des hommes : " *caelesti sumus omnes semine oriundi* " et ajoute :
" *omnibus ille idem pater est* ". N'admettant aucune naissance hasardeuse et personnelle,

texte au futur à travers le pivot de l'écrit comme résidu, *Nombres*
le désigne par ses infinitifs, participes présents et passés, par l'emploi
des temps, par le tissu de ses différentielles. Et comme surgie d'un
rêve, c'est une différentielle — un grain, une semence, un nombre —
rappelant le *-ndus* antique, mais plus exactement répétant à la lettre le
génitif singulier masculin du participe présent, qui matérialise ce
croisement, cette bifurcation de l'espace signifiant et du futur, de
l'engendrement et de la loi : NTOS, placé comme un carrefour
Y. Doublement lisible : de son ouverture (" arrière-plan liquide,
vaporisé, houleux ") à son incision en trait vertical, ou — pour
le lecteur — à l'inverse, c'est-à-dire de la formule incise à la génération pour nous *présentable* uniquement comme brûlée et déposée
en ruine :

" 3. 19... il y avait ensuite un croisement, une bifurcation,
et il fallait choisir entre deux routes, et l'épreuve était clairement
indiquée par les inscriptions gravées au couteau sur les murs...
Cependant, les phrases qui étaient tracées étaient à la fois faciles
à comprendre et impossibles à lire, on pouvait savoir à l'avance
ce qu'elles suggéraient mais il était interdit de les vérifier. Sur
l'une d'elles, par exemple, on pouvait déchiffrer :

NTOS

ce qui ne répondait à aucun mot connu ou entier... On aurait dit
que les lettres s'étaient superposées dans le temps sur ces trois
grandes façades qui se dressaient là, sans explication, dans le soir
brûlé

Y

on aurait dit qu'elles formaient les tableaux en ruines d'une
histoire disparue et que l'air lui-même avait incisé la pierre pour
y déposer les pensées de la pierre que la pierre ne pouvait pas
voir... Cependant, j'étais détaché, j'avais lieu depuis une distance
mesurable, corps immobile et tranquille — et cela donnait un
rythme qui semblait sortir d'un arrière-plan liquide, vaporisé,
houleux... A partir de là : reconstitutions plus rapides fuyant

---

Lucrèce envisage toute vie comme une marque de la semence hors-subjective : nous
ne sommes pas nés, nous devons être *natifs*. L'antiquité concevait comme divins ceux
qui n'étaient pas nés, mais qui devaient être natifs des Dieux, tel Romulus dont
Eunius profère l'invocation ainsi : " o pater, o genitor, o sanguem dis oriundum "
(cf. E. Benveniste, *Origine de la formation des noms en indo-européen*).

vers la droite et le fond des yeux, passant par tout le tissu obscur résumé par les yeux, n'arrivant pas jusqu'à eux (jusqu'aux lettres dont ils sont capables)... Matière de plus en plus différenciée, acide, n'arrêtant pas de mordre sur son propre feu... "

Le texte est ainsi une immense opération de se *souvenir*, de " repasser par tous les points du circuit, par son réseau à la fois caché et visible, et tenter de rallumer simultanément sa mémoire comme celle d'un agonisant parvenu au moment tournant... (3. 87) ". Mais cette souvenance qui consiste à saisir la multiplicité de la signifiance enfouie dans ce géno-texte aujourd'hui présentifié dans l'histoire des langues autres, n'est pas encore présence; la génération n'est pas encore un *dit*. Ceci lui permet de devenir, comme nous avons pu le constater dans le mécanisme même de la langue ancienne qui tira le futur du processus d'engendrement non-phénoménal, égale au geste " de tracer enfin l'avenir ".

C. *Les prélèvements.*

Cette ouverture vers ce qui engendre le sens trouve un agent efficace non seulement dans les complexes signifiants, mais aussi dans le " prélèvement ", c'est-à-dire dans la citation sans indication d'origine.

Pris à des textes *mythiques* (les Vedas, le Tao-Tö King, la Kabbale, ou à ces écrits modernes qui refondent les mythes anciens en dissolvant l'idéologie de ce temps : Artaud, Bataille), *scientifiques* (Héraclite, Lucrèce, les théories des nombres, des ensembles, les théories physiques, astronomiques, etc.) ou *politiques* (Marx, Lénine, Mao Tsé-toung), les prélèvements laissent voir l'engendrement à travers cette triple orientation qui ramène sur la page les trois lieux déterminant notre culture. Vestiges de livres désormais consommés et repris dans le texte, les prélèvements en tant que messages signifiés explicitent ces points du circuit à travers lesquels le texte a pour but de nous faire passer pour nous confronter à cette multitude qui nous fait parler :

" 3. 87... Prenant une tête au commencement et la confrontant avec ce qui l'a façonnée, et lui permettant un moment de dire ce qu'elle rêve ou pense en se servant de son propre temps, la

mettre ainsi en état de comprendre le tissu où elle prend son sang,
une tête ouverte, donc, comme tous les livres sont désormais
par terre et brûlants... "

Déracinées de leurs contextes, ces séquences entre guillemets
renvoient à leur lieu non pas pour s'y identifier, mais pour l'indiquer et l'ajouter à cette infinité travailleuse dont elles sont les scansions. Autrement dit, ces prélèvements ne sont pas des citations,
ils ne sont pas *nés* pour le mythe, la science ou la politique; ils sont
natifs de ce processus d'engendrement de sens que le texte met
en scène, et replacent le mythe, la science, la politique dans le
géno-texte qui sous-tend la tête pensante. Aussi devrait-on lire
ces prélèvements non pas uniquement comme des énoncés mythiques, scientifiques ou politiques qui, en tant que tels, sont inex-
portables (surtout les énoncés scientifiques) de leur champ concret.
Mais comme une reconstruction de cette infinité différenciée qui
gît, non vue, dans l'instance de chaque inscription en tant que
différentielle.

Cette fonction des prélèvements de marteler la chaîne discursive
et d'orienter le phéno-texte vers le géno-texte, est marquée surtout
par la façon dont ils se présentent. Soit des phrases nominales
infinitives ou participales (3. 87), soit des séquences qui englobent
deux phrases (2. 86), soit de simples propositions (4. 88), ces
greffes jouent le rôle de ce que nous avons appelé un " complexe
signifiant ". Sans préliminaire ni introduction, sans finition ni
justification, anonymes, abruptes, elles hachent le tissu pour s'y
insérer, annoncées par un trait vertical. Cette *coupure* à la fois
sépare les séquences prises à de différents contextes et les renvoie
l'une à l'autre pour engendrer cet espace dont elles sont " natives ".
" / " -marque de séparation et d'unité, de non-finition et d'arrêt,
de ce qui coupe et relie, du saut au-dessus de l'entaille; barre qui
indique ce " heurt successif " et " sidéral " que Mallarmé trouvait
à la base de ce " compte total en formation " qu'est le texte.

Peut-être pourrait-on dire que tout texte qui met en acte le
travail producteur de la signifiance, est un texte construit sur le
principe de cette *coupure-renvoi* qui organise son champ discontinu.
Nous trouvons, en effet, dans cette coupure-renvoi, la matrice
des textes sacrés (des Védas au Tao Tö King), faits de séquences
isolées, prises aux différents dialectes et même aux différentes

époques de l'histoire de la langue qui, du même coup, cesse d'être perçue comme une unité et apparaît comme une pluralité de fragments non subsumables par un Tout. De même, lorsque le texte moderne retrouve à rebours sa pluralité, il adopte cette loi de *discontinuité infiniment continuante* représentée par la *coupure-renvoi* : sur elle s'articule, par exemple, la pensée fragmentaire de Nietzsche qui est, ne l'oublions pas, une pensée du *retour*. La coupure est la marque initiale du nombre, c'est à la fois une coupure-renvoi, une coupure-retour, une marque-refonte qui double le *nombre-coupure* touché par le texte dans son fonctionnement discrètement explosif.

IV. LE HORS-TEMPS.

> *Le suicide ou abstention, ne rien faire, pourquoi ? — Unique fois au monde, parce qu'en raison d'un événement toujours que j'expliquerai il n'est pas de Présent, non — un présent n'existe pas. Mal informé celui qui se croirait son propre contemporain : désertant, usurpant, avec impudence égale, quand du passé cessa et que tarde un futur et que les deux se remmêlent perplexement en vue de masquer l'écart.*
>
> Mallarmé, *Quant au livre*, O. c. 1372.

Le théâtre de l'engendrement de la formule se joue dans une temporalité que scandent quatre moments : trois à l'*imparfait* et un au *présent*. Autrement dit, lorsque les verbes ne sont pas des infinitifs, des participes passés ou des participes présents, ils sont à l'imparfait ou au présent. A l'intérieur de *Nombres*, ces " temps " se détournent de la valeur qu'ils ont dans un emploi courant, et retrouvent formellement leur mémoire.

On sait que l'imparfait, aujourd'hui, est en quelque sorte " le présent du passé " : sous " l'aspect de la continuité il indique un fait qui était encore inachevé au moment du passé auquel se rapporte le sujet parlant [48] ". Dans les trois premières séquences

---

48. Si la figure du passé simple est |——|, celle de l'imparfait est (|—) ————(—|). " La phase médiane qui pour ainsi dire n'existe pas si on regarde l'action sous l'aspect du passé simple, est la seule qui compte pour celui qui se sert d'un imparfait : on voit l'action en train de se dérouler. Il y a des limites (toute action verbale en a du moins s'il s'agit du passé), mais on ne les voit pas (on ne veut pas les voir) (in H. Sten, *Les Temps du verbe fini (indicatif) en français moderne*, p. 125, et 127 cité par Grevisse, p. 633).

de chaque série de *Nombres*, l'imparfait, accompagné d'infinitif
ou de participe, désigne moins l'inachèvement que le processus
de ce dont il s'agit. Comme si, en s'appuyant sur son aspect d' " inachèvement ", l'imparfait, dans *Nombres*, s'en détournait et accen-
tuait son rôle de *processus*. Dans ce mouvement, il s'*actualise*, se
coupe de tout rapport au passé qu'il pourrait contenir, se soustrait
à la *durée* et marque justement cet engendrement non durable qui
ignore la distinction présent-passé-futur, engendrement que la
nominalisation ou l'adjectivation du verbe tâche, dans le même
sens, de fonder. Un imparfait, donc, qui justifie sa présence non
pas à force d'être inachevé ou passé, mais à force d'échapper
à la durée, d'absorber sa ligne dans la dynamique de la formation
d'une *signifiance* toujours là en germe et en semence (" un événement
toujours " — Mallarmé), mais jamais encore accomplie, n'ayant
jamais encore franchi l'*entrée* dans la ligne du temps, c'est-à-dire de
l'être-présent du Sens, se réservant depuis l'autre bord où cette
ligne — cet Être — est absorbée dans le plus-que-vide de l'infinité
textuelle. Ce manque d'*entrée* que le manque de *point* marque au
niveau graphique du texte (rappelons les points de suspension
et les traits à la place des points) situe le travail signifiant des
séquences 1 - 2 - 3 dans un *hors-temps signifié* par l'imparfait.
Ce hors-temps donne l'illusion d'un *présent*, d'une performance.
Rien de plus inexact puisqu'il s'agit de ce qui n'est pas et ne sera
jamais un *fait*, un *être*, donc une *présence* ; d'une case pour l'instant
vide et qui n'est pas une réalisation présente, mais justement ce
qui en rend possible le *jeu* à force d'en être exclu : le *hors-jeu*.
Refusant toute homologation avec le présent par ce défi de l'*entrée*,
cette activité du signifiant travaillant est hors temps. Disons que
c'est un " fautemps " qu'on devrait écrire " fotemps " en soulignant toute l'ambiguïté de l'orthographe et de l'étymologie du
mot (*foris*-temps devenu " temps faux ").

   Détourné de la scène présente, il semble s'orienter vers le
passé, mais c'est bien un passé particulier : sans avoir abouti à un
résultat, il l'anticipe ; sans être accompli, il est définitif ; ainsi, il
déplace le présent aussi bien que le futur et ramène leur effet sur
le bloc du passé qui, du coup, n'est plus un temps.

   La langue française manque d'une telle catégorie verbale.
C'est l'imparfait qui peut se charger de cette fonction, un imparfait

dont Lacan désigne l'exclusivité caractéristique ainsi : " Mais le français dit : Là où c'était... Usons de la faveur qu'il offre d'un imparfait distinct. Là où c'était à l'instant même, là où c'était pour un peu, entre cette extinction qui luit encore et cette éclosion qui achoppe, je peux venir à l'être de disparaître de mon dit [49]. " Ou encore une autre définition de l'imparfait français, cette fois à propos du verbe *avoir* : " de le mettre dans l'instant d'avant : il était là et n'y est plus, mais aussi dans l'instant d'après : un peu plus il y était d'avoir pu y être, — ce qu'il y avait là, disparaît de n'être plus qu'un signifiant [50] ". Le sanscrit, pourtant, connaissait un parfait dont les emplois mythiques, opposés aux emplois rituels du présent et de l'aoriste, rappellent de près cette fonction hors-temporelle que nous sommes en train d'élucider.

Le " fautemps " marqué par l'imparfait des trois premières séquences de chaque série, n'est pas un temps narratif. Il ne raconte aucune histoire ni ne se réfère à aucun fait représentable, même si " le récit " semble mimer des faits. Il ne saura se retrouver, tel que *Nombres* l'emploie, ni dans un drame, ni dans un récit romanesque. Si tout temps est un temps de récit, le fautemps n'est pas un temps : il abandonne le récit et ses modalités au présent, à l'aoriste, au futur. Le fautemps ne raconte pas : glissant peu à peu hors du concept de passé inachevé que l'imparfait possède actuellement dans la langue française, le fautemps — à l'instar du parfait des textes sanscrits — " perd sa force expressive et se borne à indiquer que le fait se situe dans le passé, de telle sorte qu'on en peut au moment actuel évoquer l'image globale [51] ". Cette remarque devrait plutôt être lue ainsi : sans qu'il soit question d'un *fait*, l'espace où se déroule la formation-du-texte-avant-le-Sens est comme saisi d'un seul geste qui, sans l'englober dans un Tout clos, le connaît comme une infinité différentiellement unie à la ligne temporelle.

---

49. Lacan, " Subversion du sujet et dialectique du désir ", *Ecrits*, p. 801.
50. *Ibid.*, p. 840.
51. Cf. L. Renou, *la Valeur du parfait dans les hymnes védiques*, Paris 1925. L'auteur y remarque que le parfait était réservé aux Dieux, aux étapes principales du récit, à marquer le général, le solennel; de même qu'aux hymnes mystiques pour exprimer les paradoxes : par exemple les fils qui engendrent leurs mères, et les énigmes.

Les adverbes " comme " ou " cependant " désignent l'accès à ce fautemps qui sera une durée ("-pendant") accompagnant-doublant *ailleurs* quelque chose de réalisé *ici* où je " suis ", et s'opposant à cet " *ici* " connu et su, parce que différent, le niant, le renversant ("*ce-p*endant") :

" 1. 29. Cependant je retrouvais mon corps mutilé et on aurait dit que la chair avait été labourée, et le sexe était cousu et dressé comme un épi durci et fermé, et je regardais ce premier modèle d'avant la chute enfermé dans une cellule étroite où pénétrait le soleil... Non seulement cela, mais aussi l'ensemble où j'étais, où je serai sans savoir ce que je suis en réalité, exactement comme en ce moment où " je suis " ne signifie rien de précis... L'ensemble, la longue accumulation sans regard, le poids de ce qui construit, bouge, fabrique, transmet, transporte, transforme, détruit... ... ... J'étais de plus en plus enfoncé dans ce voile opaque, et en somme je savais pourquoi nous " dansions sur un volcan ", voilà la phrase que j'avais cherchée en prenant mon temps, voilà ce qui donnait et détruisait la mesure du temps... "

Placé dans des séquences subordonnées à une principale qui manque, entouré d'accumulations de verbes transitifs ou sans objets, l'imparfait reprend le rôle des phrases nominales que nous avons noté plus haut, et avec lesquelles d'ailleurs il consonne [52]. Il s'enroule autour d'un " je " quand ce n'est pas autour d'une troisième personne, et ce " je " est alors beaucoup plus qu'un " je suis "; c'est un " je " multiple, dispersé, " éparpillé comme des cailloux ", contradictoire, dont la réunion détruit le temps (" ici, où l'on peut dire à la fois que le soleil brille et que quelqu'un chie... voilà ce qui donnait et détruisait la mesure du temps "). " Je ", donc, multiplié, opposé à l'indivisible individu, séparé de lui comme par un mur. Sans préciser le temps et le lieu d'action, cet imparfait du " je " hors-jeu, hors-temps,

---

52. " Le caractère spécial des désinences du parfait a été noté par les grammairiens indiens : tandis que les autres désinences verbales sont groupées sous le terme générique de *sārvadhātuka*, celles du parfait (et du précatif) sont nommées *ardhadhātuka* avec une série de suffixes nominaux; cf. Pāṇ. III, 4 IV, 115. Sur l'origine nominale possible des désinences propres au parfait, voir Hirt, *Der indogerm. Vokalismus*, p. 223 " (in L. Renou, *la Valeur du parfait dans les hymnes védiques*, Paris, 1925).

fautemps, le désigne comme non localisable et non temporel [53].

Lieu nodal du texte, " nœud de résistance " (1. 13) qui rend possible le texte, l'imparfait laisse le temps s'écouler hors de ce tissu qui s'engendre en profondeur : " le temps passait donc et roulait au-dessus de moi, en surface, tandis que dans le puits ou la mine, j'étais de plus en plus rapproché de ma propre forme dissimulée ". Le tissu différentiel, le nombrant, n'est pas un temps : " le temps est aussi étranger au nombre lui-même que les chevaux et les hommes sont différents des nombres qui les comptent et différents entre eux ". Il est l'accès, à travers le mur du sens temporel, à ce qui le produit sans temps :

" 4. (mais comme il y a cette coupure, ce recul sans cesse présent et à l'œuvre, comme les lignes se dispersent et s'enfoncent avant d'apparaître retournées à la surface morte où vous les voyez, l'imparfait en donne le mouvement et le double fond insaisissable...) "

Voilà pourquoi le texte qui tisse le passage de la génération à la formule, de l'autre langue dans ma langue, est pris entre " imparfait et ici " (3. 87) — le hors-temps infini et le point présent. Voilà pourquoi le texte s'adressant à " vous ", vous arrache à votre vision de surface, et vous conduit au bord de cette frontière où l'imparfait émerge de sa base : le fautemps.

" 4. 84. (de même, ni présents, ni absents, vous faites partie d'un ralentissement, d'un détour, d'une *frontière temporelle* entre *l'imparfait et sa base*, le tout s'abaissant et s'élevant avec vous par-delà le cercle oculaire détruit et remplacé par un champ nouveau...) "

Un " temps " coïncidant avec ce " je " épars qui n'est pas autre chose que le travail qui le désarticule : " 3. 31. Et je crois qu'en vérité le temps parlait par ma bouche, qu'il était noué dans mes os, et rien ne pouvait me faire oublier cela... "

Multiple, mais condensé dans un éclair, ce fautemps tient aussi de la différentielle. Infini et instantané, toujours et jamais, il est le " temps " même de la coupure-renvoi et du nombre-coupure, du

---

53. Un sūtra de Panini dit : " de quelle nature est ce qu'on appelle parokṣa ? Les uns disent : ce qui a eu lieu cent ans auparavant est parokṣa; d'autres disent : ce qui a eu lieu mille ans auparavant est parokṣa; d'autres disent : ce qui est séparé par *un mur* est parokṣa; d'autres disent : ce qui a eu lieu deux ou trois jours auparavant. '

saut, de l'intervalle où se produit la saisie de la signifiance déchirant et brûlant le voile opaque du sens présent. " L'instant est un glaive qui tranche " et " nous sentions que nous approchions d'une région inexplorée du temps... ". Un " choc du temps dans le temps " pour accéder au fautemps.

Disposé en trois séquences, l'imparfait du double fond débouche sur le présent de la quatrième séquence entre parenthèses. Le seuil du temps est ainsi franchi, et le présent parle ce qui est là, actuel, agissant, rituel, remis en position d'être décrit, raconté, communiqué. Absente du processus d'engendrement, mise entre parenthèse par lui, la séquence au présent est un lieu d'observation pour la scène hors-temps, lieu où prend sens ce qui s'élabore sur cette scène. Impossible sans le présent, ayant besoin de lui pour le mettre entre parenthèses et s'élaborer hors de son jeu, l'exigeant comme case frontale et pivot nécessaire pour désemboîter l'enchaînement du hors-temps, le texte *sort* du fautemps sur la ligne du présent. C'est grâce à ce mouvement, d'ailleurs, que la signifiance se fait entendre, qu'elle participe au " dit ". Ce passage serait-il la matrice temporelle de l'acte signifiant ?

On remarquera dans Artaud la même division de la temporalité en quatre scansions (quatre " chocs du temps dans le temps ") : 1. " trop tôt "; 2. " plus tôt "; 3. " plus tard "; 4. " trop tard ". Déchiffré depuis la ligne du temps et plus précisément depuis le point du présent, le plus tard précède le trop tôt et le plus tôt, c'est dire qu'il est accessible avant eux. En fait, dans le processus, " le plus tard ne peut revenir que si plus tôt a mangé trop tôt ". Mais si ce processus de remontée vers le fond de la formation de la signification se généralise, il peut englober le point " trop tard " (= présent) de la retombée du sens (" toujours là ") pour l'employer à déclencher toutes les étapes précédentes. C'est la désarticulation en quatre temps de ce hors-temps qu'on noterait comme un *toujours* ayant la place du zéro sur la ligne temporelle :

C'est ainsi que :

le grand secret de la culture indienne

est de ramener le monde à zéro

TOUJOURS

mais plutôt

1º trop tard que plus tôt;
2º ce qui veut dire
   plus tôt
   que trop tôt,
3º ce qui veut dire que le plus tard ne peut revenir
   que si plus tôt a mangé
   trop tôt,
4º ce qui veut dire que dans le temps le plus tard est
   ce qui précède
   et le trop tôt
   et le plus tôt,
5º et que si précipité soit plus tôt
   le trop tard
   qui ne dit pas mot
   est toujours là,
   qui point par point
   désemboîte
   tous les plus tôt.

V. LE " RÉCIT ROUGE " COMME SIGILLOGRAPHIE. LE SAUT,
LA VERTICALITÉ, LA FONCTION DOUBLE.

*Se tenant debout dans l'espace médian, c'est lui
qui comme (on ferait) avec un mètre, a mesuré
de part en part la terre avec le soleil.*

Rgveda.

*... quand, dans l'âme de quelqu'un, la cire forme
une masse profonde, abondante, unie, préparée
comme il faut, alors ce qui pénètre en cette âme
au moyen des perceptions, ayant empreint son
signalement sur ce " cœur " de l'âme, pour
employer le terme par lequel Homère exprime
énigmatiquement la ressemblance avec la cire,
donne lieu à des signalements qui ont de la net-
teté, qui, doués d'une suffisante profondeur, sont
aussi de très longue durée... Ils (les hommes) ont
en effet vite fait sur empreintes moulées qui
sont les leurs, empreintes claires et largement
dégagées, de distribuer une à une ces impressions
sensibles auxquelles on donne le nom de réalités,
et c'est précisément à ces hommes-là qu'on donne
le nom de " savants " : n'est-ce pas ton avis ?*

Platon, *le Théétète*, 194.

Le travail de formation " avant " la signification que nous avons saisi dans ce que notre culture nomme l'organisation "formelle" du texte trouve, pour se faire voir, un *signifié* que nous lisons comme un récit désignant un signifiable. Impossible sans *le récit*, s'incorporant en lui tout en l'empoisonnant de l'intérieur, en détruisant ses lois narratives et en le réduisant à des fragments suspendus, le travail *nombrant* ne peut venir à nous, s'annoncer à nous, sans mimer une narration. S'il se faisait hors de la matière de la langue, c'est-à-dire hors du signe, du discours, du récit (fût-il démembré), il resterait, au sein de *notre* civilisation, une expérience métaphysique, limitée au narcissisme d'un " je " divinisé et transcendant. Au contraire, située au plus près de son *autre* qu'est pour elle le récit, et même le redoublant, la *production* signifiante se réalise comme ouverture vers ce que le récit n'*est pas* (cf. Roussel : *La doublure*). Le texte ne quittera jamais cette position double, mais se passera constamment au lieu de la coupure qui sépare les deux espaces, celui de la génération et celui du phénomène, accentuant constamment le *saut*, le *fil vertical* qui les sépare et les réunit. Peut-être pourrait-on dire que tout le " mystère " du poétique (du " sacré ") réside dans ce *saut* que l'engendrement textuel cause pour retomber en formule. Un *saut* que nous, lecteurs, effectuons à rebours, essayant de trouver l'engendrement derrière la formule, conceptualisant cette lecture à rebours en termes de médiation. C'est dans cette " médiation " que nous utilisons une rhétorique ayant pour fonction de réassurer la logique trop désemparée par le " saut ". La matrice du " saut ", de l' " intervalle ", de la " coupure ", se voit représentée et portée à son paroxysme (qui semble être un paradoxe), par l'arrivée brûlante, au sein d'un nombrant anti-représentatif, de son contraire apparent : le social, l'historique, le politique. Un " récit rouge " en surgit, le récit politique, où l'on voit le nombrant le plus dérobé côtoyer la théorie révolutionnaire. Le " récit rouge " est ainsi la loi même du texte, la nécessité obligatoire à laquelle se plie la logique même du nombrant s'il obéit jusqu'au bout à ses lois inhérentes. C'est depuis ce lieu — depuis le saut dans le récit rouge — que l'homme cesse d'être pensé comme clos, que la production qui bat la formule se montre, que le théâtre de la transformation, de la lutte, de la montée des masses et de l'Orient résorbe le miroir où une société se regarde identique à elle-même et désormais morte pour toujours. C'est à partir de ce *saut*, donc, que l'histoire peut se faire parler non plus comme une marche indéfinie, mais comme des blocs imbriqués et superposés : une " histoire monumentale " devenue pour la première fois pensable à partir d'une pratique du texte.

Mis face aux formules projetées et comme *éjectées* par l'engendrement, le lecteur est invité à effectuer le saut en sens inverse : du récit à l'infinité nombrante, de la représentation à la transformation, du déchet à la jouissance. Sans médiation, nous sommes entraînés à passer de la zone de la représentation à celle où le miroir est liquéfié.

Un problème épistémologique est proposé ainsi par tout texte, et *Nombres* l'explicite : celui de l'acceptation ou non de l'*intervalle*, qui est celui de l'acceptation ou non de la *production* de tout signe (discours, représentation, connaissance) comme irréductiblement différente (*saut, coupure, blanc*) du produit : " il est difficile d'accepter cet intervalle, ce blanc intact... " " 4. 56. Tout ce que vous avez dit, cru, joué, tenté ou imaginé se réduit maintenant à un intervalle, un bord, et c'est comme si l'air s'ouvrait avec vous, derrière votre poitrine, votre ombre, l'infini diffusé partout sans effort — " un intervalle ouvert est un voisinage pour chacun de ses points " — et le calcul a lieu en effet plus loin et vous êtes là comme une *ponctuation double* tandis que la précision des machines suspendues dans le vide permet de surveiller le procès en cours... "

Le travail textuel est défini comme " une ponctuation double " parce que, confronté à la fois au géno-texte et au phéno-texte, le lecteur lit *Nombres* comme une rotation d'éléments hétérogènes : de différentielles et de signes qui se croisent et empêchent le tracé continu d'une ligne, ne permettent pas à l'écran connu de la projection de se constituer, mais le brisent et intègrent dans le tracé ponctué, le blanc de l'intervalle qui sépare le phéno-texte de l'engendrement :

" 4. 56. Il y a une rotation qui ne peut être à la fois celle de l'ensemble et la vôtre, une façon de se frayer un chemin à travers les noms connus et appris, de retarder le flot, de renverser et de diviser ce qui est là, s'étale, s'annule et s'oublie... Vide → étincelle → point → son → lueur → semence... Et cela peut en effet se noter ainsi |—| |—|·|—| |—|, scansion où vous êtes à la fois ligne et absence — "

Si tout récit est une linéarité, c'est-à-dire un système concaténé formalisable par la logique des propositions et, comme tel, pose une loi rhétorique qui est déjà un interdit à ne pas transgresser, le texte a besoin de cette ligne pour s'en absenter; pour s'y glisser, suivre son mouvement, la résorber et prendre soudain un " fil vertical " par où il se déploie dans un ailleurs multiplié.

" 3. 35. Le récit avait beau être interdit, il n'était donc pas impossible de se glisser sous cette interdiction — sous sa ligne — de suivre les deux directions à la fois et de remonter plus léger le courant inverse, la voie où rien n'est touché, marqué... "

Apposée à la linéarité, c'est une verticalité, donc, qui serait l'image de ce travail engendrant qui s'ouvre à travers et en dehors du récit : " cette *verticalité* sans lieu, tirée dans toutes les directions glissante... (4. 92) ".

"... c'est ainsi que " l'atome " je " semble monter, descendre et remonter parmi vous comme un *fil vertical*, une *marque non singulière*, un nœud, le double matériel et provisoire d'un *saut*... "

La verticale fait émerger la formule, le phéno-texte qui appelle " vous ". Autrement dit, dans le même mouvement par lequel la formule est produite, le " vous " est engendré aussi et le travail engendrant s'objective doublement dans un dédoublement du " representamen " : en " vous " — celui du lecteur (destinataire) et en une formule — celle du résidu (récit) tracé sur la page.

" 4. 80. Germes, semences en nombre innombrable et dont la somme touche la profondeur où le mot " vous " et la pensée " vous " se fraye un passage à travers le hasard (jusqu'à vous)... "

Or, ce " récit " et ce " vous " ne faisant pas partie uniquement de la ligne de la communication, mais étant une " ponctuation double " et comme tels participant aussi au " fil vertical ", à la " colonne ", ils ne sont pas, respectivement, de simples " messages " au " destinataire ". Le " vous " est bien sûr celui auquel le texte est adressé, mais aussi celui que le texte empoisonne, à partir duquel le texte se fait en le détruisant, qui est là — donc inclus dans le texte — pour être détruit. Comme il n'est pas une limite finale à l'arrivée de la communication, il devient le bord dont le renversement ouvre le saut vertical vers le travail signifiant. L'identité de ce " vous " disparaît, un déferlement de visages et de langues l'inonde et dégage le champ où se produit la signifiance. Le " vous " – unité ne reconnaît plus le monde de sa langue, ce " vous " marche désormais au-delà des signes "lents et discrets ". Un " vous " en somme qui est obligé de ne pas se penser comme " vous ", c'est-à-dire comme un pro-nom tenant la place d'un lieu d'écoute, d'entendement ou de compréhension, de ne pas se représenter comme point ni comme cercle (si dans la topologie hégélienne la science " est un cercle des cercles "), mais comme une voie, un couloir, un canal qui se dresse verticalement hors de la ligne de l'échange (le récit-résidu est une " somme ", un " calcul ") qui est à creuser pour dégager le site entre *voir* (" l'horizon et vous ") et *savoir* (" l'horizon qui est derrière vous ") :

" 4. 84. Entre l'horizon et vous et l'horizon qui est derrière vous se dégage ainsi ce couloir, cette voie, et cela vient de ce que la ligne maintenant ne se referme plus ni en point ni en cercle (" la science est le cercle des cercles ") et ne rejoint plus non plus sa répétition, deux lignes restant ainsi parallèles et toujours parallèles, la formule ligne elle-même disparaissant dans la ligne, et c'est alors ce courant de pensée froide, de blanc aérien froid qui est pour vous un scandale, un viol... Juste avant le blanc, sur le bord volcanique et calme du blanc, du sol... "

On lira dans ces " lignes parallèles " le schéma de l'analogie dans la séparation des Mêmes essentiellement Autres et des Autres essentiellement Mêmes (le récit, son engendrement). L'engendrement et la formule se développent parallèlement, analogues et séparés, impossibles à ramener l'un à l'autre, pour remplir le vide qui les sépare. On aurait pu aboutir par un tel raisonnement à l'espace perspectif d'une Parole Divine, si les parallèles ne se ramassaient dans le carré excluant tout centre extrinsèque théologal. C'est le carré justement qui deviendra — nous le verrons — le levier qui opérera la transformation de l'engendrement en formule, de l'infini en signe, en jouant entre les deux la double fonction du *retournement* et de la *combinatoire* que *Nombres* appelle un " saut vertical ".

Cette verticalité, défiant la ligne qui la parle, n'a ni origine ni fin : n'allant pas " vers ", ne venant pas " de ", mais se livrant à la " multitude simple ", elle est la pluralité opérante. Non close, irréductible au cercle, elle n'est pas pour autant hégélienne donc dialectisable dans une spirale. C'est " une expansion où il n'y a rien de perdu ni d'interrompu " (4. 96).

Une nouvelle topologie du travail symbolique se constitue ainsi à travers ce texte qui pense ses lois. — Perçant l'espace du sujet (" vous ") compréhensif et de sa ligne (de son entendement), brisant la représentation temporelle et signifiée, c'est la production (sans produit) qui s'implante comme un milieu signifiant en expansion, dont les effets (sujet, sens, temps) sont à repenser comme des résidus, tout en étant, en même temps, des prétextes à l'intérieur de la signifiance formatrice.

Au moment même où l'on essaie de penser le processus de germination, la topologie non pas d'un centre, mais d'un pivot s'élabore qui, au-delà du miroir représentatif, renvoie les effets au lieu des causes et réciproquement, retourne la structure (le récit, le signe) et situe en elle l'engendrement qui la perce tout en l'enrobant. Ce pivot où l'intérieur et l'extérieur fusionnent à tour de rôle dans la résorption de la germination en phénomène et du phénomène en germination, les mythes l'approchent comme un *arbre du monde, un pilier du monde, un tambour* parfois, une *montagne*, un *axe cosmique*. Il est un pilier cosmique à force d'être *poteau rituel*. Étai du ciel, le poteau est la verticale sur laquelle on attache l'animal dont le sacrifice doit provoquer le saut vers ce que le phénomène n'est pas et ne laisse pas entendre : la " création du monde " [54]. Une " création " qui, en dehors du christianisme, est conçue comme une germination dont la formule n'a rien à voir avec le germe.

Lieu de la désintégration du " corps ", le pilier est le lieu même où la production de la pluralité infinie peut être pensée. Le *corpus* est désintégré si on arrive à le penser comme un effet de discours, comme un résidu dont on devrait chercher à connaître la germination.

Lieu de sacrifice de la " donnée ", le pilier est la figure même de ce savoir qui, ne se bornant pas à la surface du phénomène,

---

54. W. Kappers, *Pferdeopfer und Pferdekult der Indogermanen,* " Wiener Beiträge zur Kulturgeschichte und Linguistik ", Jg IV k, 1936, p. 320-329. M. Eliade, *Schamanism und archaïsche Extasetechnik,* 2. 249 sq s. 2011 sq. Dans les Rgveda, Agni par le sacrifice crée le monde.

procède à la recherche de ces germes qui, pour être là, ne l'enfantent pas. Non pas un savoir qui chercherait la cause d'un effet, mais qui, en dehors de ces catégories, évite de censurer l'*intervalle* qui sépare le réel de la signifiance qui le saisit. D'un geste matérialiste, ce savoir les pose comme séparés et irréductibles, et trouve sa place dans cette verticale qui les unit en les opposant. C'est exactement cet effet de savoir que produit le texte — pilier sacrificiel où meurt le *corps* avec le *sexe* (et par conséquent le Signifiant Un) pour laisser place à cette infinité multiple où germe le mot :

" 3. 71. Je devenais ainsi l'organe d'un corps n'ayant pas encore la possibilité d'exister et de s'affirmer, corps sans corps perdu dans le corps du hasard, dans la force calme, cependant, liée à la force qui court au-dessous du hasard, ruisselant, muscle tendu, appelé par une vitesse souple et orientée... "

Intermédiaire (c'est d'ailleurs le titre d'un texte peu connu de Sollers), le texte invite " vous " à prendre sa place d'arbre cosmique, de médiation qui met en écart le phénomène et sa production. Si l'arbre donne l'image de cet intermédiaire, ce serait plutôt un arbre renversé et sans fondement, puisque sa base — le point de départ pour " vous " — est la couronne (la formule), tandis que ce qui la nourrit d'en haut est une racine qui ne trouve aucun sol pour s'y rattacher : elle est nulle part. Ouvert ainsi à l'infini, ce poteau rituel qui a " mille pousses " (Rgveda, IX, 5. 10) symbolise la pluralité illimitée de la signifiance. Lieu de tension, déchiré par sa double fonction d'être ici et nulle part (" entre imparfait et ici "), présent et jamais ou toujours. Espace médian qui embrasse et étaie le point et l'infini, la colonne est le lieu des nombres et des hiéroglyphes, avant d'être celui du texte (colonnes des nombres hébraïques, colonnes des idéogrammes égyptiens, colonnades des temples grecs, écriture en colonne des hiéroglyphes). Le sujet cartésien ne saurait évidemment s'y inscrire : pour l'espace de la colonne il n'est que la couronne d'un arbre dont il s'agit de retrouver les germes. Seule une *fonction* peut occuper ce pilier médian, tendu, mortuaire parce que vital et par là, phallique. Une fonction, une force de travail, une réserve de jouissance : le sexe, la lutte souterraine des classes, tout ce qui excède la superficie du signe.

" 3. 36. Or, cette pensée ne se trouve pas : elle vient dans la masse où pourtant le futur se retient comme un torrent chargé et formé en colonnes de mots et elle est précisément dans le signe qui est en trop : —   扇   — ici l'idéogramme " pénis " est marqué, les Chinois n'ayant pas d'équivalent mythique pour " phallus ".

Dans le mythe, c'est à un dieu qu'incombe nécessairement cette fonction phallique d'intermédiaire nombrant entre le figé et l'infini, symbolisant ainsi l'acte de la signifiance. Écoutons le Rgveda : Varuna se présente " se tenant debout dans l'espace médian, c'est lui qui, comme (on ferait) avec un mètre, a mesuré de part en part la terre avec le soleil [55] ". Indra est celui qu'on invoque ainsi : " quand par-delà la terre inébranlable, tu as fixé avec force l'espace aérien sur les colonnes du ciel [56] ".

Cette fonction médiane, dans la mesure où elle est constitutive de l'acte de germination de la signifiance, c'est le texte qui la joue. Est texte ce qui effectue " cette coupure sur laquelle on ne peut passer qu'en sautant " (1. 9), le passage de la représentation vers ce qu'elle ne suppose pas, de la surface miroitante vers l'absence de surface, l'*axe* donc où le " je " coule, et ce qui prend forme sous le regard, a ses racines à l'infini. Sortie de la représentation qui la mime, " détonation et brisure " au cœur même du discours, le texte est le pari sur la possibilité de faire parler ce qui fait parler : de signifier le non représentable.

" 2. 22... et je me souvenais que nous étions pris les uns et les autres dans l'alphabet désormais pour nous dépassé... J'avais maintenant à saisir, à orienter des événements non représentables et qui, pourtant, ne pouvaient être négligés, niés... "

Le texte serait ce trait entre l'infinité qui travaille aussi le rêve, et la parole-signe; un *réveil* qui pense sa future journée à travers ce qui l'a produit de nuit; un nouvel axe — longue-vue, arbre, racine, qui est la seule possibilité d'assumer l'évidence comme *produite* donc pensable comme une loi de production, et par conséquent, non-transgressable; possibilité qui est appelée " possibilité en somme de se souvenir " (1. 9), de rechercher le non-temps perdu qui semble venir du futur — de l'avenir — de " courber les li-

55. L. Renou, *Études védiques et paninéennes*, t. V, Paris, 1959, p. 69.
56. L. Renou, *Études sur le vocabulaire du Rgveda*, I série, Pondichéry, 1958.

gnes ", de les casser en traits de rappel. Le texte est, autrement dit,
ce travail sur la formation de la formule qui empêche la scène présente de se refermer en distance devant un " je ", mais retourne ce
" je " sur lui-même comme sur un axe, un pilier sacrificiel :

" 4. Cette colonne ne vous laisse aucune distance, elle veille
quand vous dormez, elle se trouve glissée entre vous et vous... "

" Volume blanc et effervescent " (2. 54), " ce nouveau volume
surgi ici, passage au-delà de la voûte fermée " (3. 55), génération des
formules et de leur renversement, médiateur entre le *fautemps*
assumé par l'imparfait et le présent-point de la parole, le texte est
l'axe pivot de l'infinité par rapport au lieu, du fautemps par rapport au présent, de l'espace par rapport au point : rappelons une
fois de plus cette formule " de l'imparfait à ici " qui emboîte une
catégorie temporelle et une catégorie spatiale pour mieux marquer
cette double fonction axiale du travail textuel :

" 3. 87. : Prise entre l'imparfait et ici, comme entre l'histoire et
son cri, entre l'ouest et l'est, entre mourir et ne pas mourir, entre
ce qui vit et ce qui se dit... Puis, amené à saisir l'inscription des
temps et des forces, la *génération des formulations* et des négations,
le vide et son action, l'énorme et pourtant minuscule pièce en jeu
avec ses figures et ses citations prenant la place de toute une époque ou de tout un peuple en train de se souvenir, de tracer enfin
l'avenir... "

Ce " sujet " en volume, mis au pied du pilier sacrificiel, appui
des signifiants infinis, ne saurait être confondu avec la subjectité
heideggerienne fondement de tout étant. Le " sujet " nombrant
n'est pas un formant, un donateur de sens, un délégué de l'homme
cartésien fini, un devenir-présent de l'être. Il est le *sceau* de l'infinité
qu'il ne représente pas mais qu'il imprime en la différenciant et en
se différenciant d'elle. Le saut vertical dont parle *Nombres* " raconte " l'opération qui produit le site de ce " sujet " sigillé, de sorte
qu'on pourrait dire que le texte, mimant les méandres de ce " sujet ",
est une sigillographie. Le saut produit un sceau qui est à lire :
récit rouge. Ce sceau porte d'ailleurs un *contre-sceau*, c'est-à-dire un
redoublement, par un récit de signes, de cette empreinte en différentielles que produit le *saut* [57]. Il empêche toute représentation qui

57. Sillographie (du lat. *sigillum*, sceau, et du gr. *graphein*, décrire) N. f. Branche de
l'archéologie et de la diplomatie, qui a pour objet l'étude des sceaux. On appelle

est toujours la représentation d'un sujet fût-il une subjectité. Car
ce " je " n'est même pas un typus heideggerien c'est-à-dire la mise
en forme, par la présence d'un type humain, d'un sens; il est le
τύπος-sceau [58], il ponctue la signifiance en un lieu qui lui est inté-
rieur-extérieur et qu'elle atteint par un saut. Ce " je " ponctuel
détruit la vision (ἰδεῖν) privilégiée et place pour la première fois
l'acte signifiant hors du sujet qui est son constituant-constitué.
En d'autres termes, avec ce " je " nombrant s'estompe la dichotomie sens / expression, être / étant, idée / forme où le rôle du trait
est tenu par la subjectité. Le subjectum est mis à la place non pas
de déterminant du sens, mais d'objet chu de cette germination qui
le comprend.

Si, à tout moment de l'histoire du savoir, la question cruciale est
de reconnaître la primauté de la matière sur l'esprit pour occuper
une position matérialiste, la bataille matérialisme-idéalisme se joue
notamment aujourd'hui au lieu suivant : reconnaître (geste matérialiste) ou pas (geste idéaliste) une signifiance (qui n'est pas le sens
de la parole, mais sa germination)hors de la subjectité. Aujourd'hui,
une telle signifiance n'est pensable que par un sujet dans le discours
théorique, et on voit mal comment il peut en être autrement : une
case vide, innommée reste au milieu des sites carrés que trace *Nombres*. On pourrait pourtant dire que la radicalité du problème qui
vient de se poser consiste justement dans le fait que cette case n'a
pas à être pensée, n'a pas à être posée autrement que comme point
de chute. Le texte est l'espace où se produit ce type de signifiance,
et c'est ainsi qu'il joue son rôle de sape dans la culture des sujets.

---

sceau la reproduction en cire ou en métal d'une matrice ou cachet servant à authenti-
fier un acte public ou privé, émanant d'un corps politique, d'un établissement laïque
ou ecclésiastique d'un simple particulier. L'usage du sceau est très ancien; il a existé
en Orient dès l'origine; on possède des cachets de sceaux assyriens, chaldéens, égyptiens ou grecs, on en retrouve l'usage en Chine et dans l'Inde. Ces cachets ou sceaux
ont eu à l'origine et le plus souvent ont encore aujourd'hui la forme de bague ou
d'anneau (annuli, signa) qui portent soit le nom du propriétaire, soit une figure,
celle du prince par exemple, soit encore un emblème. Par rapport à ce que nous appelons *différentielle signifiante*, il n'est pas inutile de rappeler que *sigillum* est un *diminutif*
de *signum*.
58. Platon (*Théétète* 192-194) parle en effet d'empreintes dans la cire (*keros* = cire;
ker — chez Homère, est le cœur, siège des sentiments, du courage, des passions)
comme représentant le procédé fondamental du fonctionnement signifiant (sensibilité,
reconnaissance, etc.), mais ne semble pas y voir une *mise en forme* comme on l'a souvent
interprété et comme le suggère Heidegger.

Nous touchons ainsi à la difficulté — et au paradoxe — de cette topologie que le texte met à l'œuvre : être le travail même et sa formule, faire lire le travail dans la formule, et ne pouvant faire le travail qu'en formulant tout en postulant l'incompatibilité fondamentale de l'engendrement et du phénomène et en accentuant leur distance : le texte est d'une compréhension impossible.

" 4. 72... — et cela n'arrive jamais jusqu'au récit ou aux mots, et vous comprenez maintenant la dualité de cette fonction — "

Pourtant, un récit est exigé pour faire montre de ce qui n'arrive jamais jusqu'au récit : récit qui porte le travail qui le produit comme une vrille autour de laquelle il se constitue et qui, elle, ne peut dresser sa colonne qu'en s'enfonçant dans la surface opaque de ce récit qui ne raconte rien (reste vide) à force de différencier l'infini :

" 4. 40. Cependant, ici, le récit continue, et il est comme une colonne vide, une suite de cadres vides conçus pour aider en profondeur l'ennemi, pour vous porter un coup plus secret, plus empoisonné, destiné à vous retirer l'usage de vos produits, la maîtrise de votre discours chargé de tout masquer, de tout arranger en formules signées et réglées... "

Le récit rouge consiste à marquer par des signes ce qu'ils semblent méconnaître : la rupture avec le travail qui les produit :

" 3. 71. — essayant malgré tout d'inscrire le saut, la rupture, m'obstinant à noter comme si nous étions passés de l'autre côté... "

Le récit rouge consiste à s'obstiner dans la formulation des lois de ce qui reste en dehors de la formule : sa germination du passé au futur malgré et contre le présent :

" 2. 86... continuant malgré tout à tracer les lois du fonctionnement qui s'annonce, sa mobilité, sa fragilité... "

Le récit rouge consiste à saisir la matière de la langue au-delà de ce qu'elle peut présenter dans la succession linéaire, pour soumettre ses lois à ce qu'elle ne peut pas représenter : l'engendrement et la transformation de la signifiance.

" 2. 73... acceptant la succession, le tableau, conjonction, proposition, complément, verbe, sujet... "

> *Quand même le Rectangle aurait lieu, il n'y*
> *aurait point de production de la sagesse coéter-*
> *nelle avec elle, ses productions changent toujours.*
> *Une production nécessaire ne doit pas être sou-*
> *mise au changement.*

Leibniz, *Lettre à Bourguet*, le 3 avril 1716.

La topologie axiale qui règle le texte, appelle une dramaturgie complexe qui *pluralise* ce qui est un sujet pour le phénomène et la représentation, *distribue* ses instances dans un échiquier réglé et, de cette façon *joue* ce que la disposition axiale implique pour le " je ". La topologie textuelle est théâtrale : elle pose une scène où le " je " se joue, se multiplie, devient acteur et appelle dans cet acte le spectateur compris et joué comme une des pièces non-privilégiées de la scénographie.

Percé par l'axe et comme réfléchi par lui et en lui, l'entité " je " n'est plus une unité dédoublée en " corps " et " langue " / " sens ", mais une signifiance corporelle ou bien un corps signifiant, unifiés et décalés dans le même mouvement par rapport à eux mêmes. Autrement dit, la dichotomie âme / corps qui permet la censure sur le travail du corps comme objet illimité et inaccessible, se voit écartée. Car le travail textuel — cet axe — organise le " matériel " et le " spirituel ", le " réel " et " son sens " dans la seule tension de la germination. Mais en même temps ce travail textuel — ce pilier sacrificiel — tue le corps et toute " incarnation ", pour retrouver ce dont le manque permet de dire " corps " : la jouissance. Ainsi, ni corps, ni sens, parce que corps et sens à la fois et sans décalage temporel, le " je " s'infinitise à force de pivoter sur l'axe germination / formule pour y voir son procès de travail. Sans surface ni profondeur, le " je " qui se nomme dans le texte n'a donc rien à voir avec la problématique clinique de la participation de la corporalité à la langue. Répétons-le, pour ce " je " ces catégories n'existent pas, car ce " je " a un seul lieu possible : celui de l'axe pilier qui pulvérise tout corps pensable par le sujet narcissique et métaphysique, dans la mise en acte du travail textuel par rapport auquel le corps est un déchet.

A l'inverse, le travail du texte fonde la jouissance qu'atteint en principe l'acte sexuel, et c'est d'ailleurs en lui que tous les textes — les mythes, les hymnes sacrés, la " poésie " — ont cherché l'écho le plus fidèle. En effet, c'est dans la jouissance que le corps, à force d'être *là*, cesse d'*être*, pour laisser place à cette colonne vide qui ouvre le " je ", à travers le dédoublement axial. C'est dans la jouissance que se réalise cette séparation axée en deux qui sont là pour ne pas s'atteindre dans une tension doublement orientée : vers le " je " bien sûr, mais vers l' " autre " surtout, cet *autre* qui donne — dans cette *analyse* qu'est la jouissance — la limite du phénomène " je ", et qui seul l'excède, l'annule, le décompose, l'infinitise.

" 4. 20. (la difficulté vient donc du fait qu'il y a en somme deux corps en action brutale et simultanée, et l'un ne peut toucher l'autre qu'à l'improviste, en un point brûlant, perforant, au " zénith "...) "

Ce type de signifiance qui perfore le Signifiant Un du " je " pour retrouver un ensemble double, si la jouissance en fournit la preuve, le " je " du texte la pratique constamment : 1. 89. " se produisant mutuellement l'un l'autre "; 1. 22. " la vie doublée d'un être doublé ". Il ne s'agit pas pourtant d'un dédoublement du sujet en quête d'un corps maternel perdu, il n'est pas question d'un décentrement. Il s'agit au contraire de cette germination-production double et redoublante qui seule, en se déversant en formule, empêche le dédoublement du sujet.

" 1. 13. Rien d'un dédoublement, cependant, je restais rapide, attentif, actif coïncidant avec chaque réveil... "

Lucide et travaillant, " je " produit un corrélat non pas pour se diviser, mais pour multiplier la fissure en se mettant en branle pour passer au-delà du corps et de son accessoire, le miroir, pour cesser donc de s'identifier, pour suivre sa germination. Voilà pourquoi " elle " — cet " autre " de " je " — n'est pas de l'autre côté, mais ici, axe vide perçant le " je ", le différenciant de ce qui dit " moi " sans le fendre, et lui infligeant son propre débordement à l'infini comme un " don " mortuaire :

" 1. 21... Et, en somme, il n'y avait pas d'un côté moi, et de

l'autre côté quelqu'un, quelque chose, ce qui rend la proposition
" je la voyais accrochée à la nuit " fausse, démesurée... Et pourtant
vraie et inévitable, réduite, inscrite au bout du trajet... "

" Je " n'est pas un " autre ", sa problématique n'est pas celle
de la psychose. Il est, pourrait-on dire, décroché de la psychose.
Ayant découvert la possibilité psychotique, il ne la vit pas. Il
passe outre, s'oublie comme " un " ce qui veut dire qu'il ne peut
plus se penser comme " deux ", devient texte infiniment multiple — et non pas multiple par rapport à *un*, mais multiple par rapport au multiple — qui ne raconte pas un signifiant fonctionnel
dont il faut par contre " me dégager, me dissocier, et me différencier sans arrêt " (2. 82) dans une combinatoire généralisée : le calcul des formules déposées. Toute rencontre avec " un autre "
qui n'est pas un texte n'intéresse pas la germination, donc aussi le
" je " qui n'est qu'en *vue* de cette germination. Un " je " par conséquent non-personne, mais aussi non-subjectivité, sans lieu précis
puisque devenu un *site de l'infini*, une *situation de la signifiance* ou,
mieux, une différentielle; nécessitant le battement d' " elle "
" constamment tentée par le miroir " (3. 79), donc par une descente dans l'enfer des sujets d'où le " je " - nombrant a pour
fonction de l'extraire pour s'extraire.

" 2. 70... et j'étais obligé d'insister jusqu'au niveau des viscères,
et de l'arracher à la vieille histoire de sexe et de peur, à la vieille
pente de reproduction et de peur... "

Pour ce " je " -site " elle " ne saurait se " subjectiviser ", c'est-à-
dire trouver une identité dans la représentation sociale. " Elle " a
la fonction d'assurer la représentation de la destruction productive
que " je " opère, mais ne doit pas se représenter à elle-même,
donc ne doit pas se retourner sur son corps et y voir une identité
voyante ni en faire naître un produit identificatoire. Si " elle "
pouvait le faire, le jeu — la jouissance — le texte seraient rompus, et
" elle " resterait dans le sillage de " je " comme vestige d'une *bio-
graphie*, repère rassurant pour en assurer l'irréversibilité : " oublier
ses débuts c'est revenir à ses débuts ", mais non pas comme fonction de cette *thanatographie* [59] qu'est le texte. Ainsi, le devenir est
scellé par " elle " qui n'est pas plus que " je " une unité. Elle est

---

[59]. Philippe Sollers, " La science de Lautréamont ", in *Logiques*.

une fonction de " je ", une case de son jeu qui calcule l'édifice de la colonne. " Elle " est ce qui n'est pas " je " tout en y étant l'autre à l'intérieur du " je " multiplié, et ne peut se décrire que comme le sexe qui assume le rôle du contraire. Sans *être* forcément la femme, " elle " peut se *présenter* comme la mère, la sœur, le partenaire sexuel, pourvu qu'elle soit une langue étrangère et / ou un frôlement de cette mort — de ce *hors-frontière* — que " je " vise dans son infinitisation. Pourvu qu'elle soit, en somme, l'espace interdit pour la présence d'Un Sens, remettant en cause l'origine, l'identité et la reproduction — donc " la vie ", appelant le " je " à trouver son opposé pour s'y reconnaître et, à partir de ce saut vers l'autre, s'infinitiser sans miroir — sans Dieu —, dans un théâtre hiérogamique de la multiplicité retrouvée.

" 1. 33... mais il fallait être au moins deux, à présent, pour toucher cela.. Il fallait passer l'un et l'autre de l'un et de l'autre côté de ce qui n'a pas de côté, pas d'ombre... "

" Elle " — troisième personne donc non-personne et féminin opposé, est ce double axial que " je " cherche en lui-même pour s'étendre à partir de cette doublure radicale qui constitue le noyau primordial pour un dépassement du Signifiant Un. Donc, jeu entre " je " et " elle ", joyau réunissant dans une multitude d'éclats les termes inconciliables du " moi " et de la " non-personne ", du masculin et du féminin, le sujet brise ainsi son unité en introduisant, comme déclencheur de cette infinisation, la non-personne de l'autre sexe. Signifiant pour cet autre signifiant, le sujet se *voit* ainsi comme sujet, mais par la même pratique il accède au pluriel des signifiants, et par conséquent s'affranchit du lieu subjectal. Voici donc le rôle fondamental de ce dédoublement axial impossible, âpre et âcre pour tout ce qui veut *être* et *communiquer* en éveil, mais accessible dans ce fond infini de la signifiance où le sommeil s'aventure sans pourtant s'y égaler, et qu'Artaud marque ainsi :

" Car le propre de l'un et du moi est de ne pas se regarder lui-même, jamais, et d'*agir*.

Le propre du double, le deux, de toujours regarder agir. On m'a pris *deux* pendant que je dormais. Deux s'est pris pour un et trois même, quand je n'étais plus là en pensée ni en être, *être* mais que sur la terre je vivais sans localiser une êcreté. Le double est toujours cette *écreté*, et locale, que la vie n'a jamais pu supporter [60] ".

Prenant la place d' " elle ", lui donnant sa place pour revenir par la suite à la situation de départ et se vivre comme " chiffre double ", et ainsi indéfiniment dans un " huit " couché : ∞, " je " atteint, à travers " elle ", ce qu'il n'obtient pas autrement : son meurtre auquel il participe tout en étant son témoin. " Elle " renverse sa jouissance qu'il reçoit comme miroir de sa propre mort. Jouissant de sa mort, elle assure la représentation de sa jouissance à lui, et lui donne cette représentation de jouir qui déracine de la subjectivité. " Elle " est ainsi non seulement impersonnifiable et sans rapport avec aucune unité psychologique, mais la fonction même de la germination sans fin, de l'engendrement sans enfantement : une mère sans raison, une " mère folle ". C'est la Déesse-mère des religions anciennes, la *Voie* chinoise, un processus sans commencement ni fin, mais qui engendre toutes les realia, disons l'image mythique (le récit) du nombrant comme une germination. Nous trouvons cette mère germinatrice mais non génératrice dans le *Tao* : " Le terme Non-être indique le commencement du ciel et de la terre ; le terme être indique la mère de plusieurs choses (1). Alors que tous les hommes ont quelque chose (qu'ils savent faire), moi seul je suis ignorant comme un paysan. Moi seul je diffère des autres hommes *en ce que je prise me nourrir* de la Mère (xx). Quand on connaît les enfants / les dix mille choses /, si de nouveau on s'en tient à la mère, jusqu'à la fin de sa vie on n'est pas en péril " (LII). La possession de la Mère — d' " elle " — est par conséquent la première transgression de l'unicité de " je ", le premier acte indispensable à son excentrement, , celui qui fait de " je " un " ignorant " qui " ne sait rien faire ", et le conduit dans la topologie du texte.

Comme chez Dante, dont Sollers analyse la logique [61], " la femme est cette traversée de la mère, de la langue maternelle (de l'interdit majeur) vers la vision (à l'inverse d'Œdipe), vers le feu que l'on *est*. C'est elle qui conduit à la vue au-delà du visage et des corps répétés ". Comme chez Dante, *elle* doit être " morte " pour que " je " puisse retrouver cette non-identité qui lui permet

60. A. Artaud, " Histoire entre la Groume et Dieu ", *Fontaine*, n° 57, décembre 1946.
61. " Dante et la traversée de l'écriture ", in *Logiques*.

de disposer la combinatoire du texte. " Je " ne peut la voir que comme la porte de l'infinité de la signifiance : la mort d'elle est la porte de la signifiance. C'est justement ce que Sollers lit dans les vers bien connus de Dante : " Alors, je dis que ma langue parla comme de son propre mouvement et dit : " Donne ch'avete intelletto d'amore " / " Dames qui avez l'intelligence d'amour ". " Un amour qui ne possède rien et ne veut rien posséder : sa vérité seule, mais infinie, est de se livrer à la mort. " Dans cet amour " elle ", pareille à Béatrice, morte, prend le rôle de signifié, " le contexte passant au rang de prétexte et permettant au texte d'apparaître comme seule issue ". "C'est dans la mesure où l'objet de son désir est un objet non seulement mortel mais ne prenant vie qu'à l'intérieur d'une mort incessante, point lumineux rendu de plus en plus brûlant par les ténèbres où il peut seulement s'affirmer, que l'*identité* de cet objet (irréductible à la position d'objet, justement, mais *sujet* autre, de plus en plus autre), se pose comme détruisant la mise en carte de l'identité sociale. " *Nombres* pratique cette expérience anonyme et mortelle d' " elle ", expérience scandaleuse parce que non-romantique; sèche, inhumaine, sale et amicale, par laquelle Béatrice rejoint *Ma mère* de Bataille. Car l'obscénité d' " elle " dans *Nombres* n'est-elle pas, comme pour Bataille, " fonction de cette imbrication des niveaux du discours : la description apparemment la plus " crue " voisine avec la pensée la plus " noble ", le haut et le bas communiquent sans cesse dans la chaîne signifiante courant *sous* les mots [62] " dans un récit impossible mais indispensable.

L'entrée dans " elle " (" La fente de la vallée ne meurt pas " / " La porte de la femelle obscure ") est posée dans *Nombres* comme l'acte même où l'on déploie " une multiplication instantanée, une simplicité de plus en plus écorchée, rayée... " (1. 85). Transportés ensemble dans le même trajet, je / elle retrouvent ce que la séparation ne leur donne pas : " une véritable orgie de mémoire à travers les dates et les faits " — toute la signifiance oubliée et censurée, de sorte qu'on pourrait dire que l'acte sexuel — ce qui se donne comme tel dans le récit — se confond avec la traversée de l'infinité des signifiants :

" 1. 85. Je m'arrêtais, je laissais se développer ce qu'il faut bien

---

62. " Le récit impossible ", in *Logiques*.

appeler notre passé parmi les éléments de leurs nombres, je laissais la machine contrôler et distribuer les nombres en train de
compter et d'effacer, ici, dans les colonnes physiques et atmosphériques... "

Et la scénographie de la jouissance se confond avec celle du
texte :

"1. 85... le texte restant et vibrant au-dessus de sa peau "

et de l'émission du son :

" 1. 85... l'émission vocale est la peau, les modulations sont la
chair, le souffle est l'os ".

Ne peut être donc " elle " que ce qui participe au même mouvement d'accès à la signifiance démembrant le mot à travers d'innombrables chutes dans le miroir et le corps (" déchets, excréments,
vomissures, égouts ") :

" 1. 9. comme si elle n'était plus que cette émission de nuit ouverte au couteau dans la masse pleine de l'après-midi... comme
attendant de venir d'un autre corps, d'aller plus fermement vers ce
qui ne lâchait pas un instant son corps, vers ce qui la gênait et
l'empêchait d'aller plus loin, ici mais aussi dehors... "

" 1. 20. Elle n'arrivait pas jusqu'aux mots, les sons " or " ou
" if " la désignent mieux dans les phrases que je viens d'écrire,
un contact qui ne peut avoir lieu que détourné et coupé — coupé
comme une langue est coupée, comme un sexe coupé est placé
dans la bouche... "

L'histoire du " je " démembré se fait " en elle, par elle, plus
loin qu'elle mais liée à elle, ne pouvant pas se passer d'elle ni se
détacher de son corps ". La jouissance qui en résulte est de nouveau fonctionnelle pour ce " je " qui approche ainsi de " l'abat-
toir "; de la mort.

" 1. 45... j'étais donc dans la progression des membres, mais ce
qui revenait en elle, se reproduisait, montait et jouissait en elle,
comptait moins que le chiffre double inscrit dans mes nerfs... "

Provoquant la mort de " je ", s'alimentant de cette mort — ou
de cette castration — perpétuelle, " elle " n'a plus de raison d'être
si " je " est définitivement tué. C'est une mort réitérée qu'elle
demande, une possibilité de mort constante, et non pas un arrêt
définitif dans lequel elle aurait pu trouver son image, son identité,
et donc sa propre mort. Jeu dans la mort, la mort comme désigna-

tion de cet espace qui s'ouvre avec la traversée du miroir, avec cet arrachement double de " je " à " je " à travers " elle ", le texte met en scène le " sacrifice " du sujet.

" 1. 49. De même que j'étais devenu un mot pour un autre mot dans le décollement des mots en surface, elle ne pouvait pas être autre chose qu'un sexe pour un autre sexe dans la disparition partagée du sexe qui l'obligeait à penser qu'un des deux sexes était mort... "

Mort signifie donc ici ouverture de la germination, de la page des différentielles — des grains, des semences, où " je " et " elle " se perdent et passent *ensemble* dans l'infinité hors-Être qui leur est inaccessible à chacun seul.

Cette mort germante s'oppose à la naissance phénoménale, à l'objet fétiche produit de la fusion de " je " et d' " elle " au moment où ils auraient échoué dans leur traversée du miroir :

" 4. 48. Ici, vous commencez à comprendre ce que ce roman poursuit dans la science de son détour, vous savez maintenant ce qu'est le refus de toute naissance... "

On voit comment, dans ce cylindre transparent où l'acte scriptural — l'acte sexuel — démembre le " je ", le mythe fondamental de l'humanité, la *naissance* (qui est toujours la naissance d'un " je "), de la *reproduction* est dissous et classé comme l'aveu même d'avoir renoncé au travail — à la *production*, pour saisir le produit, d'avoir censuré la germination pour posséder le déchet, et capitaliser l'excrément.

" 2. 38... j'avais surgi comme l'organe de leur échec, la preuve que leurs gestes n'étaient pas allés jusqu'au bout, que leurs paroles avaient été déviées, que leur jouissance même avait été détournée, bloquée, annulée... "

Or, la topologie du double se complique du fait qu'en plus de la doublure axiale est posée la représentation de la traversée du miroir qui quadruple l'unité. Le tour complet de l'axe sacrificiel est réalisé, et le " je " peut *voir* se faire, avec son engendrement, sa mort.

" 2. 54. Il fallait donc nous compter maintenant non pas comme deux en un, non pas comme deux par rapport à un, mais littéralement comme quatre, deux parallèles à deux, marchant ensemble sans se regarder ni se remarquer... "

Le " je " distribué sur ces quatre cases du jeu mortel devient un point neutre assumant ainsi une position régulatrice, majeure à force d'être dénombrée. Ce qui déplace les quatre cases du jeu et ce déplacement même, élimine ainsi la tête pensante et la transforme en une " tête de haine et d'eau ".

" 2. 58... Devenu le point neutre appelé entre quatre bras, quatre jambes, ou plutôt sur le côté de la figure formée par elle et moi en miroir, l'intersection qui nous permettait de nous toucher depuis le point d'ombre... "

Un travail historique s'accomplit donc dans ce texte qui pose le " je " qui est un " je " numéral, théâtral, régulateur de ses effets de discours à force de pouvoir pratiquer son engendrement dans la langue. C'est justement ici, au sommet basculant de ce " je " que toute une culture alimente, que " nous " peut être écrit sans que ce " nous " soit une somme mécanique de " je ", ni une hypostase qui objectiverait le discours de ce " je " en lui donnant ce certificat de vérité que représente le " nous " philosophique, politique ou royal. " Nous "inclusif, pronom qui apparaît dès la première séquence de *Nombres*, désigne les " sujets " " pris dans la numération implacable, vivants et morts... placés sans cesse dans des positions en écho, avec ces lettres qui n'approchent qu'en retombant le cri ressenti de haut... " (3. 13).

" Nous ", ce sont " je " et " elle " (1ere p. et 3eme p.) pris dans leur engendrement et production monstrueuse. C'est dire que ce sont tous les " sujets ", " nous tous ", qui commencent à se vivre comme déjà morts au sens où nous l'avons dit, donc capables de penser ce qui les produit, ce qui les clôture, ce qui peut briser cette clôture : celle de la vie comme parole Signifiant Un. " Nous ", c'est le *lieu* commun où cette pensée — cette pratique — est possible; la *formule* qui réunit tous ceux qui pensent leur histoire : l'histoire de leur être comme objet d'échange, prix, valeur, marchandise, " jusqu'à cette situation où nous sommes pour nous-mêmes inaccessibles " (4. 24); le *topos* de ceux qui s'ouvrent sur l'espace anti-représentatif : " cependant l'espace où je me trouvais donnait sur l'espace où nous nous voyions : sortis des salles de projection. " " Nous " est l'histoire finale de " je " et de toute sa civilisation qui n'a le droit de dire " nous "qu'après avoir accepté de se nier, et après avoir effectué le geste net de cette annulation, marquant ainsi par la mort le début d'une nouvelle époque de la signifiance, une nouvelle ère historique. Geste décisif pour que les tentatives d'une révolution sociale ne retombent pas dans l'apothéose du même " je " marchandable, aveuglé devant le miroir :

" 2. 6. Cependant j'arrivais du côté de ma propre histoire. Cela m'était signalé par la tentative de me situer à la périphérie d'un cercle qui serait passé par " nous tous ". Je pensais que si j'arrivais au tissu qui nous composait, je saurais en même temps ce qui le maintient, le nourrit, l'anime — quelque chose devant malgré tout disparaître au moment de la réponse juste, se jeter dans ce qui autrefois aurait été appelé " mer " en criant... J'étais alors presque au sommet d'un cylindre dont je ne contrôlais pas l'extension, sa base s'enracinant dans les métaux les plus lourds. Nous montions ainsi, par milliers, vers l'ouverture blanche qui se découpait et reculait à mesure au-dessus de nous... "

Étant une fragmentation-infinitisation de " je ", ce " nous " devient nécessairement celui des masses révolutionnaires, celles qui, travaillent aujourd'hui dans les villes, celles qui viennent de l'est avec leur révolution implacable. " Nous " — un " je " tué et tuant.

" 1. 81... Venant de la rotation et nous arrêtant un moment dans le signe " nous " inscrit en nous de profil ... Prenant ainsi la forme de tout un peuple animé et groupé autour de ses articulations, de sa voix de sexe et d'échange, devenant la force motrice des traductions et des divisions... "

Mais parce qu'il est tout cela, " nous " est aussi le " νους ", cette indéchiffrable marque de la " connaissance suprême " dont la figure est dessinée par la colonne; ce " νους ", " ουσια " pour lequel il n'y a pas de mots, qui dépasse la pensée et, en dehors du temps, défie la durée. " Nous " — pronom de la germination a-personnelle. Si la 3e personne du singulier est la non-personne, la 1re personne du pluriel dans le sens de *Nombres* est celle qui accomplit le paradoxe même du pronom, car elle se place à l'intersection de la 1re et de la 3e dédoublées et marque le lieu impossible — axial, sacrificiel — de la hors-personne dans la multiplicité non identifiée, a-personnelle. Pronom de l'apersonne, pro-nom de l'engendrement, nous-νους.

" 1. Cependant, il y avait un " nous ". Ce " nous " se perdait, revenait, tremblait et revenait sans cesse : je pouvais ressentir sa présence, une présence de mots vivants. A ce point, justement, il n'y a plus place pour le moindre mot. Ce qu'on sent aussitôt, c'est la bouche... Le plus surprenant dans notre aventure, c'est encore cette force de la durée — une durée qui au fond se calcule seule, fixe sans nous ses limites, est capable de dépasser la plus dure pensée... "

" Je " double, " elle " — 3e personne, la non personne absente de la communication, " nous " — pronom par excellence de l'apersonnalité, forment les trois murs de ce théâtre où se produit le texte, et souligne la topologie de cette germination au-delà du miroir que nous avons élucidée plus haut. Mise en face d'eux, la deuxième personne du pluriel " vous " désigne le spectateur " attendant " la représentation. Une illusion de représentation sera donc donnée pour être en même temps déjouée. Le calcul mallarméen s'accomplit : le livre se fait théâtre pour détruire la représentation.

Au milieu des quatre cases : une vide, " impossible à remplir : le sort ". Disons plutôt : l'axe, la colonne, le processus textuel qui distribue la matrice quadruple pour lui être, en même temps, intérieur.

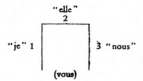

Une fermeture s'écrit dans laquelle sera pratiquée l'infinité de la signifiance. Une infinité donc qui n'est pas absolue, métaphysique, ouverte dans une béance, mais un dispositif sans lequel la signifiance ne pourra pas engendrer sa formule. Une matrice quadruple *fonde* l'infinité textuelle dans la mesure où elle détruit le bien-fondé, le présent, le signifié : elle refonde l'infinitisation qui n'est pas un hasard. Sa fonction : " disséminer, fonder en disparaissant ". Non pas semer, disperser, renvoyer à un instructurable, mais *formuler*, permettre à l'engendrement de se faire dans la formule. Ce n'est qu'ici, dans la fermeture, que l'infini se met en action. Un portique de l'histoire, car lieu de différentielles, de nombres.

C'est en effet là, entre deux limites, que l'infinitésimal a trouvé son lieu. C'est dans ce " sursaut terreux de fermer " que la force de l'histoire agit, efficace et organisée. L'histoire passe par la fermeture d'un portique, l'infinité signifiante par la matrice formulée, l'infini numéral entre deux nombres. Artaud :

" ... à l'infini le temps concret de vivre,

lequel ne se situe pas entre o et l'infini des nombres,

mais le fini d'un chiffre repris aux nombres,

et de o à 30, 30 est plus infini que l'infini si je recompte 31 de 25 et non de 30 et ainsi à l'infini dans les chiffres jamais finis. "

Radicalement opposé aux quatre coins ouverts de la croix — symbole binaire par excellence, dessinant l'espace d'hypostase du Un divinisé, plongé par cette croix dans l'infini de son unicité, le carré est la figure même du *formé*. Porté à son comble dans le cube, il trace la pensée en réunissant ses contradictions dans les limites de la réalisation. Corrélative, translative, active, la matrice quadruple est la fermeture minimale qui fait agir l'infini. Le carré-symbole de la terre, le chiffre 4 est aussi le chiffre impersonnel de la danse (pour les Chinois). Voici comment Mallarmé pense cette danse, qui tout en évoluant dans le carré de la scène, se place " hors-cadre " et assure un " in-individuel ", réduit le sujet à un " emblème " non-localisable parce qu'ouvrant l'infini " en son incessante ubiquité ", celle du point agissant partout : "... reconnaître ... cette loi que le premier sujet, hors cadre, de la danse soit une synthèse mobile, en son incessante ubiquité, des attitudes de chaque groupe : comme elle ne la font que détailler, en tant que fractions, à l'infini. Telle, une réciprocité, dont résulte l'in-individuel chez le coryphée et dans l'ensemble, de l'être dansant, jamais qu'emblème, point quelqu'un " [63].

Dans la danse qu'est le texte de " Nombres ", en face du portique renversant dessiné par " je " / " elle " / " nous ", le quatrième temps se profile, le blanc, au présent de " vous ", du phénomène.

On ne saurait assez souligner ici l'importance de cet agencement des trois phases productives avec la quatrième de la scène présente.

63. Mallarmé, *op. cit.*, p. 303-304.

C'est cette quatrième, justement, celle du phénomène, du présent,
de la réalisation de la formule, qui donne la fermeture des trois
temps du double fond, les empêche de devenir un espace autonome
et métaphysique, et leur permet de se construire comme *différents*
par rapport à ce qui est là. C'est par rapport à la quatrième surface
— " vous ", phénomène, formule, — que la germination infinie
peut s'articuler. Avec les quatre temps de la scansion, l'unicité
est définitivement abolie, car les trois temps de la scène productive
" je " / " elle " / " nous " ne seraient qu'un sommet théologique
s'ils ne se faisaient pas par rapport à ce quatrième terme, à " vous "
— pied du pilier sacrificiel où brûle l'animal humain.

> " 3 ôté de 1 est impossible,
>
> il n'y avait pas 3 mais toujours plus un,
>
> enlever 3 de 1 c'est enlever à 3 quelque chose
>
> d'existant pour en faire du néant.
>
> On ne s'enlève que dans l'inconscient pour soi
>
> devenir réel à la place du 1 perpétuel "
>
> (Artaud, septembre-octobre 1945).

Ce néant apposé à la complicité de 1 et de 3 qu'Artaud pensait
comme possible uniquement dans l'inconscient, et comme résultant
d'un enlèvement, le texte nombrant le réalise par un *surplus*, en
ajoutant la quatrième surface indispensable pour présenter le
récit double, le récit rouge. Nous touchons ici à ce qui distingue
radicalement les écrits d'Artaud du texte de *Nombres* : d'une part,
une revendication supplicaire se dressant contre la problématique idéaliste du christianisme pour la retourner en en portant les
stigmates ; de l'autre, l'arrivée au bord d'une nouvelle époque qui,
traversant le christianisme, et refusant par ailleurs les mystifications
" surréelles ", prévoit son dehors et calcule fermement sa formule.

La scansion en trois temps " faite pour un monde qui sans elle
n'existerait pas " (Artaud), est la grille de toute pensée théologique
— de la croix chrétienne à la triade hégelienne et jusqu'à la biffure
de Heidegger. Le sujet (le Père), le Même (le Fils) et leur fusion
transcendentale (le Saint-Esprit) propose la matrice de cette pensée
qui pose l'infini comme un au-delà, comme une existence statique
et dominante, intangible, qu'on ne saurait atteindre qu'à l'instant
de la mort qui arrête, indique et nie cet infini. Le triadisme chré-

tien pose l'infini comme un Être refusé, barré $+$, pour ainsi dire castré et possible à obtenir au prix de la castration; par ce geste même dont la répétition se fixe, philosophiquement, au niveau de la réduction phénoménologique, l'infini est perdu, fixé dans un au-delà résigné et inaccessible. Il est nécessaire alors que cet infini barré soit représenté par une parole condensée dans un nom : Dieu. La pyramide hégélienne de la négation dialectique : thèse-antithèse-synthèse, qui fonde la spirale de l'Idée, et le signe saussurien empruntant un parcours semblable pour instaurer le sommet du *sens*, obéissent toujours à une matrice triadique. De même le cadran heideggerien — cet " ontos " crucifié — qui nie ce qui *est* pour reléguer l'infini dans le non-Être d'un devenir constant de l'Être, désigne un espace transcendental où règne un infini compact, homogène, indifférencié, innumérable.

La croix avec laquelle Heidegger biffe l'*Être* pour le *défendre* en le *repoussant*, reste fascinée par un *Être-là* qui l'engloutit dès qu'elle se pose sur sa face. Démarche négative, contrôlée et comprise par ce qu'elle nie, la croix devient, par une nécessité logique, le symbole du nihilisme après avoir été la fondatrice de la transcendance chrétienne subjectiviste. La croix fixe la transcendance : car elle ne *dispose* pas les quatre points du cadran, mais les ramasse dans l'intersection qui lui sert de centre et qui présentifie aussi le lieu central de la subjectivité pour la croix infranchissable puisque hypostasiée. Loin de renverser l'*Être*, elle assure ainsi sa sécurité " dans le sens de ce qui est toujours et partout fixable, c'est-à-dire représentable ".

Le carré par contre n'a pas d'axe intersectif, il ne raye rien du tout : c'est dire qu'il ne peut être ni subjectif ni nihiliste. Son champ est autre, en dehors de l'espace métaphysique; il ne connaît pas de sujet crucifié ni d'Être nié. Son " je " ponctuel ignore et ne reconnaît pas la souffrance, il est inhumain dans tous les sens du mot, monstrueux parce que de l'autre côté de la Ligne [64], parce que justement il déplace la structure du " Dire ". Ce " je " ne rit pas — ne

64. Heidegger d'ailleurs avertit dans son langage : " ... Le franchissement de la Ligne ne devrait-il pas nécessairement devenir une mutation du Dire et n'exigerait-il pas une mue dans la relation à l'essence de la parole. " (La Ligne est appelée aussi " méridien zéro ", accomplissement du nihilisme.) Et plus loin : " Est-il laissé au bon plaisir des Disants, quelle langue ils parleront pour dire les mots fonciers au moment qu'ils franchiront la Ligne, c'est-à-dire traverseront la zone critique du nihilisme accom-

se moque pas, ni n'oublie. L'Être, le " réel ", la structure, il les pose ici comme présents et fragments non pas pour les méconnaître, mais pour assigner leur lieu géométrique et en penser l'histoire : " l'écriture textuelle exclue par définition du " présent " (dont la fonction est de la méconnaître), constitue précisément l'histoire — et la mise à nu idéologique — différée de ce présent" (*Programme*)

C'est dans le cadre de la croix heideggerienne qu'il faudrait sans doute comprendre l'indignation d'Artaud :

" Il n'y a pas de signe de porc plus grandiose que
le signe sémitique de la semence en croix de ce cosmos
(uréthral, urinaire)
issu du sperme funéraire de la pensée...
...
pédérastiquement à l'origine père, fils et esprit... "
Lettres contre la Kabbale, mai 1947.)

La topologie du carré ouvert à sa base n'a donc rien à voir avec le cadran de la croix. L'au-delà de l'infini funéraire de la triade est remplacé ici par le double fond — autre scène de l'infinité nombrante différenciée et signifiante pour la première fois de façon non pyramidale. Non pas un résultat ni une cause, mais uniquement le corrélat démesuré de la formule présente, ce qui est à penser comme l'autre — le germant — de la formule à laquelle il manque —, l'infinité est une infinité angulaire qui n'existe qu'à force d'être close, donc à force de se présenter comme son contraire qu'elle inclut. Dans la problématique du " je " non-transcendental, ceci voudrait dire que " je " refuse l'érotique avec le " Même " (" il "), mais trouve son opposé, " elle ", pour atteindre la multiplicité de " nous " dans un engendrement infini qui n'a pas à être barré, expié, refoulé, car il ne débouche sur rien — aucun résultat, produit, enfantement, sinon le " phéno-texte ", la formule, le " vous " mis entre parenthèses.

La seule façon de mettre à l'œuvre l'infini est donc de le marquer

---

pli ? Suffit-il que cette langue soit généralement compréhensible, ou règne-t-il ici d'autres Lois et Mesures, d'une nature aussi unique que ce moment d'histoire-de-Monde que constitue l'accomplissement planétaire du Nihilisme et la Disputation de son essence ? " — cf. " Contribution à la question de l'Être ", in *Questions I*.

dans une clôture. C'est ainsi que l'infini s'inscrit dans le double-chiffre d'un engendrement formulé, et le nom de " Dieu " — de " Lui " — devient structuralement impossible dans une telle notation. L'infini nombrant, la différentielle signifiante, sont ainsi le lieu par excellence de l'a-théologie par lequel le texte rejoint la fonction scientifique. Intégrant l'espace où Dieu apparaissait pour remédier à la perte de la multiplicité de la signifiance — disons un espace qui transformait la perte en Dieu, la castration en transcendance —, la différentielle signifiante ramène l'infini dans la marque qui lui est étrangère, l'inscrit dans cet autre par rapport auquel il est pensable, et se constitue ainsi comme intégration à la fois de la castration et de la transcendance.

Or, le texte ne s'arrête pas à la fermeture de l'infini dans un carré : la matrice quaternaire s'emboîte en elle-même.

Le texte produit le retournement dissymétrique de 1, 2, 3 dans le 4, du hors-temps à ici, du géno-texte au phéno-texte.

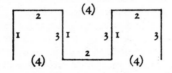

Rappel de la *grecque* et de l'encadrement de multiples fresques, ce graphe désigne la coupure radicale entre deux espaces désormais vus et inconciliables, sinon dans le double chiffre du texte menant l'infini du géno-texte dans le point de la représentation phénoménale.

Mais les scènes se superposent : le point blanc du présent est aussi une " émergence et une articulation progressive " qui ne peut être vu comme tel que depuis le double fond du géno-texte nombrant " des " constellations massives " :

L'infini ouvre vers le point et vice versa :

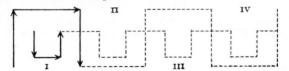

Dans cette topologie dissymétrique des deux scènes emboîtées l'une dans l'autre, l'une *est* l'autre, " est " ne marquant pas une identité mais une translation.

" 4. 52. un fourmillement de foule et rien, rien qui est d'ailleurs quelque chose et la même chose que rien... "

Le carré contient donc une coexistence d'éléments opposés, capables de cohabiter à condition qu'on fasse abstraction du temps et qu'on mette ensemble des *sites* réalisables dans différentes séquences temporelles. Dans le carré, on peut penser la contradiction, et c'est ainsi qu'il inclut " l'autre scène " de l'inconscient freudien où la négation n'existe pas. Aussi le carré est-il la figure close d'un infini qui se produit en décroissant et en croissant, sans origine, et qui implique la réitération qui veut dire une production sans téléologie, une évolution sans but extrinsèque, une germination dans la stabilité maîtrisable.

On connaît le raisonnement de Leibniz cherchant à choisir une figure pour le modèle du monde entre trois hypothèses : le triangle (" il y aurait eu un commencement... "), l'hyperbole (" il n'y aurait point de commencement, et les instants ou états du monde seraient crûs en perfection depuis toute éternité ") et le carré (" L'hypothèse de la perfection égale serait celle d'un rectangle "). " Je ne vois pas encore moyen de faire voir démonstrativement ce qu'on doit choisir par la pure raison " [65].

La théorie freudienne d'une signifiance déplacée de la scène de la raison, donne justement la clé de cette démonstration. Et on comprend, dans cette lumière, le fameux et banal carré leibnizien qui unit la combinatoire et la théorie des jeux :

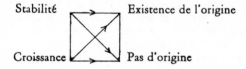

Stabilité — Existence de l'origine

Croissance — Pas d'origine

Les carrés de *Nombres* modifient radicalement le carré leibnizien en le transposant sur le double fond du géno-texte, et, de ce point

65. A Bourguet, 5 août 1725.

de vue, l'ouvrant vers la représentation suspendue et n'existant qu'à la lumière de la germination infinie de la signifiance.

Dualité "elle" "nous". Pas d'origine, pas de représentation.

Unicité "je" "vous". Représentation, origine.

Dans le carré de *Nombres*, " je " est double non pas en tant que regroupant deux unités dans la sienne, mais en tant qu'appartenant *en même temps* : au géno-texte dans lequel comme un point *singulier* il participe à travers ses *différents* " nous " au processus nombrant infini, non clos, non-représentable, non-communicable; et au phéno-texte dans lequel comme un sujet *semblable* à " vous " il communique une formule, une Loi. Doublement multiple, en tant que point différent et en tant que sujet semblable, il est à même de présenter la scénographie de sa pensée et de ce qui l'enveloppe. La formule cartésienne pourrait se renverser ainsi : " Plus " je " pense, plus " je " *devient* une différentielle. "

Il ressort de la topologie ainsi décrite que le *texte* s'organise comme un espace de type leibnizien : infini et fait de points dont aucun n'est un *lieu* (aucune combinatoire de points ne fait l'espace : " le point est le lieu de nul autre lieu "), mais qui sont autant de *situations* qui formulent la condition de tout acte symbolique et définissent ses modalités. Mallarmé n'écrivait-il pas, peut-être en approchant les notations leibniziennes : " Rien n'aura eu lieu que le lieu excepté peut-être une constellation. "

Les points multiples que le " je " infinitisé peut occuper dans la constellation du texte, sont les points justement où l'unité individuelle cesse d'être (" là où cesse le corps ") et où un type de symbolicité se définit pour être tout de suite modifiée et partir d'un point autre. La translation et l'imbrication du carré permet de mettre *simultanément à distance* la formule théologique : " une sphère infinie dont le centre est partout et la circonférence nulle part " *de même que son renversement* produit par l'irruption " copernicienne " de l'inconscient freudien : " dont la circonférence est partout et le centre nulle part ". Ni présent, ni absent, le centre, pour le carré (ou le cube), *n'a jamais eu et n'aura jamais lieu.*

Construire cet univers de combinatoire infinie, d'un infini divi-
sible en combinatoires dont chacune se rapproche du " terme "
infini sans jamais l'atteindre — voilà l'enjeu que le texte met à
l'œuvre en se jouant sur ce double fond qu'est le non centrable.

Or, s'il est une combinatoire, l'espace textuel n'est pas une
" harmonie " où l'on pourrait établir une multiplicité de systèmes
indéfiniment substituables et relatifs, définis depuis leur point
référentiel respectif. Il échappe à un tel ordre harmonique qui
décline aussitôt vers la théologie lorsqu'il attribue le centre manquant soit à une divinité monadique (Leibniz) soit à un sujet,
Homme-Auteur et Possesseur du réseau (comme c'est le cas de
l'espace prospectif qui n'a effectivement pas de point privilégié, parce que ce point est exporté en dehors du tableau dans le lieu corporel, subjectif et non plus ponctuel du sujet — le Géomètre — qui crée
parce qu'il se représente). Dans le texte, ce lieu corporel du sujet,
le lieu 4, se représentant entre parenthèses, il est inclus comme
un lieu ponctuel *dans* le carré duquel ainsi aucune échappée subjective et théologique n'est possible. La monade divine et / ou
subjective qui reste censurée ou placée comme cause extérieure
radicalement extrinsèque, est, dans le texte — par un remaniement
matérialiste de la problématique leibnizienne —, fixée comme site
ponctuel devenue pour la première fois pensable à partir de la
fonction que Freud lui attribue en dehors de l'autre scène de la
germination infinie. L'originalité du *texte* — et son importance
pour l'analyse de notre culture — est qu'il s'organise comme le
seul continent capable de réunir dans un ensemble brisé la combinatoire infinie et le corps extrinsèque : cette combinatoire qui n'a
pas besoin du corps sinon comme point (et le met entre parenthèses),
ce corps qui a besoin de la combinatoire pour en assurer la représentation. Impossible sans le lieu qui le représente, l'infini textuel
reprend ce lieu (" vous ") pour en faire l'anamnèse; donc pour lui
démontrer sa genèse biologique, logique, métaphysique, politique,
qu'il se représente comme une réminiscence.

" Nous avons une infinité de connaissances dont nous ne nous
apercevons pas toujours... C'est à la mémoire de les garder et à la
réminiscence de nous les représenter [66]. " De sorte que la germi-

66. Leibniz, *Phil. V*, 73. Sur la théorie de Leibniz, cf. M. Serres, op. cit.

nation infinie est toujours quelque chose de plus, et la formule — le phénomène — quelque chose de moins dont il faudrait trouver le plus *reporté*. Freud accentue la différence entre ces deux scènes qu'il appelle " contenu manifeste " et " pensée latente ", en insistant sur l' " importance de la prise en considération de la figurabilité ", et condamne ceux qui, s'intéressant à la pensée latente, omettent la mise en formule, la formulation [67].

A force d'être cet espace brisé de l'infini au point, de l'engendrement à la formule, ce *site* de la différentielle, l'espace textuel est celui qu'aucun rationalisme ne peut occuper. Il est *ce* que le discours scientifique peut se représenter, peut représenter, tandis que le texte en fait l'anamnèse. Non vu par le discours scientifique pris dans la représentation, savamment censuré, mis de côté ou réduit à une simple structure — ce qu'il n'est pas —, ce lieu que notre culture élabore aujourd'hui pour se penser est difficile, sinon impossible maintenant, à accepter. Mais comme tel, justement, il est un des symptômes les plus marquants de la transformation radicale que cette culture est en train de vivre. Le texte montre en effet :
" 4. 76. comment il s'agit maintenant d'une révolution opérant non plus avec des substances ou des unités mais avec des continents et des textes entiers... "

Dans ce continent d'une réalité nouvelle qu'il ouvre, il appelle nécessairement les pratiques révolutionnaires d'aujourd'hui :
" 2. 86. Dans l'histoire ce qui est nouveau et juste n'est souvent pas reconnu par la majorité au moment de son apparition et ne peut se développer que dans la lutte " / " la révolution communiste est la rupture la plus radicale avec le régime traditionnel de propriété; rien d'étonnant si, dans le cours de son développement, elle rompt de la façon la plus radicale avec les idées traditionnelles " ... Cela à redire de nouveau, sans fin... Cela à injecter sans fin dans le mouvement des organes, des visages, des mains... Cela à regrouper, à réimprimer, à refaire lire ou entendre, à réarmer par tous les moyens, dans chaque situation précise et particulière, dans chaque intervalle, dans chaque scène, quels qu'en soient la dimension, le dessin... A redire sans cesse, en accentuant chaque fois le rappel de la guerre en cours, les revendications concrètes de la base ano-

---

67. *La Science des rêves*, p. 431.

nyme volée constamment et de jour en jour... " Les œuvres littéraires et artistiques du passé ne sont pas des sources mais des
cours d'eau " / " le trait commun à la littérature et à l'art de toutes
les classes exploiteuses sur le déclin, c'est la contradiction entre
le contenu politique réactionnaire et la forme artistique des œuvres.
Quant à nous, nous exigeons l'unité de la politique et de l'art,
l'unité du contenu et de la forme, l'unité d'un contenu révolutionnaire et d'une forme aussi parfaite que possible " / — Et pour cela,
ici, parmi le calme provisoire qui nous tient dans le travail lent,
parmi la réserve constituée par cette langue comme en retard sur
le feu et le changement... "

Directement : du travail dans la signifiance au travail dans
l'histoire monumentale :

" 1. 93. ... Je pouvais maintenant me détacher de la surface dure,
brûlante qui avait dirigé mes nuits, laisser tourner maintenant
la roue distribuant les places, les mots, les outils ; je pouvais mieux
prendre part, maintenant, à la guerre en train de s'étendre dans
chaque pays, sous le masque des arrestations et des prix... Appelant
à l'action directe, indirecte, et n'ayant plus à répéter que le même
avis : savoir se révolter encore et encore, ne jamais renoncer, ne
jamais accepter le geste de se courber et de censurer, apprendre à
contre-attaquer, à changer et à connecter — 兼 "

Index

Cet index raisonné des *concepts* fondamentaux — ou, plus exactement, des *interventions* théoriques les plus décisives — est destiné à tracer la ligne qui, après une lecture d'*ensemble,* se dégage pour permettre de suivre les niveaux d'approche successifs, dispersés dans la pluralité des études, en train de constituer une problématique nouvelle.

Sans vouloir unifier ce qui est différencié par la *temporalité* de son élaboration aussi bien que par le degré d'approximation *scientifique* et *théorique,* l'index désignera les directions essentielles d'un projet global, à *poursuivre,* vu depuis le dernier stade du travail.

Certains de ces concepts-interventions, formulés antérieurement par des auteurs différents, trouvent dans nos études un développement autre : nous les avons donc repris.

On remarquera que les quatre chapitres de cet index s'entre-coupent et sont difficilement isolables l'un de l'autre. Mais s'ils forment un système, ils n'arrêtent pas le cours de la recherche, et ne font que *poser* un objet d'analyse *ouvert.*

A. LE LIEU SÉMIOTIQUE

I. LA SÉMIOTIQUE COMME SCIENCE ET THÉORIE.

1. *L'émergence de la sémiotique :* remontant aux stoïciens, elle rejoint la démarche axiomatique (p. 19, 138-146); le terme saussurien de sémiologie (p. 20-21); la sémiotique et l'ensemble des sciences (p. 21-25); science interdisciplinaire (p. 27).

— *la sémiotique comme théorie* (p. 22-25); comme métathéorie

le rapport entre la significance et la structure (p. 221-228); l'engendrement et le sens produit (p. 225);

2. *La signification comme productivité n'a pas d'unité minimale objectale :* cf. " L'engendrement de la formule ".

— *le mot dialogique :* la significance déplace la matrice du signe
(p. 11); le mot dialogique comme croisement de surfaces textuelles
(p. 84); spatialisation du mot situé entre le sujet, le destinataire
et les textes ré-écrits (p. 94-97);

— *le double, l'ensemble* prennent en écharpe le signe (p. 89, 121-
122, 126-128, 130-132);

— *l'anaphore :* la désignation " précédant " la signification
(p. 32, 35, 37-38); la productivité textuelle trans-structurale s'organise anaphoriquement (p. 178-180); le nombre dé-signant est
anaphorique (p. 234);

— *l'intervalle :* articulation non interprétable (p. 37-38); sens/
corps (p. 16, 284-288, 291); la coupure-renvoi (p. 272); le saut est
un sceau : rapport du géno-texte et du phéno-texte (p. 280-287);

— *le nombre, la fonction numérique du signifiant :* les systèmes hyper-
sémiotiques de l'Orient fondés sur des rapports numérologiques
(p. 137, 233, 234, 240, 255-257, 300-305); le nombre par rapport au
signe (p. 233-236, 256); sans dehors ni dedans, signifiant *et* signifié,
le " nombrant " textuel est une pluralité de différences (p. 239); le
texte dispose une infinité signifiante (p. 236-238, 242-244); l'unité
graphique/phonique dans laquelle l'infinité signifiante insiste est
une *différentielle signifiante* (p. 237); les sites de la significance (p. 218,
237, 306); la différentielle signifiante comme refonte du signifiant
et du signifié dans l'infini-point (p. 121-122, 236-239, 240).

B. PRATIQUES SÉMIOTIQUES

1. *Typologie des pratiques signifiantes :* remplacement de la rhétorique traditionnelle (p. 52, 226); pratiques signifiantes systématique, transformative, paragrammatique (p. 52, 135-136); typologie
des discours en tant que pratiques signifiantes et historicité du
signe (p. 55-58, 68-70, 97-107, 107-112, 183-184); les modes

d'énonciation de la *loi* et ses rapports à l'" infinisation " du discours (p. 265-266).

2. *Le carnaval* : son opposition à la logique du discours courant (de la représentation et de la communication) (p. 83, 99); ses rapports à la structure du rêve et du désir (p. 99-101).

3. *L'épopée* (p. 98-99).

4. *La ménippée* (p. 103-106).

5. *Le roman* : l'énonciation romanesque inférentielle (p. 64); texte clos bloqué par la non-disjonction (p. 60-62, 65-71); programmation du roman (p. 60); sa double finition : structurale et compositionnelle (p. 76-78); le roman comme récit et comme littérature (p. 79-80); le roman plyphonique (p. 18, 91, 106); le personnage comme étape de la métamorphose du sujet de la narration (p. 62-63, 95); le roman- et l'idéologie du signe- transpose l'ambivalence de la ménippée : hiéroglyphe et spectacle, texte et représentation (p. 58-65, 88-92, 106); le roman moderne anti-représentatif (p. 108-110, 217, 218, 227-228, et en général, " L'engendrement de la formule ").

6. *La littérature comme vraisemblabilisation :* le vraisemblable comme degré second de la relation symbolique de ressemblance (p. 150); effet interdiscursif passant outre la production (p. 152-153); le vraisemblable sémantique (p. 151, 157-163); le vraisemblable syntaxique comme dérivabilité du système rhétorique choisi (p. 152, 166-170); l'architectonique du vraisemblable : signifiant (" arbitraire ")-signifié (sémantiquement décelable)- discours (récit-rhétorique = syntaxe du vraisemblable)-métadiscours (explication théorique) (p. 173-175); répétition et énumération pour vraisemblabiliser (p. 171-172); le vraisemblable comme degré rhétorique du sens (p. 154).

7. *Le geste :* productivité qui déroge à la structure signifiante (p. 90 s).

C. LA LOGIQUE DU TEXTE

I. VERS UNE DÉFINITION DU CONCEPT DE TEXTE.

1. *Le texte comme productivité :* défonce la chaîne communicative et empêche la constitution du sujet (p. 10-14, 176-178); remonte au germe du sens et du sujet (p. 10, 121-126, 290-293, 297-300); réseau de différences (p. 13, 121-124); multiplicité de marques et d'intervalles non centrée (p. 14).

2. *Le texte trans-linguistique :* irréductible à un énoncé décomposable en parties (p. 18); redistribue les catégories de la langue (p. 52-53, 129, 131, 257, 262, 264, 267, 273-279); transgresse les lois de la grammaire (p. 117-121); écriture-lecture (p. 120); son étrangeté à la langue (p. 9, 28, 176); la théâtralité du texte (p. 89-101, 105-106, 158, 175-177).

3. *L'intertextualité :* évince l'intersubjectivité (p. 85); croisement d'énoncés pris à d'autres textes (p. 54); transposition dans la parole communicative d'énoncés antérieurs ou synchroniques (p. 72-76); le texte polyphonique (p. 18, 91, 103-105, 107); multiplicité de codes en relation de négation l'un par rapport à l'autre (p. 130-135, 194-196); le prélèvement réveille et détruit les structures discursives extérieures au texte (p. 245-254, 271-273).

4. *Le texte comme objet dynamisé :* le géno-texte et le phéno-texte (p. 219-222); ni causalité ni structuration (p. 222-223); le phéno-texte comme reste d'un engendrement qui est l'effet de sa propre cause (p. 224, 225, 226); structure profonde et structure de surface (p. 220); la mise-en-langue du geste scientifique (p. 17-18, 225-226).

II. PARTICULARITÉS LOGIQUES.

1. Différences entre la logique poétique et la logique du discours communicatif (p. 116-118, 190-192); transgression de la *loi* et de

Table

IMP. MAME A TOURS
D. L. 4e TR. 1978 - No 5009 (7285)

Collection Points